suhrkamp taschenbuch 1954

Ein Buch, in das man sich am liebsten verkriechen möchte und den Deckel hinter sich zuklappen – so ein Buch haben die meisten Kinder. Für den kleinen Thomas Abbey ist es *Das Land des Lachens* von Marshall France. Thomas Abbey, der als Sohn eines berühmten Schauspielers seit frühester Kindheit unter der Übermacht des Vaters gelitten hat, sucht in Marshall Frances Büchern Ersatz für die ihm vorenthaltene Zuneigung. So sehr fasziniert ist er von Marshall France, daß er, inzwischen Lehrer für englische Literatur, beschließt, eine Biographie über ihn zu schreiben. Daher begibt er sich nach Galen, an den Ort, an dem France bis zu seinem Tod gelebt hat. Mit ihm ist Saxony, von derselben Leidenschaft erfüllt, und es beginnt die gemeinsame literarische Detektivarbeit. Die Recherchen vor Ort nehmen dann aber einen ganz anderen als den ursprünglich geplanten Verlauf.

»Nehmen Sie sich in acht – Sie und alle, die sich vielleicht vom *Land des Lachens* betören lassen: Das Wohlgefühl und die angenehme Spannung können plötzlich umschlagen in Schaudern ... Mehr kann ich leider nicht verraten – aber empfehlen kann ich diesen Roman allen Leuten, die das Lesen lieben und die Spannung und das Lachen.«

Süddeutscher Rundfunk

Jonathan Carroll, geboren 1949, studierte an mehreren amerikanischen Universitäten Englische Literatur und »Creative Writing«. Heute unterrichtet er an der American International School in Wien.

Von Jonathan Carroll sind im Suhrkamp Verlag erschienen: *Das Land des Lachens*. Roman (1986), *Laute Träume*. Roman (1988), *Die panische Hand*. Erzählungen (1989), *Die Stimme unseres Schattens*. Roman (1989) und *Schlaf in den Flammen*. Roman (1990).

Jonathan Carroll
Das Land des Lachens

Roman

Aus dem Amerikanischen
von Rudolf Hermstein

Mit Illustrationen von
Hans-Jörg Brehm

Suhrkamp

Redaktion und Beratung: Franz Rottensteiner
Titel der Originalausgabe: *The Land of Laughs*
Umschlagillustration: Hans-Jörg Brehm

suhrkamp taschenbuch 1954
Erste Auflage 1992

Satz: Uhl + Massopust, Aalen
Druck: Nomos Verlagsgesellschaft, Baden-Baden
Printed in Germany
Umschlag nach Entwürfen von
Willy Fleckhaus und Rolf Staudt

3 4 5 6 7 8 – 03 02 01 00 99 98

Für June, das beste aller Neuen Gesichter,
und für Beverly – die Herzkönigin.

Erster Teil

1

»Sagen Sie mal, Thomas, ich kann mir zwar denken, Sie sind das schon tausendmal gefragt worden, aber wie war das denn so, der –«

» – Sohn von Stephen Abbey zu sein?« Immer das gleiche! Erst neulich hatte ich zu meiner Mutter gesagt, ich hätte manchmal das Gefühl, nicht »Thomas Abbey«, sondern »der Sohn von Stephen Abbey« zu heißen. Diesmal seufzte ich und schob die Reste meines Käsekuchens auf dem Teller herum. »Das ist schwer zu beschreiben. Ich kann nur sagen, daß er immer sehr herzlich, sehr liebevoll war. Aber vielleicht war er auch bloß immer high.«

Sie bekam plötzlich leuchtende Augen. Man konnte förmlich hören, wie die kleinen Rädchen in ihrem Kopf zu surren anfingen, klickerdiklick. Also war er *doch* süchtig! Sein eigener Sprößling mußte es schließlich wissen. Sie versuchte, ihre Genugtuung zu überspielen, indem sie sich verständnisvoll gab und mir für alle Fälle ein Schlupfloch offenließ.

»Ich hab zwar schon viel über ihn gelesen – wer hat das nicht –, aber man weiß ja nie, ob an diesen Berichten was Wahres dran ist, oder?«

Ich hatte keine Lust, noch weiter darüber zu reden. »Das meiste, was über ihn gesagt wird, kommt vermutlich der Wahrheit ziemlich nahe. Die Storys, die ich gehört oder gelesen habe, stimmen jedenfalls.« Die Kellnerin kam wie gerufen, ich verlangte die Rechnung, sah sie mir genau an, zahlte umständlich – bloß weg von diesem Thema!

Als wir hinaustraten, war es immer noch Dezember, und die kalte Luft roch nach Chemie, wie eine Raffinerie oder eine Chemiestunde in der zehnten Klasse, wo man schon tief in die Mysterien des Gestanks eingedrungen ist. Ich sah sie an und lächelte. Sie war hübsch – kurzgeschnittenes rotes Haar, gute Figur, grüne Augen, die immer wie in angenehmer Überraschung geweitet waren. Zum ersten Mal an diesem Abend war ich froh, daß sie bei mir war.

Von dem Lokal bis zur Schule waren es gut drei Kilometer, aber sie hatte darauf bestanden, daß wir alles zu Fuß gingen. Auf dem Hinweg würden wir uns Appetit holen, auf dem Rückweg abarbeiten, was wir gegessen hatten. Auf meine Frage, ob sie auch ihr Holz selber hacke, verzog sie keine Miene. Ich bin es schon gewöhnt, daß andere keinen Sinn für meinen Humor haben.

Als wir bei der Schule ankamen, waren wir die besten Kumpel. Sie hatte keine Fragen mehr über meinen alten Herrn gestellt und fast den ganzen Weg für eine lustige Geschichte über ihren schwulen Onkel in Florida gebraucht.

Wir gingen zum Hauptgebäude hinüber, einem Glanzstück nazistischer Architektur, und ich sah, daß ich mit ihr auf dem in den Fußboden eingelassenen Schulwappen stehengeblieben war. Ihr Arm straffte sich in meinem, als sie das merkte, und ich dachte mir, entweder du fragst sie jetzt oder nie.

»Hätten Sie Lust, sich meine Maskensammlung anzusehen?«

Sie lachte glucksend, es hörte sich an wie durchs Abflußrohr laufendes Wasser. Dann drohte sie mir mit dem Finger – aber, aber, Sie sind mir vielleicht ein Schlimmer!

»Sie meinen, Ihre Markensammlung?«

Ich hatte gehofft, sie würde halbwegs menschlich sein, aber dieser blöde Spruch ernüchterte mich schlagartig. Warum konnte nicht wenigstens eine mal einfach nur wunderbar sein? Nicht zickig, nicht vorlaut, nicht albern...

Sie drückte mich wieder und schnürte mir das Blut im Oberarm ab.

»War doch bloß Spaß, Thomas. Ich würde sie mir unheimlich gern ansehen.«

Wie in allen knickerigen Privatschulen Neuenglands spotteten die Wohnungen der Lehrer jeder Beschreibung, vor allem die der ledigen. Meine hatte einen klitzekleinen Flur, ein Arbeitszimmer, dessen Wände ihren gelben Anstrich längst vergessen hatten, ein Schlafzimmer und eine Küche, in der alles so alt und gebrechlich war, daß ich nie darin kochte, weil ich alles, was kaputtging, selbst bezahlen mußte.

Immerhin hatte ich mir einen Eimer erstklassiger Anstreichfarbe geleistet, weil wenigstens die Wand, an der meine Sammlung hing, etwas hermachen sollte.

Man kam von draußen zuerst in den Flur, so daß mir noch ein bißchen Zeit blieb. Ich war nervös, aber auch gespannt, wie sie reagieren würde. Sie schmiegte sich leise gurrend an mich, doch dann gingen wir um die Ecke in mein Wohnschlafzimmer.

»Ach, du liebe Güte. Wa...? Wo haben Sie die denn...?« Ihre

Stimme löste sich in Rauchwölkchen auf, während sie näher heranging, um sie sich genauer anzusehen. »Igitt, wo haben Sie denn *den* her?«

»Aus Österreich. Ist er nicht phantastisch?« Rudi der Bauer war braun und ockergelb und wunderschön geschnitzt, in einer beinahe nachlässigen Manier, die sein grobes, versoffenes, fettes Ferkelgesicht erst so richtig zur Geltung brachte. Außerdem glänzte er, denn ich hatte am Vormittag ein neues Leinöl ausprobiert, das noch nicht getrocknet war.

»Aber der ist... Der ist ja fast wie lebendig. Er glänzt!«

Meine Hoffnungen stiegen und stiegen. War sie ergriffen? Falls ja, würde ich ihr verzeihen. Es kam selten genug vor, daß jemand von meinen Masken ergriffen war, aber diese wenigen konnten mit guten Noten von mir rechnen.

Ich ließ sie gewähren, als sie die eine oder andere im Weitergehen berührte. Es gefiel mir sogar, welche sie sich dafür aussuchte: den Wasserbüffel, den Pierrot, den Krampus.

»Die ersten hab ich gekauft, als ich noch aufs College gegangen bin. Mein Vater hat mir etwas Geld hinterlassen, als er starb, und da bin ich nach Europa gefahren.« Ich ging zur Marquesa hinüber und berührte sanft ihr pfirsichrosa Kinn. »Die hier, die Marquesa, hab ich in einem kleinen Laden in einer Seitenstraße in Madrid entdeckt. Die hab ich als erste gekauft.«

Meine Marquesa mit ihren Schildpattkämmen und den zu weißen und zu großen Zähnen, die mich nun schon seit acht Jahren anlächelten. Die Marquesa.

»Und was ist das hier für eine?«

»Das? Eine Totenmaske von John Keats.«

»Eine Totenmaske?«

»Ja. Wenn berühmte Leute sterben, nimmt man manchmal einen Abdruck von ihrem Gesicht, bevor man sie begräbt. Davon werden dann Kopien gegossen –« Ich brach mitten im Satz ab, weil sie mich ansah, als wäre ich Charles Manson.

»Aber die sind doch so *unheimlich!* Wie können Sie nur hier drin schlafen? Machen die Ihnen denn keine Angst?«

»Auch nicht mehr als Sie, meine Liebe.«

Das genügte. Fünf Minuten später war sie draußen, und ich rieb noch eine Maske mit dem Leinöl ein.

2

Wenn mein Vater einen Film abgedreht hatte, sagte er jedesmal, er würde nie im Leben wieder in einem mitspielen. Aber das war Quatsch, wie das meiste, was er sagte, denn kaum hatte er sich ein paar Wochen erholt und sein Agent einen lukrativen Vertrag für ihn ausgehandelt, stand er schon wieder unter den Scheinwerfern, um zum dreiundvierzigsten Mal ein triumphales Comeback zu feiern.

Nach vier Jahren Lehrtätigkeit war ich jetzt auch an diesem Punkt angelangt. Zeugnisse, Lehrerkonferenzen und Basketballtraining in der neunten Klasse konnten mir gestohlen bleiben. Meine Erbschaft hätte es mir erlaubt, zu tun, was ich wollte, aber um ehrlich zu sein, ich hatte eigentlich keine Vorstellung, was ich statt dessen tun sollte. Berichtigung: Ich hatte eine sehr genaue Vorstellung, aber das war ein Hirngespinst. Ich war kein Schriftsteller, ich verstand nichts vom Recherchieren und kannte noch nicht einmal alles, was France geschrieben hatte – dabei war es gar nicht so viel.

Ich träumte davon, eine Biographie von Marshall France zu schreiben, dem mysteriösen, wunderbaren Autor der schönsten Kinderbücher der Welt. Bücher wie *Das Land des Lachens* und *Der Sternenteich,* die mir im Laufe meines dreißigjährigen Lebens immer wieder einmal geholfen hatten, nicht den Verstand zu verlieren.

Das war das einzige Mal, daß mein Vater mir wirklich was Gutes getan hat. Zu meinem neunten Geburtstag – ein schicksalhafter Tag! – schenkte er mir ein kleines rotes Auto mit einem echten Motor, das ich auf den ersten Blick verabscheute, einen Baseball mit der Signatur »Vom größten Fan Deines Vaters, Mickey Mantle« und, bestimmt nur als Zugabe, die Shaver-Lambert-Ausgabe von *Das Land des Lachens* mit den Illustrationen von Van Walt. Ich habe das Buch immer noch.

Ich setzte mich in das Auto, um meinen Vater nicht zu enttäuschen, und las das Buch in einem Zug durch. Als ich es auch nach einem Jahr nicht aus der Hand geben wollte, drohte meine Mutter, Dr. Kintner anzurufen, meinen sündteuren Analytiker, und ihm zu sagen, ich verhielte mich nicht »kooperativ«. Wie es damals so meine Art war, ignorierte ich sie einfach und blätterte um.

»Das Land des Lachens war von Augen hell, die sahn das Licht, das keiner sah.«

Ich dachte, jeder Mensch auf der ganzen Welt müßte diese Worte kennen. Ich sang sie mir unablässig vor, mit der leisen, intimen Stimme, mit der Kinder ihre Selbstgespräche führen, wenn sie allein und glücklich und zufrieden sind.

Da ich nie rosa Häschen oder Plüschhunde brauchte, um nächtliche Spukgestalten oder kinderfressende Ungeheuer abzuwehren, erlaubte mir meine Mutter schließlich, das Buch mit mir herumzutragen. Wahrscheinlich kränkte sie sich, weil ich sie nie bat, es mir vorzulesen. Aber zu der Zeit war mein Besitzerstolz auf das *Land des Lachens* schon so groß, daß ich es nicht einmal mit jemand anderes Stimme teilen mochte.

Heimlich schrieb ich France einen Brief, den einzigen Verehrerbrief, den ich je geschrieben habe, und war überglücklich, als er mir antwortete.

Lieber Thomas,
Die Augen, die im Land des Lachens leuchten,
Sehn dich und blinzeln, Dir zum Dank.

Dein Freund
Marshall France.

Ich ließ mir den Brief einrahmen, als ich auf die höhere Schule ging, und sah ihn mir auch jetzt noch an, wenn ich ein bißchen Seelenruhe nötig hatte. Die Handschrift war eine krakelige Kursiv mit tief unter die Zeile reichenden Unterlängen beim y und beim g, und innerhalb der Wörter hingen die Buchstaben oft nicht zusammen. Der Brief war in Galen, Missouri, abgestempelt, wo France wohnte und alle seine Bücher geschrieben hatte.

Ich wußte noch mehr solche Einzelheiten über ihn. Ich konnte nicht widerstehen, ein bißchen Amateurdektetiv zu spielen. Er starb mit vierundvierzig an einem Herzanfall, war verheiratet und hatte eine Tochter namens Anna. Er haßte Publicity, und nach dem Erfolg seines Buches *Die Trauer des grünen Hundes* verschwand er sozusagen von der Bildfläche. Eine Zeitschrift brachte einen Artikel über ihn, mit einem Foto von seinem Haus in Galen. Es war so ein herrliches altes viktorianisches Monster, das an eine durchschnittliche Kleinstadtstraße mitten im mittleren Amerika gestellt worden war. Wenn ich irgendwo solche Häuser sah, mußte ich immer an den Film meines Vaters denken, in dem einer aus dem Krieg heimkommt und dann an Krebs stirbt. Da die Handlung sich überwiegend im Wohnzimmer und auf der vorderen Veranda abspielte, nannte mein Vater den Film *Krebshaus*. Er spielte ein Vermögen ein.

Im Februar, dem Monat, in dem der Selbstmord für mich immer einen gewissen Reiz hat, nahm ich in einer meiner Klassen Poe durch, und das gab den Anstoß zu meinem Entschluß, für den kommenden Herbst wenigstens eine Beurlaubung zu beantragen, bevor ich endgültig durchdrehte. Ein durchschnittlicher Schwachkopf namens Davis Bell sollte vor der Klasse etwas über den »Fall des Hauses Ascher« erzählen. Er stellte sich hin und sagte folgendes: »Edgar Allan Poe war Alkoholiker und heiratete seine jüngere Cousine.« Das hatte *ich* ihnen vor ein paar Tagen erzählt, in der Hoffnung, ihre Neugier zu wecken. Aber hören wir weiter: »... seine jüngere Cousine. In diesem Haus, äh, ich mein, in dieser Story geht es um einen sehr interessanten Fall...«

»Einen Kriminalfall?« hakte ich nach, auf die Gefahr hin, seinen Klassenkameraden, die den Text auch nicht gelesen hatten, die Handlung zu verraten.

»Ijaa, einen Kriminalfall.«

Höchste Zeit, die Zelte abzubrechen.

Grantham überbrachte mir die Neuigkeit, mein Gesuch sei angenommen worden. Wie immer legte er mir, nach Kaffee und Fürzen riechend, den Arm um die Schultern, und fragte mich, indem er mich zur Tür schob, was ich denn mit meinem »kleinen Urlaub« anzufangen gedächte.

»Ich denke daran, ein Buch zu schreiben.« Ich sah ihn nicht an, weil ich befürchtete, er würde das gleiche Gesicht machen, das ich machen würde, wenn einer wie ich mir gerade gesagt hätte, er wolle ein Buch schreiben.

»Ist ja großartig, Tom! Vielleicht eine Biographie Ihres alten Herrn?« Er legte den Finger auf den Mund und sah sich theatralisch um, als ob die Wände Ohren hätten. »Sie können meinetwegen ganz unbesorgt sein. Ich sage niemandem ein Sterbenswörtchen, das verspreche ich. So was ist heutzutage absolut *in,* wissen Sie. Der Weltstar ganz privat und so. Aber vergessen Sie nicht, ich möchte ein signiertes Exemplar, wenn es herauskommt.«

Es war wirklich Zeit, die Zelte abzubrechen.

Der Rest des Wintertrimesters verging schnell, und die Osterferien kamen fast zu früh. Während der freien Tage war ich mehrmals drauf und dran, alles wieder abzublasen, denn der Gedanke, mich mit einem Projekt ins Ungewisse zu stürzen, bei dem ich noch nicht einmal wußte, wie ich es anfangen, geschweige denn vollenden sollte, war alles andere als ermutigend. Aber mein

Nachfolger war schon eingestellt, ich hatte mir einen kleinen Kombi für die Fahrt nach Galen gekauft, und die Schüler zerrten weiß Gott nicht an meinen Rockschößen, um mich zurückzuhalten. Egal, wie es ausging, dachte ich mir, es würde mir auf alle Fälle guttun, von Davis Bell, Furz Grantham und der ganzen Bande wegzukommen.

Doch dann trug sich Merkwürdiges zu.

Eines Nachmittags stöberte ich in einem Antiquariat, als ich auf dem Ladentisch die Alexa-Ausgabe von Frances *Pfirsichschatten* mit den Original-Illustrationen von Van Walt liegen sah. Das Buch war aus irgendeinem Grund seit Jahren vergriffen, und ich hatte es noch nicht gelesen.

Ich stolperte hinüber, wischte mir die Hände an den Hosen ab und nahm das Buch ehrfürchtig vom Tisch. Ich merkte, daß mich ein Gnom, der wie in Talkum gewendet aussah, aus der Ladenecke hervor beobachtete.

»Ist das nicht ein herrliches Exemplar? Irgend jemand ist neulich aus heiterem Himmel aufgetaucht und hat es mir auf den Tisch geknallt.« Er hatte einen Südstaatler-Akzent und wirkte auf mich wie ein Typ, der mit seiner toten Mutter in einer heruntergekommenen Villa lebt und unter einem Moskitonetz schläft.

»Es ist phantastisch. Was soll's denn kosten?«

»Oh, das tut mir leid, aber es ist schon verkauft. Es ist sehr gesucht. Wissen Sie, warum es nicht mehr zu haben ist? Weil Marshall France es nicht mochte und nach einer gewissen Zeit keine Neuauflage mehr zuließ. War schon ein komischer Kauz, dieser France.«

»Könnten sie mir sagen, wer es gekauft hat?«

»Nein, ich hab sie vorher noch nie gesehen, aber Sie haben Glück, sie wollte es heute abholen, so gegen, warten Sie mal« – er sah auf seine Armbanduhr, eine goldene Cartier –, »ja, jetzt, so gegen elf, hat sie gesagt.«

Sie. Ich mußte dieses Buch haben, und sie würde es mir verkaufen, egal, was ich dafür bezahlen mußte. Ich fragte ihn, ob ich es mir so lange ansehen dürfe, und er meinte, er wüßte nicht, was dagegen spreche.

Wie immer bei Marshall France war ich sofort gefesselt und vergaß alles um mich herum. Diese Worte! »Die Teller haßten das Silberbesteck, das seinerseits die Gläser haßte. Sie verhöhnten einander mit grausamen Liedern. Pling. Klirr. Plong. Solche

Gemeinheiten dreimal täglich.« Nicht zu fassen, wie völlig neu all diese Figuren waren, doch hatte man sie erst einmal kennengelernt, fragte man sich, wie man jemals ohne sie ausgekommen war. Wie die letzten Teile eines Puzzles, die genau in die Mitte passen.

Ich las es zu Ende und blätterte rasch zu den Passagen zurück, die mir besonders gut gefallen hatten. Das waren viele, und als ich hörte, wie die Glocke über der Ladentür klingelte und jemand hereinkam, zwang ich mich, nicht darauf zu achten, wer immer es sein mochte. War sie es, konnte es so ausgehen, daß sie es mir nicht verkaufte, und dann hätte ich keine Möglichkeit mehr gehabt, es mir noch einmal anzusehen. Deshalb wollte ich vor dem großen Showdown noch so viel wie möglich davon verschlingen.

Ein paar Jahre lang habe ich Füllfederhalter gesammelt. Einmal, als ich auf einem Flohmarkt in Frankreich herumstöberte, sah ich vor mir einen Mann, der einen Füller von einem Verkaufstisch nahm und ihn sich ansah. An dem weißen sechszackigen Stern auf der Kappe erkannte ich sofort, daß es ein Montblanc war. Ein alter Montblanc. Ich blieb wie angewurzelt stehen und stimmte einen lautlosen Beschwörungsgesang an: LEG IHN WIEDER HIN, KAUF IHN NICHT! Aber es nützte nichts, der Typ interessierte sich immer mehr dafür. Dann wünschte ich, der Schlag solle ihn treffen, so daß ich ihm den Füller aus der erschlaffenden Hand ziehen und ihn selbst kaufen könnte. Er kehrte mir immer noch den Rücken zu, doch mein Fluch war so mächtig, daß er etwas gespürt haben muß, denn plötzlich legte er den Montblanc wieder hin, warf mir einen unbehaglichen Blick über die Schulter zu und machte, daß er wegkam.

Das erste, was ich sah, als ich von dem France-Buch aufschaute, war ein hübscher Po in einem Jeans-Rock. Das mußte sie sein. LEG ES WIEDER HIN, KAUF ES NICHT! Ich versuchte, mit meinem Blick durch den Jeans-Stoff und die Haut darunter bis zu ihrer Seele durchzudringen, wo immer die sitzen mochte. PACK DICH, LADY! VERFLUCHT SOLLST DU SEIN, WENN DU NICHT GEHST UND DAS BUCH HIER HIER HIER LÄSST!

»Der Herr da drüben sieht es sich gerade an. Ich dachte mir, Sie würden nichts dagegen haben.«

Ich hatte plötzlich die abenteuerliche, romantische Hoffnung, sie würde wunderschön sein und lächeln. Wer einen so guten Geschmack bei Büchern hatte, mußte einfach schön sein und lächeln. Aber keins von beidem war der Fall. Das Lächeln war unterent-

BOOKS
NEW AND USED

wickelt – eine Mischung aus leichter Verwirrung und beginnendem Ärger –, und das Gesicht war hübsch bis durchschnittlich. Ein sauberes, gesundes Gesicht, das auf einer Farm irgendwo draußen auf dem Land aufgewachsen, aber nie viel in der Sonne gewesen war. Glattes braunes Haar, nur die Spitzen drehten sich knapp über den Schultern leicht nach oben, als hätten sie Angst vor der Berührung. Ein paar verstreute, ganz, ganz helle Sommersprossen, eine gerade Nase, weit auseinanderstehende Augen. Eher durchschnittlich als hübsch, je länger man sie ansah, aber das Wort »gesund« ging mir nicht mehr aus dem Kopf.

»Mir wär's lieber, Sie hätten mich vorher gefragt.«

Ich wußte nicht, ob sie mich meinte oder den anderen. Aber dann kam sie im Sturmschritt auf mich zu und riß es mir aus der Hand, wie meine Mutter, wenn sie mich mit einem Schundheft erwischt hatte. Sie strich zweimal über den hellgrünen Einband, und dann erst sah sie mich richtig an. Sie hatte schmale, rostfarbene Augenbrauen, die sich an den Enden nach oben wölbten, so daß sie, auch wenn sie die Stirn runzelte, nicht allzu wütend aussah.

Der Antiquar kam angeschwänzelt, nahm ihr mit einem »Darf ich?« schwungvoll meinen Schatz aus der Hand und trat hinter den Ladentisch, wo er sich anschickte, das Buch in beiges Seidenpapier einzuwickeln. »Ich bin jetzt seit zwölf Jahren hier an diesem Eck, und manchmal habe ich schon mehrere Frances gleichzeitig dagehabt, aber für gewöhnlich herrscht bei ihm Dürre, absolute Wüstendürre. Das *Land des Lachens* in der Erstausgabe ist relativ leicht zu kriegen, weil es damals schon so verbreitet war, aber *Die Trauer des grünen Hundes* in der ersten oder irgendeiner anderen Ausgabe ist so schwer zu finden wie Drachenzähne. Ach, übrigens, ich glaube, ich habe hinten noch ein *Land des Lachens*, falls einer von Ihnen Interesse hätte.« Er sah uns blinzelnd an, aber ich hatte schon die Erstausgabe, für die ich in New York ein Vermögen bezahlt hatte, und meine Gegnerin kramte in ihrer Handtasche, also fand er sich achselzuckend damit ab, daß kein Geschäft zu machen war, und widmete sich wieder dem Einpacken. »Das macht dann fünfunddreißig Dollar, Miss Gardner.«

Fünfunddreißig! Ich hätte dafür ... »Ach, äh, Miss Gardner? Äh, wären Sie bereit, mir das Buch für hundert Dollar zu überlassen? Ich meine, ich kann Ihnen das Geld auf der Stelle geben, in bar.«

Der Typ stand hinter ihr, als er meinen Preis hörte, und seine Lippen zuckten wie eine Schlange mit Bauchweh.

»Hundert Dollar? Sie würden hundert Dollar dafür hinlegen?«

Es war der einzige France, den ich noch nicht hatte, geschweige denn in der Erstausgabe, doch ihr Tonfall gab mir irgendwie das Gefühl, stinkreich zu sein. Aber das verging gleich wieder. Marshall France zuliebe war ich jederzeit bereit, auch diesen Makel auf mir sitzen zu lassen, wenn ich nur das Buch bekam. »Ja. Verkaufen Sie's mir?«

»Ich will mich ja nicht einmischen, Miss Gardner, aber hundert Dollar sind sogar für diesen France ein exorbitanter Preis.«

Wenn sie jetzt in Versuchung kam und wenn ihr das Buch genauso viel bedeutete wie mir, dann mußte sie Qualen leiden. Irgendwie tat sie mir fast leid. Schließlich sah sie mich an, als hätte ich ihr einen unsittlichen Antrag gemacht. Da wußte ich, sie würde zu meinem Angebot ja sagen und sich selbst eine Enttäuschung bereiten.

»In der Stadt ist ein Farbkopierladen. Ich möchte es mir erst kopieren, und dann ... dann verkaufe ich es Ihnen. Sie können es sich morgen abend abholen. Meine Adresse ist Broadway 189, erster Stock. Am besten, Sie kommen ... Warten Sie mal ... Kommen Sie um acht.«

Sie zahlte und ging, ohne noch zu einem von uns ein Wort zu sagen. Als sie weg war, sah der Mann auf einen Zettel, der in dem Buch gesteckt hatte, und sagte, sie heiße Saxony Gardner und interessiere sich auch für alte Bücher über Marionetten.

Sie wohnte in einem dieser Viertel, wo man ganz schnell die Autofenster hochkurbelt, wenn man hineinfährt. Ihre Wohnung war in einem Haus, das früher einmal ziemlich schick gewesen sein mußte – jede Menge Pfefferkuchen und eine große, wohnliche Veranda, die sich um die ganze Vorderfront wickelte. Die Aussicht beschränkte sich jetzt allerdings auf das verrußte Skelett eines Corvair, der bis auf den Rückspiegel total ausgeschlachtet worden war. Ein alter Schwarzer in einem grauen Sweatshirt mit Kapuze saß in einem Schaukelstuhl auf der Veranda, und weil es schon dunkel war, sah ich nicht gleich, daß er eine schwarze Katze auf dem Schoß hatte.

»Hallo, Kumpel.«

»Hi. Wohnt hier Saxony Gardner?«

Statt mir zu antworten, hob er die Katze ans Gesicht und machte »Miezmiezmiez« oder so ähnlich. Ich mache mir nicht viel aus Tieren.

»Äh, entschuldigen Sie, aber können Sie mir sagen, ob ...«

»Ja. Hier bin ich.« Die Fliegengittertür ging auf, und da stand sie. Sie ging zu dem Alten hinüber und tippte ihm mit dem Daumen auf den Scheitel. »Zeit, ins Bett zu gehen, Onkel Leonard.«

Er lächelte und reichte ihr die Katze. Sie sah ihm nach und bot mir mit einer vagen Handbewegung seinen Stuhl an.

»Alle sagen Onkel zu ihm. Er ist ein netter Mensch. Er und seine Frau wohnen im Erdgeschoß, und ich bin im ersten Stock.« Sie hatte etwas unter dem Arm, das sie nach einer Weile hervorzog und mir fast trotzig hinhielt. »Hier, das Buch. Ich hätte es Ihnen nie verkauft, wenn ich nicht das Geld brauchte. Ihnen ist das wahrscheinlich egal, aber ich wollte es Ihnen trotzdem sagen. Ich hab einen Haß auf Sie, aber ich bin Ihnen auch dankbar.« Sie begann zu lächeln, hörte dann aber auf und fuhr sich mit der Hand durchs Haar. Das war ein seltsamer Zug an ihr, an den ich mich nur schwer gewöhnen konnte: Sie tat fast nie zwei Dinge gleichzeitig. Wenn sie einen anlächelte, hielt sie die Hände still. Wollte sie sich eine Haarsträhne aus dem Gesicht streichen, unterbrach sie so lange ihr Lächeln.

Als ich das Buch entgegennahm, fiel mir auf, daß es wieder säuberlich eingewickelt worden war, in ein Stück Papier, bei dem es sich um die Kopie eines alten handgeschriebenen Notenblatts handeln mußte. Das war eine hübsche Idee, aber ich brannte bloß darauf, es herunterzureißen und mich wieder in das Buch zu vertiefen. Das wäre natürlich unhöflich gewesen, aber ich malte mir wenigstens schon mal aus, wie ich es mir zu Hause gemütlich machen würde. Eine Dose Bohnen in den Mixer, eine Kanne Kaffee gekocht, und dann in den großen Sessel am Fenster mit der guten Leselampe ...

»Ich weiß, es geht mich nichts an, aber warum um alles in der Welt wollen Sie hundert Dollar für dieses Buch ausgeben?«

Wie erklärt man jemandem eine Manie? »Warum wollten *Sie* denn fünfunddreißig dafür ausgeben? Nach allem, was Sie bisher gesagt haben, können Sie sich nicht mal *das* leisten.«

Sie stieß sich von dem Pfosten ab, an dem sie gelehnt hatte, und schob kampflustig das Kinn vor. »Woher wollen Sie wissen, was ich mir leisten kann und was nicht? Ich *muß* es Ihnen nicht verkaufen, vergessen Sie das nicht. Noch habe ich Ihr Geld nicht genommen.«

Ich stand aus Leonards gebrechlichem Schaukelstuhl auf und

langte in die Tasche nach dem neuen Hundertdollarschein, den ich immer in einem Geheimfach meiner Brieftasche habe. Ich brauchte sie nicht, und sie brauchte mich nicht; außerdem wurde es kalt, und ich wollte das Viertel lieber verlassen, bevor die Buschtrommeln und die Stammestänze auf der Haube des Corvair einsetzten. »Ich, äh, muß jetzt wirklich gehen. Also hier ist das Geld, und es tut mir sehr leid, falls ich unhöflich zu Ihnen war.«

»Das waren Sie. Haben Sie Lust auf eine Tasse Tee?«

Ich hielt ihr hartnäckig den nagelneuen Schein hin, aber sie nahm ihn nicht. Ich zuckte die Achseln und sagte okay zu dem Tee, und sie führte mich ins Haus Ascher.

Eine gelbe 3-Watt-Lampe glomm auf dem Flur vor einer Tür, die wahrscheinlich die von Leonard war. Ich hatte erwartet, es würde in dem Haus riechen wie am Meer bei Ebbe, aber das war nicht der Fall. Es roch süß und exotisch; es mußten irgendwelche Räucherstäbchen sein. Gleich hinter dem Glimmlicht war eine Treppe. Sie war so steil, daß ich schon dachte, sie würde zum Basislager auf El Capitan führen, aber dann kam ich doch noch so rechtzeitig oben an, daß ich sie durch eine Tür gehen sah, wobei sie über die Schulter etwas zu mir sagte, was ich nicht verstand.

Wahrscheinlich hatte sie gesagt, ich solle den Kopf einziehen, denn kaum war ich durch die Tür getreten, verfing ich mich auch schon in einem tausendfädigen Spinnennetz und bekam fast einen Herzanfall. Es stellte sich heraus, daß es Marionettenschnüre waren, oder besser gesagt die Fäden einer ihrer Marionetten, die überall im Zimmer herumhingen, in gekonnt unterschiedlichen, makabren Posen, die mich an alle möglichen Träume erinnerten.

»Nennen Sie sie bitte nicht Puppen. Es sind alles Marionetten. Was für Tee möchten Sie, Apfelschalen oder Kamille?«

Der angenehme Geruch kam aus ihrer Wohnung, und es waren Räucherstäbchen. Sie steckten glimmend in einer kleinen irdenen Schüssel mit feinem weißen Sand auf ihrem Couchtisch. Außerdem lagen da ein paar merkwürdige, seltsam gefärbte Steine und etwas, das wie der Kopf einer Marionette aussah. Ich hielt es in der Hand und untersuchte es, als sie wieder hereinkam, mit dem Tee und einem Bananenbrot, das sie gebacken hatte.

»Verstehen Sie was von Marionetten? Die da ist eine Nachbildung des bösen Geistes Natt aus dem burmesischen Marionettentheater.«

»Verdienen Sie sich damit Ihr Geld?« Ich umfing mit einer

ausladenden Geste das Zimmer und hätte beinahe Natt auf das Bananenbrot fallen lassen.

»Ja. Das heißt, ich hab's getan, bis ich krank wurde. Nehmen Sie Honig oder Zucker in den Tee?« Nach ihrem Tonfall bei dem Wort »krank« zu urteilen, wollte sie nicht nach der Art ihrer Krankheit gefragt werden. Oder ging es ihr jetzt wieder besser?

Nachdem ich die wahrscheinlich ekelhafteste Tasse warmer Flüssigkeit ausgetrunken hatte, die ich je zu mir genommen habe – Apfelschalen oder Kamille? –, führte sie mich im Zimmer herum. Sie sprach so selbstverständlich von Ivo Puhonny und Tony Sarg, Wajang-Figuren und Bunraku, als ob wir alle schon miteinander die Kühe gehütet hätten. Aber mir gefielen die Begeisterung in ihrer Stimme und die unglaubliche Ähnlichkeit zwischen einigen der Marionettengesichter und meinen Masken.

Als wir uns wieder setzten – sie war mir schon hundertmal sympathischer als vorher –, sagte sie, sie wolle mir etwas zeigen, was mir sicher gefallen würde. Sie ging in ein anderes Zimmer und kam mit einer gerahmten Fotografie zurück. Ich hatte bis dahin nur ein einziges Foto von France gesehen und erkannte ihn deshalb nicht, bis ich das Autogramm in der linken unteren Ecke bemerkte.

»Du meine Güte, wo haben Sie *das* denn her?«

Sie nahm es zurück und betrachtete es in Ruhe. Dann sprach sie wieder, langsam und leise. »Als ich klein war, hab ich mal mit ein paar anderen Kindern an einem brennenden Blätterhaufen gespielt. Ich bin gestolpert und hineingefallen, und die Verbrennungen an meinen Beinen waren so schlimm, daß ich ein Jahr im Krankenhaus bleiben mußte. Meine Mutter hat mir seine Bücher gebracht, und ich hab sie gelesen, bis die Deckel abgegangen sind. Die Bücher von Marshall France und auch welche über Puppen und Marionetten.«

Ich fragte mich zum ersten Mal, ob France womöglich nur angeknackste Typen wie uns ansprach, puppennärrische kleine Mädchen in Krankenhäusern und Jungen, die seit ihrem fünften Lebensjahr zum Psychiater gingen und im Schatten ihrer berühmter Väter standen.

»Aber wo haben Sie das Bild her? Ich kenne nur ein einziges Foto von ihm, und da war er noch jung, ohne den Bart.«

»Sie meinen das aus *Time*?« Sie sah ihres wieder an. »Ich habe Sie doch vorhin gefragt, warum Sie so viel Geld für *Pfirsichschat-*

ten ausgeben wollen. Wissen Sie, wieviel ich für das da bezahlt habe? Fünfzig Dollar. Ich muß ja reden, was?«

Sie sah mich an und schluckte so hart, daß man es kratzen hörte. »Bedeuten Ihnen diese Bücher genauso viel wie mir? Ich meine... Mir wird wirklich fast schlecht, wenn ich denke, daß Sie das jetzt mitnehmen. Ich hab jahrelang nach einem Exemplar gesucht.« Sie faßte sich an die Stirn und ließ dann die Fingerspitzen an der Seite ihres blassen Gesichts herabgleiten. »Vielleicht ist es besser, Sie nehmen es jetzt und gehen.«

Ich sprang von der Couch auf und legte den Schein auf den Tisch. Bevor ich ging, schrieb ich ihr noch meinen Namen und meine Adresse auf einen Zettel. Ich gab ihn ihr und sagte im Scherz, sie könne das Buch jederzeit besuchen kommen. Eine folgenschwere Entscheidung.

3

Ungefähr eine Woche danach blieb ich eines Abends auf, um noch etwas zu lesen. Ausnahmsweise fühlte ich mich einmal wohl in meinem Mauseloch von Appartement, weil draußen einer dieser Winterstürme tobte, bei denen bösartiger, harter Regen mit nassem Schnee abwechselt. Aber ich mag eigentlich das wetterwendische Connecticut, seit ich in Kalifornien gelebt habe, wo ein sonniger Tag so schön ist wie der andere.

Gegen zehn klingelte es, und ich stand auf und dachte mir, daß wahrscheinlich irgend so ein Hanswurst im Waschsaal ein Becken aus der Wand gerissen oder seinen Zimmergenossen aus dem Fenster gestoßen hatte. Im Wohnheim einer Internatsschule zu leben, ist sicher der dritte oder vierte Kreis der Hölle. Mit einem halbherzigen Anpfiff auf den Lippen machte ich auf.

Sie trug einen schwarzen Umhang mit Kapuze, der ihr bis an die Knie reichte. Sie erinnerte mich an einen Priester der Inquisition, nur daß ihre Robe aus Gummi war.

»Ich komme auf Besuch. Es macht Ihnen doch nichts aus? Ich hab ein paar Sachen mitgebracht, die ich Ihnen zeigen möchte.«

»Ja, sehr schön, kommen Sie rein. Ich hab mich schon gefragt, warum *Pfirsichschatten* heute den ganzen Tag so aufgeregt war.«

Sie war gerade dabei, sich die Kapuze vom Kopf zu streifen, als ich das sagte. Sie hielt inne und lächelte zu mir auf. Ich merkte zum ersten Mal, wie klein sie war. Vor dem schwarzen, glänzenden Regenumhang leuchtete ihr Gesicht naßweiß. Ein seltsames Rosaweiß, aber hübsch und irgendwie babyhaft. Ich hängte den triefenden Umhang auf und machte eine Handbewegung zum Wohnzimmer hin. Im letzten Moment fielen mir ihre Marionetten ein, und daß sie meine Masken noch nicht gesehen hatte. Ich dachte an die andere, die neulich dagewesen war, um sie anzuschauen.

Saxony machte zwei Schritte in den Raum hinein und blieb stehen. Ich war hinter ihr, so daß ich ihren Gesichtsausdruck im ersten Moment nicht sehen konnte. Das war schade. Nach mehreren Sekunden ging sie auf die Masken zu. Ich stand in der Tür und war gespannt, was sie sagen würde, welche sie würde berühren oder von der Wand nehmen wollen.

Keine. Sie schaute lange, und einmal hob sie die Hand, um den roten mexikanischen Teufel mit der blauen Schlange zu berühren, die sich ihm an der Nase herab in den Mund windet, besann sich dann aber und ließ die Hand wieder sinken.

Immer noch mit dem Rücken zu mir sagte sie: »Ich weiß, wer Sie sind.«

Ich grinste ihr verlängertes Rückgrat an. »Sie wissen, wer ich bin? Sie meinen, Sie wissen, wer mein Vater war? Das ist weiter kein Geheimnis. Den können Sie fast jeden Abend im Nachtstudio bewundern.«

Sie drehte sich um und steckte die Hände in die kleinen aufgenähten Taschen desselben blauen Jeans-Rockes, den sie in dem Antiquariat angehabt hatte. »Ihr Vater? Nein, ich meine Sie. Ich weiß, wer Sie sind. Ich hab neulich bei der Schule angerufen und mich nach Ihnen erkundigt. Ich hab denen gesagt, ich wär bei einer Zeitung und wollte einen Artikel über Ihre Familie schreiben. Dann habe ich in einem alten *Who's Who* und noch ein paar anderen Büchern nachgelesen, was über Sie und Ihre Familie drinstand.« Mit zwei Fingern fischte sie einen Zettel aus der Tasche und faltete ihn auseinander. »Sie sind dreißig und hatten einen Bruder, Max, und eine Schwester, Nicolle, beide älter als Sie. Ihre Geschwister kamen bei dem gleichen Flugzeugabsturz um wie Ihr Vater. Ihre Mutter lebt in Litchfield, Connecticut.«

Ich war sprachlos, über die Fakten ebenso wie über die Unverfrorenheit, mit der sie ihre Missetaten zugab.

»Die Schulsekretärin hat mir erzählt, daß Sie auf dem Marshall and Franklin College waren und 1971 Ihren Abschluß gemacht haben. Seit vier Jahren sind Sie hier als Lehrer, und ein Schüler aus Ihrem Kurs über amerikanische Literatur hat mir gesagt, daß Sie als Lehrer ›so ganz in Ordnung‹ sind.« Sie faltete den Zettel zusammen und steckte ihn wieder ein.

»Und wozu diese Nachforschungen? Liegt was gegen mich vor?«

Sie ließ die Hand in der Tasche. »Ich weiß immer gern, mit wem ich es zu tun habe.«

»Na schön. Und was weiter?«

»Nichts. Als Sie so einen Haufen Geld für ein Buch von Marshall France ausgegeben haben, wollte ich mehr über Sie wissen, das ist alles.«

»Also wissen Sie, ich bin es eigentlich nicht gewöhnt, daß man Dossiers über mich zusammenstellt.«

»Warum hängen Sie Ihren Job an den Nagel?«

»Das tu ich gar nicht. Ich lasse mich nur beurlauben, Miss Hoover. Und überhaupt, wieso interessiert Sie das denn?«

»Schauen Sie mal her, was ich Ihnen mitgebracht habe.« Sie griff hinter sich und holte etwas unter ihrem grauen Pullover hervor. Ihre Stimme klang sehr aufgeregt, als sie es mir reichte. »Ich hab davon gewußt, aber ich hätte nie gedacht, daß es mir noch mal gelingen würde, ein Exemplar aufzutreiben. Ich glaube, es sind nur ungefähr tausend Stück davon gedruckt worden. Ich hab's im Gotham in New York gefunden. Ich hab schon jahrelang danach gesucht.«

Es war ein kleines, ganz schmales Bändchen, auf wunderschön dickem, rauhem Papier gedruckt. An dem Umschlagbild (wie immer ein Van Walt) erkannte ich, daß es etwas von France war, aber ich hatte keine Ahnung, worum es sich handeln konnte. Es trug den Titel *Nacht fährt in Anna,* und mir fiel sofort auf, daß es im Gegensatz zu all seinen anderen Bänden keine Illustrationen enthielt, bis auf das Umschlagbild, eine anspruchslose Federzeichnung von einem kleinen Mädchen in einem Farmer-Overall, das bei Sonnenuntergang auf eine Bahnstation zugeht.

»Das kenne ich ja gar nicht. Was... Wann hat er das denn geschrieben?«

»Das kennen Sie nicht? Wirklich nicht? Sie haben noch nichts –?« Sie zog es mir sacht aus den gierigen Händen und betastete es mit den Fingerspitzen, als ob sie Blindenschrift läse. »Das ist der Roman, an dem er gearbeitet hat, als er gestorben ist. Ist das nicht sagenhaft? Ein Roman von Marshall France! Angeblich hat er ihn sogar vollendet, aber seine Tochter Anna sitzt auf dem Manuskript. Das hier« – ihre Stimme klang empört, und sie stieß mehrmals vorwurfsvoll mit ausgestrecktem Zeigefinger danach – »ist der einzige Teil, der jemals an die Öffentlichkeit gelangte. Es ist kein Kinderbuch. Man glaubt es kaum, daß es von ihm ist, es ist so ganz anders als seine anderen Sachen. So unheimlich und traurig.«

Ich nahm es ihr vorsichtig wieder aus der Hand und schlug es behutsam auf.

»Es ist nur das erste Kapitel, wissen Sie, und dafür ist es ganz schön lang, fast vierzig Seiten.«

»Würden Sie, äh, ich meine, hätten Sie was dagegen, wenn ich's mir mal eine Minute allein ansehe?«

Sie lächelte lieb und schüttelte den Kopf. Als ich wieder aufsah, kam sie mit einem Tablett ins Zimmer, beladen mit Tassen, meiner Messing-Teekanne und all den englischen Muffins, die eigentlich mein Frühstück für die nächsten zwei Tage sein sollten.

Sie stellte das Tablett auf den Boden. »Können Sie die entbehren? Ich sterbe vor Hunger, ich hab den ganzen Tag noch nichts gegessen. Ich hab' sie da drin gesehen ...«

Ich machte das Buch zu und lehnte mich in meinem Sessel zurück. Ich sah zu, wie sie meine Muffins verdrückte. Unwillkürlich mußte ich lächeln. Und dann – ich wußte selbst nicht, wieso und warum – platzte ich auf einmal mit meinem Plan von der France-Biographie heraus.

Ich wußte, wenn ich überhaupt mit jemandem darüber redete, bevor ich mit dem Buch begann, konnte es nur sie sein, aber hinterher war es mir peinlich, weil ich mich von meiner Begeisterung hatte fortreißen lassen. Ich stand auf, ging zur Maskenwand hinüber und tat so, als wollte ich die Marquesa zurechtrücken.

Sie sagte nichts, sagte immer noch nichts, und schließlich drehte ich mich zu ihr um und sah sie an. Aber sie wich meinem Blick aus, und zum erstenmal, seit wir uns kannten, sprach sie, ohne mich dabei anzusehen. »Könnte ich Ihnen nicht helfen? Ich könnte für Sie recherchieren. Ich hab so was schon gemacht, für einen Prof an meinem College, aber das hier wär viel interessanter, weil ich mich mit *seinem* Leben befassen würde. Mit *Marshall France*. Ich würde wirklich nicht viel dafür verlangen. Wirklich nicht. Den Mindestlohn – wo liegt der jetzt, bei zwei Dollar die Stunde?«

Oh, Mann. Ein richtig nettes Mädchen, wie meine Mutter immer sagte, wenn sie mir eine ihrer »Entdeckungen« vorführte, aber ich brauchte niemanden, wollte niemanden, der mir half, auch wenn es jemand war, der viel mehr über France wußte als ich. Falls ich mich wirklich hineinstürzte, wollte ich nicht auch noch auf jemand anderen Rücksicht nehmen müssen, schon gar nicht auf eine Frau, die sich dann womöglich als rechthaberisch oder egoistisch oder gar launisch entpuppte. Sicher, sie hatte ihre guten Seiten, aber es ging einfach nicht. Also wand ich mich und druckste herum, und sie hatte zum Glück keine allzu lange Leitung.

»Mit anderen Worten, Sie sagen nein.«

»Ich... Wie soll ich sagen... Sie haben recht.«

Sie sah auf den Boden und verschränkte die Arme. »Ah ja.«

Sie blieb eine Minute so stehen, drehte sich dann auf dem Absatz um, nahm das Buch an sich und ging zur Tür.

»Moment mal, deswegen brauchen Sie nicht gleich zu gehen.« Mich schreckte die Vorstellung, daß sie sich das Buch wieder unter den Pullover schieben würde. Der Gedanke an diesen wollenen Wulst brach mir das Herz.

Sie spreizte die erhobenen Arme, um sich die noch nasse Pelerine überzustreifen. Einen Moment lang sah sie aus wie Graf Dracula bei Regenwetter. Sie nahm die Arme auch nicht herunter, als sie dann noch etwas sagte.

»Ich glaube, Sie machen einen großen Fehler, wenn es Ihnen mit dem Buch ernst ist. Ich glaube wirklich, ich könnte Ihnen helfen.«

»Ich wüßte nicht, wie... Äh, ich...«

»Ich meine, ich könnte mich wirklich *nützlich* machen. Ich begreife überhaupt nicht... Ach was, hat ja doch keinen Zweck.« Sie machte die Tür auf und zog sie ganz leise hinter sich zu.

Zwei Tage danach kam ich vom Unterricht zurück und fand einen Zettel unter meiner Wohnungstür. Es war etwas mit dickem Leuchtstift darauf geschrieben; die Schrift kannte ich nicht.

ICH MACHE DAS TROTZDEM. ES HAT NICHTS MIT IHNEN ZU TUN. RUFEN SIE MICH AN, WENN SIE HEIMKOMMEN – ICH HABE NEUEN STOFF. SAXONY GARDNER.

Nicht auszudenken, wenn einer meiner superklugen Schüler den Zettel gesehen, »Stoff« als »Rauschgift« gelesen und Gerüchte über Mr. Abbeys heimliche Orgien in die Welt gesetzt hätte. Ich hatte nicht einmal Saxonys Telefonnummer und auch keine Lust, sie herauszusuchen. Aber am Abend rief sie mich an. Sie wirkte während des ganzen Gesprächs verärgert.

»Ich weiß schon, Sie wollen mich da nicht dabei haben, Thomas, aber Sie hätten mich trotzdem anrufen sollen. Immerhin habe ich mich ganz schön für Sie abgeschuftet in der Bibliothek.«

»Tatsächlich? Also da bin ich Ihnen wirklich dankbar. Ehrlich!«

»Dann holen Sie sich mal Papier und Bleistift. Es ist nämlich eine ganze Menge.«

»Ich hab schon was zum Schreiben. Schießen Sie los.« Welche Gründe sie auch haben mochte, ich dachte nicht daran, auf Gratis-Informationen zu verzichten.

»Gut. Erstens einmal hat er eigentlich nicht France geheißen, sondern Frank. Er ist 1922 als Martin Emil Frank in Rattenberg in Österreich auf die Welt gekommen. Rattenberg ist eine kleine Stadt ungefähr sechzig Kilometer von Innsbruck, in den Bergen. Sein Vater hieß mit Vornamen David, seine Mutter Hannah, mit h.«

»Moment bitte. Ja, weiter.«

»Er hatte einen älteren Bruder, Isaac, der ist 1944 in Dachau umgekommen.«

»Sie waren Juden?«

»Das steht einwandfrei fest. France kam 1938 nach Amerika und zog dann irgendwann nach Galen, Missouri.«

»Warum nach Galen? Haben Sie darüber was gefunden?«

»Nein, aber ich suche weiter. Mir gefällt das. Es macht Spaß, in der Bibliothek zu arbeiten und nach Einzelheiten über jemanden zu suchen, den man liebt.«

Als sie aufgelegt hatte, behielt ich den Hörer in der Hand und kratzte mich schließlich damit am Kopf. Ich wußte nicht, ob es mir recht war, daß sie wieder anrufen wollte, sobald sie Neues zu berichten hatte.

Wie sie mir ein paar Tage später mitteilte, ging France nach Galen, weil sein Onkel dort eine kleine Druckerei hatte. Doch bevor er gen Westen zog, lebte unser Mann anderthalb Jahre in New York. Aus irgendeinem Grund kam sie nicht dahinter, was er dort gemacht hatte. Sie drehte deswegen fast durch, ihre Anrufe wurden immer ärgerlicher.

»Ich krieg das einfach nicht raus. Ich werd noch wahnsinnig!«

»Immer mit der Ruhe, Sax. Bei Ihrer Gründlichkeit finden Sie es bestimmt noch.«

»Tun Sie nicht so herablassend, Thomas. Sie reden wie Ihr Vater in dem Film, den ich mir gestern abend angesehen habe. Der herzensgute alte Farmer James Vandenberg.«

Ich kniff die Augen zusammen und umklammerte den Telefonhörer fester. »Hören Sie zu, Saxony, ich habe keine Lust, mich von Ihnen beleidigen zu lassen.«

»War nicht so gemeint. Tut mir leid.« Sie legte auf. Ich rief sofort zurück, aber sie nahm nicht ab. Ich fragte mich, ob sie vielleicht aus einer Telefonzelle irgendwo in der Stadt angerufen hatte, und da tat sie mir plötzlich so leid, daß ich in einen Blumenladen ging und ihr ein japanisches Bonsai-Bäumchen kaufte. Ich überzeugte mich, daß sie nicht zu Hause war, bevor ich es ihr vor die Wohnungstür stellte.

Ich dachte mir, es sei an der Zeit, selbst mal was zu unternehmen, anstatt die ganze Sucherei ihr zu überlassen, und als wir in der Schule Ende April ein verlängertes Wochenende hatten, beschloß ich deshalb, nach New York zu fahren, um mit Frances Verleger über die Biographie zu sprechen. Ich sagte ihr nichts davon, bis zum Abend vor meiner Abreise, und auch da war sie es, die mich anrief, glühend vor Begeisterung.

»Thomas! Ich hab's. Ich weiß jetzt, was er in den anderthalb Jahren in New York gemacht hat!«

»Super! Was denn?«

»Halten Sie sich fest! Er hat bei einem italienischen Leichenbestatter namens Lucente gearbeitet. Er war sein Gehilfe oder so was. Was er da genau gemacht hat, stand allerdings nicht drin.«

»Sehr schön. Aber erinnern Sie sich an die Stelle im *Land des Lachens*, wo der Mondnarr und die Öldame sterben? Um das zu schreiben, *mußte* er etwas über den Tod wissen.«

4

Es ist immer dasselbe, wenn ich nach New York komme. Es gab da mal einen blöden Witz über einen Mann, der eine schöne Frau heiratete und es kaum erwarten konnte, sie in der Hochzeitsnacht in die Arme zu nehmen. Aber als es dann so weit war, zog sie sich die blonde Perücke vom kahlen Kopf, schnallte ihr Holzbein ab und nahm das Gebiß heraus, dem sie ihr unwiderstehliches Lächeln verdankte. Sie drehte sich keusch zu ihm um und lispelte: »Ich bin jetzt bereit, Liebling.« Genauso geht es mir mit New York. Immer wenn ich mich New York nähere – im Flugzeug, mit der Bahn oder im Auto –, kann ich es kaum erwarten anzukommen. The Big Apple! Theater! Museen! Buchläden! Die schönsten Frauen der Welt! Es ist alles da und hat die ganze Zeit nur auf mich gewartet. Ich springe aus dem Zug und bin auf der *Grand Central Station* – oder in der *Port Authority* oder auf dem *Kennedy Airport* – im Herzen der Weltstadt. Und mein Herz tanzt eine Conga: Diese Rasanz! Die Frauen! Ich liebe es! Alles! Aber damit geht es schon los, denn »alles«, dazu gehören auch der Penner, der in eine Ecke torkelt und sich auskotzt, und der fiese vierzehnjährige Puertorikaner auf durchsichtigen hohen Raumschiff-Absätzen, der mich lauernd um einen Dollar anhaut. Und so weiter und so fort. Ich brauche das nicht weiter auszumalen, aber ich bin ein hoffnungsloser Fall, denn wenn ich in die Stadt komme, meine ich jedesmal, Frank Sinatra müsse gleich in einem Matrosenanzug an mir vorbeitanzen und »New York, New York« singen. Einmal tanzte tatsächlich ein Mann, der Sinatra ein bißchen ähnlich sah, im *Grand Central* an mir vorbei. Tanzte an mir vorbei, blieb stehen und pinkelte an die Wand.

Inzwischen laufen meine Besuche in New York immer nach dem gleichen Schema ab. Ich steige in Hochstimmung aus dem Zug. Bis die erste schreckliche Sache passiert, genieße ich jede Minute. Wenn dann das Schreckliche eintritt, mache ich meiner ganzen Wut und Enttäuschung Luft, und dann gehe ich zur Tagesordnung über.

Diesmal war es ein Taxifahrer. Ich winkte ihn vor dem Bahnhof heran und nannte ihm die Adresse des Verlags in der Fifth Avenue.

»Parade auf der Fifth.«

»Ja, und?« Auf seiner Lizenzkarte stand, daß er Franklin Tuto hieß. Ich fragte mich, wie sich das aussprechen mochte.

Seine Augen im Rückspiegel musterten mich kritisch. »Na, ich muß die Park runterfahren.«

»Ach so, geht in Ordnung. Entschuldigen Sie, aber sprechen Sie Ihren Nachnamen ›Tuto‹ oder ›Tatto‹ aus?«

Damit zog ich mir schon wieder einen mißtrauischen Blick aus dem Rückspiegel zu. Eine verfängliche Frage.

»Geht'n Sie das an?«

»Nichts. Hat mich nur interessiert.« Blöd wie ich bin, hielt ich es für eine gute Idee, einen faulen Witz zu machen. »Ich dachte, Sie wären vielleicht mit den ägyptischen Tuts verwandt.«

»Reden Sie kein Stuß, Mann. Kontrollieren woll'n Sie mich, geben Sie's zu.« Er grapschte nach dem Schirm seiner karierten Golfmütze, drehte ihn nach vorne und zog ihn sich tief in die Stirn.

»Nein, nein. Ich hab nur Ihren Namen auf der Karte gelesen und –«

»Schon wieder einer von diesen Inspektoren! Der Teufel soll euch alle holen. Ich hab mir die dämliche Verlängerung schon besorgt, also was wollt ihr denn noch von mir, mein Blut?« Er fuhr rechts ran und gab mir zu verstehen, ich hätte in seinem Scheiß-Taxi nichts verloren und könne ihm verdammt noch mal ruhig die Lizenz entziehen, aber von »uns Typen« habe er endgültig die Schnauze voll. Also stiegen »wir« alle aus, winkten Franklin Tuto nach, der mit quietschenden Reifen davonfuhr, und hielten seufzend ein anderes Taxi an.

Mein neuer Chauffeur hörte auf den Namen Kodel Sweet. Ich bin Weltmeister im Lesen von Taxifahrernamen; aus dem Fenster zu schauen langweilt mich. Er hatte einen dieser flippigen schwarzen Samthüte auf, die aussehen, als wären sie vom Himmel gefallen und einfach liegengeblieben. Er sagte, ob es mir nun paßte oder nicht, während der ganzen Fahrt kein Wort außer »Alles klar«, als ich zum zweitenmal die Verlagsadresse nannte. Aber als ich ausstieg, wünschte er mir immerhin einen »Schönen Tag noch«, und es hörte sich an, als ob er es ehrlich meinte.

Das Gebäude war einer dieser Schöne-Neue-Welt-Glaskästen, die wie hochkant gestellte Swimmingpools aussehen, aus denen trotzdem das Wasser nicht ausläuft. Für diese Sorte Architektur habe ich nur was übrig, wenn an einem strahlenden Frühlings- oder Herbsttag die Millionen Fenster das Licht in alle Richtungen reflektieren.

Ich staunte, daß gleich mehrere Stockwerke des Gebäudes von Büros dieses einen Verlages eingenommen wurden. Ganze Etagen voller Leute, die alle an Büchern arbeiteten. Das gefiel mir. Und mir gefiel auch, daß Kodel Sweet mir einen schönen Tag gewünscht hatte. Und im Aufzug roch es schön sexy nach dem Parfüm einer Frau ... New York ist schon in Ordnung.

Im Hinauffahren spürte ich ein komisches Kitzeln im Bauch bei dem Gedanken, daß ich in ein paar Minuten mit jemandem reden würde, der Marshall France persönlich gekannt hatte. Mein Leben lang haben mich Leute mit Fragen über meinen Vater belemmert, und mir war das immer auf die Nerven gegangen, aber jetzt hatte ich selbst tausend Fragen, die ich über France stellen wollte. Als mir gerade noch ein Dutzend einfiel, gingen die Lifttüren auf, und ich machte mich auf die Suche nach David Louis' Büro.

Louis war keine Berühmtheit im Verlagswesen, aber immerhin so renommiert, daß man ab und zu mal was von ihm hörte. In den Artikeln über France, die ich in der letzten Zeit noch einmal nachgelesen hatte, wurde Louis als einer der wenigen bezeichnet, die mit France zu dessen Lebzeiten Kontakt gehabt hatten. Außerdem hatte er alle Bücher von France lektoriert, und dieser hatte ihn zu seinem Nachlaßverwalter bestimmt. Ich wußte zwar nichts über Nachlaßverwalter (als mein Vater starb, hatte ich mich total eingeigelt und war erst wieder hervorgekrochen, als Trümmer und Leichen vom Schlachtfeld geräumt waren), nahm aber an, daß France große Stücke auf Louis gehalten haben mußte, da er ihm die Verwaltung seines Besitzes übertragen hatte.

»Kann ich Ihnen helfen?«

Die Sekretärin trug ein T-Shirt aus Goldlamé, auf dem – Hand aufs Herz – mit goldenen Pailletten »Virginia Woolf« quer über ihre recht ansehnliche Brust geschrieben stand. Auf ihrem Schreibtisch lag, mit dem Titel nach unten, ein Exemplar von *Sex im Büro*.

»Ich bin mit Mr. Louis verabredet.«

»Sind Sie Mr. Abbey?«

»Ja.« Ich sah weg, denn sie hatte auf einmal dieses »Sind-Sie-nicht...?«-Glitzern in den Augen, und ich konnte wirklich auf ihre Fragen verzichten.

»Moment bitte, ich frage mal nach...« Sie hob den Hörer ab und wählte eine Nebenstelle.

An einer Wand des Vorzimmers war ein Schaukasten mit Neuerscheinungen des Verlages. Ich wollte mir die belletristischen Titel ansehen, doch was mir ins Auge sprang, war ein Prachtschinken, *Die Welt der Marionetten*. Er kostete fünfundzwanzig Dollar, sah aber zumindest durch die Glasscheibe so dick aus, daß praktisch jede Marionette darin abgebildet sein mußte, die es auf dieser Welt gab. Ich beschloß, das Buch für Saxony zu kaufen, für die viele Arbeit, die sie sich gemacht hatte. Die Geste würde ihr wahrscheinlich mehr bedeuten, als mir eigentlich lieb sein konnte, aber das war mir jetzt auch egal. Sie hatte es sich verdient.

»Mr. Abbey?«

Ich drehte mich um, und Louis stand vor mir. Er war klein und untersetzt, wahrscheinlich um die Sechzig, Einundsechzig, und eine gepflegte Erscheinung. Er trug einen todschicken beigen Anzug mit breiten Revers und ein himmelblaues Fischgräthemd mit einem kastanienbraunen Halstuch anstelle einer Krawatte.

Mit seiner silbergefaßten Brille wirkte er wie ein französischer Filmregisseur. Er hatte eine Stirnglatze und begrüßte mich mit einem windelweichen Händedruck.

Wir gingen in sein Büro, und unmittelbar bevor er die Tür schloß, hörte ich, wie die Sekretärin ihren Kaugummi platzen ließ. Der Raum war von Wand zu Wand voller Bücher, und ein verstohlener Blick auf einige der Titel sagte mir, daß der Mann eine Koryphäe sein mußte, wenn er auch nur die Hälfte dieser Autoren als Lektor betreut hatte.

Er lächelte entschuldigend und schob die Hände in die Hosentaschen. »Macht es Ihnen was aus, wenn ich mich neben Sie auf die Couch setze? Bitte, nehmen Sie doch Platz. Ich habe mir letzte Woche beim Squash das Kreuz verrenkt, und es ist immer noch nicht gut.«

Hochmodischer Anzug, Pailletten-Sekretärin, Squash ... Ob mir dieser Stil nun zusagte oder nicht, Louis war jedenfalls im Moment mein direktester Draht zu Marshall France.

»Sie wollten mit mir über Marshall France sprechen, Mr. Abbey?« Er lächelte, ein bißchen müde, schien mir. Weil es sein täglich Brot war? »Es ist schon interessant, wissen Sie, seit es an den Colleges Kurse über Kinderbücher gibt und Leute wie George MacDonald und die Brüder Grimm literarisch anerkannt sind, hat das Interesse an Frances Werk wieder stark zugenommen. Nicht daß seine Bücher nicht schon immer gut gegangen wären. Aber jetzt tauchen sie sogar auf den Lektürelisten der Schulen auf.«

Jetzt würde er mir gleich sagen, daß nächsten Monat zwölf France-Biographien erscheinen würden. Ich hatte Angst, ihn danach zu fragen, aber es half alles nichts.

»Wieso gibt's dann noch keine Biographie über ihn, wenn er so in Mode ist?«

Louis drehte langsam den Kopf, so daß er mich direkt ansah. Bis dahin hatte er geradeaus auf irgend etwas Faszinierendes vor uns auf dem Fußboden gestarrt. Seine Augen konnte ich nicht richtig sehen, weil sich in den Brillengläsern die Fenster spiegelten, aber das übrige Gesicht wirkte gelassen.

»Sind sie deshalb zu mir gekommen, Mr. Abbey? Sie wollen eine Biographie schreiben?«

»Ja, ich möchte es versuchen.«

»Na schön.« Er holte tief Luft und sah wieder auf den Boden. »Dann erzähle ich Ihnen das gleiche wie den anderen. Ich persönlich würde es sehr begrüßen, wenn eine Biographie dieses Mannes geschrieben würde. Soviel ich weiß, muß er ein faszinierendes Leben geführt haben. Später dann weniger, als er älter wurde und in Galen lebte ... Doch jede literarisch bedeutsame Gestalt sollte ihr Porträt bekommen. Aber als Marshall berühmt wurde, machte ihm die damit verbundene Popularität schwer zu schaffen. Ich war immer überzeugt, daß das seinen frühen Tod mit verursacht hat – alle möglichen Leute rückten ihm auf die Bude, und das hat er einfach nicht verkraftet. Das war zuviel für ihn. Aber wie auch immer, seine Tochter ...« Er hielt inne und leckte sich die Lippen. »Seine Tochter, Anna heißt sie, ist ein höchst sonderbares Wesen. Sie trägt es der Welt immer noch nach, daß ihr Vater so früh sterben mußte. Er war ja erst vierundvierzig. Sie lebt jetzt allein da draußen, in dem schrecklichen, riesigen Haus in Galen, und weigert sich, mit irgend jemandem über Dinge zu sprechen, die mit ihm zusammenhängen. Wollen Sie wissen, wie lange ich schon versuche, ihr das Manuskript seines Romans abzuschwatzen? Seit *Jahren*, Mr. Abbey. Sie kennen die Geschichte mit seinem Roman, nicht wahr?«

Ich nickte, ganz der gelehrte Biograph.

»Ja, schön, gratuliere. Abgesehen davon, daß es ihr ein kleines Vermögen einbringen würde – Geld allein macht nicht glücklich –, bin ich der Meinung, daß alles, was er geschrieben hat, gedruckt und gelesen werden sollte. Er war das einzige echte Genie, dem ich in dieser Branche jemals begegnet bin – Sie dürfen mich zitieren. Mein Gott, er hat so glühende Verehrer, daß für *Pfirsichschatten* schon fünfundsiebzig Dollar gezahlt werden, wir mir neulich ein Buchhändler sagte!«

Oho.

»Nein, Mr. Abbey, sie hört nicht auf mich und auch auf keinen anderen. Marshall hat ihr vor seinem Tod nicht gesagt, daß das Buch fertig war, aber in seinen Briefen an mich hat er diesbezügliche Andeutungen gemacht. Für sie ist es unvollendet, und das heißt, nicht reif für die Veröffentlichung. Deshalb habe ich sie angefleht, es mich mit einem ausführlichen Vorwort herausbringen zu lassen, in dem ich klar und deutlich darauf hingewiesen hätte, daß es sich um ein unvollendetes Werk handelt, aber sie verschließt einfach ihre verquollenen Äuglein vor mir und zieht sich in ihr Baby-Anna-Land zurück, und damit hat sich's.

Ich muß allerdings dazusagen, daß Marshall nie wollte, daß eine Biographie über ihn geschrieben würde, und sie respektiert natürlich auch diesen Wunsch. Manchmal denke ich mir, sie versucht, alles, was von ihm geblieben ist, vor der übrigen Welt zu verstekken. Am liebsten würde sie allen Leuten seine Bücher aus den Regalen räumen.« Er kratzte sich das drahtige weiße Haar. »Es ist zum Verzweifeln – sie gibt den Roman nicht heraus, hintertreibt das Erscheinen einer Biographie, weist jeden Journalisten ab, der nach Galen kommt, weil er einen Artikel über ihn schreiben möchte... Sie will ihn ganz für sich behalten, der übrigen Welt auch nicht das kleinste Stückchen von ihm abgeben. Das ist doch einfach grauenhaft!« Er schüttelte den Kopf und sah an die Decke. Ich schaute auch hinauf, sah aber nichts. Es war ruhig und angenehm, und wir dachten über diesen bemerkenswerten Mann nach, der in unser beider Leben eine so große Rolle spielte.

»Wäre es nicht vielleicht möglich, eine Biographie zu schreiben, die *nicht* autorisiert wäre, Mr. Louis? Ich meine, man müßte doch auch genügend Material über ihn finden können, ohne Anna France zu bemühen.«

»Auch das hat man schon versucht. Vor ein paar Jahren kam so ein übereifriger Doktorand aus Princeton auf dem Weg nach Galen hier vorbei.« Er lächelte vor sich hin und nahm die Brille ab. »Er war ein unglaublich arroganter Einfaltspinsel, aber lassen wir das. Ich war gespannt, was er bei der allmächtigen Anna ausrichten würde. Ich bat ihn, mir zu schreiben, falls sich in Galen irgend etwas ergäbe, aber ich habe nichts mehr von ihm gehört.«

»Und wie hat Anna reagiert?«

»Anna? Ach, wie üblich. Sie hat mir einen gehässigen Brief geschrieben, ich sollte ihr gefälligst nicht andauernd Schnüffler auf den Hals hetzen, die bloß im Leben ihres Vaters herumstochern wollten. Das kenne ich schon, glauben Sie mir. In ihren Augen bin ich dieser New Yorker Jude, der ihren Vater bis ans Ende seiner Tage ausgebeutet hat.« Er kehrte beide Handflächen nach oben und zog die Achseln hoch.

Ich wartete, ob er noch etwas sagen würde, aber er schwieg. Ich rieb meine Hand an dem groben Leinenbezug der Armlehne und überlegte, was ich ihn noch fragen könnte. Neben mir saß der Mann, der Marshall France gekannt hatte – mit ihm geredet, seine Manuskripte gelesen –, und wo waren all meine Fragen? Warum fiel mir plötzlich nichts mehr ein?

»Ich will Ihnen ein bißchen von Anna erzählen, Thomas. Vielleicht bekommen Sie eine Ahnung davon, was auf Sie zukäme, sollten Sie wirklich versuchen, dieses Buch zu schreiben. Ich erzähle Ihnen nur eine einzige Episode aus meiner nie endenden Liebesaffäre mit der liebreizenden Anna.« Er stieß sich von der Couch hoch und ging an seinen Schreibtisch. Er öffnete ein kleines Lackkästchen – von der Art, wie man sie in russischen Geschenkboutiquen sieht – und nahm eine Zigarre heraus, die wie eine verdrehte Baumwurzel aussah.

»Vor acht Jahren bin ich einmal nach Galen gefahren, um mit Marshall über ein Buch zu sprechen, an dem er arbeitete. Wie sich herausstellte, war es *Nacht fährt in Anna,* und er war schon ziemlich weit. Ich las, was er fertig hatte, und fand es gut, aber es waren auch Teile dabei, die er noch überarbeiten mußte. Er hatte noch nie einen Roman geschrieben, und es zeigte sich, daß es ein viel ernsteres Werk war als seine anderen Bücher.« Er paffte an seiner Zigarre und sah zu, wie die Spitze sich orangerot verfärbte. Er war einer von denen, die beim Erzählen gerne Kunstpausen einlegen – immer gerade dann, wenn sie an einen entscheidenden Punkt gelangt sind und wissen, daß ihre Zuhörer atemlos gespannt sind, wie es weitergeht. In diesem Fall machte Louis eine Pause, nachdem er mir erzählt hatte, er habe Marshall France darauf hingewiesen, daß etwas, was er geschrieben hatte, noch »überarbeitet« werden müsse.

»Und, hat er empfindlich reagiert?« Ich setzte mich auf der Couch zurecht und versuchte, mir den Anschein zu geben, als könnte ich den ganzen Tag auf seine Antwort warten. Außerdem stellte ich mir vor, wie ich in meiner Biographie schreiben würde: »Gefragt, ob France für redaktionelle Vorschläge zugänglich gewesen sei, blickte sein langjähriger Lektor David Louis lächelnd über seine De-Nobili-Zigarre und sagte ...«

Paff. Paff. Langer Blick aus dem Fenster. Er streifte die Asche in einen Aschenbecher ab und warf einen letzten prüfenden Blick auf die Zigarre, wozu er sie auf Armlänge von sich hielt.

»Ob er empfindlich reagiert hat? Auf Kritik, meinen Sie? Aber kein Gedanke, überhaupt nicht. Ich war mir zwar nie sicher, ob er mir eigentlich zuhörte, hatte aber nie die geringsten Bedenken, es ihm zu sagen, wenn ich etwas für falsch oder nicht ganz geglückt hielt.«

»Und kam das oft vor?«

»Nein. Fast immer erreichten mich seine Manuskripte als Fertigprodukte. Nach seinem ersten Buch brauchte ich bei Marshall nichts mehr zu redigieren. Höchstens ein paar Interpunktionsfehler und die eine oder andere falsche Satzstellung.

Aber lassen Sie mich auf seinen Roman zurückkommen. Als ich bei Marshall draußen war, nahm ich mir zwei Tage Zeit, um den Text sorgfältig zu lesen und mir Notizen zu machen. Anna war damals, warten Sie... Ja, sie muß ungefähr zwanzig, zweiundzwanzig gewesen sein. Sie hatte kurz zuvor ihr Studium in Oberlin abgebrochen und lungerte die meiste Zeit zu Hause herum, auf ihrem Zimmer. Wie Marshall mir erzählte, war sie wegen der dortigen Musikschule auf dieses College gegangen – angeblich hatte sie das Zeug zu einer Konzertpianistin, doch dann steckte sie irgendwann mittendrin auf und kam wieder heimgerannt.«

Sein Tonfall war schwer zu beschreiben – sachlich, aber mit kleinen sarkastischen Spitzen durchsetzt.

»Das Interessante daran ist, daß sie in irgendwelche mysteriösen Vorgänge am College verwickelt war, irgend etwas war passiert oder irgend jemand...« Er rieb sich das Ohr und verzog das Gesicht. »Moment mal, genau! Irgend jemand war gestorben, glaube ich. Ihr Freund? Ich bin mir nicht sicher. Marshall beschränkte sich natürlich auf Andeutungen, da ja seine Tochter unmittelbar beteiligt war. Auf jeden Fall nahm sie den nächsten Zug nach Hause.

Als ich dort war, huschte sie immer in schwarzen Seidenkleidern und mit offenem Haar durchs Haus. Und immer hielt sie ein Buch von Kafka oder Kierkegaard an die Brust gedrückt. Ich hatte den Eindruck, sie trug die Bücher absichtlich mit dem Titel nach außen, damit jeder sehen konnte, was sie las.

Marshall hatte drei Katzen, die hießen Eins, Zwei und Drei. Er hatte sie noch nicht lange, aber sie durften tun und lassen, was sie wollten. Sie spazierten über seinen Schreibtisch, wenn er arbeitete, sprangen auf den Tisch, wenn wir beim Essen saßen. Ich kam nicht dahinter, wen er mehr liebte, Anna oder die Katzen. Seine Frau, Elizabeth, war zwei, drei Jahre zuvor gestorben, so daß nur die beiden, Vater und Tochter, und die drei Katzen das monströse alte Haus bewohnten.

Eines Abends nach dem Essen saß ich auf der Veranda und las. Anna kam heraus, unter jedem Arm eine Katze.«

Louis stand wieder von der Couch auf und setzte sich auf die Schreibtischkante, mir gegenüber, etwa zwei, zweieinhalb Meter weg.

»Ich muß Ihnen das vorspielen, damit Sie es sich richtig vorstellen können. Also, ich sitze da, wo Sie sind, Thomas, und Anna steht hier, wo ich bin, ja? Sie hat die beiden Katzen unterm Arm, und alle drei funkeln mich böse an. Ich probierte es mit einem Lächeln, aber sie reagierten nicht, und so wandte ich mich wieder meinem Buch zu. Auf einmal höre ich die Katzen kreischen und fauchen. Ich schaue auf, und Anna sieht mich an, als wäre ich die Beulenpest persönlich. Ich hatte sie schon immer für exzentrisch gehalten, aber das war der schiere Wahnsinn.« Er stand jetzt und hatte die Arme ausgestreckt, als hielte er etwas umfangen. Die Zigarre hatte er zwischen den Zähnen, und Stirn und Augen waren nach oben gerichtet. »Dann trat sie näher heran und sagte etwas wie: ›Wir hassen Sie. Wir hassen Sie!‹«

»Und was taten Sie?«

»Nichts, denn das Merkwürdigste war, daß Marshall drinnen hinter der Fliegengittertür stand, er war kaum zu sehen. Er hatte offensichtlich alles mitbekommen. Ich starrte zu ihm hin, weil ich natürlich dachte, er würde etwas unternehmen. Aber er blieb bloß noch ungefähr eine Minute so stehen und wandte sich dann ab und ging wieder hinein.«

Nach diesem sonderbaren Kabinettstückchen bot mir Louis eine Tasse Kaffee an. Das Mädchen mit dem literarischen T-Shirt kam und ging wieder, und in der Zwischenzeit tauschten wir Banalitäten aus. Seine Geschichte von Anna war so seltsam und unglaublich gewesen, daß ich keinen klaren Gedanken fassen konnte.

»Wer war eigentlich Van Walt?«

Er rührte sich einen Löffel Honig in den Kaffee. »Van Walt. Auch so ein Marshall-France-Mysterium. Wie er mir sagte, lebte Van Walt als Einsiedler in Kanada und wollte von niemandem gestört werden. Von dieser Darstellung wich Marshall kein Jota ab, und so gaben wir uns schließlich geschlagen und wickelten alles, was Van Walt betraf, über France ab.«

»Das war alles?«

»Das war alles. Wenn ein so bedeutender Schriftsteller wie Marshall sagt, jemand will in Ruhe gelassen werden, dann lassen wir ihn in Ruhe.«

»Hat er jemals über seine Kindheit gesprochen, Mr. Louis?«

»Bitte sagen Sie David. Nein, über seine Vergangenheit hat er so gut wie nie etwas gesagt. Ich weiß nur, daß er in Österreich geboren wurde. In einer Kleinstadt namens Rattenstein.«

»Ratten*berg.*«

»Ja, richtig, Rattenberg. Vor Jahren, als ich einmal in Europa war, hat mich die Neugier gepackt und ich bin hingefahren und hab mir den Ort angesehen.

Das Städtchen liegt an einem reißenden Fluß, und es ist hübsch, weil gleich dahinter die Berge aufsteigen. Idyllisch.«

»Und sein Vater? Hat er jemals von seinem Vater oder seiner Mutter erzählt?«

»Nein, gar nichts. Er war sehr zurückhaltend.«

»Dann wäre da noch sein Bruder Isaac – der, der in Dachau umgekommen ist.«

Louis wollte gerade einen Zug nehmen, als ich das sagte, führte die Zigarre aber nicht ganz zum Mund, sondern hielt kurz davor inne. »Marshall hatte keinen Bruder. Das wenigstens weiß ich ganz sicher. Nein, nein, Geschwister hatte er keine. Ich kann mich genau erinnern, daß er mir einmal gesagt hat, er sei ein Einzelkind gewesen.«

Ich holte mein Notizbuch hervor und blätterte es durch, bis ich fand, was Saxony mir durchgegeben hatte.

»›Isaac Frank starb in –‹«

»Isaac *Frank?* Wer soll das denn gewesen sein?«

»Ja, also, wissen Sie, die Person, die für mich recherchiert« – Saxony hätte mich umgebracht, wenn sie gewußt hätte, daß ich sie so titulierte – »hat herausgefunden, daß der Familienname eigentlich Frank war, daß er ihn aber in France ändern ließ, als er nach Amerika kam.«

Louis sah mich an und lächelte mild. »Da hat Ihnen jemand einen Bären aufgebunden, Thomas. Ich habe den Mann wahrscheinlich besser gekannt als irgend jemand sonst, abgesehen von seinen Angehörigen, und ich sage Ihnen, er hat *immer* France geheißen.« Er schüttelte den Kopf. »Und er hatte auch keinen Bruder. Tut mir leid.«

»Ja, aber –«

Er schnitt mir mit einer Handbewegung das Wort ab. »Glauben Sie mir. Ich sage Ihnen das, damit Sie keine Zeit damit vergeuden. Sie können den Rest Ihres Lebens in Bibliotheken herumsitzen und werden trotzdem nicht finden, wonach Sie suchen, das gebe ich Ihnen schriftlich. Marshall France war immer Marshall France, und er war ein Einzelkind. So einfach ist das, so leid es mir tut.«

Wir unterhielten uns noch ein bißchen, aber seine unverhohlenen

Zweifel an dem, was ich gesagt hatte, ließen kein unbefangenes Gespräch mehr aufkommen. Ein paar Minuten später standen wir in der Tür. Er fragte mich, ob ich trotzdem versuchen wollte, das Buch zu schreiben. Ich nickte, sagte aber nichts mehr. Er wünschte mir lau alles Gute und meinte, ich solle mich wieder bei ihm melden. Ein paar Sekunden später fuhr ich schon mit dem Lift nach unten, starrte ins Leere und fragte mich, was das alles zu bedeuten hatte. France/Frank, David Louis, Anna... Saxony. Weiß der Teufel, wo sie das her hatte, diese Mär von Martin Frank und seinem toten Bruder, der nie gelebt hatte.

5

»Sie meinen also, ich hätte Ihnen Lügen aufgetischt?«

»Nein, natürlich nicht, Saxony. Ich versteh nur nicht, warum sich dieser Louis dann so verdammt sicher ist, daß es nie einen Bruder gegeben hat und France niemals Frank hieß.«

Ich war in einer Zelle in der Vierundsechzigsten Straße, die keine Tür hatte und verdächtig roch. Für das Ferngespräch hatte ich mir in einem Drugstore eine ganze Handvoll Vierteldollarstücke besorgt. Sie wurde überhaupt nicht ärgerlich, als ich andeutete, daß womöglich nichts von dem stimmte, was sie ihrer Meinung nach herausgefunden hatte. Sie kam mir im Gegenteil erstaunlich ruhig und entspannt vor. Sie sprach mit einer neuen, dunklen Stimme, die sexy wirkte.

Ihre Ruhe war mir nicht ganz geheuer. Eine längere Pause trat ein. Ich sah, wie ein Taxifahrer eine Zeitung aus dem Fenster seines Wagens warf.

Als sie weitersprach, war ihre Stimme noch ruhiger. »Es gibt *eine* Möglichkeit, die Frage mit der Namensänderung zu klären, Thomas.«

»Und die wäre?«

»Der Leichenbestatter, bei dem er gearbeitet hat – Lucente. Den gibt's nämlich noch. Ich hab vor ein paar Tagen im Telefonbuch von Manhattan nachgesehen. Fahren Sie doch mal hin und fragen Sie ihn nach Martin Frank. Dann werden Sie ja sehen, was er sagt.«

Ihre Stimme klang so weich und selbstsicher, daß ich sie folgsam wie ein braver kleiner Junge um Lucentes Adresse bat und dann aufhängte.

Sachen wie *Der Pate* und *The American Way of Death* lassen einem den Beruf des Leichenbestatterts lukrativ, wenn nicht sogar angenehm erscheinen, aber ein Blick auf »Beerdigungsinstitut Lucente & Sohn« belehrt einen sofort eines Besseren.

Es lag in einem versteckten Winkel der Stadt, nicht weit von Little Italy, und nebenan war ein Geschäft, in dem man fluoreszierende Madonnen und Säulenheilige kaufen konnte, wie man sie sich in den Garten stellt, um ihm einen Hauch von Italien zu geben. Das erste Mal lief ich glatt an Lucentes Institut vorbei, weil die Tür so klein war und nur ein winziges Schild in der unteren Ecke des Fensters auf das Familienunternehmen hinwies.

Als ich die Tür öffnete, hörte ich irgendwo weit hinten einen Hund japsen. Der Raum wurde von gelbem Licht erhellt, das durch die halb geschlossenen Jalousien von der Straße hereinfiel. Ein Stuhl und ein Tisch mit olivgrünen Metallrahmen, wie man sie in Musterungsbüros der Armee sieht, ein zweiter Stuhl auf der anderen Seite des Schreibtisches, ein mehrere Jahre alter Kalender der Arthur Siegel Oil Company of New York, auf dem es August war – das war alles. Keine unaufdringliche Musik für die trauernden Hinterbliebenen, keine dezenten Orientteppiche, die jeden Tritt verschlucken, keine beflissenen Leichenbitter, die lautlos umhergleiten und dafür sorgen, daß man sich »wohl fühlt«. Die Erinnerungen aus den Tagen nach dem Tod meines Vaters waren plötzlich alle wieder da.

»Ah! Zito!«

Die Hintertür wurde aufgerissen, und ein alter Mann kam hereingestürzt. Er warf beide Arme in die Luft und knallte, mit einem Blick zurück in den Raum, aus dem er kam, mit dem Fuß die Tür hinter sich zu.

»Was kann ich für Sie tun?«

Ich überlegte kurz, wie mir zumute wäre, wenn meine Mutter gerade gestorben und ich in diesen Laden gekommen wäre, um die Beerdigung ausrichten zu lassen. Ein überkandidelter alter Mann, der fluchend aus einem Hinterzimmer geschossen kam ... Ein schönes Beerdigungsinstitut! Aber als ich später noch einmal darüber nachdachte, mußte ich mir eingestehen, daß es mir eigentlich ganz gut gefallen hatte. Es hatte so gar nichts Aufgesetztes, Prätentiöses.

Lucente war klein und drahtig. Sein Gesicht war tabakbraun, das weiße Haar fast bis auf den Schädel gestutzt. Kein überflüssiger

Schnickschnack. Seine Augen waren graublau und blutunterlaufen. Er mußte schon um die Siebzig oder Achtzig sein, schien aber kräftig und noch voller Tatendrang. Als ich schwieg, verzog er indigniert das Gesicht. Er setzte sich an den Schreibtisch.

»Woll'n Sie sich nich setzen?«

Ich setzte mich hin, und eine Zeitlang sahen wir einander an. Er legte die gefalteten Hände mitten auf den Schreibtisch und nickte, eher bestätigend als aufmunternd. Ich sah mir seine Augen an und stellte fest, daß sie zu klein waren, um das ganze Leben zu enthalten, das hinter ihnen lag.

»Also, Sir, was kann ich für Sie tun?« Er zog eine Schublade auf und holte einen langen gelben Block und einen gelben Bic-Kugelschreiber mit schwarzer Kappe heraus.

»Nichts, Mr. Lucente. Das heißt, äh, in meiner Familie ist niemand gestorben. Ich bin hier, um Ihnen ein paar Fragen zu stellen, wenn Sie gestatten. Über jemanden, der früher mal hier bei Ihnen beschäftigt war.«

Er zog die Kappe von dem Kugelschreiber ab und fing an, langsam einander überschneidende Kreise auf das Papier zu malen. »Fragen? Sie woll'n was über einen wissen, der mal bei mir gearbeitet hat?«

Ich setzte mich auf meinem Stuhl auf und wußte nicht, wohin mit meinen Händen. »Ja, es ist nämlich so, wir haben herausgefunden, daß ein Mann namens Martin Frank vor Jahren hier bei Ihnen gearbeitet hat. So um 1939? Das ist lange her, ich weiß, aber es würde mich doch interessieren, ob Sie sich an ihn oder irgendwas im Zusammenhang mit ihm erinnern können. Falls es Ihnen was hilft, kurz nachdem er hier war, ließ er seinen Namen in Marshall France ändern und wurde als Schriftsteller berühmt.«

Lucente hörte auf, Kreise zu malen, und stippte mit dem Kugelschreiber auf den Block. Er sah einmal auf, ausdruckslos, drehte sich dann auf seinem Stuhl um und schrie nach hinten.

»He, Violetta!«

Als keine Antwort kam, runzelte er die Stirn, knallte den Kugelschreiber hin und stand auf.

»Meine Frau ist schon so alt, daß sie nicht einmal mehr den Wasserhahn hört. Andauernd muß *ich* das Wasser abdrehen. Moment mal.« Er schlurfte zur Tür, und erst jetzt sah ich, daß er pflaumenblaue Cord-Pantoffeln trug. Er machte die Tür auf, ging aber nicht hinaus, sondern schrie noch mal nach Violetta.

Eine Stimme wie eine Drahtbürste kreischte von hinten:
»Jaaa. Was'n los?«
»Kannst du dich noch an Martin Frank erinnern?«
»An *wen?*«
»Martin Frank!«
»Martin Frank? Ha, ha, ha!«
Lucente lächelte sonderbar, als er sich umdrehte und mich wieder ansah. Er zeigte in den dunklen Raum hinter sich und schüttelte die Hand, als ob er sie sich verbrannt hätte.
»Martin Frank. Und ob wir uns an den erinnern!«

6

Auf der langen Heimfahrt mit dem Zug hatte ich genügend Zeit, über Lucentes Geschichte nachzudenken. Violetta, seine Frau, zeigte sich nicht, aber das hielt sie nicht davon ab, dem Alten immer wieder mal etwas zuzurufen. »Erzähl ihm doch von den beiden Liliputanern und der Eisenbahn!« ... »Vergiß die Schmetterlinge nicht, und das Plätzchen, du weißt schon!«

Anscheinend hatte Lucente an Franks erstem Arbeitstag einen Mann gebracht, der sich von einem Gebäude gestürzt hatte und mit der Schaufel vom Pflaster gekratzt und in eine Kiste gelegt worden war. Wie er mir erzählte, warf sein neuer Gehilfe nur einen Blick darauf und übergab sich. Sie versuchten es noch ein paarmal, aber es hatte keinen Zweck. Da jedoch Mrs. Lucente verkrüppelt war, gaben sie ihm Arbeit in der Wohnung, Saubermachen und Kochen und Wäschewaschen. Es war natürlich im ersten Augenblick ziemlich deprimierend zu erfahren, daß der Autor meines Lieblingsbuches seine Stelle behielt, nur weil seine Lasagne vorzüglich war.

Eines Tages arbeitete Lucente dann aber an einem schönen jungen Mädchen, das sich mit einer Überdosis Schlaftabletten das Leben genommen hatte. Er war noch nicht fertig, als er Mittagspause machte. Als er wiederkam, hatte das Mädchen den Arm auf dem Bauch und hielt ein großes Plätzchen mit Schokoladensplittern in der Hand. Neben ihr stand auf einem Beistelltisch ein Glas Milch. Lucente fand das sehr witzig – diese Art schwarzer Humor hatte Tradition im Bestattungsgewerbe. Ein paar Wochen danach starb eine alte Frau aus der Nachbarschaft. Am Morgen nachdem

man sie zu Lucente gebracht hatte, war ein großer gelbschwarzer Schmetterling mit Klebeband an ihrer Nase befestigt. Lucente mußte wieder lachen, aber ich wurde nachdenklich: Vielleicht hatte Marshall France damals seine ersten Figuren erschaffen.

Der neue Gehilfe überwand nicht nur seinen Ekel, sondern mauserte sich schon bald zu einem hochgeschätzten Assistenten. Er kaufte sich *Gray's Anatomy* und las unermüdlich darin. Lucente sagte, nach einem halben Jahr habe Frank es meisterhaft verstanden, ein Gesicht so zu modellieren, daß es wie lebendig wirkte.

»Das ist das Schwerste, müssen Sie wissen. Die so herrichten, daß sie aussehen wie lebendig, das ist unheimlich schwer. Haben Sie schon mal in einen Sarg geschaut? Ein Blick, und man weiß sofort, der ist mausetot. Kennt man, klar. Aber Martin, der hatte den Bogen raus, will ich mal sagen. Der war so gut, daß *ich* sogar neidisch wurde. Man sah sich eine seiner Arbeiten an und fragte sich, warum der Kamerad überhaupt da drin lag!«

In seiner New Yorker Zeit war Frank fast immer bei den Lucentes, entweder bei der Arbeit oder in ihrer Wohnung hinter dem Bestattungsinstitut. Aber am Sonntag, jeden Sonntag, machte er einen Ausflug mit den Turtons. Die Turtons waren Liliputaner. Er lernte sie kennen, als er eines Tages zufällig in ihren Bonbonladen kam. Sie hatten alle drei eine Vorliebe für Züge und Brathuhn, also ließen sie sich jede Woche in einem Restaurant Brathuhn vorsetzen und fuhren vom *Grand Central* oder vom *Penn Station* aus mit dem Zug an irgendeinen Ort in der näheren Umgebung. Die Lucentes nahmen nie an diesen Sonntagsvergnügen teil, aber wenn Frank am Abend zurückkam, erzählte er ihnen immer, wo sie hingefahren waren und was sie gesehen hatten.

Lucente konnte sich immer noch nicht erklären, warum Frank damals gegangen war. Die Arbeit schien ihn immer mehr zu faszinieren, aber eines Tages kam er herein und verkündete, er wolle zum Monatsende aufhören. Er wolle in den Mittelwesten ziehen, zu seinem Onkel.

Einer von den Knaben bei mir auf dem Gang stand vor meiner Wohnungstür, als ich heimkam. »Da ist eine Frau in Ihrer Wohnung, Mr. Abbey. Ich glaub', sie hat Mr. Rosenberg dazu gebracht, sie reinzulassen.«

Ich machte die Tür auf und ließ den Aktenkoffer fallen. Ich trat die Tür zu und schloß die Augen. Die ganze Wohnung roch nach Curry. Ich kann Curry nicht ausstehen.

»Hallo?« rief eine Stimme.

»Tag. Äh, ja, hallo. Saxony?«

Sie bog um die Ecke, in der Hand meinen alten hölzernen Kochlöffel. Ein paar Reiskörner klebten dran. Sie lächelte ein bißchen zu angestrengt und war puterrot im Gesicht, wahrscheinlich teils vom Kochen, teils vor Aufregung.

»Was treiben *Sie* denn hier, Sax?«

Der Kochlöffel sank langsam herab, und ihr Lächeln welkte dahin. Sie sah auf den Boden.

»Ich hab mir gedacht, wo Sie doch den ganzen Tag in der Stadt waren und vor lauter Hektik wahrscheinlich kaum was gegessen haben...« Ihre Stimme versiegte, obwohl der Kochlöffel wieder hochgekommen war und sie kläglich damit herumfuchtelte wie mit einem Zauberstab. Vielleicht dachte sie, er würde ihren Satz zu Ende bringen.

»Ach so, mein Gott, natürlich, klar. Das finde ich wirklich nett von Ihnen!«

Wir waren beide gräßlich verlegen, und ich rettete mich ins Bad.

»Mögen Sie eigentlich Curry, Thomas?«

Nach den ersten Bissen brannte meine Zunge wie Feuer, aber ich unterdrückte die Tränen und nickte und zeigte mehrmals mit der Gabel auf meinen Teller. »... richtig gut.« Es war vielleicht das schlimmste Essen, das ich je durchzustehen hatte. Erst ihr Bananenbrot, und jetzt das...

In seiner unendlichen Güte hatte Gott ihr die Idee eingegeben, zum Nachtisch Sara Lee Brownies einzukaufen, die zusammen mit drei Glas Milch den Brand in meinem Mund löschten.

Als der Tisch abgeräumt war, begann ich, ihr von meinem Abenteuer mit dem Taxifahrer zu erzählen. Ich war gerade da angekommen, wo Tuto mich an die Luft gesetzt hatte, als sie sich auf die Lippe biß und wegschaute.

»Was ist denn?« Ich war drauf und dran, etwas wie »Ich langweile Sie doch nicht, oder?« zu sagen. Aber das wäre eine überflüssige Gemeinheit gewesen.

»Ich...« Sie sah mich an, sah weg, sah mich an, dann wieder weg. »Ich war richtig glücklich hier heute nachmittag, Thomas. Ich bin gleich nach Ihrem Anruf hergekommen. Das war unheimlich schön, hier zu sein und zu kochen... Wissen Sie, was ich

Gale
strong wind

meine?« Sie starrte mich nicht mehr an, sondern kaute wieder auf der Unterlippe herum, aber sie beobachtete mich genau.

»Ja, sicher, na klar. Ich meine, natürlich verstehe ich ... Mann, der Curryreis war super, Saxony.«

Als ich ihr dann das Marionettenbuch gab, warf sie nur einen Blick darauf und fing zu weinen an. Sie nahm es nicht einmal in die Hand, sondern stand auf und kam zu mir herüber. Sie legte mir die Arme um den Hals und drückte mich, als wollte sie mich nie mehr loslassen.

Wir küßten uns und drifteten zum Bett hinüber. Wir knöpften uns gegenseitig die Kleider auf, so schnell es ging. Aber es ging uns nicht schnell genug, also trennten wir uns, und jeder zog sich alleine aus. Obwohl sie mir den Rücken zuwandte, hielt ich inne, als sie sich das Hemd über den Kopf zog. Ich sehe unheimlich gern zu, wenn sich eine Frau auszieht. Ganz egal, ob man mit ihr schlafen wird oder sie nur durch ein Fenster beobachtet, es ist immer prickelnd und ungeheuer aufregend.

Ich setzte ihr meinen Daumen an den Nacken und ließ ihn langsam über die Buckelpiste ihres Rückgrats gleiten. Sie sah mich über die Schulter an und sagte: »Tust du mir einen Gefallen?«

»Ja?«

»Ich mag es nicht, wenn mir jemand beim Ausziehen zuschaut. Es tut mir leid, aber könntest du vielleicht so lange die Augen zumachen oder wegschauen?«

Ich lehnte mich auf dem Bett zu ihr hinüber und küßte sie auf die Schulter. »Klar doch. Mir ist das auch peinlich.«

Alles war in Butter. Mir ist es nämlich auch unangenehm, vor einer fremden Frau die Hosen runterzulassen. Aber so war es phantastisch – ich würde ihr den Rücken zukehren, meine Hose ausziehen, während sie sich ihre auszog, und dann würden wir beide gleichzeitig unter die Bettdecke schlüpfen, für ein Weilchen das Licht ausmachen ...

Krrrriiing!

Ich war gerade aus meinen Boxer-Shorts gestiegen, als das Telefon klingelte. Nie rief mich jemand an, schon gar nicht in der Nacht um zwölf. Splitternackt, wie ich war, hechtete ich nach dem Apparat, der am anderen Ende des Zimmers stand. Saxony stieß einen spitzen Schrei aus, und ich drehte mich unwillkürlich zu ihr um. Ihr grünes Höschen hing ihr um die Knie, und dem Gesichtsausdruck nach war sie unschlüssig, ob sie es ganz abstreifen oder wieder hochziehen sollte.

»Thomas, wo steckst du denn andauernd? Seit Tagen versuche ich, dich anzurufen!«

»Mutter?«

»Ja. Dich erreicht man anscheinend nur mitten in der Nacht. Ist die Hose von Bloomingdale's gekommen, die ich dir gekauft habe?«

»Eine *Hose?* Mutter ...« Ich hielt die Hand über die Sprechmuschel und sah Saxony an. »Meine Mutter will wissen, ob ich die Hosen gekriegt habe, die sie mir bei Bloomingdale's gekauft hat.«

Sax sah erst auf das Höschen in ihrer Hand, dann zu mir her. Wir prusteten beide los. Ich wimmelte meine Mutter ab, so schnell es ging.

In den folgenden Wochen strolchten wir immer öfter zusammen herum. Wir sahen uns in New Haven ein Theaterstück an, fuhren eines Abends bis nach Sturbridge Village zum Essen und überstanden an der Küste von Rhode Island ein fürchterliches Hagelunwetter in einem Ferienhäuschen, das meiner Mutter gehörte.

Eines Nachmittags fragte sie mich kleinlaut, ob sie nach Galen fahren dürfe.

»Nur wenn du versprichst, mich mitzunehmen.«

ZWEITER TEIL

I

»Saxony, willst du etwa das ganze Zeug da mitnehmen? Ich bin doch kein Fuhrunternehmer!«

Fehlte nur noch ein alter Überseekoffer, und ihr Aufgebot wäre komplett gewesen. Da standen ein zierlicher Weidenkorb in Gelb und Rot, eine abgewetzte Reisetasche, prall wie eine Bratwurst, und ein alter brauner Lederkoffer mit Schlössern und Ecken aus Messing. Obendrauf lagen noch ein paar Sachen, die sie gerade aus der Reinigung geholt hatte, auf Drahtbügeln und in Plastikhüllen.

Sie schnitt mir eine Grimasse und ging ans Heck des Kombiwagens. Sie ließ die Klappe herunter und begann, ihre vielen Sachen hineinzulegen.

»Fang jetzt bloß keinen Streit an, Thomas! Ich hab mich heute weiß Gott schon genug geärgert. Also fang bloß keinen Streit an.«

Ich trommelte mit den Fingern aufs Lenkrad, begutachtete im Rückspiegel meinen neuen Haarschnitt und überlegte, ob ich es auf eine Machtprobe ankommen lassen sollte. Seit einer Woche predigte ich, wir sollten möglichst wenig Gepäck mitnehmen. Wir waren seit meiner Fahrt nach New York fast jeden Tag zusammen gewesen, und mein Eindruck war, daß sie nur ungefähr drei Blusen und zwei Kleider ihr eigen nannte, außerdem noch einen weißen Kittel, der aussah, als stammte er aus der Altkleidersammlung. Einmal wollte ich ihr ein indisches Kleid kaufen, das sie in einem Schaufenster bewundert hatte, aber sie lehnte ab, obwohl ich es ihr fast aufdrängte. »Noch nicht«, sagte sie, was immer das heißen sollte.

Was also war in den vielen Koffern und Taschen? Ich hatte schon wieder eine Horrorvision – Fressalien und eine Kochplatte! Sie wollte auf der ganzen Fahrt bis Galen unser Essen selber kochen! Bananenbrot ... Curryreis ... Apfelschalentee ...

»Aber was hast du denn da überall drin, Sax?«

»Schrei mich nicht an!«

Ich sah sie im Rückspiegel; sie hatte die Hände in die Hüften gestemmt. Ich dachte daran, wie schön diese Hüften ohne Kleider waren.

»Schon gut. Tut mir leid. Aber warum nimmst du so viel mit?«

Der Kies knirschte, und sie stand an meiner Tür. Ich sah zu ihr hoch, aber sie war damit beschäftigt, den Korb aufzuschnüren.

»Schau her.«

Er war randvoll mit handgeschriebenen Notizen, Zeitungsausschnitten, neuen Schreibblocks, gelben Bleistiften und den dicken rosa Radiergummis, für die sie eine Schwäche hatte.

»Das ist mein Arbeitskorb. Darf ich den mitnehmen?«

»Sax...«

»In der Reisetasche habe ich meine ganzen Sachen zum Anziehen...«

»Hör zu, kein Mensch sagt...«

»Und in dem Koffer sind ein paar Marionetten, an denen ich arbeite.« Sie lächelte und ließ die Schlösser der Reisetasche wieder zuschnappen. »Daran wirst du dich bei mir gewöhnen müssen, Thomas: Ich trage immer mein Leben mit mir herum.«

»Das will ich hoffen.«

»Sehr witzig, Thomas. Was bist du doch für ein schlaues Kerlchen.«

Die Juni-Abschlußfeier waren ein paar Tage zuvor über die Bühne gegangen, und das Schulgelände lag sommergrün und still und ein bißchen trist da, als wir losfuhren. Schulen ohne Schüler deprimieren mich. Die Räume sind alle zu sauber, die Fußböden allzu blank gebohnert. Wenn irgendwo ein Telefon klingelt, hallt es durchs ganze Haus, und es schrillt acht- oder neunmal, bevor einer rangeht oder der Anrufer kapiert, daß keiner da ist, und aufhängt. Wir kamen an einer mächtigen Blutbuche vorbei, die mir ans Herz gewachsen war, und mir wurde klar, daß ich jetzt lange nicht mehr unter diesem Baum sitzen würde.

Sie lehnte sich herüber und schaltete das Radio ein.

»Thomas, tut es dir leid, daß du weg mußt?«

Im Radio spielten sie gerade den letzten Teil von »Hey, Jude«, und ich mußte an ein Mädchen denken, mit dem ich auf Nantucket befreundet war, als der Song in den 60er Jahren herauskam.

»Ein bißchen schon, ja. Aber ich bin auch froh. Nach einer gewissen Zeit merkt man plötzlich, daß man wie in Trance redet und sich bewegt. Kannst du dir vorstellen, daß ich in diesem Jahr zum vierten Mal *Huckleberry Finn* durchgenommen habe? Es ist ein irres Buch, klar, aber ich war zuletzt schon so weit, daß ich die Sachen gar nicht mehr zu lesen brauchte. Ich konnte meinen Unterricht auch so halten. So was ist immer ungut.«

Wir hörten zu, bis der Song zu Ende war. Anscheinend lief auf dem Sender gerade eine Beatles-Retrospektive, denn als nächstes kam »Strawberry Fields Forever«. Ich fuhr die Auffahrt zur Neuengland-Schnellstraße hinauf.

»Wolltest du eigentlich irgendwann mal Schauspieler werden?« Sie zupfte mir einen Faden vom Hemdärmel.

»*Schauspieler?* Mit *dem* Vater? Um Gottes willen!«

»Ich weiß noch, daß ich schrecklich in Stephen Abbey verknallt war, nachdem ich ihn in *Die Anfänger* gesehen hatte.«

Ich schnaubte verächtlich, sagte aber nichts. Ob es überhaupt jemanden gab, der nicht in meinen Vater verliebt war?

»Mach dich nicht lustig über mich – es ist wahr!« Sie schien fast gekränkt. »Ich war gerade zum erstenmal ins Krankenhaus gekommen, und deshalb kauften mir meine Eltern einen kleinen tragbaren Fernseher. Ich kann mich noch ganz genau erinnern. Es war die Sendereihe, in der sie eine Woche lang jeden Nachmittag den gleichen alten Film brachten. Ich hab mir *Die Anfänger* und *Yankee Doodle Dandy* jedesmal angesehen.«

»*Yankee Doodle Dandy?*«

»Ja, mit James Cagney. Ich war bis über beide Ohren in James Cagney und deinen Vater verliebt, als ich im Krankenhaus war.«

»Wie lange warst du drin?«

»Im Krankenhaus? Das erstemal vier Monate, das zweitemal zwei.«

»Und was haben sie mit dir gemacht – Hauttransplantationen und so was?«

Sie sagte nichts. Ich sah zu ihr hinüber, aber ihr Gesicht war ausdruckslos. Ich hatte nicht indiskret sein wollen, und als das Schweigen anhielt, überlegte ich, ob ich mich entschuldigen sollte, tat es dann aber doch nicht.

Ein schweres Gewitter baute sich über den Bergen vor uns auf, und wir fuhren auf einen drohenden Vorhang rauchig-perlgrauer Wolken zu. Ich schaute in den Rückspiegel und sah, daß dort, wo wir herkamen, noch die Sonne schien. Die meisten Leute dort hatten bestimmt keine Ahnung, was ihnen an diesem Nachmittag noch bevorstand.

»Und wie lange warst du in meinen Vater verliebt?«

»Thomas, willst du wirklich wissen, wie es mir im Krankenhaus ergangen ist? Ich spreche nicht gern darüber, aber wenn du möchtest, erzähl ich's dir.«

Sie sagte das mit solcher Überzeugung, daß ich nicht wußte, was ich ihr antworten sollte. Sie sprach weiter, bevor ich etwas sagen konnte.

»Die erste Zeit war grauenhaft. Die haben mich immer in solche Bäder gesetzt, damit die abgestorbene Haut sich ablöste und die neue sich bilden konnte. Die eine Schwester war richtig blöd, Mrs. Rasmussen hat sie geheißen, die mußte mich pflegen und hat immer mit mir geredet wie mit einer Schwachsinnigen. Sonst weiß ich nicht mehr viel, außer daß ich Angst hatte und alles abscheulich fand. Wahrscheinlich hab ich das meiste verdrängt. Beim zweitenmal mußte ich viel Therapie machen, und alle sind mir viel netter vorgekommen.

Wahrscheinlich lag es daran, daß sie gewußt haben, ich würde wieder laufen können. Da drinnen hab ich gemerkt, daß einen die Leute viel ... wie soll ich sagen, viel humaner behandeln, wenn sie sehen, daß man wieder auf die Beine kommen wird.«

Eine gelbe Schlange züngelte quer über die Wolken, dicht gefolgt von einem dieser jähen Donnerschläge, bei denen man unwillkürlich zusammenfährt. Das Radio gab fast nur noch atmosphärische Störungen von sich, und ich schaltete es aus. Große Regenmurmeln klatschten herunter, aber ich wartete bis zum letzten Moment mit dem Anstellen der Scheibenwischer.

Das Fenster auf meiner Seite war heruntergekurbelt, und ich spürte die ersterbende Hitze und die schwere Luft. Ich dachte an eine kleine Saxony Gardner, die mit von oben bis unten bandagierten Beinchen stocksteif in einem Krankenhausbett saß. Die Vorstellung war so süß und traurig, daß ich lächeln mußte. Wenn ich ein Kind hätte, dem so etwas passierte, ich würde ihm so viele Spielsachen und Bücher kaufen, daß es darunter ersticken würde.

»Wie war das denn so als Sohn von Stephen Abbey?«

Ich holte tief Luft, um einen kleinen Aufschub zu gewinnen. Seit wir zusammen waren, hatte sie mir nur sehr wenige Fragen über meine Familie gestellt, und dafür war ich ihr verdammt dankbar.

»Meine Mutter hat ihn Punch genannt. Manchmal ist er einfach von den Dreharbeiten weggerannt, ist heimgekommen und hat mit uns einen Ausflug gemacht, zum Beispiel nach Knot's Berry Farm oder ans Meer. Dann ist er die ganze Zeit herumgeflitzt, hat uns Hot Dogs und Cola gekauft und uns andauernd gefragt, ob das nicht der schönste Tag unseres Lebens wäre. Er war manchmal so aufgekratzt, daß einem angst werden konnte, aber wir fanden es toll. Wenn er allzu sehr über die Stränge schlug, sagte meine Mutter: ›Übertreib's nicht, Punch‹, und das hab ich ihr immer sehr übelgenommen. Er mußte immer im Mittelpunkt stehen, wenn er bei uns war, aber er war so selten da, daß wir ihn alle vergöttert haben.«

Der Regen fiel in durchsichtigen Fahnen, und man hörte das Wasser unter den Reifen hervorspritzen. Ich fuhr auf der Kriechspur, und immer wenn uns jemand überholte, schwappten solche Wassermassen an die Windschutzscheibe, daß die bedauernswerten Scheibenwischer es kaum noch schafften. Blitz und Donner kamen jetzt gleichzeitig, das Gewitter stand genau über uns.

»Er hat mich mal ins Studio mitgenommen, als sie *Feuer in Virginia* gedreht haben. Ich glaube, das war in gewisser Weise einer der aufregendsten Tage meines Lebens. Ich weiß nur noch, daß mich ständig jemand gefragt hat, ob ich ein Eis wollte, und daß ich irgendwann eingeschlafen bin und in seine Garderobe getragen wurde. Als ich aufwachte, stand er über mir wie ein weißer Berg und lächelte sein berühmtes Lächeln. Er hatte ein ganz weißes Hemd an und auf dem Kopf einen riesigen cremefarbenen Panamahut mit schwarzem Band.« Ich schüttelte den Kopf und trommelte eine Melodie auf dem Lenkrad, um die Erinnerung zu vertreiben. Ein Truck der Grand Union zog in Zeitlupe an uns vorbei.

»Hast du ihn gemocht?» Ihre Stimme war leise und zurückhaltend, wohl auch ein bißchen ängstlich.

»Nein. Ja. Ich weiß es nicht – wie kann man seinen Vater nicht mögen?«

»Das gibt's schon – ich hab meinen nicht gemocht. Der große Traum seines Lebens ist in Erfüllung gegangen, als einer seiner Schüler in Harvard angenommen wurde.«

»Soll das heißen, dein Vater war Lehrer?«

»Mhm.«

»Hast du mir nie gesagt.«

»Ja. Er hat auch Englisch unterrichtet.«

Ich warf ihr einen raschen Blick zu, und sie blies ihre Backen auf, so daß sie aussah wie ein Eichhörnchen, das eine Menge Nüsse gehamstert hat.

»Es klingt zwar nicht sehr nett, aber er war ein schrecklicher Mensch, nach allem, was ich noch von ihm weiß.«

Sie legte die Hände aufs Armaturenbrett und trommelte leise

einen afrikanischen Rhythmus. Dabei sprach sie weiter. »Er aß immer Ananas in Scheiben und las meiner Mutter und mir aus *Hiawatha* vor.«

»*Hiawatha*? ›By the shores of Gitchy Gummi,/On the bottom of the lake,/ Hiawatha and his buddies/ Playing poker for a stake.‹«

»Mann, du bist wohl auch Englischlehrer?«

Der Himmel war so dunkel, daß ich das Licht einschaltete und auf vierzig herunterging. Ich hatte mich schon oft gefragt, wie sie als Kind gewesen sein mochte. Dieses nette, mondblasse Gesicht in Miniaturausgabe. Ich sah sie vor mir, wie sie in einer dunklen Ecke eines dunklen Wohnzimmers mit ihren Marionetten spielte, bis ihre Mutter sie um neun ins Bett schickte. Weiße Socken, die immer herunterrutschten, und schwarze Lackschuhe mit goldenen Schnallen.

»Weißt du, Thomas, als ich klein war, waren Wochenendausflüge an den Peach Lake im Sommer die einzigen aufregenden Erlebnisse, die ich zusammen mit meinen Eltern hatte. Ich hab immer Sonnenbrand bekommen.«

»Ach ja? *Mein* einziges Vergnügen hat darin bestanden, daß ich das *Land des Lachens* gelesen und Hires Root Beer aus großen Glasflaschen getrunken hab.«

»Ach komm, du willst mir doch nicht erzählen, daß dein Leben da drüben nicht interessant gewesen ist, mit den vielen Prominenten, die bei euch aus und ein gegangen sind. Du brauchst mich nicht zu trösten.«

»Trösten? Das hat damit nichts zu tun. Du hast wenigstens einen normalen Vater gehabt! Aber ich, mit *ihm* als Vater, ich hab wie in einem Vogelkäfig gelebt. Ich hab' nicht den Mund aufmachen können, ohne daß alle scheißfreundlich zu mir waren und mir gesagt haben, wie toll sie die Filme von meinem Papa fanden! Was gingen mich seine Filme an? Ich war ein kleiner Junge, verdammt noch mal! Ich wollte mit meinem Rad herumfahren, und sonst nichts.«

»Schrei gefälligst nicht so.«

»Ich brauch mir...« Ich wollte etwas sagen, aber in dem Moment sah ich ein Rasthaus-Schild und setzte den Blinker. Es war finstere Nacht draußen, während wir die Ausfahrt hinunterkrochen. Der Parkplatz war mit Wohnmobilen und Autos mit hoch beladenen Dachgepäckträgern überfüllt. Viele davon hatten keine Regenplanen, so daß die Koffer, Kinderwagen und Fahrräder klitschnaß waren und glänzten. Ich fand erst eine Parklücke, als ein weißer Fiat aus Oklahoma zurückstieß und mich dabei fast gerammt hätte. Ich stellte den Motor ab, und wir saßen beide da und hörten zu, wie der Regen auf das Dach trommelte. Saxony hatte die Hände im Schoß gefaltet, aber meine umklammerten immer noch das Lenkrad. Mir war, als müßte ich es herausreißen und ihr geben.

»Also, wie ist es, willst du was essen?«

»Essen? Wieso? Wir sind doch erst eine Stunde unterwegs.«

»Aha, alles klar, tut mir leid – ich darf also keinen Hunger haben, wie? Ich darf nicht essen oder sonst was machen, außer du tust es auch, ja?« Ich redete daher wie ein Kind, das gerade den Sarkasmus entdeckt hat, dem aber noch die Übung fehlt.

»Jetzt halt mal die Luft an, Thomas. Steig aus und hol dir ein Fischbrötchen oder was weiß ich. Von mir aus kannst du machen, was du willst. Aber laß deine Wut nicht an mir aus.«

Mir blieb nichts anderes übrig, ich mußte gehen. Wir wußten beide, daß ich mich wie ein Idiot benahm, aber ich konnte einfach nicht mehr aufhören. Ich an ihrer Stelle hätte mich unausstehlich gefunden.

»Willst du auch was? Ach, Scheiße, ich bin gleich wieder da.«

Ich machte die Tür auf und trat prompt in eine riesige Pfütze, so daß Turnschuh und Socke sofort klitschnaß waren. Ich drehte mich zu ihr um, aber sie hatte die Augen geschlossen und die Hände immer noch im Schoß gefaltet. Ich stellte auch noch den trockenen Fuß vorsichtig in die Pfütze und ließ ihn da stehen, bis ich die Kälte spürte. Dann plantschte ich mit beiden Füßen in meinem kleinen Fußbad herum. Plitsch, platsch.

»Was – machst – du – denn – da?«

Plitsch, platsch.

»Thomas, hör auf damit.« Sie mußte lachen. Das hörte sich viel besser an als der Regen. »Du spinnst doch! Mach die Tür zu.«

Ich saß mit dem Rücken zu ihr und spürte, wie sie mich am Sweatshirt packte. Sie lachte noch mehr und zerrte einmal kräftig.

»Kommst du jetzt endlich wieder rein? Was soll der Quatsch?«

Ich sah in den Regen hinauf, aber es goß so stark, daß ich die Augen schließen mußte. »Buße! Buße! Mein Leben lang haben mich die Leute gefragt, wie das war, der Sohn von Stephen Abbey zu sein. Und meine Antworten hörten sich von Mal zu Mal dümmer an.«

Ich hörte auf, mit den Füßen in der Pfütze zu paddeln. Ich war deprimiert, kam mir vor wie ein Idiot. Ich wollte mich umdrehen und sie ansehen, aber ich brachte es nicht fertig.

»Es tut mir leid, Sax. Wenn ich etwas zu sagen hätte, dann würde ich es dir auch sagen, glaub mir.«

Der Wind trieb mir den Regen voll ins Gesicht. Eine Familie ging vorbei, und alle starrten mich entgeistert an.

»Mir ist es egal, Thomas.« Der Wind peitschte und schloß mir wieder die Augen. Ich wußte nicht, ob ich sie richtig verstanden hatte.

»Was?«

»Ich sagte, es ist mir egal, wegen deinem Vater.« Sie legte mir die flache Hand auf den Rücken, und jetzt war ihre Stimme stark und beharrlich und liebevoll.

Ich drehte mich um und legte die nassen Arme um sie. Ich küßte ihren warmen Hals und spürte, wie sie meinen küßte.

»Drück mich, du nasser Schwamm. Jetzt hast du mich sowieso schon naß gemacht.« Sie drückte mich fester und biß mich in den Hals.

Ich wußte nicht, was ich sagen sollte; mir fiel nur eine Zeile aus Frances Buch *Die Trauer des grünen Hundes* ein: »Auch die Stimme des Salzes liebte Krang. Wenn sie bei ihr war, flüsterte sie immer.«

2

Wir hatten eigentlich vorgehabt, die Fahrt in zwei Tagen zu machen, aber plötzlich hielten wir an jedem Bonbonladen, fuhren in jede Wildwest-Stadt, jedes Märchenland und jede Reptilienstadt, wenn wir ein entsprechendes Schild sahen, und machten überhaupt immer Rast, wenn uns gerade danach war.

»Hör mal. Möchtest du dir den ... warte ... den Schauplatz der Schlacht am Green River ansehen?«

»Ich weiß nicht. Warum nicht? Welcher Krieg war denn das?«

»Ist das wichtig? Es sind fünf Meilen. Sax, welches ist eigentlich dein Lieblingsbuch von France?«

»Da schwanke ich zwischen *Sternenteich* und *Land des Lachens*.«

»*Sternenteich*? Wirklich?«

»Ja, ich glaube, da ist die Szene drin, die mir am besten gefällt. Die, wo das Mädchen bei Nacht zum Strand hinuntergeht. Wo sie den alten Mann sieht und den weißen Vogel, der die blauen Löcher in den Ozean reißt.«

»Also ich könnte nicht sagen, welches meine Lieblingsszene ist. Aber bestimmt etwas aus dem *Land des Lachens*. Ganz bestimmt. Ich weiß aber nicht, ob ich mich für eine lustige oder eine magische entscheiden würde. In mancher Hinsicht gefallen mir die lustigen Szenen besser, aber als ich klein war, diese Kämpfe zwischen den Wörtern und der Stille... Mann o Mann!«

»Paß auf, du fährst gleich in den Graben, Thomas.«

Manchmal bogen wir von der Straße auf einen Parkplatz ab, setzten uns auf die warme Motorhaube und sahen zu, wie die anderen vorbeirauschten. Keiner von uns sagte ein Wort, und wir hatten überhaupt nicht das Gefühl, weiterfahren, ankommen zu müssen.

Die erste Nacht verbrachten wir in einer Kleinstadt ein paar Meilen westlich von Pittsburgh. Die Leute, die das Motel führten, züchteten schwarzgelbe Jagdhunde, und nach dem Abendessen gingen wir mit ein paar Welpen auf den Rasen vor dem Haus und ließen uns ein bißchen beißen.

»Thomas?«

»Mhm? He, paß auf den da auf, sonst büchst er aus.«

»Hör mir mal zu, Thomas. Es ist was Ernstes.«

»Ja, gut.«

»Weißt du, daß es das erstemal ist, daß ich mit jemandem in einem Motel absteige?«

»Ist das wahr?«

»Mhm. Und soll ich dir noch was sagen? Ich finde es sehr schön.« Sie reichte mir einen der kleinen Hunde und stand auf. »Als ich noch jünger war und andauernd über meine Verbrennungen nachdachte, hab ich nie geglaubt, daß mit mir einmal ein Mann in ein Motel gehen würde, so wie ich aussah.«

Am nächsten Morgen, als wir gerade losfahren wollten, kam die Frau aus dem Büro und gab uns Lunch-Pakete, die sie für uns zurechtgemacht hatte, mit Bier und Milky-Way-Riegeln. Sie sagte Saxony etwas ins Ohr und ging dann wieder ins Haus.

»Was hat sie denn gesagt?«

»Sie hat gemeint, ich soll dir mein Milky Way geben, weil du so dürr bist.«

»Dann tu auch, was sie sagt.«

»Könnte dir so passen!«

So ging es auf der ganzen Fahrt – ein nettes Erlebnis nach dem anderen –, und als wir nach St. Louis kamen und den Saarinen Arch sahen, tat es uns fast leid, daß wir schon so weit waren. Wir hielten in Pacific, Missouri, obwohl es erst Mittag war, und schlenderten im Vergnügungspark Six Flags umher. Am Abend gingen wir in unser klimatisiertes Motelzimmer und liebten uns. Sie sagte immer und immer wieder meinen Namen. Das hatte noch keine meiner Freundinnen getan. Alles war jetzt so schön. Ich schaute in alle dunklen Ecken meines Lebens und fragte mich, in welcher sich etwas zusammenbrauen mochte... Keine Antwort. Aber ich hatte eigentlich auch keine erwartet.

3

Ich hielt an einer Sunoco-Tankstelle, und ein hübsches blondes Mädchen mit einer knallroten Baseballmütze von den St. Louis Cardinals kam heraus.

»Voll, bitte. Wie weit ist es denn nach Galen?«

Sie beugte sich herab und legte die Hände auf die Knie. Mir fiel auf, daß ihre Fingernägel kurz geschnitten und zwei davon schwarz waren. Wahrscheinlich war etwas Schweres daraufgefallen, und das aus den Fingern hochgekommene Blut hatte sich schwarz verfärbt.

»Nach Galen? Ach, ungefähr vier Meilen. Sie fahren geradeaus bis zur Kreuzung, biegen rechts ab, und in ein paar Minuten sind Sie dort.«

Sie ging wieder an die Arbeit, und ich sah Saxony an. Sie lächelte, war aber offensichtlich genauso aufgeregt wie ich.

»Ja, dann...« Ich machte eine Handbewegung in die Luft.

»Ja, dann...« Sie neigte zustimmend den Kopf.

»Ja, Kindchen, wir sind fast da.«

»Ja.«

»Im Land des Lachens...«

»Im Marshall-France-Land.«

Die Straße hob und senkte sich in langgezogenen Schwüngen, und das Auf und Ab tat uns nach der schnurgeraden Monotonie der Schnellstraße richtig gut. Wir kamen an einem perfekt nachgebauten Eisenbahn-Speisewagen vorbei, an einem Holzplatz, wo der Geruch von frisch gesägtem Holz für eine Sekunde durchs Auto zog, und an der Praxis eines Tierarztes, aus der man verängstigte und kranke Hunde mit heiserer Stimme wie verrückt bellen hörte. An der Kreuzung war ein Stoppschild mit Schußlöchern und Dellen von Luftgewehrkugeln, die vom Rost orangerot verfärbt waren. Ein junger Anhalter stand daneben. Er sah ganz harmlos aus, doch ich muß zugeben, daß mir plötzlich ein paar Szenen aus *Kaltblütig* vor Augen standen.

»Galen.«

Wir sagten ihm, da wollten wir auch hin und er solle einsteigen. Er hatte rotes Haar, das er in einer Art Afro-Look trug, und jedesmal, wenn ich in den Rückspiegel schaute, sah er mir entweder in die Augen, oder sein brennender Haarbusch versperrte mir die Sicht.

»Ihr wollt also nach Galen? Ich hab gesehen, daß ihr Nummernschilder aus Connecticut habt.« Er sprach es »Connect-ticut« aus. »Ihr seid doch nicht den ganzen Weg bis hierher nach Galen gefahren, oder?«

Ich nickte freundlich und musterte ihn im Rückspiegel. Ein bißchen positiver Blickkontakt. Das alte Spiel, wer als erster wegsieht. »Doch, das sind wir.«

»Wow, von Connecticut bis Galen«, sagte er sarkastisch. »Ein ganz schönes Ende.«

Gammler wie ihn hatte ich in der Schule so viele, daß mir sein trotziger Ton nichts ausmachte. Ein Provinz-Hippie. Er hätte nur noch ein T-Shirt mit dem Aufdruck »KISS« und über den Jeans hervorschauende Unterhosen gebraucht, und er wäre komplett gewesen.

Saxony drehte sich zu ihm um. »Bist du von hier?«

»Mhm.«

»Kennst du Anna France?«

»Logo.«

Ich warf wieder einen Blick in den Rückspiegel. Er hatte die Augen immer noch auf mir, aber jetzt kaute er zufrieden am Daumennagel.

»Wollt ihr zu ihr?«

»Ja, wir müssen was mit ihr besprechen.«

»Aha. Also die ist in Ordnung.« Er schniefte und wetzte auf dem Sitz hin und her. »Die ist hip, wißt ihr, echt cool ist die.«

Auf einmal waren wir da. Wir fuhren über eine kleine Kuppe und kamen an einem weißen Haus mit zwei schlanken Säulen vorbei, vor dem an einem Laternenpfahl an der Straße das Schild eines Zahnarztes hing. Als nächstes kam eine Reparaturwerkstatt für Rasenmäher in einer blau und silbern gestrichenen Blechhütte, ein Montgomery-Ward-Laden, ein Spritzenhaus, dessen große Tore offen waren, in dem jedoch keine Feuerwehrautos standen, und eine Futtermittelhandlung, die als Sonderangebot der Woche einen 50-Pfund-Sack Purina-Hundefutter anpries.

Das war es also. Hier hatte er alle seine Bücher geschrieben. Hier hatte er gegessen und geschlafen, war er herumgelaufen, hatte sich mit den Leuten unterhalten und Kartoffeln und Zeitungen und Benzin für sein Auto gekauft. Die meisten hier hatten ihn gekannt. Hatten Marshall France *gekannt.*

Der Hauptteil der Stadt lag auf der anderen Seite des Eisenbahndamms. Als wir uns dem Übergang näherten, begann eine Glocke zu läuten, und die Schranken gingen herunter. Ich war für den Aufschub dankbar. Mir war alles recht, was unser Zusammentreffen mit Anna France hinausschob. An Bahnschranken zu warten und vorbeifahrende Züge anzusehen, hat mir außerdem schon immer gefallen. Ich denke gern an die langen Zugfahrten, die meine Mutter und ich oft auf dem 20th-Century und dem Superchief machten, als meine Eltern noch verheiratet waren.

Vor der geschlossenen Schranke angekommen, stellte ich den Motor ab und legte den Arm auf die Rückenlehne von Saxonys Sitz. Er fühlte sich warm und feucht an. Es war einer dieser Sommertage, an denen die Luft wie weiches Blei ist und die Wolken sich nicht entschließen können, ob sie abregnen oder lieber weiterziehen sollen.

»Ihr könnt mich hier rauslassen.«

»Sagst du uns noch, wo Miss France wohnt?«

Er schob seinen mageren Arm zwischen den Vordersitzen durch und stieß beim Reden den Zeigefinger nach vorne. »Ihr fahrt bis ans Ende dieser Straße. Das sind ungefähr drei Häuserblocks. Dann biegt ihr rechts in die Connolly Street ein. Ihr Haus hat die Nummer 8. Wenn ihr es nicht findet, fragt einfach irgend jemanden. Das kann euch hier jeder sagen. Danke fürs Mitnehmen.«

Er stieg aus, und als er ein Stück weg war, sah ich, daß er aufgenähte bunte Flicken auf beiden Gesäßtaschen hatte. Der eine war eine Hand mit ausgestrecktem Mittelfinger, der andere eine

Hand, die das Friedenszeichen V machte. Beide Flicken waren rot, weiß und blau, und die Finger waren mit Sternen übersät.

Es war ein langsamer Güterzug mit 200 Waggons. Erie Lackawanna, Chesapeake & Ohio, Seatrain... Laute, gleichmäßige Ratata-Töne, die unterschiedlichen Geräusche, die die einzelnen Waggons im Vorbeifahren machten. Dann die Gemütlichkeit des kleinen ziegelroten Wärterhäuschens, als der Zug vorbei war; ein Mann saß hinter dem hohen quadratischen Fenster, las Pfeife rauchend die Zeitung und war mit sich und der Welt zufrieden. Mir gefiel das.

Als der Zug verschwunden war, begannen die rot und weiß gestreiften Schranken langsam hochzugehen, fast so, als wären sie müde und hätten keine Lust, sich zu erheben. Ich ließ den Motor an, und wir holperten über die Schienen. Im Rückspiegel sah ich, daß niemand hinter uns war.

»Siehst du! Das ist der Unterschied zwischen hier und dem Osten.«

»Was?«

»An dem Bahnübergang haben wir jetzt, na, wie lange, vielleicht fünf bis acht Minuten gestanden, stimmt's? Wenn man im Osten nur halb so lange irgendwo steht, hat man schon eine zehn Meilen lange Autoschlange hinter sich. Und hier – na ja, schau dich halt um.« Sie tat es, sagte aber nichts. »Siehst du? Kein einziges Auto. Kein Auto. Nicht eins. Da hast du den Unterschied.«

»Mhm. Thomas, ist dir klar, wo wir jetzt sind? Hast du überhaupt schon gemerkt, daß wir da sind?«

»Ich versuche, noch nicht daran zu denken. Ich bekomme Magenschmerzen davon.« Eine Untertreibung. Ich war nahe daran, hysterisch zu werden, sobald ich an die bevorstehende Begegnung mit Anna France dachte, aber das brauchte Saxony nicht zu wissen. Ständig ging mir durch den Kopf, was David Louis von ihr erzählt hatte. Eine Megäre. Neurotische Hexe. Um mich nicht mehr unterhalten zu müssen, kurbelte ich mein Fenster ganz herunter und atmete tief durch. Die Luft roch nach heißem Staub und noch etwas anderem.

»He, Sax, schau mal. Ein Barbecue! Komm, laß uns was essen.«

Ein großes grünes Zeltdach war auf einem leeren Grundstück zwischen Phend's Sportartikelgeschäft und der Glass Insurance Company ausgespannt. Darunter saßen ungefähr zwanzig Leute an Holztischen. Sie aßen und unterhielten sich. Ein handgemaltes

Schild verkündete, daß es sich um das alljährliche Grillfest des Lions Club handelte. Ich parkte neben einem verdreckten Pritschenwagen und stieg aus. Es war windstill, und die Luft roch stark nach Holzkohlenrauch und gegrilltem Fleisch. Eine leichte Brise regte sich. Ich wollte mich gerade strecken, doch als ich zufällig zu den Essern hinübersah, stockte ich mitten in der Bewegung. Sie hatten fast alle zu essen aufgehört und schauten zu uns herüber. Mit Ausnahme einer nett aussehenden Frau mit kurzgeschnittenem schwarzen Haar, die mit zwei Schachteln voller Hamburger-Brötchen auf den Händen vorbeilief, waren sie alle zu Salzsäulen erstarrt – ein dicker Mann mit Strohhut, der sich ein Rippchen dicht vor den offenen Mund hielt, eine Frau, die Cola aus einer leeren Dose in einen vollen Becher goß, ein Kind, das sich ein weißrosa Stoffkaninchen mit beiden Händchen über den Kopf hielt.

»Was ist denn das, die *Ode auf eine griechische Vase?*« murmelte ich vor mich hin.

Ich sah zu, wie die Frau eine der Schachteln mit einer Grillgabel aufschlitzte. Die anderen blieben vielleicht zehn Sekunden in ihrer Erstarrung befangen, doch dann brach lauter Motorenlärm den Bann; er stammte von einem Transporter mit einem Palomino-Pferd auf der Ladefläche. Einer der Männer hinter den Grillrosten lächelte und winkte uns mit einem fettigen Wender heran.

»Es ist genug da, Leute. Kommt rüber und unterstützt die Galener Lions.«

Wir setzten uns in Bewegung, und der Mann nickte zustimmend. Auf einer der Bänke war noch Platz, also setzte Saxony sich hin, während ich zu dem rauchenden Grill hinüberging.

Mein neuer Kumpel kratzte Fett von den silbernen Roststangen ins Feuer und rief über die Schulter nach mehr Spareribs. Dann sah er mich an und klopfte auf den Grill. »Aus Connecticut, hm? Sie haben bestimmt die ganze weite Reise gemacht, bloß um meine Rippchen zu probieren, was?«

Er hatte einen dicken weißen Kochhandschuh an, der an der Handfläche fettig-braune Flecken hatte. Ich griente einfältig und lachte mit geschlossenem Mund.

»Also, um Ihnen das zu erklären, ich hab die Rippchen, und Bob Shott da drüben hat die Hamburger. Die würde ich allerdings nicht essen, wenn ich Ihnen einen Rat geben darf, denn Bob ist Arzt, und er könnte versuchen, Sie zu vergiften, damit er zwei neue Patienten bekommt.«

Bob hielt das für den besten Witz, den er je gehört hatte. Er sah sich um, ob noch jemand so laut lachte wie er.

»Nehmen Sie lieber ein paar Rippchen von mir, da kriegen Sie was Gutes. Mir gehört nämlich der Supermarkt hier, und das Fleisch da ist erst heute morgen mit dem Kühlwagen angeliefert worden. Das Feinste vom Feinen.« Er zeigte auf die brutzelnden Rippchen. Sie waren mit einer roten Soße bestrichen, und heißes Fett tropfte von ihnen auf die Holzkohlen, die fast ununterbrochen zischelten. Es roch phantastisch.

»Schon gut, Dan, gib dir keine Mühe. Wir wissen alle, daß es die sind, die du letzte Woche nicht losgebracht hast.«

Ich sah mich zu Saxony um, ob ihr die Witzbolde schon auf die Nerven gingen, und war überrascht, sie lachen zu sehen.

»Aber wir blödeln hier herum, anstatt Ihnen was zu essen zu geben. Was darf's denn jetzt sein für Sie und die junge Dame?«

Dan, der Zeremonienmeister, war glatzköpfig, bis auf ein paar schüttere braune Haarbüschel an den Seiten. Seine Augen waren dunkel und freundlich und saßen in einem feisten, roten, faltenlos glatten Gesicht, das aussah, als hätte es im Lauf der Jahre so manches Rippchen verdrückt. Er trug ein weißes T-Shirt, zerknitterte beige Hosen und schwarze Arbeitsschuhe. Irgendwie erinnerte er mich an einen vor ein paar Jahren gestorbenen Schauspieler namens Johnny Fox, der dafür berüchtigt gewesen war, daß er seine Frau prügelte, in den Cowboyfilmen aber trotzdem immer den duckmäuserischen Kleinstadt-Bürgermeister oder Ladenbesitzer gespielt hatte. Den Typ, der zu feige ist, der Dalton-Gang die Stirn zu bieten, wenn sie in die Stadt kommt und Miene macht, alles kurz und klein zu schießen.

Mein Vater brachte immer wieder Männer wie Johnny Fox mit nach Hause. Sie konnten es sichtlich gar nicht fassen, daß er sie tatsächlich zum Abendessen eingeladen hatte. Er kam dann immer zur Tür herein und rief unserer Köchin Esther zu, wir hätten einen Gast zum Abendessen.

Wenn ich gerade mit meiner Mutter im Zimmer war, stöhnte sie jedesmal auf und sah an die Decke, als könnte von dort Hilfe kommen. »Dein Vater hat schon wieder so ein Scheusal angeschleppt«, sagte sie dann und erhob sich mühsam aus ihrem Sessel, damit sie wenigstens stand, wenn er mit seinem neuen Kumpel im Schlepptau hereinkam.

Mit halb schuldbewußtem, halb boshaftem Grinsen rief er dann:

»Schau her, wen ich zum Essen mitgebracht habe, Meg. Johnny Fox! Du erinnerst dich doch an ihn, nicht wahr?«

Johnny ging dann wie auf Eiern zu ihr hin und reichte ihr zögernd die Hand, als fürchtete er, sie könnte ihm einen Schlag verpassen wie ein Zitteraal. Sie hatten alle einen gräßlichen Bammel vor ihr und spürten trotz ihrer untadeligen Höflichkeit, daß sie es nicht ausstehen konnte, sie in ihrem Haus zu haben, geschweige denn an ihrem Tisch. Aber beim Essen lief dann immer alles bestens. Sie redeten über die Filme, an denen sie gerade arbeiteten, ein bißchen Klatsch vom Bau, Anekdoten aus ihrer Welt. Wenn wir dann fertig waren, trat Johnny (oder wer auch immer) Hals über Kopf den Rückzug an, nicht ohne sich pflichtschuldigst bei meiner Mutter für das köstliche Essen zu bedanken. Einmal fiel ein Kameramann namens Whitey, der seiner Frau einen Toaster an den Kopf geschmissen und dreißig Tage dafür gekriegt hatte, rücklings über den Fußabstreifer und verstauchte sich den Knöchel.

Wenn der Besuch weg war, begab sich die Familie ins Wohnzimmer, wo Vater sich eine Montecristo-Zigarre anzündete und sie zu ihrem Platz am Fenster ging, von wo aus sie dann, mit dem Rücken zu ihm, das Scharmützel eröffnete.

Ganz ruhig sagte sie: »Ist das nicht der, der seine Frau schlägt [ein Restaurant überfallen hat, Bluthunde züchtet, Mexikaner über die Grenze geschmuggelt hat]?«

Dann stieß er eine lange graue Rauchfahne aus und sah die Zigarre an – ein glücklicher Mann. »Ja, genau. Sie haben ihn gerade vor vierzehn Tagen wieder rausgelassen. Bryson hatte schon Angst, wir würden uns für die Rolle des Bürgermeisters einen anderen suchen müssen. Ein Glück, daß seine Frau ihn nicht auch noch verklagt hat.«

»Ja, ein Glück, nicht?« Es sollte sarkastisch klingen, aber entweder war sie nicht mit dem Herzen dabei oder ihre Zunge machte nicht mit, jedenfalls kam es so heraus, als ob sie sich wirklich für Johnny freute.

»Ein interessanter Junge. Ein interessanter Junge. Vor fünf Jahren haben wir gemeinsam einen Film gemacht. Die ganze Zeit war er entweder betrunken oder hat versucht, das häßliche Scriptgirl zu vernaschen, das wir damals hatten.«

»Reizend. Du suchst dir wirklich immer die Nettesten aus, Stephen.«

So ging das hin und her, bis er seine Zigarre geraucht hatte. Dann trat er entweder hinter sie und legte ihr die Hände auf die Hüften, oder er ging aus dem Zimmer. Wenn er das tat, drehte sie sich um und starrte lange Zeit auf die Tür.

»Rippchen oder Burger?«

»Wie bitte? Ach so, Rippchen! Ja, Rippchen sind mir recht.«

Dan schaufelte ein paar von den roten Brutzeldingern auf einen übergroßen gelben Teller und legte zwei Brötchen dazu. Das Fett von den Rippchen lief über den Teller und zog langsam in die Brötchen ein.

»Das macht zweifünfzig; die Unterhaltung ist umsonst.«

Ich ließ mir noch zwei Dosen Cola geben und ging an den Tisch zurück. Eine grauhaarige alte Frau mit zerfurchten, eingefallenen Wangen und einem schwarzbraunen Zahn saß neben Saxony und sprach rasch und leise auf sie ein. Mir kam das ein bißchen seltsam vor, aber Saxony hörte ihr aufmerksam zu und sah nicht einmal auf, als ich das Essen vor sie auf den Tisch stellte. Ich schmollte ein bißchen und nahm eins der Rippchen in die Hand. Es war glühend heiß, und ich ließ es auf den Tisch fallen. So viel Lärm hatte das eigentlich gar nicht gemacht, doch als ich aufschaute, sah ich, daß mich schon wieder alle anstarrten. Mein Gott, wie ich das hasse. Ich bin nämlich einer, der ein Steak bestellt, und wenn der Kellner dann Fisch bringt, nehme ich ihn trotzdem, bloß um kein Aufsehen zu machen. Ich hasse Auseinandersetzungen in der Öffentlichkeit, Geburtstagskuchen, die einem im Restaurant gebracht werden, Stolpern oder Furzen auf der Straße, überhaupt alles, was dazu führt, daß die Leute einen für ein paar furchtbar lange Sekunden anstarren.

Ich sah mit meinem »Bin-ich-nicht-ein-Schaf?«-Lächeln in die Runde, aber es nützte nichts. Sie hörten überhaupt nicht mehr auf, mich anzustarren.

»Thomas?« Die gute alte Saxony kam mir zu Hilfe.

»Ja!« Ich glaube, ich antwortete so laut, daß die Milch davon sauer werden konnte. Sie nahm das Rippchen und legte es auf den Teller zurück.

»Darf ich bekanntmachen: Mrs. Fletcher, Thomas Abbey.«

Die alte Frau streckte mir über den Tisch hinweg die Hand hin und schüttelte meine wie einen Pumpenschwengel. Sie sah aus wie acht-, neunundsechzig. Ich konnte mir vorstellen, daß sie den Postdienst in der Stadt versah oder im Kino Popcorn und Bonbons verkaufte. Sie hatte nicht die trockene Schlangenhaut einer alten Frau, die ihr Leben lang an der Sonne gewesen ist. Eher weiß, ein Stubenweiß, das allmählich vergraut war wie eine alte Postkarte.

»Freut mich, Sie kennenzulernen. Wie ich höre, wollen Sie vielleicht eine Zeitlang hierbleiben?«

Ich sah Saxony an und fragte mich, wieviel sie Mrs. Fletcher gesagt haben mochte. Sie blinzelte mir zwischen zwei Bissen ins Rippchen zu.

»Und daß Sie vielleicht was mieten wollen?«

»Ja, richtig, schon möglich. Es ist nur, es steht noch nicht fest, wie lange wir bleiben, wissen Sie.«

»Das macht überhaupt nichts. Bei mir ist im Erdgeschoß so viel Platz, das könnte ich glatt als Kegelbahn vermieten. Zweimal.« Sie holte ein schwarzgoldenes Plastik-Zigarettenetui aus ihrer Handtasche, ließ es aufschnappen und nahm eine dieser zehn Zentimeter langen Zigaretten heraus und zündete sie mit einem schwarzen Cricket-Feuerzeug an. Sie nahm einen tiefen ersten Zug, so daß sich gleich ein langes Aschestäbchen bildete. Es krümmte sich bedenklich nach unten, während sie weiterredete, aber sie klopfte es nicht ab.

»Dan, die Spareribs sehen aber gut aus. Kann ich auch einen Teller haben?«

»Na klar, Goosey.«

»Haben Sie gehört, er nennt mich Goosey. Meine Freunde und Bekannten nennen mich alle so.«

Ich nickte und wußte nicht recht, ob es unhöflich wäre weiterzuessen, während sie sprach.

»Bei mir braucht ihr euch keine Gedanken zu machen, weil ihr nicht verheiratet seid und so.« Sie sah uns nacheinander an und tippte auf den Ringfinger ihrer linken Hand. »Auf so was hab ich nie was gegeben. Wenn doch bloß die Leute in meiner Jugend auch schon so gedacht hätten. Ich wär kein Kind von Traurigkeit gewesen, da könnt ihr Gift drauf nehmen!«

Ich war auf Saxonys Reaktion gespannt, aber sie sah immer nur Mrs. Fletcher an.

Die Frau setzte wieder zum Sprechen an, besann sich aber und trommelte mit den Fingern auf die Tischplatte. »Also, ich vermiete euch mein Erdgeschoß... Ich lasse es euch für fünfunddreißig Dollar die Woche. So billig kommt ihr in keinem Motel hier weg. Eine Küche ist auch da.«

Ich wollte ihr gerade sagen, wir müßten das noch besprechen, als Dan ihr den Teller brachte.

»Was sagst *du,* Dan, fünfunddreißig Dollar die Woche Miete für mein Erdgeschoß?«

Er verschränkte die Arme über dem Bauch und zog die Luft durch die Zähne. Es hörte sich an wie ein Dampfbügeleisen.

»Ihr denkt also daran, eine Zeitlang in Galen zu bleiben, ja?« Vielleicht bildete ich es mir nur ein, aber mir war so, als klänge seine Stimme plötzlich nicht mehr so freundlich.

Saxony kam mir zuvor: »Wir wollen sehen, ob wir mit Anna France sprechen können. Wir haben vor, ein Buch über ihren Vater zu machen.«

Wurde es da nicht auf einmal totenstill? Zeigten die Gesichter nicht ein träges, schwerfälliges Interesse, das auf uns zutrieb wie Rauch in feuchter Luft?

»Anna? Sie wollen ein Buch über Marshall machen, sagen Sie?« Dans Stimme drang durch das Zischen der Rippchen auf dem Grill, durch die Stille, durch die Brise, die immer wieder aus dem Nichts aufkam und sich genauso rasch wieder legte.

Ich war wütend auf Saxony. Ich hatte mich mindestens ein paar Tage lang erst mal in der Stadt umsehen wollen, bevor ich irgend jemandem sagte, warum wir hier waren. Vor kurzem hatte ich einen Artikel über einen jungen Schriftsteller im Staat Washington gelesen. Die Leute in der Stadt hatten Fremden nichts über ihn gesagt, weil sie ihn mochten und ihm Neugierige vom Hals halten wollten. Marshall France war zwar schon tot, aber ich war von Anfang an überzeugt gewesen, daß die Leute in Galen zögern würden, über ihn zu sprechen. Es war wirklich die erste Dummheit, die Saxony begangen hatte. Ich konnte ihr höchstens die Aufregung darüber zugute halten, daß wir endlich hier waren.

Dan drehte sich um und rief einem seiner Kumpel zu: »Der Mann hier will ein Buch über Marshall France machen.«

Eine Frau in Bluejeans und einem bunt gemusterten Männerhemd an einem Tisch uns gegenüber fragte zurück: »Über Marshall, sagst du?«

Ich wäre am liebsten auf die Bank gestiegen und hätte durch ein Megaphon gebrüllt: »JA, LEUTE! ICH WILL EIN BUCH ÜBER MARSHALL FRANCE SCHREIBEN. IHR HABT DOCH NICHTS DAGEGEN?« Aber ich tat nichts dergleichen. Ich trank statt dessen einen Schluck Cola.

»Anna?«

Ich wußte nicht, ob ich mich verhört hatte, aber es klang gerade so, als hätte er jemanden dieses Namens gerufen.

»Ja?«

Das hatte jemand direkt hinter mir gesagt. Ich spürte, wie sich meine Eingeweide verkrampften.

Rücken an Rücken mit Anna France, befand ich mich in dem jähen, schwindelerregenden Schwebezustand, der drastischen Einschnitten im Leben vorausgeht. Ich wollte mich umdrehen, traute mich aber nicht. Wie sah sie aus, wie waren ihre Stimme, ihre Augen, ihre Gesten? Die Erkenntnis, Marshall France so nahe zu sein wie nie zuvor, beschlich mich auf einem kleinstädtischen Grillfest von hinten, und ich war wie gelähmt.

»Darf ich mich dazusetzen?« Ihre Stimme lag auf meiner linken Schulter wie ein Blatt. Ich hätte ohne weiteres nach hinten langen und sie berühren können.

»Nur zu, Anna. Die beiden hier brennen scheint's darauf, dich kennenzulernen, wenn man sie so reden hört. Sie kommen aus Connecticut, die ganze Strecke mit dem Auto.«

Ich hörte, wie Saxony ein Stück rutschte, um ihr Platz zu machen. Die beiden begrüßten sich murmelnd. Ich mußte hinsehen.

Es war die Frau, die die Schachteln mit Hamburger-Brötchen gebracht hatte. Sie hatte kurzes schwarzes, glänzend-sauberes Haar, das als Bubikopf geschnitten war und ihr bis über die Ohren reichte, jedoch die ziemlich großen Ohrläppchen freiließ. Eine hübsche kleine Nase, an der Spitze leicht nach oben gebogen, Augen, die beinahe orientalisch wirkten und entweder grau oder staubig-grün waren. Ihre Lippen waren voll und spielten ins Purpurne, und ich war sicher, daß das ihre natürliche Farbe war, obwohl sie manchmal so dunkel wurden, daß man meinen konnte, sie habe irgendwelche abfärbenden dunklen Bonbons gelutscht. Sie trug einen weißen Tischler-Overall, ein schwarzes T-Shirt, überhaupt keinen Schmuck und schwarze Gummisandalen an den Füßen. Alles in allem sah sie richtig gut aus, wie eine moderne, patente, noch ziemlich junge Hausfrau aus dem Mittleren Westen. Wo um alles in der Welt war die Chas-Addams-Figur, die David Louis gezeichnet hatte? Diese Frau sah aus, als hätte sie eben den Familien-Kombi an der Shell-Tankstelle waschen lassen.

Sie reichte mir die Hand, und die war weich und kühl, überhaupt nicht verschwitzt wie meine.

»Sind Sie Thomas Abbey?« Sie lächelte und nickte, als wüßte sie schon, wer ich sei. Sie hielt meine Hand fest, und ich hätte sie ihr beinahe mit einem Ruck entzogen, als sie meinen Namen sagte.

»Ja, äh, hallo. Woher –?«

»David Louis hat mir geschrieben, daß Sie kommen würden.«

Ich runzelte die Stirn. Warum hatte er das getan? Wenn Sie wirklich die Medusa war, als die er sie mir geschildert hatte, und wenn sie erst einmal wußte, wozu ich hier war, konnte das doch nur bedeuten, daß sie alle Fugen und Ritzen im Leben ihres Vaters verstopfte, die ich vielleicht noch gefunden hätte, wenn ich allein und inkognito herumgeschnüffelt hätte. Ich schwor mir, Louis bei erster Gelegenheit einen zehnseitigen erbosten Brief zu schreiben. Kein Wunder, daß noch nie ein Biograph Glück bei ihr gehabt hatte. Er hatte sie immer vorgewarnt.

»Darf ich mich hinsetzen? Ich bin schon so viel rumgerannt heute, bei der Hitze...« Sie schüttelte den Kopf, und ihr Haar wirbelte herum wie ein enges Baströckchen.

Mir fiel ein, daß ich sie noch gar nicht richtig mit Saxony bekanntgemacht hatte.

»Miss France, das ist meine Kollegin, Saxony Gardner.« Kollegin? Wann hatte ich zum letztenmal dieses Wort gebraucht?

Sie lächelten einander zu und gaben sich die Hand, aber es war ein ganz flüchtiger, fast berührungsloser Händedruck.

»Schreiben Sie auch, Miss Gardner?«

»Nein, ich mache die Recherchen, und Thomas wird schreiben.«

Warum sagte sie nicht »Thomas schreibt«, anstatt es im Futur auszudrücken? Das hätte viel professioneller geklungen.

Ich sah mir ihre beiden Gesichter an und wollte nicht wahrhaben, daß Anna schön war, Saxony dagegen nur frisch und sympathisch. Vielleicht war es auch nur mein momentaner Ärger über Sax.

»Sie wollen ein Buch über meinen Vater schreiben? Darf ich fragen, warum?«

Ich hielt es für das beste, ihr jetzt einfach reinen Wein einzuschenken und abzuwarten, wie sie reagierte. »Weil er der Beste ist, Miss France. Nie im Leben habe ich mich so in eine Geschichte vertieft, wie wenn ich seine Bücher las. Es spielt zwar keine Rolle, aber ich unterrichte Englisch an einer Privatschule für Jungen, und ich muß sagen, daß kein einziges der sogenannten ›großen Werke‹ mich derart beeindruckt hat wie das *Land des Lachens.*«

Sie schien von dem Kompliment angetan, verdrehte jedoch die

Augen und berührte kurz meine Hand. »Ich hab Ihnen doch schon tausendmal gesagt, Sie sollen nicht immer so übertreiben, Mr. Abbey.« Sie lächelte wie ein kleines Mädchen, das sich diebisch über einen gelungenen Scherz freut, und das war so reizend, daß ich auch lächeln mußte.

Was, zum Teufel, hatte sich dieser David Louis dabei gedacht, sie als eine hohläugige Vettel hinzustellen, die in schwarzen Kleidern mit einer Kerze in der Hand durchs Haus geistert? Sie war hübsch und lustig und trug Dee-Cee-Overalls, und nach allem, was ich bisher gesehen hatte, kannte und mochte sie jeder in der Stadt.

»Es stimmt aber, Miß France.« Saxony sagte das mit solcher Inbrunst, daß wir alle überrascht aufsahen.

»Hat David Ihnen denn nicht gesagt, was ich grundsätzlich von einer Biographie meines Vaters halte?«

Saxony antwortete ihr. »Er sagte, Sie wollten mit allen Mitteln verhindern, daß eine geschrieben wird.«

»Nein, das stimmt nicht ganz. Ich war immer dagegen, weil die Leute, die über ihn schreiben wollten, aus völlig falschen Gründen hierher in unsere Stadt gekommen sind. Jeder von denen spielt sich als *der* France-Kenner auf, aber wenn man mit ihnen redet, merkt man gleich, daß sie sich nicht dafür interessieren, was für ein Mensch er war. Für sie ist er bloß eine literarische Gestalt.«

Bitterkeit legte sich leicht über ihre Stimme wie eine Wolkenbank. Sie war Saxony zugewandt, so daß ich sie nur im Profil sah. Ihr Kinn war scharf ausgeprägt. Wenn sie sprach, kamen ihre weißen Zähne in blendendem Kontrast unter den dunklen, schweren Lippen hervor, aber dann versteckten sie sich gleich wieder, wenn sie fertig war. Sie hatte lange, dünne Wimpern, die frisch getuscht wirkten. Ihr Hals war lang und weiß und unglaublich zart und verletzlich und hatte im Gegensatz zum Gesicht ein paar Fältchen. Ich schätzte sie auf Ende Dreißig, Anfang Vierzig, aber alles an ihr wirkte straff und gesund, und ich konnte mir vorstellen, daß sie ein hohes Alter erreichen würde. Es sei denn, sie hatte das schwache Herz ihres Vaters geerbt.

Sie wandte sich mir zu und fing an, mit der blauen Plastikgabel zu spielen, die ich zu meinen Rippchen bekommen hatte. »Wenn Sie meinen Vater gekannt hätten, Mr. Abbey, würden Sie verstehen, warum ich in diesem Punkt so empfindlich bin. Er war ein sehr privater Mensch. Die einzigen echten Freunde, die er außer meiner Mutter und Mrs. Lee hatte, waren Dan« – sie lächelte und nickte dem Lebensmittelhändler zu; er zuckte die Achseln und schlug bescheiden die Augen nieder – »und noch ein paar Leute aus der Stadt. Jeder hat ihn gekannt, und alle mochten ihn gut leiden, aber es war ihm zuwider, im Blickpunkt der Öffentlichkeit zu stehen, und er hat sich ihr entzogen, wo immer es ging.«

Dan sagte etwas, aber zu keinem von uns, sondern nur zu Anna. »Am liebsten ist er in meinen Laden gekommen und hat sich zu mir hinter der Fleischtheke auf einen von den niedrigen Holzklötzen gesetzt, die ich da als Hocker stehen hab, du weißt schon. Ab und zu hat er mal an der Kasse ausgeholfen, wenn einer von meinen Leuten nicht da war.«

Was für ein herrlicher Anfang für eine Biographie! France als Aushilfe an der Kasse von Dans Laden in Galen ... Auch wenn die Hoffnung auf das Buch schwand, war es eine Freude, bei diesen Leuten hier sitzen zu können, die ein so wichtiger Teil seiner Welt gewesen waren. Ich beneidete sie alle unsagbar.

»Und man wußte es immer gleich, wenn er bei dir hinten gesteckt hat, Dan, weil einen dann vorne kein Mensch bedient hat!«

Dan kratzte sich am Kopf und zwinkerte uns zu. Ein Gedanke drängte sich mir auf und wollte sich nicht verscheuchen lassen. Da stand dieser nette, kleine, feiste Kerl, ein Krämer, und so einer hatte zusammengerechnet wahrscheinlich Jahre in Gesellschaft meines Helden verbracht. Worüber mochten sie sich unterhalten haben? Baseball? Frauen? Wer sich am Abend zuvor im Spritzenhaus wieder betrunken hatte? Es war abscheulich und arrogant von mir, aber hätte ich nicht wenigstens für einen dieser Nachmittage hinter der Fleischtheke mit ihm tauschen können? Einen Nachmittag lang mit Marshall France plaudern und vielleicht über Bücher und Phantasie reden ... Über die Figuren in seinen Büchern.

»Sag mal, Marshall, wie bist du eigentlich auf [Zutreffendes einsetzen] gekommen?«

Er hätte sich an ein paar Hammelkeulen gelehnt und zu erzählen angefangen: »Als Kind kannte ich mal einen Schwertschlucker ...«

Dann hätten wir das Radio eingeschaltet und uns eine Sportübertragung angehört, geruhsam und schläfrig, wie Männer werden, wenn sie über Gott und die Welt quatschen und ins Leere starren. Wir hätten über Stan Musials Punktestand geredet oder über Freds neuen Traktor ...

Ich war in meiner Traumwelt und schwatzte mit France, als ich Saxony »soundso-soundso Stephen Abbey« sagen hörte. Das brachte mich auf die Erde zurück, und als meine Augen sich wieder einblendeten, sah ich daß Mrs. Fletcher mich mit aufgerissenem Mund anstarrte.

»Ihr Vater war Stephen Abbey?«

Ich zuckte die Achseln und fragte mich, warum Saxony verdammt noch mal auch noch diese Katze aus dem Sack gelassen hatte. Na warte!

Das leise Kettensägen-Geheul eines Säuglings durchschnitt die Luft und überdeckte die Gesprächspause.

»Der Vater von dem Mann war Stephen Abbey.«

Ein Knalleffekt. Augen blickten auf, Hamburger sanken herab, das Baby hörte zu plärren auf. Ich warf Saxony einen vernichtenden Blick zu. Sie machte ein betretenes Gesicht und schaute weg. Sie wollte ihren Fehler wieder gutmachen und sagte zu Anna, da wir beide Kinder berühmter Väter seien, hätten wir sicher vieles gemeinsam.

»Wenn das stimmt, war mein Vater jedenfalls nicht im gleichen Fach wie der von Mr. Abbey.« Dabei sah sie mich an. Sie ließ ihre Augen ungeniert über mein Gesicht wandern. Halb gefiel mir diese Inspektion, halb störte sie mich.

»Es stimmt also? Ihr Vater war Stephen Abbey?«

Ich nahm ein kalt gewordenes Rippchen in die Hand und biß hinein. Ich wollte möglichst wenig Aufhebens von meiner Antwort machen und hielt es für die beste Taktik, mit vollem Mund etwas vor mich hin zu murmeln.

»Ja.« Mampf, mampf. »Ja, das stimmt.« Ich sah wie hypnotisiert auf das Rippchen und meine Fettfinger. Das Kauen war einfach, das Schlucken mühsam. Ich würgte das Zeug herunter und spülte mit einer halben Dose Cola nach.

»Wissen Sie noch, wie ich und Ihr Vater mit Ihnen in *Die Anfänger* waren, Anna?«

»Nein.«

»Sie erinnern sich nicht? Denken Sie mal scharf nach. Wir sind in dieses Kino in Hermann gefahren, und Sie mußten andauernd aufs Klo.«

»Und, wie war es?«

»Das wollte ich von Ihnen hören, Miß France.« Ich ließ ein boshaft-hinterhältiges Zwei-Sekunden-Lächeln los, und sie fing es auf und gab es zurück.

»Zwei Leute mit einem berühmten Vater hier bei uns am Tisch,

Dan.« Mrs. Fletscher klatschte in die Hände, legte sie dann platt auf den Tisch und rieb hin und her, als wollte sie die Platte schleifen.

»Anna, wir brauchen schon wieder Nachschub!«

Sie stand sofort auf, sah an ihrem Overall herab und schnipste ein paar Krümel weg. »Wir müssen uns darüber unbedingt noch ein bißchen länger unterhalten, ja? Hätten Sie beide Lust, heute abend zu mir zum Abendessen zu kommen? So gegen halb acht? Eddie hat Ihnen ja gesagt, wie Sie das Haus finden, und Ihnen die Adresse genannt, nicht?«

Wir gaben uns alle die Hand, und sie ging. Ich verstand die Welt nicht mehr. Abendessen im Haus von Marshall France? Eddie? Der halbwüchsige Hippie, den wir mitgenommen hatten? Er konnte unmöglich noch vor uns auf dem Grillfest gewesen sein.

Wir fuhren Mrs. Fletcher zu ihrem Haus am anderen Ende der Stadt. Es war phantastisch. Man ging auf einem Plattenweg durch einen Garten mit zwei Meter hohen Sonnenblumen, kastaniengroßen Kürbissen, Wassermelonen und Tomatenstauden. Sie erklärte uns, für sie komme nur ein Garten in Frage, den man essen könne. Mit Rosen und Geißblatt habe sie nichts im Sinn, auch wenn sie noch so schön dufteten.

Vier breite Holzstufen führten auf eine schattige Veranda, bei deren Anblick man gleich von Eistee mitten im heißesten August träumte. Wie ein Titelbild der *Saturday Evening Post,* gemalt von Norman Rockwell. Es gab da eine weiße Hängematte, in der zehn Leute Platz gehabt hätten, zwei weiße Schaukelstühle mit grünen Sitzkissen und einen ganz weißen Hund, der aussah wie ein Ferkel.

»Also der da, das ist Nagel. Er ist ein Bullterrier, falls ihr die Rasse nicht kennt.«

»Nagel?«

»Ja – sieht sein Kopf nicht aus wie so ein dicker, kantiger Holznagel? Marshall France hat ihn so getauft.«

Ich mache mir sonst nicht viel aus Hunden oder Katzen, aber bei Nagel war es Liebe auf den ersten Blick. Er war so häßlich und so kurzbeinig und hatte ein so strammes Fell – wie eine Wurst, die jeden Moment aus der Pelle platzen kann. Und die Augen auf beiden Seiten des Kopfes wie bei einer Eidechse.

»Beißt er?«

»Nagel? Aber i wo! Nagel, komm her, mein Guter.«

Er stand auf und streckte sich, so daß sein Fell sich noch straffer spannte. Steifbeinig kam er zu uns herüber und legte sich sofort wieder hin, als sei er von den paar Schritten völlig erledigt.

»Diese Hunde werden in England gezüchtet, als Kampfhunde. Man sperrt sie zusammen in einen Zwinger und ergötzt sich daran, wie sie sich gegenseitig zerfleischen. Die Menschen sind schon sonderbare Wesen, was, Nagel?«

Das Gesicht des Hundes war ausdruckslos, obwohl er mit den Augen alles verfolgte. Kleine braune Kohlenaugen tief im Gesicht eines weißen Schneemanns.

»Streicheln Sie ihn ruhig, Tom. Er mag Menschen.«

Ich streckte den Arm aus und klopfte ihm mit der flachen Hand zweimal zaghaft auf den Kopf, wie auf die Klingel am Empfang eines Hotels. Er hob die Schnauze und drückte sie mir in die Handfläche. Ich kraulte ihn hinter einem Ohr. Das machte mir einen solchen Heidenspaß, daß ich meine Tasche hinstellte und mich neben ihn auf die Veranda setzte. Er stand auf, kletterte mir halb auf den Schoß und sackte wieder zusammen. Saxony gab mir ihren Korb und ging noch einmal die Stufen hinunter in den Garten, um sich die Tomaten anzusehen.

»Wie wär's, wollt ihr zwei beiden nicht noch ein paar Minuten hier draußen bleiben, und ich geh schon mal rein und seh nach dem Rechten, ja?« Sie überquerte die Veranda und verschwand im Haus. Nagel hob den Kopf, entschied sich aber, auf meinem Schoß zu bleiben.

Nach Annas Abgang vom Grillfest hatte ich Mrs. Fletcher gesagt, wir würden ihr »Erdgeschoß« für ein paar Tage nehmen und es dann, falls alles nach Wunsch ging, wochenweise mieten. Sie war einverstanden und sagte uns noch einmal, es mache ihr nichts aus, daß wir nicht verheiratet seien.

Auf dem Nachbargrundstück stand ein riesiges gelbes Eishaus aus der Zeit um die Jahrhundertwende. Es war zugleich bedrohlich und angenehm anzusehen: Massiv und unbeweglich, aber völlig deplaciert, selbst in einer so verschlafenen kleinen Stadt, in der man bestimmt noch für einen Cent ein Bonbon kaufen konnte. Die alte Dame erzählte, es sei noch bis vor wenigen Jahren als Lagerhaus genutzt worden, doch dann seien zwei Balken durchgefault und hätten zwei Arbeiter aus der Stadt erschlagen. Ein paar »Lackaffen« aus St. Louis hätten es sich einmal angesehen, ob es sich in einen Antiquitätenladen umbauen ließe, aber die Galener hätten sie wissen lassen, man wolle sie hier nicht haben und auch das Eishaus nicht umbauen lassen, vielen Dank, auf Wiedersehen.

Was meine Gefühle für Saxony betraf, war ich von allem, was wir inzwischen erlebt hatten, so erschlagen, daß ich nicht daran dachte, sie zu fragen, warum sie so viel ausgeplaudert hatte. Aber während ich so dasaß und Nagel tätschelte und das Eishaus betrachtete, zog ich Zwischenbilanz und mußte mir eingestehen, daß wir an einem einzigen Nachmittag in Galen schon viel weiter gekommen waren, als ich es je für möglich gehalten hätte. Wir waren in Galen, hatten ein Dach über dem Kopf, hatten auf einen Schlag mehrere Galener *und* Anna France kennengelernt und würden – o Wunder – am Abend bei ihr essen. Hatte Saxony vielleicht doch nicht so viel falschgemacht? Oder hatten wir es nur unserem Glück zu verdanken, daß wir es gleich so gut getroffen hatten in Frances Land?

4

»Das ist ein Bild von meinem Mann Joe. Ich hoffe, es macht euch nichts aus, Bilder von den Toten um euch zu haben. Wenn ihr wollt, nehme ich es runter.«

Mrs. Fletcher hatte die Hände auf den Hüften und sah Joe verächtlich aus den Augenwinkeln an. Er sah aus wie Larry von den Three Stooges. Ich konnte mir gut vorstellen, wie ihr Eheleben gewesen war.

»Das war nämlich sein Arbeitszimmer, wißt ihr, als er noch am Leben war. Deshalb hängt sein Bild hier. Da ist sein kleiner Fernseher, sein Radio, der Schreibtisch, an dem er immer seine Policen und seine Briefe geschrieben hat...« Sie huschte durchs Zimmer und zeigte auf seinen Fernseher, sein Radio, seinen Schreibtisch. An den Wänden hingen Diplome und Ehrenurkunden, Fotos von ihm, auf denen er stolz einen großen Fisch hochhielt, seinem Sohn beim Schulabschluß die Hand auf die Schulter legte. Ein hüfthohes, grünes Bücherregal stand an einer Wand, vollgestopft mit alten Nummern von *The Reader's Digest, Popular Mechanics, Boy's Life* und ein paar Büchern. Auf einer der Urkunden wurde ihm dafür gedankt, daß er 1961 eine Pfadfindergruppe geleitet hatte. Ein kreisrunder rot und grün gemusteter Teppich bedeckte fast den ganzen Fußboden, aber

Nagel legte sich, gleich als wir ins Zimmer kamen, nicht weit von mir auf die blanken, dunklen Dielen. Er und ich waren schon ein Herz und eine Seele. Am Fenster stand noch ein einladender Schaukelstuhl. Ein Zimmer, in dem man es durchaus eine Zeitlang aushalten konnte. Das Erkerfenster ging auf den Gemüsegarten vor dem Haus, der immer noch Sonne bekam.

Außer dem Arbeitszimmer gab es noch drei Räume. Ein Schlafzimmer, in dem alles gletscherweiß war und nach Lavendel roch, ein Wohnzimmer mit riesigen alten viktorianischen Möbeln, die überall klobig herumstanden und mir wahrscheinlich irgendwann auf den Geist gegangen wären, und eine Wohnküche, die groß genug war für den Parteikongreß der Demokraten. Bei einer Miete von fünfunddreißig Dollar die Woche war zu überlegen, ob ich mich nicht an der Galener High-School als Englischlehrer bewerben sollte. Mit Saxony hier einziehen, die Lehrberechtigung für Missouri beantragen, tagsüber an der Schule unterrichten und abends recherchieren und das Buch schreiben, falls wir uns mit Anna tatsächlich arrangieren konnten... Nagel legte mir den Kopf auf den Fuß und brachte mich in die Wirklichkeit zurück.

Ich merkte, daß ich schon die ganze Zeit auf das Bücherregal gestarrt hatte. Auf einmal sah ich, was mich da so magisch anzog, und streckte noch im Gehen die Hand nach dem Buch aus.

»Saxony! *Nacht fährt in Anna.* Schau dir das an!« Ich hatte das Buch und blätterte es durch, von hinten nach vorne. »Jetzt komm doch, sieh dir das an! Es hat drei Kapitel mehr als deine Ausgabe, Sax!«

Das brachte sie auf Trab. Sie riß es mir aus der Hand.

»Du hast recht, aber ich versteh das nicht.« Sie wollte Mrs. Fletcher fragen und drehte sich um, aber die alte Frau war verschwunden. Wir sahen einander an, und dann schaute ich aus dem Fenster, vor dem Saxony stand. Überragt von den nickenden, schwankenden Sonnenblumen, ging unsere neue Hauswirtin durch den Garten. Sie sah zum Fenster, zu uns herauf.

Saxony setzte sich auf das hohe weiße Bett und streifte die Turnschuhe ab. »Darf ich es als erste lesen? Ich brauch nicht lange.«

»Von mir aus. Ich wollte mich sowieso duschen.«

Aber es war keine Dusche da. Nur eine dieser altmodischen Badewannen – fast zwei Meter lang und als Füße Löwenpranken, die weiße Kugeln gepackt halten. Ich hatte auch nichts dagegen, mich gründlich in lauwarmem Wasser einzuweichen – nach dem aufregenden Tag durchaus eine verlockende Aussicht. Es lag sogar ein nagelneues Stück Ivory-Seife in der Metallschale, und über dem Rand hingen ein dickes lila Handtuch und Waschlappen.

Ich seifte mir den Kopf ein und sang einen Randy-Newman-Song, als sie hereinkam. Sie hatte das Buch in der Hand und setzte sich wortlos auf den weißen Wäschekorb.

»Ist was, Saxony?«

»Nein, nein. Aber ich hab doch keine Lust zum Lesen. Bist du sauer auf mich?«

»Nein. Ja. Ja, ich war's jedenfalls, vorhin, aber jetzt sieht ja alles so vielversprechend aus, daß ich keinen Grund mehr habe, sauer zu sein.«

»War es, weil ich das von deinem Vater gesagt habe?«

»Ja, auch. Und dann, weil du denen von der Biographie erzählt hast.«

Sie stand von dem Wäschekorb auf und ging ans Waschbecken. Sie betrachtete sich im Spiegel des Arzneischränkchens.

»Das hab ich mir schon gedacht. Bist du aufgeregt, weil wir nachher zu ihr zum Abendessen gehen?«

Sie sprach mit ganz ungewohnt monotoner Stimme. Sie hatte normalerweise eine Stimme für jede Laune, so daß man immer schon an ihrem Tonfall erkannte, wie sie aufgelegt war. Aber seit sie ins Badezimmer gekommen war, hörte sie sich an wie ein sprechender Computer.

»Natürlich bin ich aufgeregt! Ist dir klar, daß wir schon halb am Ziel sind, wenn sie uns ›akzeptiert‹?«

»Ja, das ist mir klar. Was sagst du zu der Stadt?«

»Saxony, willst du mir nicht bitte sagen, was mit dir los ist? Du hörst dich an wie die *Nacht der lebenden Toten*. Was ist mit dir, du schläfst wohl schon halb? Du hast scheint's noch gar nicht begriffen, daß wir heute bei Anna France zum Essen eingeladen sind, bei ›der‹ Anna France.« Ich glaube, ich war wütend, und man hörte es auch. Ich fing ihren Blick im Spiegel auf, und sie lächelte matt. Dann drehte sie sich um und sah mich an, und ich kam mir vor wie ein Trottel in meiner Badewanne, mit hochgezogenen Knien, den Kopf voller Schaum.

»Du hast ja recht.« Sie sah mich immer noch an, und dann sagte sie es noch mal: »Du hast ja recht.« Sie nahm das Buch von dem Wäschekorb und ging hinaus.

»Was soll *das* denn nun wieder heißen?« fragte ich die Badewanne. Die Seife glitschte mir aus der Hand und fiel mit einem Plop ins Wasser.

Ich säuberte mich weiter, wußte aber kaum, was ich tat, weil ich krampfhaft versuchte, aus ihrem Verhalten schlau zu werden. Aber als ich fertig war und tropfnaß ins Schlafzimmer kam, war sie schon wieder ganz munter, und so hielt ich es für das beste, nicht mehr davon zu sprechen.

Wir wollten zu Fuß zu Frances Haus gehen. Mrs. Fletcher saß auf der Veranda in einem der Schaukelstühle und schälte Maiskolben. Nagel lag neben ihr und bewachte einen großen, rosa und weißen Knochen, ohne davon zu fressen. Sie beschrieb uns ausführlich den Weg zu Annas Haus, das ungefähr sechs Straßen entfernt war. Als wir die Vortreppe hinabstiegen, hatte ich das sichere Gefühl, daß sie jeden unserer Schritte beobachtete, aber ich drehte mich nicht um. Es wäre zu offensichtlich gewesen, und ich wollte es mir nicht mit ihr verderben. Falls wir uns doch entschlossen, eine Zeitlang zu bleiben, war ihr Haus einfach zu anheimelnd und bequem (und billig), als daß ich es hätte aufgeben wollen, bloß weil sie wunderlich und neugierig war.

Die Sonne ging über dem Eishaus unter, aber sie wirkte blaß gegen das satte Zitronengelb des Gemäuers. An der Seite waren die Geister ehemals schwarzer Buchstaben, die uns beim erstenmal nicht aufgefallen waren.

»He, sieh dir das an! ›Fletcher und Familie.‹ Wieso hat sie uns nicht gesagt, daß es ihr gehört?«

»Vielleicht war es ihr peinlich zuzugeben, daß sie reich ist?« Sax sah mich an und kniff die Augen zu, wegen der Sonne.

»Wieso reich? Weil sie in ihrem Haus Zimmer vermietet und ihr ein baufälliges Eishaus gehört? Ich würde eher sagen, sie wollte nicht zugeben, daß ihr ein Gebäude gehört, in dem zwei Menschen verunglückt sind, weil der Besitzer es herunterkommen ließ.«

Dieser Gedanke brachte uns für ein paar Gehminuten zum Schweigen.

Es wurde Abend, und der Himmel hatte sich zu reinem Kobaltblau geklärt, mit einem scharfen weißen Kondensstreifen mittendurch. Irgendwo jaulte ein Rasenmäher, und es roch nach geschnittenem Gras und nach Benzin und Motorenöl, als wir an Bert

Keeners Exxon-Tankstelle vorbeikamen. Vor der Tür saß einer auf einem roten Aluminium-Gartenstuhl, mit einer Dose Bier in Griffweite auf einem Stapel abgefahrener Reifen. Noch ein Norman-Rockwell-Bild. Titel: »Berts Exxon-Tankstelle im Juni.« Ein neuer weißer Volkswagen bog ein und hielt an den Zapfsäulen. Der Fahrer kurbelte das Fenster herunter und steckte den Kopf heraus.

»Na los, schwing deinen Arsch rüber hier, Larry, oder wirst du fürs Saufen bezahlt?«

Larry auf dem Gartenstuhl verzog angewidert das Gesicht und sah zu uns her, bevor er sich erhob. »Kaum hat einer so ne kleine Kraut-Karre, gleich denkt er, er kann sich aufführen wie Hitler persönlich.«

Wir gingen an einem geschlossenen Lebensmittelladen vorbei, dessen Fenster mit den Sonderangeboten der Woche auf Leuchtfarben-Plakaten vollgepflastert waren. Mir fiel auf, daß alles billiger war als in Connecticut.

Als nächstes kam ein Drive-in-Hamburger-Schuppen mit jeder Menge knalligem Orange und Rockmusik, die aus einem Lautsprecher auf dem Dach des quadratischen Flachbaus über den ungeteerten Parkplatz dröhnte. Ein Chevrolet aus den späten sechziger Jahren war das einzige Auto, das davorstand, und ich sah, daß die Insassen alle ein großes Softeis schleckten.

Ohne es zu merken, hatten wir Annas Straße erreicht. Mein Magen, der sich bis dahin halbwegs manierlich betragen hatte, meldete »Kontakt«, und binnen Millisekunden war ich fickerig und machte mir fast in die Hosen.

»Thomas ...«

»Komm schon, Sax, wir gehen einfach weiter. Wir müssen es hinter uns bringen.« Ich wollte mir selbst Mut machen, denn ich wußte, wenn ich jetzt nicht weiterging, würden mir die Knie zu zittern anfangen, und ich würde kein Wort mehr herausbringen.

»Thomas ...«

»Jetzt *komm* doch!« Ich nahm ihre schlaffe Hand von meiner Armbeuge und zog sie die Straße entlang.

Anscheinend saßen alle beim Abendessen, oder sie waren nicht zu Hause, denn es ließ sich kein Mensch blicken, als wir auf Annas Haus zugingen. Es war fast ein bißchen unheimlich. Die meisten Häuser waren massiv gebaut, wie im Mittleren Westen üblich. Lattenzäune und Aluminium-Verkleidungen und ein paar Metallplastiken im Vorgarten. Briefkästen mit Namen wie Calder und Schreiner; am besten gefiel mir »Schloß von Bob und Leona Burns«. Ich konnte mir die Christbaumkerzen im Dezember vorstellen. Christbaumkerzen über den Haustüren und große beleuchtete Weihnachtsmänner auf den Dächern.

Und dann standen wir davor. Ich erkannte es gleich wieder, weil ich mir das Bild in der Zeitschrift oft genug angesehen hatte. Riesig, braun, viktorianisch, mit viel Pfefferkuchen-Zierat aus Holz und, bei näherem Hinsehen, kleinen Buntglasfenstern. Die Hecken vor dem Haus waren tadellos geschnitten. Trotz des dunklen Kakaobrauns wirkte das Haus frisch gestrichen.

Meine Großmutter hat in so einem Haus gelebt, in Iowa. Sie wurde vierundneunzig und sah sich keinen der Filme an, in denen ihr Sohn mitgespielt hatte. Als sie gestorben war und man ihre Sachen durchsah, fand man elf in Leder gebundene Notizbücher, in denen sie über seine ganze Laufbahn Buch geführt hatte, angefangen bei seinen ersten Filmen. Er wäre Tierarzt geworden, wenn es nach ihr gegangen wäre. Sie hielt sich viele Tiere auf ihrem Bauernhof und in dem großen Haus, darunter auch einen Esel und eine Ziege. Wenn ich sie besuchen kam, biß der Esel mich immer und lachte dann.

»... gehen?«

Saxony hing mir wieder am Arm und sah mich fragend an.

»Entschuldige, was hast du gesagt?«

Ich sah ihr verschüchtertes, gerötetes Gesicht und dachte mir, daß sie genauso aufgeregt war wie ich.

»Meinst du nicht, wir sollten jetzt reingehen? Es ist doch Zeit, oder?«

Ich sah auf meine Uhr, ohne sie wirklich zu sehen, und nickte.

Wir überquerten die Straße und gingen auf dem Gartenweg zum Haus. Eine Fliegengittertür, ein aus Holz gezimmerter Briefkasten, auf dem nur der Name in weißer Blockschrift stand (was für phantastische Post da früher dringewesen sein mußte!) und eine schwarze Klingel von der Größe eines Damesteins. Ich drückte auf den Knopf, und tief drinnen tönte ein dunkler Gong. Ein Hund bellte und hörte abrupt wieder auf. Ich schaute auf den Boden und sah eine im Farbton passende braune Türmatte, auf der »WEG HIER!« stand. Ich stieß Saxony an und zeigte darauf.

»Ob die *uns* damit meint?«

Das hatte mir noch gefehlt. Ich hatte den Abstreifer für einen lustigen Gag gehalten, und sie mußte gleich wieder ein Problem daraus machen. Was nun, wenn Anna uns wirklich –

»Hallo. Kommen Sie rein. Ich gebe Ihnen lieber nicht die Hand. Ich habe Fettfinger von dem Brathuhn.«

»Sieh mal, da ist Nagel!«

Tatsächlich. Ein weißer Bullterrier steckte den Kopf zwischen Annas Knien durch und musterte uns mit seinen ulkig schräggeschnittenen Schlitzaugen.

Anna drückte die Beine zusammen, so daß sein Kopf wie im Stock gefangen war. Der Hund rührte sich nicht, aber ich sah, daß er mit dem Schwanz wedelte.

»Nein, das ist Pelz; sie ist Nagels Freundin.« Anna ließ sie los, und Pelz kam gleich auf uns zu und begrüßte uns. Sie war genauso zutraulich wie der andere. Ich hatte noch nie einen Bullterrier gesehen, und jetzt gleich zwei innerhalb weniger Stunden. Aber mit Nagel in der Nachbarschaft war das ja nicht weiter verwunderlich.

Ein breiter Flur führte direkt zu einer Treppe. In halber Höhe, über dem ersten Absatz, strahlten zwei große Buntglasfenster Technicolor-Licht auf die untersten Stufen und den hintersten Teil des Flurs. Die Wände waren weiß. Auf der linken Seite, wenn man hereinkam, hing ein großer goldender Konvexspiegel neben einem Garderobenständer aus gebogenem Holz, auf dem zwei Männerhüte hingen. *Seine* Hüte? Hatte Marshall France sie tatsächlich getragen? Rechts von dem Ständer waren Stiche von Montgolfieren und Luftschiffen aus dem achtzehnten und neunzehnten Jahrhundert in teuren modernen Silberrahmen. Und gleich daneben hingen – für mich überraschend, weil ich mir France immer als einen bescheidenen Menschen vorgestellt hatte – die gerahmten Entwürfe der Van-Walt-Titelbilder zu all seinen Büchern. Um nicht gleich als Schnüffler dazustehen, sah ich mir die Bilder nicht genauer an. Vielleicht später, wenn wir uns alle ein bißchen aneinander gewöhnt hatten (falls es nach diesem Abend ein Später gab). Ich begann, mit Pelz zu spielen, die zu ihrem eigenen Vergnügen unaufhörlich mitten im Flur auf und ab sprang. Daraufhin fing sie an, an mir hochzuspringen.

»Diese Hunde sind einfach phantastisch. Ich wußte bis heute überhaupt nicht, daß es sie gibt, aber jetzt möchte ich auch einen!«

»Hier werden Sie noch viele davon zu sehen bekommen. Wir sind so etwas wie eine Bullterrier-Enklave. Es waren die einzigen

Hunde, die mein Vater leiden konnte. Wenn sie Ihnen lästig wird, stoßen Sie sie einfach weg. Es sind die herrlichsten Hunde der Welt, aber sie neigen alle dazu, ab und zu ein bißchen verrückt zu spielen. Aber kommen Sie, gehen wir ins Wohnzimmer.«

Ich versuchte mir vorzustellen, wie sie im Bett sein mochte, unterdrückte den Gedanken jedoch, weil es mir wie ein Sakrileg vorgekommen wäre, mit der Tochter von France zu schlafen. Zum Teufel damit – sie war sexy und hatte eine wunderbare, tiefe Stimme und trug Jeans und T-Shirts, die erkennen ließen, daß sie noch eine sehr gute, volle Figur hatte. Während wir ins Wohnzimmer gingen, stellte ich sie mir in einem Pariser Atelier vor, in dem sie mit einem exzentrischen russischen Maler mit glühenden Augen wie Rasputin lebte, der sie fünfzigmal am Tag nahm und zwischendurch Aktbilder von ihr malte und Absinth trank.

Das Wohnzimmer war überwältigend. Mein erster ungläubiger Rundblick erfaßte: einen handgeschnitzten Pinocchio aus Olivenholz mit beweglichen Armen und Beinen, eine einsachtzig große Schaufensterpuppe aus den zwanziger Jahren, die mit Silberbronze angestrichen war und Jean Harlow mit hochgesteckter Frisur ähnelte, einen Navajo-Teppich. Handpuppen und Marionetten. *Masken!* (Überwiegend aus Japan, Südamerika und Afrika, wie mir schien.) Pfauenfedern in einem irdenen Krug. Japanische Holzschnitte (Hokusai und Hiroshige). Ein Bord voller alter Wecker mit bemalten Zifferblättern, Sparbüchsen und Blechspielzeug. Alte, in Leder gebundene Bücher. Drei viereckige Holzkistchen von einem Tee-Exporteur aus Schanghai mit gelben, roten und schwarzen Blumen und Fächern und Frauen und Sampans. Irgendwo spielte eine Stereoanlage die Musik aus *Cabaret*. An der Decke hing ein Ventilator mit stillstehenden Holzflügeln.

Wir standen fassungslos unter der Tür. Er hatte die Bücher geschrieben, und das war sein Wohnzimmer, und alles paßte perfekt zusammen.

»Wer dieses Zimmer zum erstenmal sieht, ist entweder auf Anhieb begeistert oder entsetzt.« Anna drängte sich zwischen uns durch und ging hinein. Wir standen immer noch wie angewurzelt in der Tür und staunten. »Meine Mutter war sehr konservativ. Sie liebte Sofaschoner, Spitzendeckchen und Teewärmer. Ihre Sachen sind jetzt alle in Kisten auf dem Dachboden, denn als sie gestorben war, haben Vater und ich dieses Zimmer sofort neu eingerichtet.

Wir machten daraus, was uns seit Jahren vorgeschwebt hatte. Schon als junges Mädchen mochte ich die gleichen Dinge wie er.«

»Aber das ist phantastisch! Wenn ich an all die Bücher und an die Figuren darin denke, und dann das hier ...« Ich breitete die Arme aus, dem Zimmer entgegen. »Das ist er selbst. Es ist alles bis ins kleinste Detail Marshall France.«

Das gefiel ihr. Sie stand strahlend mitten im Zimmer und forderte uns auf, weiterzukommen und uns zu setzen. Ich sage »forderte uns auf«, denn jede ihrer Äußerungen klang entweder wie ein Befehl oder wie eine unanfechtbare Behauptung. Von Unsicherheit keine Spur.

Saxony ging jedoch schnurstracks zu einer Handpuppe hinüber, die an einem Haken an der Wand hing.

»Darf ich sie ausprobieren?«

Ich fand es ein bißchen unpassend, so etwas zu fragen, wenn man gerade erst hereingekommen ist, aber Anna schien nichts dagegen zu haben.

Sax streckte die Hand aus, hielt dann jedoch inne und trat zurück. »Aber die ist ja von Klee!«

Anna nickte, sagte aber nichts. Sie sah mich nur an und zog die Augenbrauen hoch.

»Aber die ist von Klee!« Saxony sah von der Puppe zu Anna hin, dann zu mir, völlig entgeistert. »Wie sind Sie denn ...?«

»Alle Achtung, Miss Gardner. Die wenigsten wissen, wie wertvoll die ist.«

»Sie kennt sich mit Puppen aus«, mischte ich mich ein.

»Aber die ist von Klee!«

Ich fragte mich, ob sie unter die Papageien gegangen war. Sie nahm die Puppe von der Wand und behandelte sie mit einer Ehrerbietung, als wäre es der heilige Gral. Sie fing zu reden an, aber so leise, daß sie nur mit sich selbst oder mit der Puppe sprechen konnte.

»Was sagst du, Sax?«

Sie sah auf. »Paul Klee hat fünfzig solcher Puppen für seinen Sohn Felix gemacht. Zwanzig davon sind vernichtet worden, als die Stadt Dessau im Krieg bombardiert wurde. Die übrigen befinden sich angeblich in einem Museum in der Schweiz.«

»Ja, sie sind in Bern. Vater und Klee haben jahrelang miteinander korrespondiert. Den ersten Brief schrieb Klee; er hatte *Die Trauer des grünen Hundes* gelesen und war begeistert. Als Vater später einmal seine Sammlung erwähnte, hat Klee ihm diese Puppe geschickt.«

Für mich sah die Puppe aus wie etwas aus der Bastelstunde in der vierten Klasse.

Sax ließ sich in den nächstbesten Ledersessel sinken und fuhr fort, mit Klee zu kommunizieren. Ich sah Anna an und lächelte, und Anna sah mich an und lächelte. Zwei Sekunden lang schien es, als wäre Saxony gar nicht mit uns im Zimmer. Zwei Sekunden lang ahnte ich, wie leicht und schön es gewesen wäre, Annas Liebhaber zu sein. Das Gefühl verging, aber ein Nachklang blieb.

»Also, wer sind Sie denn nun eigentlich, Mr. Abbey? Außer Stephen Abbeys Sohn.«

»Wer ich bin?«

»Ja, wer sind Sie? Wo kommen Sie jetzt her, was machen Sie ...?«

»Ah, ich verstehe. Tja, also, ich bin Lehrer an einer Privatschule in Connecticut ...«

»Lehrer? Heißt das, Sie sind kein Schauspieler?«

Ich holte wieder einmal tief Luft und schlug die Beine übereinander. Ein Stück behaarter Unterschenkel schaute zischen meinem Hosenaufschlag und dem Rand meiner grauen Socke hervor, und ich legte die Hand darüber. Ich versuchte, mit einem Lachen über ihre Frage/Feststellung hinwegzugehen. »Ha, ha, nein, *ein* Schauspieler in der Familie ist genug.«

»Ja, *genug*«, sagte sie auf deutsch. »Mir geht es genauso. Ich könnte auch keine Schriftstellerin sein.«

Sie sah mich ruhig an. Wieder war diese selbstverständliche, auf uns beide beschränkte Intimität da. Oder war das Einbildung? Ich nestelte an meinem Schnürsenkel, und die Schleife ging auf. Ich band sie wieder, als sie ihre nächste Frage stellte.

»Welches von Vaters Büchern ist Ihnen das liebste?«

»Das Land des Lachens.«

»Warum?« Sie nahm einen länglichen Briefbeschwerer aus Glas von einem Tischchen und rollte ihn in den Händen hin und her.

»Weil kein anderes je meiner Welt so nahegekommen ist.« Ich nahm das übergeschlagene Bein herunter und beugte mich vor, die Ellbogen auf den Knien. »Ein Buch zu lesen, das ist, für mich jedenfalls, wie eine Reise in die Welt eines anderen. Wenn es ein gutes Buch ist, fühlt man sich wohl und ist gleichzeitig gespannt, was einem widerfahren wird, was hinter der nächsten Biegung wartet. Aber wenn es ein mieses Buch ist, dann ist es wie eine Fahrt durch Secaucus, New Jersey – es riecht unangenehm und man wäre lieber woanders, aber da man die Reise nun einmal begonnen hat, kurbelt man die Fenster hoch und atmet durch den Mund, bis man es hinter sich hat.«

Sie lachte und bückte sich zu Pelz hinunter, die ihr den klobigen Kopf auf den Fuß gelegt hatte. »Sie meinen, Sie lesen jedes Buch aus, das Sie einmal angefangen haben?«

»Ja, das ist eine schreckliche Marotte von mir. Auch wenn es das übelste Machwerk ist, wenn ich einmal angefangen habe, muß ich auch wissen, wie es ausgeht.«

»Das ist sehr interessant. Vater war nämlich genauso. Was er auch in die Hand bekam, und wenn es das Telefonbuch war, las er bis zum bitteren Ende.«

»Ist das nicht unlängst so erfolgreich verfilmt worden?«

»Was?«

»Das Telefonbuch.« Es war ein grauenhafter Kalauer, und Anna lächelte nicht einmal andeutungsweise. Ich konnte nur hoffen, daß sie angehende Biographen nicht nach ihrem Humor beurteilte.

»Entschuldigen Sie mich eine Minute? Ich muß mich ums Essen kümmern.« Sie überließ das Zimmer Saxony und mir. Pelz blickte auf und wedelte mit dem Schwanz, blieb aber liegen. Ich sprang natürlich sofort auf und stöberte herum. France oder jemand anderer im Haus mußte eine Vorliebe für Biographien und Autobiograpien gehabt haben, weil so viele davon da waren, manche mit umgeknickten Ecken als Lesezeichen und angestrichenen Passagen. Außerdem war es eine seltsame Mischung – Richard Halliburtons *The Magic Carpet,* die Tagebücher von Max Frisch (deutsch), Aleister Crowley, Gurdjieffs *Meetings with Remarkable Men,* ein französischer Priester, der im Zweiten Weltkrieg der Résistance angehörte, *Mein Kampf* (deutsch), die Tagebücher Leonardo da Vincis, *Three on a Toothbrush* von Jack Paar.

Ein Schuhkarton mit einem Bild von Buster Brown auf der Seite enthielt eine Sammlung alter Ansichtskarten. Beim Durchblättern fiel mir auf, daß auf vielen europäische Bahnhöfe abgebildet waren. Ich drehte eine vom Wiener Westbahnhof um und erschrak, als ich die Unterschrift in Druckbuchstaben las – »Isaac«. Das Datum war 1933. Den deutschen Text konnte ich nicht lesen, aber ich war in arger Versuchung, die Karte mitgehen zu lassen und sie David Louis nach New York zu schicken. »Lieber Mr. Louis: Sicher interessiert Sie diese Postkarte an Marshall France von seinem nichtexistenten Bruder Isaac.«

»Das Essen ist fertig. Bitte kommen Sie, ehe es kalt wird.«

Ich hatte nicht gewußt, wie hungrig ich war, bis ich hineinging und die großen dampfenden Platten mit Brathuhn, Erbsen und Kartoffelbrei sah.

»Da Sie zum erstenmal hier sind, hab ich mir gedacht, ich setze Ihnen die Leibspeise meines Vaters vor. Als er noch am Leben war, konnte er richtig böse werden, wenn er das nicht mindestens einmal in der Woche bekam. Wenn es nach ihm gegangen wäre, hätte er es jeden Tag gegessen. Bitte nehmen Sie doch Platz.«

Es war ein kleiner ovaler Tisch mit Bast-Sets. Ich saß rechts von Anna, Saxony links von ihr. Das Essen roch so gut, daß mir das Wasser im Mund zusammenlief. Anna legte auf und belud meinen Teller mit zwei dicken Keulen, einem Haufen Erbsen und einer schweren gelben Wolke Kartoffelbrei. Ich war drauf und dran, mir die Lippen zu lecken und hemmungslos einzuhauen, als ich mein Besteck aufnahm und es ansah.

»O Mann!«

Anna schaute herüber, sah, was los war, und lächelte. »Ich wollte sehen, wie lange es dauern würde, bis sie Ihnen auffallen würden. Sind die nicht irre? Sie sind ebenfalls von Vater. Er hat sie von einem New Yorker Silberschmied anfertigen lassen.«

Meine Gabel war ein silberner Clown. Er hatte den Kopf im Nacken, und die Zinken kamen ihm aus dem offenen Mund. Mein Messer war ein Arm mit langgestreckten Muskeln, der eine Art Paddel oder Schläger hielt. Keinen Tischtennisschläger oder dergleichen; etwas Ominöseres – mehr wie eines der Dinger, mit denen man in englischen Public Schools Kinder züchtigt. Saxony hielt ihre ins Licht; sie waren ganz anders als meine. Ihre Gabel war eine auf einem Besen reitende Hexe. Die Zinken waren das Reisig, der Griff bildete den Stiel.

»Die sind ja phantastisch!«

»Es sind genug da für sechs Gedecke. Ich zeige Ihnen die anderen nach dem Essen.«

Kaum hatte ich den ersten Bissen probiert, wußte ich schon, es würde ein sehr, sehr langes Essen werden. Warum nur war ich dazu verdammt, von interessanten Frauen mit schauderhaftem Essen traktiert zu werden?

Wir waren beim – unsäglichen – Kaffee angelangt, als sie anfing, über France zu sprechen. Hin und wieder nahm sie ihre Gabel in die Hand und spielte damit, ließ sie sich durch die Finger gleiten, als wollte sie ein Zauberkunststück einüben. Die meiste Zeit sah sie auf ihre Hände, doch ab und zu schaute sie einen von uns an, um an unseren Gesichtern zu sehen, ob wir verstanden, was sie sagte.

»Mein Vater hat sich in Galen sehr wohlgefühlt. Seine Eltern haben ihn schon vor dem Krieg nach Amerika geschickt. Sie waren Juden und haben früher als die meisten anderen Angst vor Hitler bekommen. Vaters Bruder Isaac ist in einem Konzentrationslager ermordet worden.«

»David Louis behauptet, Ihr Vater war ein Einzelkind.«

»Können Sie Deutsch, Mr. Abbey? Nein? Gut. Im Deutschen gibt es einen Ausdruck, der genau auf David Louis paßt. Er bedeutet so viel wie ›Dreck mit zwei Augen‹. Manche würden es ›Scheiße mit zwei Augen‹ übersetzen, aber ich hab heute meinen sozialen Tag.« Sie rieb nervös mit der Gabel an der Tischkante hin und her. Bis dahin war ihr Tonfall ruhig und liebenswürdig gewesen, doch das änderte sich schlagartig mit dem Wort »Scheiße«. Wie ich sie einschätzte, paßten solche Kraftausdrücke eigentlich nicht zu ihr. Ich sah plötzlich Louis vor mir, wie er auf der Leinencouch in seinem Büro saß und mir diese bizarre Geschichte von der Gift und Galle spuckenden Anna mit ihren fauchenden Katzen erzählte. Ihre Katzen! Es waren keine Katzen da. Ich dachte mir, die Frage sei harmlos genug, um damit die »Scheiße« zu zerstreuen, die immer noch in der Luft hing.

»Haben Sie eigentlich keine Katzen?«

»Katzen? Um Gottes willen! Ich hasse Katzen.«

»Hatte ihr Vater welche?«

»Nein. Die meisten Tiere waren ihm verhaßt. Bullterrier waren die einzigen Vierbeiner, die er um sich haben konnte.«

»Tatsächlich? Aber wie erklärt es sich dann, daß er Tiere in seinen Büchern so einfühlsam beschreibt?«

»Möchten Sie noch Kaffee?«

Ich schüttelte so heftig den Kopf, daß er mir fast abfiel. Saxony bot sie keinen Tee mehr an. Ich gewann langsam den Eindruck, daß sie Sax nicht eben ins Herz geschlossen hatte. Aber lag es an Saxonys Persönlichkeit oder daran, daß sie auch eine Frau war? Eifersucht? Wohl kaum. Manchmal lernt man eine Frau kennen, und sie ist einem auf den ersten Blick unsympathisch – oder umgekehrt. Sie mag noch so gescheit oder schön oder sexy sein, man kann sie einfach *nicht leiden.* Wenn das hier der Fall war, mußten wir uns auf ernste Komplikationen gefaßt machen. Ich beschloß, nicht weiter darüber nachzudenken, bis Anna uns ihr Einverständnis gab, die Biographie zu schreiben.

Wir standen auf, und Saxony ging vor in den anderen Raum. Er war jetzt dunkel, bis auf das bißchen Licht, das durch die Fenster von der Straße hereinschien. Es säumte die Kanten und halben Umrisse der Masken, der Schaufensterpuppe und anderer Dinge und war, hmm, gespenstisch – gelinde gesagt. Anna stand dicht vor mir, die Hand am Lichtschalter, aber sie knipste ihn nicht an.

»Vater liebte das Zimmer in diesem Halbdunkel. Ich habe ihn öfter ertappt, wie er hier unter der Tür stand und all seine Schätze anschaute in diesem Katzenlicht.«

»Aha, ›Katzenlicht‹? *Trauer des grünen Hundes,* stimmt's?«

»Ja. Sie kennen Ihren France, nicht wahr?« Sie machte das Licht an, und aus den Gespenstern wurden wieder vertraute Dinge, Gott sei Dank. Was ich nicht mag: Horrorfilme, Schauergeschichten, Alpträume, schwarze Dinge. Ich nehme Poe in der Schule nur deshalb durch, weil der Direktor es von mir verlangt, und brauche jedesmal zwei Wochen, um mich vom *Verräterischen Herzen* zu erholen. Sicher, ich mag Masken und überhaupt Dinge, die anders und phantastisch sind, das schon; aber sich am Beinahe-Wirklichen zu freuen und Angst vor dem Grauenhaften zu haben, das sind zwei Paar Stiefel. Merke: Ich bin ein Feigling.

Saxony setzte sich auf die Couch und schlug die Beine übereinander. Pelz legte eine Pfote neben sie und bettelte mit einem Blick zu Anna um Coucherlaubnis. Sie nahm das Schweigen der Herrin für Zustimmung und mogelte sich langsam hinauf, ein Bein nach dem andern.

»In New York hat er zunächst bei einem Leichenbestatter gearbeitet. Oh, entschuldigen Sie – möchte einer von Ihnen einen Brandy oder sonst einen Drink? Kahluá vielleicht, oder Tia Maria? Es ist alles da.«

Wir lehnten beide ab, und sie vergrub sich wieder in ihrem Sessel.

»Das ist natürlich alles streng geheim. Nur ganz wenige wissen von Vaters erstem Job.«

Ich sah Saxony an, aber Saxony sah Anna an. Dann sagte sie

zum erstenmal seit dem Abendessen etwas. »Wie lange hat er bei dem Leichenbestatter gearbeitet?«

Das war eine Fangfrage, denn Lucente hatte es mir selbst gesagt, als ich bei ihm war. Neun Monate.

»Zwei Jahre.« Sie spielte wieder mit dem Briefbeschwerer, ließ ihn sich unablässig über die Handflächen rollen.

Ich sah Saxony an, aber Saxony sah Anna an.

»Und was hat er da gemacht?«

»Gemacht?« Anna zuckte die Achseln und lächelte mir zu, wie um zu sagen, die Frage sei keine Antwort wert und meine Freundin sei ein Dummchen, weil sie sie überhaupt gestellt hätte.

»Na ja, er hat nicht richtig mitgearbeitet, weil ihm immer schlecht geworden ist, wenn er eine Leiche sah. Im Ernst! Er hat mir erzählt, jedesmal, wenn er in den Arbeitsraum gerufen wurde, hat er bloß einen Blick hineingeworfen und gleich rennen müssen! Armer Vater, er war nicht dafür geschaffen, sich um Tote zu kümmern. Nein, wissen Sie, was er getan hat? Er hat gekocht. Er war Koch und Putzfrau.«

»Er hat also nie im Geschäft gearbeitet? Auch nicht, als er schon eine Zeitlang dort war?«

Sie lächelte lieb und schüttelte den Kopf. »Nein, nie. Vater konnte nicht einmal überfahrene Tiere auf der Straße sehen. Aber wissen Sie was, ich erzähle Ihnen eine lustige Geschichte für Ihre Biographie, Mr. Abbey. Gelegentlich ist er im Leichenwagen mitgefahren, wenn ein Toter abzuholen war. Einmal wurden sie bestellt, um einen Mann zu holen, der in seiner Wohnung im sechsten Stock eines Hauses ohne Aufzug gestorben war. Als sie oben ankamen und hineingingen, stellte sich heraus, daß der Tote fast drei Zentner gewogen hat!«

»Drei Zentner? Und wie haben sie ihn dann rausgeholt – mit einem Kran?« Obwohl sie wahrscheinlich auch diesmal log, faszinierte mich der Gedanke.

Mein Kran amüsierte sie. Sie mußte lachen und schlug sich sogar auf die Schenkel. »Nein, nicht ganz. Sie haben sich was anderes ausgedacht: Sie schicken Vater hinunter, er soll nachsehen, ob jemand auf der Treppe ist oder gerade ins Haus kommt. Er ruft ihnen dann zu, daß die Luft rein ist, und macht sich wieder auf den Weg nach oben. Plötzlich hört er von oben lautes Poltern. *Rums, rums, rums.* Er tritt ans Geländer und schaut hinauf, und da sieht er, daß sie die Leiche die Treppe hinunterrollen, indem sie sie mit den Schuhspitzen anstoßen. Können Sie sich das vorstellen? Können Sie sich vorstellen, Sie machen Ihre Wohnungstür auf und sehen eine drei Zentner schwere Leiche die Treppe herunter auf sich zu kollern?«

»Sie machen Witze.«

Sie hielt die drei mittleren Finger der rechten Hand hoch, mit der Handfläche nach vorne, und schüttelte den Kopf. »Pfadfinderinnen-Ehrenwort.«

»Die haben den die Treppe *runtergerollt?* Sechs Stockwerke?«

»Genau.«

»Und als sie ihn dann unten hatten, war er da nicht völlig zerschunden und so?«

»Ja, natürlich. Aber sie haben ihn in ihr Institut gebracht und ihn mit Schminke und all dem anderen Zeug, das die so haben, wieder hergerichtet. Anderntags bei der Beerdigung, hat Vater gesagt, war er wieder so gut wie neu.«

Ob sie nun flunkerte oder nicht, es war eine gute Story, und ich entdeckte sogar etwas vom Erzähltalent ihres Vaters.

Sie legte den Briefbeschwerer auf das Tischchen zurück. »Möchten Sie sein Arbeitszimmer sehen? Ich könnte mir denken, daß Sie das interessiert.«

»Miß France, Sie können sich gar nicht vorstellen, *wie* gern ich sein Arbeitszimmer sehen würde.« Ich war schon halb aufgestanden.

Sie ging voraus, Pelz hinterher, dann Saxony und ich. Stets galant.

Als Junge saß ich immer mit meinem Bruder und meiner Schwester oben auf unserer mit einem roten Teppich belegten Treppe und sah zu, wie die Eltern sich fürs abendliche Ausgehen zurechtmachten. Wir hatten dann schon die Schlafanzüge an und zottige braune Pantoffeln, und das Flurlicht berührte gerade noch unsere warmen Zehen. Die Eltern waren zu weit weg, als daß wir hätten verstehen können, was sie zueinander sagten, aber wir waren schläfrig und hatten es gemütlich, und sie sahen so elegant und schön aus. Das waren so ziemlich die einzigen Augenblicke, in denen ich in meinem Vater mehr sah als eben »meinen Paps«, der die meiste Zeit nicht da war und sich zu sehr anstrengte, uns gernzuhaben, wenn er mal da war. Darüber hatte ich seit Jahren nicht mehr nachgedacht – es war eine dieser kleinen Proustschen Erinnerungen, die man so leicht vergißt und die einem doch so kostbar sind, wenn sie irgendwann wieder auftauchen. Beim Erklettern der Stiege zu Frances Arbeitszimmer war mir alles auf einmal wieder so gegenwärtig, daß ich den momentanen Drang verspürte, mich auf eine der Stufen zu setzen und das Gefühl noch einmal auszukosten. Ich fragte mich, ob Anna auch solche Erlebnisse mit ihren Eltern gehabt hatte.

Ein Licht ging an, bevor ich oben angekommen war. Ich sah die drei gerade noch um eine dunkle Ecke verschwinden.

Saxony rief: »Bist du noch da?«

Ich ging rascher und rief zurück: »Ja, ja, ich bin dicht hinter dir.«

Der Fußboden war aus hellem, blankem Holz, das sorgfältig abgezogen und versiegelt war, und erinnerte mich an Häuser in Skandinavien. Hier gab es keine Tische oder Sideboards, nur Bilder an den Wänden. Das Haus, so schien es, hatte oben und unten zwei völlig verschiedene Charaktere: im ersten Stock rein und klar, im Erdgeschoß überladen und ein bißchen verrückt. Ich ging um die Ecke und sah Licht durch eine schmale Tür fallen. Es war nichts zu hören, keine Stimmen, keine Tritte. Ich ging durch die Tür und war augenblicklich enttäuscht. Es war buchstäblich nichts in dem Raum außer einem großen eichenen Rollschreibtisch und einem Drehstuhl davor. Auf dem Schreibtisch lagen ein grüner Tintenlöscher und ein alter orangefarbener Füller, ein Parker »Lucky Curve«. Sonst nichts.

»Es ist ja so leer.«

»Ja, es ist ganz anders als das Wohnzimmer. Vater hat immer gesagt, beim Arbeiten lenkt ihn alles ab, und deshalb wollte er sein Zimmer haben.« Ein Telefon klingelte – es war hinter der Tür, wie sich herausstellte –, und sie entschuldigte sich. Sax trat an den Schreibtisch und strich mit der Hand über den Rolladen.

»*Geblendet*? Was soll das heißen, geblendet? Das ist doch nicht möglich. Wie ist denn das passiert?«

Ich sah Saxony an, und es wurde uns beiden bewußt, daß wir lauschten. Annas Gesicht hatte sich verhärtet, und sie sah auf den Boden. Sie schien eher verärgert als erschüttert.

»Ja, gut, gut. Bleib dort, und ich komm sofort hin. Was? Nein, *bleib dort.*« Sie legte auf und strich sich über die Stirn. »Tut mir leid, aber eine Freundin von mir ist eben bei einem Unfall verletzt worden. Ich muß sofort ins Krankenhaus. Ich setze Sie unterwegs ab.«

»Das tut mir leid. Können wir Ihnen irgendwie helfen? Können wir irgendwas tun?«

Sie schüttelte den Kopf und sah aus dem Fenster. »Nein. Nein, nichts.« Sie knipste das Licht aus und lief, ohne auf uns zu warten, über den Flur zur Treppe.

5

»Bist du noch wach?« Sie berührte mich mit einem Finger leicht an der Schulter.

Ich rollte mich im Bett zu ihr herum. Der Vollmond schien durchs Fenster herein und zeichnete lange weiße Streifen auf ihr Haar und ihr Nachthemd. Obwohl ich schon halb schlief, erinnerte mich die Farbe an Frances Wohnzimmer, bevor Anna das Licht angemacht hatte.

»Wach, Sax? ›Wach‹ ist überhaupt kein Ausdruck ...«

»Bitte alber jetzt nicht herum, Thomas. Ich will nicht, daß du jetzt herumalberst, ja? Bitte.«

Ich sah ihr Gesicht nicht, aber ich konnte mir nach dem Klang ihrer Stimme vorstellen, wie es aussah. Die Augen waren sicherlich leer, aber die Lippen an den Mundwinkeln nach unten gebogen, und nach einer Weile würde sie anfangen, in einem fort zu blinzeln. Das war ihr stummes Zeichen dafür, daß sie berührt und umarmt werden wollte. Kaum tat man es, umklammerte sie einen doppelt so fest, und das machte einen traurig, und man fragte sich, ob man gerade jetzt genug Kraft für beide hatte – denn das war es, was sie verlangte.

»Bist du okay, Baby?« Ich legte ihr die Hände um den Hinterkopf und spürte die saubere Glätte ihres Haars.

»Ja, aber sag jetzt bitte nichts. Halt mich, bitte, und sag nichts.«

Es war nicht das erstemal. In manchen Nächten wurde sie klein und ängstlich und glaubte, alles Gute würde aus ihrem Leben verschwinden und sie würde nichts dagegen tun können. Ich nannte das ihre »Nachtängste«. Sie gab bereitwillig zu, daß das albern sei und der pure Masochismus ihrerseits, aber es komme einfach über sie. Sie meinte, das schlimmste daran sei, daß diese Zustände immer dann kämen, wenn sie entweder wunschlos glücklich oder hoffnungslos niedergeschlagen und deprimiert sei.

Ich hielt sie in den Armen und überlegte, ob es diesmal an etwas liegen konnte, was ich gesagt oder getan hatte. Ich ließ in zwei Sekunden den Abend bei Anna noch einmal vorbeiziehen. Au weia. Wie Anna ihr die kalte Schulter gezeigt hatte. Das miserable Essen. Kein klares Ja zur Biographie. Die leisen Anzüglichkeiten zwischen Anna und mir. Ich kam mir richtig schäbig vor. Ich drückte Saxony an mich und küßte sie immer wieder auf den Kopf. Das Reiben und die Berührung und das schlechte Gewissen machten, daß mich ganz stark nach ihr verlangte. Ich drehte sie sanft auf den Rücken und schob ihr das Nachthemd hoch.

6

Am nächsten Morgen gegen sieben schlich sich die Sonne ins Zimmer und kam aufs Bett gekrochen. Von der Wärme auf meinem Gesicht wurde ich wach. Ich hasse es, früh aufzustehen, wenn es nicht sein muß, also wand und krümmte ich mich, um ein schattiges Plätzchen zu finden. Aber Saxony klammerte sich so fest an mich, daß ich mich kaum rühren konnte.

Zu allem Übel ging auch noch knarrend die Tür auf und Nagel kam hereingetappt. Mit einem Satz war er auf dem Bett. Mir war, als befänden wir uns alle drei auf einem Rettungsfloß auf hoher See, denn wir kuschelten uns mitten im Bett eng zusammen, jeder an den Körper gedrückt, der ihm am nächsten war. Ich habe noch nicht von meiner Klaustrophobie gesprochen, aber zwischen zwei warme Körper eingekeilt zu sein, den Kopf in der glühenden Sonne, um die Füße die Bettdecke, das war zu viel, und ich beschloß aufzustehen. Ich tätschelte Nagel den Kopf und gab ihm einen sanften Stoß. Er knurrte. Ich hielt das für einen harmlosen Morgengrant, und so tätschelte ich ihn noch mal und gab ihm noch einen Stoß. Er knurrte lauter. Wir sahen einander über eine Falte in der rosa Bettdecke hinweg an, aber Bullterrier sind absolut keines Gesichtsausdrucks fähig. Man weiß also nie, woran man bei ihnen ist.

»Braver Nagel. Guter Hund.«

»Wieso knurrt er dich an? Was hast du ihm denn getan?« Saxony schmiegte sich noch enger an mich, und ich spürte ihren warmen Atem auf meinem Hals.

»Überhaupt nichts. Ich hab ihm nur einen kleinen Schubs gegeben, damit er mich rausläßt.«

»Aha. Meinst du, du kannst es noch mal probieren?«

»Was weiß ich? Und wenn er mich dann beißt?« Ich sah sie an, und sie zwinkerte.

»Ach wo, Thomas. Das glaub ich nicht. Er mag dich. Denk doch an gestern.« Es klang so, als ob sie es glaubte.

»Ach ja. Aber heute ist heute, und *dein* Arm ist ja nicht in Gefahr.«

»Und? Willst du vielleicht den ganzen Vormittag im Bett bleiben?« Sie lächelte und rieb sich mit der flachen Hand die Nase. Gott sei Dank hatte sie ihr Tief überwunden. »Tommy ist ein Schisser...«

Ich sah Nagel an, und er sah mich an. Ein Blickduell. Seine backpflaumenschwarze Nasenspitze lugte über eine seiner Pfoten.

»Mrs. Flet-cher!«

»Also komm, Thomas, das geht doch nicht! Vielleicht schläft sie noch!«

»Ihr Pech. Ich *lasse* mich nicht beißen. Braaaver Nagel. Guter Hund! Mrs. Flet-cher!«

Wir hörten Schritte, und eine Sekunde bevor sie den Kopf zur Tür hereinsteckte, sprang Nagel vom Bett, um sie zu begrüßen.

Saxony fing zu lachen an und zog sich das Kissen über den Kopf.

»Ja? Guten Morgen.«

»Guten Morgen. Ja, also, Nagel war auf dem Bett, und ich hab ihn ein bißchen geschubst, weil ich aufstehen wollte, und da hat er mich... er hat mich richtig angeknurrt, wissen Sie. Ich hatte Angst, er könnte es ernst meinen.«

»Wer? Nagel? Nö, bestimmt nicht. Schaun Sie mal.« Er stand neben ihr, sah aber wie gebannt zu uns her. Sie hob den Fuß und schob ihn unsanft zur Seite. Er knurrte, ohne sie anzusehen. Und er wedelte weiter mit dem Schwanz.

»Was hättet ihr denn gern zum Frühstück? Ich hab mir gedacht, ich spendier euch eins, weil's euer erster Tag ist heute. Ihr habt doch sicher noch nichts eingekauft, oder, Saxony?«

Ich setzte mich auf und fuhr mir mit den Fingern durchs Haar. »Das muß aber nicht sein. Wir können doch...«

»Ich weiß, daß es nicht sein muß. Also, was hättet ihr gern? Meine Pancakes mit Würstchen kann ich empfehlen. Na, wie wär's, Pancakes mit Würstchen?«

Wir entschieden uns für Pancakes mit Würstchen. Sie ging aus dem Zimmer, und Nagel sprang wieder aufs Bett. Er kletterte mir über die Beine und legte sich halb über Saxonys Bauch.

»Na, geht's wieder besser, Shorty?«

»Ja. Ich dreh nur manchmal in der Nacht einfach durch. Dann denke ich, daß alles schiefgeht oder daß du mich bald verläßt... solche Sachen. Ich hab das schon ewig. Ich glaub, jetzt liegt es bloß daran, daß ich übermüdet bin. Am nächsten Morgen ist meistens wieder alles in Ordnung.«

»Na, da haben wir wohl eine hübsche kleine Persönlichkeitsspaltung, wie?« Ich strich ihr eine Haarlocke aus den Augen.

»Das kannst du laut sagen. Ich weiß, was in mir vorgeht, wenn es wieder mal so weit ist, aber ich kann mich nicht dagegen wehren.« Sie machte eine Pause und nahm meine Hand. »Glaubst du, ich bin verrückt, Thomas? Findest du mich abscheulich, wenn ich so bin?«

»Sei nicht albern, Saxony. So gut kennst du mich doch jetzt schon – wenn ich dich abscheulich finden würde, wären wir längst geschiedene Leute. So was darfst du nicht denken.« Ich drückte ihre Hand und streckte ihr die Zunge heraus. Sie zog sich das Kissen über den Kopf, und Nagel versuchte, seinen Kopf auch darunterzuschieben.

Ich sah aus dem Fenster. Der Garten lag in der prallen Sonne, und alles wehte im Wind hin und her. Bienen schwebten über Pflanzen, und ein Kardinal ließ sich kaum einen Meter entfernt auf dem Geländer der Veranda nieder.

Früher Morgen in Galen, Missouri. Ein paar Autos fuhren vorbei, und ich gähnte. Dann kam ein kleiner Junge daher. Er leckte an seinem Eis und ließ die freie Hand über Mrs. Fletchers Zaun gleiten. Tom Sawyer mit einem hellgrünen Pistazieneis. Ich sah ihm verträumt zu und wunderte mich, daß es Leute gab, die um acht Uhr früh Eis aßen.

Ohne nach rechts oder links zu schauen, lief der Junge über die Straße, und im nächsten Moment erwischte ihn ein offener Lieferwagen. Er fuhr so schnell, daß der Junge in die Luft geschleudert wurde, weit über mein Blickfeld hinaus, das durch das Fenster begrenzt war. Er flog immer noch nach oben, als er verschwand.

»Mein Gott!« Ich schnappte mir meine Hose vom Stuhl und rannte zur Tür. Saxony rief mir etwas nach, aber ich hielt mich nicht mit Erklärungen auf. Es war das zweitemal, daß ich mit angesehen hatte, wie jemand von einem Auto angefahren wurde. Das erstemal, in New York, schlug das Opfer mit dem Kopf auf die Straße auf. Während ich die Vortreppe hinuntersprang, dachte ich, wie unwirklich diese gottverfluchten Unfälle aussahen. Eben ist einer noch da und unterhält sich mit einem Bekannten oder schleckt ein Eis, und im nächsten Moment hört man ein dumpfes Geräusch, und ein Körper segelt durch die Luft.

Der Fahrer war ausgestiegen und beugte sich über den Jungen. Als ich hinkam, sah ich als erstes das mit Dreck und Steinchen vermischte grüne Eis, das auf dem schwarzen Asphalt schon zu schmelzen begann.

Sonst war niemand zu sehen. Ich ging zu dem Mann hin und sah ihm zögernd über die Schulter. Er roch nach Schweiß und Körperwärme. Der Junge lag auf der Seite und hatte die Beine so gespreizt, daß es aussah, als sei er in vollem Lauf fotografiert worden. Er blutete aus dem Mund, und die Augen waren weit offen. Nein, *ein* Auge war weit offen; das andere war halb geschlossen, und das Lid flatterte.

»Kann ich irgendwie helfen? Ich rufe einen Krankenwagen, okay? Also ich meine, Sie bleiben hier, und ich rufe den Rettungsdienst an.«

Der Mann drehte sich um, und ich erkannte ihn von dem Grillfest wieder. Es war einer der Männer am Grill. Einer von den Witzbolden.

»Das ist alles *verkehrt*. Aber ich hab's ja gewußt. Ja, sicher, rufen Sie den Krankenwagen. Ich kann noch nichts sagen.« Entsetzen stand ihm ins Gesicht geschrieben, aber was mich überraschte, war der Ton, in dem er sprach – halb wütend, halb weinerlich. Keine Rede von Angst. Oder von Bedauern. Es mußte der Schock sein: Ein grauenhaftes Erlebnis kann dazu führen, daß man sich irrational verhält und Unsinn redet. Dem armen Teufel dämmerte wahrscheinlich, daß sein weiteres Leben jetzt überschattet war, gleichgültig, was dem Jungen passiert war. Er mußte die nächsten fünfzig Jahre mit dem Bewußtsein leben, ein Kind überfahren zu haben. Er tat mir weiß Gott leid.

»Joe Jordan! Du warst doch gar nicht vorgesehen!«

Mrs. Fletcher hatte sich uns von hinten genähert und stand auf einmal da, mit einem rosa Geschirrtuch in der Hand.

»Weiß ich doch, Gottverdammich! Wieviel wird denn noch

schiefgehen, ehe wir wieder alles auf Vordermann bringen? Hast du schon das von gestern abend gehört? Wie oft ist jetzt so was schon passiert, viermal? Fünfmal? Kein Schwein kennt sich mehr aus!«

»Beruhige dich, Joe. Wart's doch erst mal ab. Rufen Sie bitte den Krankenwagen, Mr. Abbey? Die Nummer ist eins-zwei-drei-vier-fünf. Sie brauchen nur die ersten fünf Ziffern wählen. Das ist der Notruf.«

Der Junge gab jetzt gurgelnde Geräusche von sich, und seine Beine zuckten und zappelten wie bei einem Frosch, dem man in einem biologischen Versuch eine Elektrode ansetzt. Ich sah Jordan an, doch er schaute auf den Jungen und schüttelte den Kopf.

»Ich sag dir, Goosey, ich war nicht dafür vorgesehen!«

Während ich mich umdrehte und ins Haus rannte, hörte ich Mrs. Fletcher noch sagen: »Jetzt beruhige dich und wart's ab.«

Der Asphalt war heiß unter meinen bloßen Füßen, und aus dem Augenwinkel sah ich noch einmal das schmelzende Eis. Ich lief an Saxony vorbei, die auf der Verandatreppe stand und Nagel an seinem dicken Lederhalsband festhielt.

»Ist er tot?«

»Noch nicht, aber es sieht bös aus. Ich muß den Krankenwagen rufen.«

Als er kam, standen schon ein paar Leute herum und sahen aus einigem Abstand zu. Ein weißes Polizeiauto stand in der Straßenmitte, und die Blaulichter auf dem Dach blinkten geschäftig.

Die lauten, knappen Durchsagen aus dem Funkgerät des Polizeiwagens füllten die Luft mit einem knatternden Staccato, das in seiner Unerbittlichkeit nervtötend war.

Wir sahen von der Veranda aus zu, wie die Männer den schlaffen Körper vorsichtig auf eine Trage legten und ihn in den Krankenwagen schoben. Als er weg war, standen Joe Jordan und der Polizist vor unserem Haus und redeten. Jordan fuhr sich immer wieder mit der Hand über die Mundpartie, und der Polizist stützte beide Hände vorne auf seinen breiten schwarzen Gürtel.

Mrs. Fletcher löste sich von einer Gruppe Schaulustiger und trat zu den beiden Männern. Sie sprachen mehrere Minuten miteinander, und dann fuhren Jordan und der Polizist gemeinsam in dem Streifenwagen davon. Mrs. Fletcher sah ihnen nach. Nach einer Weile drehte sie sich um und winkte mich zu sich. Ich ging die Stufen hinunter und über die warmen Steinplatten des Gartenwegs.

»Sie haben doch alles mit angesehen, oder, Tom?«

»Ja, leider. Es war grauenhaft.«

Die Sonne stand hoch und direkt hinter ihr. Ich mußte Schlitzaugen machen, um sie ansehen zu können.

»Hat der Junge gelacht, bevor ihn das Auto erwischt hat?«

»Gelacht? Ich weiß nicht, was Sie meinen.«

»Gelacht. Verstehen Sie, gelacht? Er hat dieses Pistazieneis gegessen, das steht fest, aber hat er auch gelacht?«

Es war ihr vollkommen ernst. Was, um alles in der Welt, sollte diese Frage?

»Nein, nicht daß ich wüßte.«

»Sind Sie sich da ganz sicher? Sind Sie sicher, daß er nicht gelacht hat?«

»Ja, ich denk schon. Ich hab ihn gesehen, bis er von dem Auto angefahren wurde, aber so genau hab ich auch nicht aufgepaßt. Trotzdem, ich bin ganz sicher. Warum ist das so wichtig?«

»Aber er hat den Zaun mit der Hand berührt, stimmts?«

»Ja, er hat ihn berührt. Er hat mit der freien Hand den Zaun am oberen Rand angefaßt.«

Sie sah mich an. Ich war ganz wirr im Kopf und fühlte mich unbehaglich. Um ihrem Röntgenblick zu entgehen, sah ich mich um, und alle starrten mich mit dem gleichen stoischen Gesichtsausdruck an, der mich schon am Vortag auf dem Grillfest so kribbelig gemacht hatte.

Ein alter Farmer in einem rostroten Corvair, ein Teenager mit einer vollen Einkaufstüte unter dem Arm, eine aufgedunsene Frau mit rosa Lockenwicklern im Haar und einer unappetitlich an der Unterlippe klebenden Zigarette. Und alle starrten sie mich an...

Etwa eine Stunde später gingen Mrs. Fletcher und Saxony zum Einkaufen. Sie meinten, vor dem frühen Nachmittag würden sie nicht zurück sein. Ich wäre eigentlich gerne mitgegangen, aber sie fragten mich nicht, und ich lade mich nicht gern selber ein. Außerdem dachte ich mir sowieso, daß es uns guttun würde, ein Weilchen getrennt zu sein. Ich wollte mir ein paar Gedanken notieren, die mir seit unserer Ankunft im Kopf herumgingen. Erste Eindrücke von Galen und dergleichen. Außerdem wollte ich mit der Lektüre einer der Schriftsteller-Biographien beginnen, die wir mitgenommen hatten, um einmal zu sehen, wie man so etwas macht.

Ich zog eine kurze Cordhose, ein T-Shirt und Sandalen an und holte mir aus der Küche noch eine Tasse Kaffee. Nagel folgte mir auf Schritt und Tritt, aber das machte mir nichts mehr aus. Ich war schon so gut wie entschlossen, mir einen dieser meschuggenen Hunde zu kaufen, sobald ich wieder in Connecticut war, egal, wie die Sache mit diesem Buch ausging. Vielleicht würde ich mir sogar hier einen kaufen und damit einen Verwandten von Marshall Frances Hunden bekommen. Wenn schon keine Biographie, dann wenigstens einen Bullterrier.

Ich setzte mich in einen der Schaukelstühle und stellte die Kaffeetasse in Reichweite auf den Bretterboden. Nagel schnupperte ein- oder zweimal vorsichtig an dem Kaffee, aber ich gab ihm einen Klaps auf den Kopf, und er legte sich hin. Ich schlug das Buch auf und begann zu lesen. Ich war ungefähr eine halbe Seite weit gekommen, als das Bild von dem auf der Straße liegenden Jungen wieder auftauchte und sich nicht mehr vertreiben ließ. Ich versuchte, an Saxony zu denken, an Saxony im Bett, daran, was ich eben über Raymond Chandler gelesen hatte, was für ein schöner Tag heute war, wie es wäre, mit Anna France ins Bett zu gehen … aber der Junge auf der Straße wollte einfach nicht verschwinden. Ich stand auf und ging ans Geländer, um zu sehen, ob sich die Stelle ausmachen ließ, wo das Auto ihn angefahren hatte. Um zu sehen, ob da noch Blut war oder sonst irgendein Zeichen dafür, daß wir ihn vor einer Stunde alle da draußen halb tot auf der Straße liegen gesehen hatten.

Mir fiel ein, daß ich auch auf einer Veranda gesessen hatte, als ich erfuhr, daß mein Vater ums Leben gekommen war. Am Abend zuvor hatte ich im Wohnzimmer der Fishers mit Amy Fisher auf dem Fußboden gelegen und ihn in *Mr. & Mrs. Time* gesehen. Ich war viel mehr daran interessiert, Amy auszuziehen, als ihn zum soundsovielten Mal in diesem Film zu sehen. Da Amys Eltern nicht da waren, durfte ich mit ihr machen, was ich wollte. Wir waren die ganze Zeit im Clinch, ich hörte ständig hinter mir seine Stimme und mußte sogar ein paarmal lachen, weil es so komisch war, vor meinem Vater zu bumsen. Das grauweiße Licht vom Fernseher fiel in wechselnden Mustern über unsere Körper, und als wir genug hatten, lagen wir nebeneinander und sahen uns den Schluß des

Films an. Am nächsten Morgen ordnete Amy Frühstück auf der Veranda an. Wir deckten gemeinsam den Tisch, und sie trug sogar ihr Kofferradio hinaus, damit wir beim Frühstück Musik hören konnten. Sie spielten »Massachusetts« von den Bee Gees, und ich fläzte in der Hängematte, als plötzlich die Musik ausgeblendet wurde und ein Ansager die Sondermeldung verlas, Stephen Abbeys Privatmaschine sei in Nevada abgestürzt und keiner der Insassen habe überlebt. Ich blieb einfach liegen, als sie danach die Nummer zu Ende spielten. Amy kam aus dem Haus mit einer Pfanne voll Rühreiern und kanadischem Speck. Sie rief mich zum Essen. Sie hatte es noch nicht gehört, und wie ich schon sagte, man benimmt sich völlig irrational, wenn einem gerade etwas Entsetzliches widerfahren ist. Was tat ich zum Beispiel? Ich setzte mich an den Tisch und aß meinen Teller leer – von den Rühreiern nahm ich sogar zweimal. Als ich fertig war, legte ich die Gabel neben mein leeres Orangensaftglas und sagte: »Mein Vater ist eben bei einem Flugzeugabsturz ums Leben gekommen.« Das war die Zeit, als wir uns in der Schule einen Sport daraus machten, möglichst zynisch daherzureden, und deshalb schüttelte die reizende Amy Fisher bloß den Kopf über mein geschmackloses Gefasel am Frühstückstisch und aß weiter.

Immer wenn ich den Fernseher einschalte und *Mr. & Mrs. Time* läuft, steht mir sofort wieder dieser angewiderte Ausdruck auf Amys Gesicht vor Augen, und ich sehe, wie sie ihre gelben Rühreier aufißt.

Ich brauchte mehrere Sekunden, um zu registrieren, daß ein Auto vor dem Haus gehalten hatte. Ich sah nicht, wer am Steuer saß, aber ich sah einen großen weißen Klumpen, der die Nase an die halb heruntergekurbelte Scheibe eines der hinteren Fenster drückte. Das Auto war ein alter Dodge-Kombi in Gold und Weiß. Der Fahrer war immer noch nicht zu erkennen, aber der weiße Bullterrier sprang jetzt andauernd vom Rücksitz auf den Vordersitz und wieder zurück, und ich nahm an, daß es Anna und Pelz waren. Die Fahrertür ging auf, und der kesse schwarze Bubikopf tauchte auf. Sie hielt sich die Hand über die Augen und sah zum Haus her.

»Hallo!«

Ich wedelte mit dem Buch und genierte mich wegen meiner Shorts und des T-Shirts. Warum, weiß ich auch nicht, denn es ist mir gelungen, die Komplexe meiner Kindheit so restlos zu verdrängen, daß es mir im allgemeinen egal ist, was andere Leute von meinem Aufzug halten.

Sie blieb am Auto stehen und legte eine Hand als Schalltrichter an den Mund.

»Ich bin vorbeigekommen, weil ich wissen wollte, ob Sie beide den gestrigen Abend gut überstanden haben. Es tut mir so leid, daß ich so plötzlich weg mußte.«

Pelz preßte die Nase an ein Fenster und fing an, in unsere Richtung zu bellen. Nagel spitzte die Ohren, schien aber nicht sonderlich beeindruckt. Er rührte sich nicht vom Fleck.

»Aber das macht doch nichts. Es war ein schöner Abend, Anna. Ich hätte sie heute noch angerufen, um mich zu bedanken.« Für das Huhn à la Schriftrollen vom Toten Meer, den Rauswurf...

»Dann brauche ich ja kein so schlechtes Gewissen zu haben. Sie sagen das doch nicht bloß so, oder?»

Pelz verschwand vom Fenster, und Anna im Auto. Es gab ein Gerangel, man hörte erstickte Stimmen, und dann war Pelz draußen und fegte im Karacho aufs Haus zu. Sie wollte zu viele Stufen auf einmal nehmen und machte eine Bauchlandung, war aber wie der Blitz wieder auf den Beinen und bei ihrem Liebsten. Nagels Gleichgültigkeit war wie weggeblasen, und die beiden führten vor Übermut japsend und schnappend einen wahren Indianertanz kreuz und quer über die Veranda auf. Sie bellten und bissen einander in den Kopf und fielen andauernd über die eigenen Beine.

»Pelz ist verrückt nach Nagel. Mrs. Fletcher und ich gehen ein- bis zweimal die Woche mit ihnen aufs Footballfeld der High-School, da können sie sich nach Herzenslust austoben.«

Sie stand am Fuß der Vortreppe und strahlte zu mir herauf. Sie trug ein feuerrotes T-Shirt, auf dem CODASCO quer über die Vorderseite stand. Das Hemd ließ vermuten, daß ihre Brüste viel größer waren, als ich gedacht hatte. Außerdem verwaschene Levi's, schick, eng und sexy, und vergammelte blaue Tennisschuhe, die löchrig waren und bequem aussahen.

Ich wollte ihr gerade sagen, wie gut sie aussehe, als sie mit dem Finger auf mich zeigte. »Was steht denn da auf Ihrem T-Shirt?«

Ich sah an mir hinab und legte unwillkürlich die Hand auf die riesigen weißen Buchstaben. »Ach, äh, ›Virginia Is for Lovers‹. Eine Freundin hat's mir geschenkt.«

Sie steckte die Hände in die Gesäßtaschen ihrer Jeans. »So, ein

Liebhaber sind Sie also?« Sie lächelte dabei so boshaft, daß ich mir gleich ganz klein und häßlich vorkam.

»Ja. Noch dazu ein berühmter. Ich steh sogar in Ripleys *Wer glaubt's?*«

»Ich nicht.« Ihr Lächeln wurde breiter.

»Was?« Meins wurde dünner.

»Ich glaub's nicht!«

Ausgerechnet in diesem Moment machte sich Nagel daran, Pelz zu besteigen; ich war peinlich berührt, aber froh über die Ablenkung. Ich zog ihn weg. Er knurrte. Oder wahrscheinlich knurrten sie beide.

»Wo ist denn Saxony?«

»Mit Mrs. Fletcher beim Einkaufen.«

»Zu dumm. Ich wollte Sie beide fragen, ob Sie Lust hätten, mit mir schwimmen zu gehen. Es wird heiß heute.«

»Ich bin ehrlich gesagt nicht in der Stimmung dafür. Haben Sie gehört, was heute morgen hier passiert ist?« Ich zeigte mit dem Buch auf die Straße hinaus.

»Der Kleine von Haydens? Ja, ich weiß. Eine furchtbare Geschichte. Haben Sie es gesehen?«

»Ja, es hat sich vor meinen Augen abgespielt.« Ich legte das Buch aufs Geländer und verschränkte die Arme. Die Hunde waren erschöpft zusammengesunken, kaum einen halben Meter voneinander entfernt, und keuchten wie kleine Dampfmaschinen.

»Aber dann könnten Sie doch wenigstens eine Spazierfahrt mit mir machen. Das bringt Sie bestimmt auf andere Gedanken. Die Hunde nehmen wir mit.«

Die beiden sprangen sofort auf, als hätten sie jedes Wort verstanden.

»Ja, gut, das wird sicher interessant. Danke, Anna.«

Ich ging ins Haus, steckte Brieftasche und Schlüssel ein und schrieb Saxony einen Zettel. Ich war mir nicht sicher, wie sie es aufnehmen würde, daß ich nicht da war, wenn sie zurückkam, und anstatt noch Salz in die Wunde zu reiben und ihr zu sagen, daß ich mit Anna wegfuhr, schrieb ich nur, ich sei ein bißchen mit Nagel weggegangen. Warum auch nicht? Wieso sollte ich ein schlechtes Gewissen haben?

Waren wir nicht hier, um ein Buch über Marshall France zu schreiben, und waren deshalb nicht alle Kontakte mit seiner Tochter nützlich? Blödsinn – ich hatte natürlich doch Gewissensbisse, weil ich so gespannt darauf war, was heute mit Anna sein würde, und nicht nur deshalb, weil sie seine Tochter war.

Im Auto lagen alle möglichen Sachen wild durcheinander. Leere Pappkartons, ein gelber Gartenschlauch, ein alter Fußball, eine Packung Alpo-Hundefutter. Die Hunde kamen hinten hinein, und Anna ließ für sie per Knopfdruck das Fenster in der Heckscheibe herunter.

»Ich glaube, die Einwohnerzahl von Galen hat sich in den letzten Jahren um ganze zehn Personen erhöht.« Sie holte ein Stück Bubble Gum aus der Tasche und bot es mir an. Ich lehnte ab, und sie wickelte es selbst aus. »Landwirtschaft ist hier herum die einzige Möglichkeit, Arbeit zu kriegen, aber wie anderswo auch wollen die jungen Leute nicht mehr auf dem Feld arbeiten. Kaum sind sie alt genug, gehen sie nach St. Louis, zu den bunten Lichtern.«

»Aber Sie sind geblieben?«

»Ja. Ich brauche nicht zu arbeiten, weil das Haus schon längst abbezahlt ist. Und die Tantiemen aus den Büchern meines Vaters sind mehr als ausreichend für alle anderen Ausgaben, die ich habe.«

»Spielen Sie noch Klavier?«

Sie machte eine Blase und ließ sie zerplatzen, kaum daß sie aus ihrem Munde gekommen war. »Wissen Sie das von David Louis? Ja, ab und zu spiele ich noch ein bißchen. Es war mal eine richtige Leidenschaft, aber wenn man älter wird...« Sie zuckte die Achseln und machte noch eine Blase.

Sie kaute den Kaugummi wie eine Halbwüchsige – Mund auf, Blase, plopp, es war nicht auszuhalten. Frauen sehen schrecklich aus, wenn sie Kaugummi kauen. *Jede* Frau, sie mag sein, wer sie will. Gottlob nahm sie ihn dann doch heraus und warf ihn aus dem Fenster.

»Ich mag ihn nicht mehr, wenn der Geschmack raus ist. Hat David Ihnen auch von dem anderen Mann erzählt, der hier aufgekreuzt ist und eine Biographie meines Vaters schreiben wollte?«

»Ja. Der aus Princeton?«

»Ja. Mein Gott, war *das* ein Riesenroß. Ich lade ihn zum Abendessen ein, und er erzählt mir den ganzen Abend, wie heuristisch *Das Land des Lachens* ist.«

»Was bedeutet das denn?«

»Heuristisch? *Sie* sind doch der Englischlehrer, Sie müßten das wissen.«

»Ach ja? Ich weiß noch nicht mal, was ein Gerund ist.«

»Ist ja nicht zu fassen. Wohin ist es bloß mit unseren Schulen gekommen?«

Ich kurbelte mein Fenster herunter und sah ein paar vor Gesundheit strotzenden Kühen zu, wie sie mit den dicken Tauen ihrer Schwänze die Fliegen verscheuchten. Weiter hinten schnürte ein Traktor über ein flaches braunes Feld, und ein Flugzeug kroch über den Himmel.

»In ein paar Minuten sind wir da.«

»Darf ich fragen, wohin die Reise geht?«

»Nein, Sie werden schon sehen. Große Überraschung.«

Wir fuhren noch drei oder vier Meilen, und dann bog sie, ohne zu blinken, scharf nach links in einen schmalen Fahrweg ein, der in einen so dichten Wald führte, daß man auf beiden Seiten höchstens fünf Meter weit zwischen den Bäumen hindurchsah. Es wurde kühler im Auto, und ein kräftiger, satter Wald- und Schattengeruch zog ein. Der Weg wurde immer holpriger, und Steine donnerten an die Radkästen.

»Ich habe mir Missouri eigentlich nicht so bewaldet vorgestellt.«

Sonnenstrahlen trieben sich zwischen den Baumstämmen herum. Ein Reh tauchte auf und war im nächsten Moment wieder verschwunden. Ich schaute Anna an, ob sie es auch gesehen hatte.

»Keine Sorge, wir sind gleich da.«

Als sie anhielt, schaute ich aus dem Fenster, sah aber nichts.

»Lassen Sie mich raten: Ihr Vater hat alle Bäume in diesem Wald gepflanzt, stimmt's?«

»Nein.« Sie schaltete die Zündung aus und ließ den Schlüssel auf den Wagenboden fallen.

»Also dann ... ist er hier immer spazieren gegangen?«

»Schon besser.«

»Er hat alle seine Bücher auf diesem Baumstumpf geschrieben?«

»Nein.«

»Ich geb's auf.«

»Sie haben sich nicht genug Mühe gegeben! Also gut. Ich dachte, es würde Sie interessieren, wo die Königin von Öl gelebt hat.«

»Wo sie gelebt hat? Was meinen Sie damit?«

»Schriftsteller werden doch immer wieder gefragt, wo sie ihre Figuren her haben, nein? Vater hatte seine Königin von jemandem, der in diesem Wald wohnte. Kommen Sie, ich zeige es Ihnen.«

Ich stieg aus und legte mir im Geist schon den ganzen Absatz für die Biographie zurecht. »Der Fahrweg, der zum Haus der Königin von Öl führte, schlängelte sich durch einen Wald, der aus dem Nichts aufgetaucht war. France hatte die Hauptfigur für *Das Land des Lachens* in einem Wald entdeckt, den es eigentlich gar nicht hätte geben dürfen.«

Also das war schwach. Während Anna voranging in den Wald von Sherwood, machte ich noch ein paar Versuche, mir einen Anfang auszudenken, gab dann aber auf. Die Hunde hetzten unermüdlich durch den Wald. Anna ging ungefähr drei Meter vor mir, und ich achtete abwechselnd auf meinen Weg und darauf, welchen Weg ihre reizvolle Kehrseite nahm.

»Ich warte bloß darauf, Hänsel und Gretel zu sehen.«

»Nehmen Sie sich lieber vor dem Wolf in acht.«

Ich mußte an die Zeit denken, als Vater mit Hemingway in Afrika auf Großwildjagd ging. Er war zwei Monate weg, und als er wiederkam, ließ Mutter ihn nicht ins Haus mit seinen Nashornköpfen und Zebrafellen und sonstigen Trophäen, die er mitgebracht hatte und an die Wand hängen wollte.

»Da ist es.«

Falls ich ein Pfefferkuchenhaus mit rauchendem Schornstein erwartet hatte, wurde ich enttäuscht. Das Haus, wenn man es so nennen konnte, war eine primitive Blockhütte, die auf einer Seite abgesunken war, als hätte sich ein Riese darauf gelehnt. Die Fenster, die früher vielleicht Scheiben gehabt hatten, waren mit gekreuzten Kiefernbrettern vernagelt. Der roh gezimmerten Veranda fehlten mehrere Fußbodenbretter. Die Stufe davor war in der Mitte durchgebrochen.

»Passen Sie auf, wo Sie hintreten.«

»Sie haben gesagt, daß jetzt niemand mehr hier wohnt, nicht wahr?«

»Ja, das stimmt. Aber als sie noch lebte, war es auch nicht viel anders.«

»Und wer war diese ›sie‹?«

»Gedulden Sie sich einen Moment, und ich zeige es Ihnen.«

Sie holte einen dieser altmodischen langen Schlüssel hervor und steckte ihn in das Schloß unter dem verrosteten braunen Türknauf.

»Braucht man denn einen Schlüssel, um da reinzukommen?«

»Nein, eigentlich nicht, aber es ist besser so.«

Bevor ich sie fragen konnte, was sie damit meinte, hatte sie die Tür aufgestoßen, und ein überwältigender Geruch von Feuchtigkeit und blanker Verwesung schlug uns entgegen. Sie wollte hineingehen, blieb dann aber stehen und drehte sich zu mir um. Ich war so dicht hinter ihr, daß sich unsere Gesichter dabei fast berührten. Sie trat einen halben Schritt zurück. Mein Herz schlug einen Salto, als es registrierte, wie nahe wir einander für eine halbe Sekunde gewesen waren.

»Bleiben sie einen Moment hier stehen, und ich zünde die Lampe da drin an. Der Fußboden ist voller Löcher, es ist sehr gefährlich. Vater hat sich hier einmal so arg den Knöchel verstaucht, daß er ins Krankenhaus mußte.«

Ich dachte an Löcher im Fußboden und Schlangen und Spinnen, und ich mußte gähnen. Ich gähne meistens, wenn ich mich fürchte, und dann halten mich die anderen entweder für einen Helden oder für einen Schwachkopf. Manchmal gähne ich in einem fort. Genau betrachtet war es lächerlich: Einer der großen Augenblicke meines Erwachsenenlebens – die Tochter von Marshall France ging mit mir ins Haus der Frau, die ihn zu der großartigsten Figur in meinem Lieblingsbuch angeregt hatte, und ich mußte gähnen! Vorher hatte ich Angst gehabt, und davor wiederum hatte ich mich in Gedanken mit Annas Arsch beschäftigt. Nicht mit Anna France, der Tochter von..., sondern mit ihrem Arsch. Wie brachten es Biographen nur fertig, ihr Leben von ihren Objekten zu trennen?

»Sie können jetzt reinkommen, Thomas, alles in Ordnung.«

Die Wände waren mit Zeitungen beklebt, die vor Feuchtigkeit und Alter gelb und braun waren. Die Petroleumlampe und das Licht von der offenen Tür ließen die Druckbuchstaben wie Heerscharen kleiner, über die Wände wimmelnder Käfer erscheinen. Ich kannte Walker Evans' Fotos von Landpächtern in den Südstaaten, die ihre Häuser auf die gleiche Weise »verschönert« hatten, aber wenn man selber davorstand, war alles viel trauriger und kleiner. In der Zimmermitte stand ein klobiger Holztisch, und zwei hinfällige Stühle waren rechts und links ordentlich daruntergeschoben. In einer Ecke stand eine Stahlrohr-Liege mit einer zusammengefalteten grauen Wolldecke am Fuß und einem verschlissenen, unbezogenen Kissen am Kopfende. Das war's – kein Ausguß, kein Herd, keine Gerätschaften, keine Teller, keine Kleider an Haken, nichts. Die Hütte einer Einsiedlerin auf Dauerdiät oder einer Wahnsinnigen.

»Die Frau, die hier gewohnt hat...«

Eine Stimme wie ein Überschallknall platzte von draußen herein. »Wer, zum Teufel, ist denn da drin? Wenn ihr widerlichen kleinen Scheißer schon wieder das Schloß aufgebrochen habt, brech ich euch sämtliche Knochen!«

Schwere Tritte polterten über die Veranda, und ein Mann kam herein, der in der linken Hand ein Gewehr hielt, als wäre es eine Blume, die er unterwegs gepflückt hatte.

»Richard, *ich* bin's doch!«

»Ihr verdammten kleinen Ratten...« Er sah mich an und hob das Gewehr an die Brust, als endlich Annas Worte in seinen dicken Schädel drangen.

»Anna?«

»Ja, Richard! Mußt du immer gleich losbrüllen, anstatt mal die Augen aufzumachen? Das ist jetzt schon das drittemal, daß das passiert. Eines Tages wirst du noch mal zu weit gehen und jemanden erschießen!«

Sie war wütend, und man sah sofort, wie das auf ihn wirkte. Wie ein großer Wachhund, der knurrt und dafür von seinem Herrn eins auf den Kopf kriegt, war er plötzlich ganz zahm und verlegen. Es war zu dunkel in der Hütte, aber ich hätte wetten können, daß er rot geworden war.

Winselnd verteidigte er sich: »Mein Gott, Anna, wie soll ich denn wissen, daß du da drin bist? Soll ich dir sagen, wie oft diese verfluchte Saubande hier schon drin war...«

»Wozu hast du denn Augen im Kopf, Richard? Du hättest doch sehen müssen, daß die Tür aufgeschlossen worden ist. Wie oft muß ich dir das eigentlich noch sagen? Deswegen schließe ich doch jedesmal auf!« Sie packte mich am Ärmel und zog mich an ihm vorbei auf die Veranda hinaus. Als wir draußen waren, ließ sie mich wieder los.

Als er herauskam, sah ich, daß ich auch ihn schon auf dem Grillfest gesehen hatte. Ein rotes, stachliges Gesicht, das halb müde und halb bösartig wirkte. Seinen Haarschnitt hatte er sich selber beigebracht, und die Zotteln hingen ihm jämmerlich um den großen Schädel. Nase und Augen traten zu weit aus dem Gesicht hervor, und ich fragte mich, seit wie vielen Generationen seine Familie schon Inzucht getrieben hatte.

»Richard Lee, das ist Thomas Abbey.«

Er nickte zerstreut, machte aber keine Anstalten, mir die Hand zu geben.

»Sie waren doch gestern beim Barbecue.« Eine Feststellung.

»Ja, äh, ganz recht.« Mir fiel nichts Besseres ein. Ich wollte noch etwas zu ihm sagen, aber ich hatte Mattscheibe.

»Richards Mutter war die Königin von Öl.«

Ich sah Anna in ungläubigem Staunen an, aber sie nickte noch einmal zur Bestätigung. »Dorothy Lee. Die Königin von Öl.«

Richard lächelte und zeigte sein Gebiß, das seltsamerweise regelmäßig und komplett und tadellos weiß war. »So ist es. Und wenn ich deinen Vater nicht so gut gekannt hätte, wie ich ihn gekannt hab, Anna, würd' ich fast sagen, daß da was gelaufen ist zwischen ihm und meiner Mama. Du weißt schon, was ich mein – die zwei waren viel öfter hier draußen als sonst einer von uns.«

»Vater ist zwei- oder dreimal die Woche zu Fuß von der Stadt hierher zu Dorothy rausgegangen, als er das *Land des Lachens* geschrieben hat. Er hat sich seine schwarzen Turnschuhe angezogen und ist über die Felder gestiefelt, immer der Straße entlang. Keiner hat ihm angeboten, ihn im Auto mitzunehmen, weil alle gewußt haben, wie gern er zu Fuß gegangen ist.«

Richard lehnte sein Gewehr an die Wand und kratzte sich das Stoppelkinn. »Und meine Mama, die hat immer gewußt, wann er kommt. Sie hat uns immer losgeschickt, 'ne Schüssel Beeren pflücken, und da hat sie dann immer Puderzucker draufgestreut. Wenn er gekommen ist, haben sich die beiden hier draußen auf die Veranda gesetzt und die ganze Schüssel aufgemampft. Hab ich nicht recht, Anna?

He, sind Sie nicht der, der das Buch über Marshall schreiben will?«

»Darüber haben wir gesprochen, Richard. Deswegen bin ich mit ihm hier herausgefahren, damit er mal die Hütte deiner Mutter sieht.«

Er drehte sich zu der offenen Tür um. »Mein Papa hat das da für sie gebaut, damit sie hier herauskommen und ein bißchen im Wald sein konnte. Wir waren so viele Kinder, daß sie was gebraucht hat, wo sie sich ein bißchen ausruhen kann, hat sie gesagt. Und ich kann's ihr nicht übelnehmen. Ich hab drei Schwestern gehabt und einen Bruder. Aber ich bin der einzige, der jetzt noch in Galen ist.« Er sah Anna an.

»Thomas, es tut mir leid, aber ich habe in einer halben Stunde eine Verabredung in der Stadt. Wollen Sie noch hierbleiben oder lieber mit mir zurückfahren?«

Mir war nicht danach, im Wald zu bleiben und mit Richard zu palavern, obwohl ich ihn noch zum Reden bringen mußte, wenn ich erst einmal Annas Okay für das Buch hatte. Ich nahm zwar an, daß sie es mir geben würde, nach dem Abendessen und dem kleinen Ausflug, aber sie hatte sich immer noch nicht festgelegt, weder in der einen noch in der anderen Richtung, und ich traute mich immer noch nicht, sie direkt darauf anzusprechen.

»Ich glaube, ich fahre besser mit Ihnen zurück, für den Fall, daß Saxony inzwischen wieder zu Hause ist.«

»Haben Sie Angst, sie könnte sich Sorgen machen?« Es klang fast spöttisch.

»Nein, das nicht, es ist bloß ...«

»Keine Bange. Sie kommen rechtzeitig heim. Rechtzeitig zum Tee. Richard, wie ist es mit dir? Soll ich dich mitnehmen?«

»Nein, ich habe ja meinen Wagen. Ich muß ein paar Sachen von hier wegbringen. Bis demnächst.« Er wollte hineingehen, besann sich dann aber und legte ihr kurz die Hand auf den Arm. »Die Hayden-Geschichte ist schlimm, nicht? Erst das letzte Nacht und jetzt das. Das ist das viertemal, daß was schiefgegangen ist. Und zwei Sachen so schnell hintereinander diesmal ...«

»Wir sprechen später darüber, Richard. Mach dir deswegen jetzt keine Sorgen.« Ihre Stimme war leise und tonlos.

»Keine Sorgen? Machst du dir vielleicht keine Sorgen? Ich hab mir in die Hosen gepinkelt, wie ich das gehört hab. Der Joe Jordan, dieses arme Schwein, der steckt doch jetzt bis zum Hals in der Scheiße.«

Ich beobachtete Anna während dieses Wortwechsels, und ihr Gesicht verhärtete sich zusehends, während Lee weitersprach.

»Ich hab schon gesagt, daß wir noch darüber sprechen, Richard. Später.« Sie hob eine Hand, als wollte sie ihn wegstoßen. Ihr Mund hatte sich gestrafft.

Er wollte noch etwas sagen, ließ es aber bleiben und sah mich mit offenem Mund an. Dann blinzelte er und lächelte, als hätte ihm etwas gedämmert, das alles erklärte. »Ach so! Mann, ich und meine große Schnauze!« Er lächelte und schüttelte den Kopf. »Tut mir leid, Anna. Nehmen Sie sich vor der in acht, Sportsfreund, die kann verdammt ungemütlich werden.«

»Kommen Sie, Thomas. Wiedersehen, Richard.«

Der Pfad war so breit, daß wir nebeneinander gehen konnten.

»Anna, manches von dem, was hier vorgeht, verstehe ich einfach nicht.«

Sie blieb nicht stehen und sah mich nicht an. »Zum Beispiel? Meinen Sie etwas von dem, was Richard gesagt hat?« Sie fuhr sich mit der Hand durchs kurzgeschnittene Haar, so daß ich einen Moment ihre verschwitzte Stirn sah. Ich finde es unheimlich schön, wenn eine Frau schwitzt. Es gibt für mich kaum etwas, was erotischer, einladender wäre.

»Ja, was Richard gesagt hat. Und dann Mrs. Fletcher, die hat mich heute früh andauernd gefragt, ob der kleine Hayden *gelacht* hätte, bevor der Lieferwagen ihn erwischte.«

»War sonst noch was?«

»Ja, allerdings. Der Mann, der ihn angefahren hat, wie hieß er noch, Jordan? Joe Jordan? Der hat immer wieder gesagt, er sei nicht vorgesehen gewesen und kein Mensch kenne sich mehr aus.« Ich wollte sie nicht in die Enge treiben, aber ich wollte jetzt wirklich wissen, was das alles zu bedeuten hatte.

Sie ging langsamer und trat nach einem Stein. Er prallte von einem anderen ab und schwirrte in den Wald. »Also gut, ich sag's Ihnen. In den letzten sechs Monaten sind in der Stadt furchtbare Sachen passiert. Ein Mann wurde durch einen Stromschlag getötet, ein Ladenbesitzer wurde bei einem Überfall erschossen, letzte Nacht hat eine alte Frau das Augenlicht verloren, und jetzt heute früh die Sache mit dem Jungen. Galen ist ein verschlafenes Nest am Ende der Welt, Thomas. Das haben Sie bestimmt schon gemerkt. Hier passiert einfach nichts. An ein Kaff wie Galen denken die Leute, wenn sie sich Hinterwäldlerwitze erzählen. Sie wissen schon: ›Was macht ihr denn hier so, wenn ihr euch mal amüsieren wollt?‹ ›Och, wir angeln ohne Angelschein, oder wir gehen zum Friseur und sehen ihm bei der Arbeit zu.‹ Und jetzt auf einmal diese Alpträume.«

»Aber was hat denn Jordan gemeint, als er sagte, er wäre nicht vorgesehen gewesen?«

»Joe Jordan ist ein Zeuge Jehovas. Wissen Sie was über die? Die halten sich für das Häuflein der Auserwählten. Gott würde nie zulassen, daß einem von ihnen so etwas zustößt, und außerdem, was würden Sie sagen, wenn Sie gerade ein Kind totgefahren hätten?«

»Ist er denn tot?«

»Nein, aber er wird sterben. Ich meine, wahrscheinlich wird er sterben, was man so hört.«

»Na gut, das leuchtet mir ein, aber wieso fragt mich Mrs. Fletcher, ob der Junge *gelacht* hätte, bevor er angefahren wurde?«

»Goosey Fletcher ist ein Original und ein bißchen plemplem. Das haben Sie sicher schon gemerkt. Sie kommandiert jeden herum und stellt dumme Fragen und fühlt sich sichtlich wohl in ihrer verschrobenen Welt, Gott segne sie. Als ihr Mann starb, war sie drei Jahre in einer Nervenheilanstalt.«

Wir waren schon am Auto, und sie ging ans Heck, um die Hunde hineinzulassen. Es hörte sich ja alles halbwegs plausibel an, so wie sie es erklärte. Wirklich, es hörte sich gut an. Warum drehte ich mich dann noch einmal um und warf einen langen letzten Blick in den Wald? Weil ich im Grunde genau wußte, daß alles, was sie gesagt hatte, irgendwo absoluter Quatsch war.

Sie setzte Nagel und mich bei Mrs. Fletcher ab und sagte, sie würde mich in ein, zwei Tagen mal anrufen. Sie war nicht schroff, aber auch nicht gerade zum Küssen.

Als ich die Stufen zur Veranda hinaufstieg, tauchte Saxony schemenhaft hinter dem Fliegengitter auf.

»Schatz, du siehst hinreißend aus in diesem Drahtgeflecht!«

»Warst du mit Anna weg?«

»Wart einen Moment.« Ich machte Nagel von der Leine los, und er setzte sich auf die oberste Stufe. »Ja. Sie ist mit mir zum Haus der Königin von Öl gefahren.«

»Was?« Sie machte die Tür auf und kam heraus.

»Ja. Eine alte Frau namens Dorothy Lee, die France angeblich zu der Königin inspirierte. Sie hat in einer alten Bretterhütte ungefähr drei, vier Meilen vor der Stadt in dem großen Wald gewohnt. Anna kam vorbei und fragte mich, ob ich es mir anschauen wollte. Ich wollte, allerdings nur, bis Dorothy Lees Sohn auftauchte und uns um ein Haar erschossen hätte, weil er uns für Einbrecher oder so was hielt. Richard heißt er. Er hat mich an Lennie Small in *Von Mäusen und Menschen* erinnert. ›Erzähl mir von den Kaninchen, George.‹ So der Typ, weißt du?«

»Und was war das für ein Haus?«

»Überhaupt keins. Eine Bruchbude mit alten Zeitungen an den Wänden. Höchst unerfreulich.«

»Hat Anna noch etwas zu unserem Buch gesagt?«

»Nein, kein Wort. Schöner Mist. Weißt du was? Ich glaube, die läßt mich absichtlich zappeln. Wenn sie mir was von ihrem Vater erzählt, sagt sie immer: ›Da wäre noch was für Ihr Buch.‹ Aber sie hat sich immer noch nicht geäußert, ob ich es machen darf oder nicht.«

Saxony wechselte das Standbein und gab sich Mühe, mit gleichgültiger Stimme zu sprechen. Ich fand es rührend, auch wenn es gründlich danebenging. »Was hältst du eigentlich von Anna? Persönlich, mein ich.«

Ich verkniff mir ein Lächeln, streckte die Hand aus und strich ihr über die sommersprossige Wange. Sie hatte beim Einkaufengehen ein bißchen Farbe bekommen. Sie drehte den Kopf weg und nahm meine Hand in ihre. Ich mußte doch lächeln. »Nein, Thomas, bitte nicht, versuch nicht, es ins Lächerliche zu ziehen. Ich hab längst gemerkt, daß du sie hübsch findest, also streit's nicht ab.«

»Aber ich streite es ja gar nicht ab. Außerdem ist sie weiß Gott nicht so, wie David Louis sie mir geschildert hat. Mann, nach seiner Beschreibung mußte man ja eine Furie erwarten.«

»Also sie gefällt dir?« Sie ließ meine Hand nicht los.

»Ja, bis jetzt schon noch.« Ich zuckte die Achseln. »Aber ich sag dir eins, Sax. Ich hab das sichere Gefühl, daß hier irgendwas faul ist. Es gibt da ein paar Sachen, die mir gar nicht gefallen.«

»Was denn zum Beispiel?«

»Hast du zum Beispiel gewußt...« Ich besann mich im letzten Moment und sprach im Flüsterton weiter. »Hast du gewußt, daß Goosey Fletcher drei Jahre in der Klapsmühle war?«

»Ja, das hat sie mir heute beim Einkaufen erzählt.«

»Im Ernst?«

»M-hm. Wir sind über deinen Vater auf Filme gekommen, und sie wollte wissen, ob ich *Einer flog über das Kuckucksnest* gesehen hätte. Ich hab ja gesagt, und da hat sie mir erzählt, daß sie mal in einer Heilanstalt war. Einfach so, als wär überhaupt nichts dabei.«

»Hmm.« Ich nahm meine Hand wieder an mich und spielte mit der Hundeleine.

»Aber was hat das mit all dem andern zu tun?«

»Hast du was zum Mittagessen eingekauft?«

»Ja, lauter gute Sachen. Hast du Hunger?«

»Und ob!«

Ich mache die köstlichsten Käsetoasts der Welt. Absolute Spitzenklasse. Während ich in der Küche herumflitzte und ein paar dieser Herrlichkeiten zauberte, erzählte ich ihr alles über mein Waldidyll mit Anna.

»Sagenhaft! Du hast ja sogar Weizen-Vollkornbrot gekriegt! Na, dann wollen wir mal – ein bißchen Butter...«

»Glaubst du wirklich, dieser Richard Lee hätte dich erschossen?«

»Saxony, ich glaube es nicht nur, ich habe auch Schweißflecke, die beweisen, was ich für Angst ausgestanden hab. Der hat nicht bloß so getan.«

»Thomas, du hast doch gesagt, David Louis hätte dir diese irre Geschichte erzählt, wie Anna ihn angeblich mal aus dem Haus geekelt hat, und daß sie ihm immer böse Briefe geschrieben hat, wenn er ihr einen hierher geschickt hat, der über ihren Vater schreiben wollte?«

»Louis hat niemanden geschickt, Sax, er hat nur ihre Fragen beantwortet. Sie sind auf eigene Faust gekommen, genau wie wir.«

»Na schön, von mir aus, sie sind auf eigene Faust gekommen. Aber hat er nicht gesagt, daß sie ihm jedesmal, wenn einer aufgekreuzt war, einen bösen Brief geschrieben und ihm vorgeworfen hat, es sei alles seine Schuld und er hätte kein Recht dazu?«

Ich nickte und klatschte mit dem Wender auf die Arbeitsplatte.

»Aha. Also dann sag mir doch mal eins: Warum ist sie so nett zu dir? Wenn sie angeblich so einen Haß auf alle Möchtegern-Biographen hat, warum hat sie uns dann zum Essen eingeladen und warum ist sie heute mit dir zum Haus der Königin von Öl gefahren?«

»Das ist eines der Rätsel, von denen ich vorhin gesprochen habe, Sax. Entweder ist David Louis nicht ganz richtig im Kopf, oder er verabscheut einfach Anna France aus irgendeinem Grund. Bis jetzt hat sich fast alles, was er über sie gesagt hat, als falsch herausgestellt.«

»Aber gestern abend hat sie ein paarmal gelogen, wo's um ihren Vater ging, stimmt's?«

»Ja, sie hat gelogen. Sie hat uns mit offenen Armen empfangen und uns dann Lügen aufgetischt, sobald sie von ihm zu erzählen anfing.« Ich warf den Wender in die Luft und fing ihn am Griff auf. »Ich kann Ihnen da leider auch nicht weiterhelfen, meine Liebe, ich arbeite hier nur.«

»Aber es ist doch interessant, oder?« Sie ging an den Küchenschrank und nahm zwei hellblaue Teller heraus.

»Schon.« Ich holte genau im richtigen Moment die Toasts aus der Pfanne und ließ sie auf ein Stück Küchenrolle gleiten, die das überschüssige Fett aufsaugte. Das Geheimnis des perfekten Käsetoasts.

7

Die nächsten paar Tage tat sich nicht viel. Ich schlenderte in der Stadt herum und unterhielt mich mit den Leuten. Alle waren sehr freundlich, aber kaum einer erzählte mir etwas, was ich nicht schon wußte. Marshall France war ein netter Mensch gewesen, der wie jeder andere Sterbliche gerne irgendwo herumsaß und den lieben Gott einen guten Mann sein ließ. Daß er berühmt war, paßte ihm nicht, aber schon gar nicht: Er war ein guter Familienvater, der vielleicht seine Tochter hier und da ein bißchen verwöhnte, aber wozu sind Väter denn da?

Ich ging in die Stadtbücherei und las alle seine Bücher noch mal. Die Bibliothekarin war eine alte Dame mit einer glitzernden rosa Brille und rot geschminkten Pausbäckchen. Sie tat immer furchtbar beschäftigt, als wüßte sie nicht, was sie zuerst tun sollte, aber ich hatte bald raus, daß sie gar nicht so viel Arbeit hatte und am liebsten an ihrem großen Eichenschreibtisch saß und las.

Ein paar Schulkinder schrieben Aufsätze aus der *World Book Encyclopedia* ab, und eine sehr hübsche junge Frau war in eine ältere Nummer von *Popular Mechanics* vertieft.

Ich suchte alle Bücher von France mit einer geistigen Lupe nach Parallelen zu Galen ab, aber die Suche blieb erfolglos. Ich konnte es mir nur so erklären, daß France, wenn er schrieb, ein Körnchen Wirklichkeit nahm und es dann für seine Zwecke drastisch umformte. Mrs. Lee wäre demnach ein menschlicher Tonklumpen gewesen, aus dem er die Königin von Öl modelliert hatte.

Als ich meine Recherchen beendet hatte, stieß ich mich vom Tisch ab und rieb mir das Gesicht. Ich saß im Zeitschriften-Lesesaal, und schon beim Hereinkommen war mir aufgefallen, daß in den Regalen eine überraschend reiche Auswahl an Literaturzeitschriften auslag. Ich stand auf und holte mir eine Nummer von *Antaeus*. Die Bibliothekarin fing meinen Blick auf und winkte mich mit gekrümmtem Zeigefinger an ihren Schreibtisch. Ich kam mir vor wie ein unartiges Kind, das hinter den Regalen Geräusche gemacht hat.

»Sind sie Mr. Abbey?« fragte sie mit strenger Flüsterstimme.

Ich nickte lächelnd.

»Ich stelle Ihnen einen befristeten Leserausweis aus, wenn sie möchten. Dann können Sie Bücher mitnehmen, anstatt hier zu lesen.«

»Ach, das ist nicht nötig, aber trotzdem vielen Dank. Hier läßt es sich gut arbeiten.«

Ich dachte, mein Charme würde ihr wenigstens ein Lächeln abnötigen, aber sie behielt ihr altjüngferliches Stirnrunzeln bei. Sie hatte diese kleinen senkrechten Fältchen unter der Nase, die man bekommt, wenn man ein Leben lang die Lippen zusammenkneift. Auf dem Schreibtisch war alles tipptopp in Ordnung. Die Hände hatte sie über Kreuz auf die Tischplatte gelegt, und sie bewegte sie nicht, drehte nicht Daumen und trommelte nicht mit den Fingern, während sie sprach. Bestimmt hätte sie jeden kaltlächelnd umgebracht, der ein Buch ins falsche Regal zurückgestellt hätte.

»Es waren auch früher schon Leute hier, die über Marshall schreiben wollten, wissen Sie.«

»Ja?«

»Anna konnte sie alle nicht ausstehen, vor allem nicht den einen, der eine Biographie schreiben wollte. Ein ungehobelter Bursche war das.« Sie schüttelte den Kopf und schnalzte mißbilligend mit der Zunge.

»War das der von der Ostküste? Der Mann von der Universität Princeton?«

»Ja, der war das, der die Biographie von Marshall schreiben wollte. Was sagen Sie dazu? Es heißt immer, Princeton sei eine so gute Universität, aber wenn die dort solche Leute ausbilden, können sie auf meine Stimme nicht rechnen.«

»Wissen Sie zufällig noch, wie er hieß?«

Sie legte den Kopf auf die Seite und nahm eine ihrer plumpen Hände von der Tischplatte. Sie tippte sich mit einem Finger ans Kinn und ließ mich dabei nicht aus den Augen.

»Wie er hieß? Nein. Ich habe ihn nicht danach gefragt, und er hat sich nicht vorgestellt. Er kam hier an, hochnäsig wie der Kaiser von China, und fing an, mir Fragen zu stellen, ohne auch nur einmal bitte zu sagen.« Wäre sie ein Vogel gewesen, hätte sich ihr jetzt das Gefieder gesträubt. »Nach dem, was ich so gehört habe, hat er sich in der ganzen Stadt so aufgeführt. Von mir aus kann einer unhöflich sein, solange er lustig ist, sage ich immer, aber nicht, sobald er über meine Schwelle tritt.«

Ich konnte mir den Schleimer aus Princeton so richtig vorstellen, wie er mit einem Mark-Cross-Aktenkoffer, einem Sony-Tonbandgerät und einem Termin für seine Doktorarbeit von Haus zu Haus rannte, jeden auszuhorchen versuchte und überall abblitzte, weil die Leute sich einfach nicht aushorchen lassen wollten.

»Möchten Sie sich eines von Marshalls Lieblingsbüchern ansehen, Mr. Abbey?«

»Ja, schrecklich gerne, wenn es Ihnen nicht zuviel Umstände macht.«

»Aber dafür bin ich doch da, daß ich den Leuten Bücher heraussuche, nicht wahr?«

Sie kam hinter dem Schreibtisch hervor und ging zu den hintersten Regalen. Ich nahm an, daß sie in die Kinderbuchabteilung wollte, und stutzte, als sie vor einem Regal mit der Aufschrift ›Architektur‹ stehenblieb. Sie sah sich sorgfältig um, ob irgend jemand in der Nähe sei. »Unter uns gesagt, Mr. Abbey, ich glaube, sie erlaubt Ihnen, es einmal zu probieren. Nach allem, was ich so höre, wird sie es Ihnen erlauben.«

»Ach ja?« Ich war mir nicht sicher, ob ich sie richtig verstanden hatte. Sie sprach wieder mit ihrer Flüsterstimme.

»Meinen Sie Anna?«

»Ja doch, natürlich. Bitte sprechen Sie nicht so laut. Ich würde jederzeit darauf wetten, daß sie es Ihnen erlaubt.«

Das war eine frohe Botschaft, wenn auch aus unberufenem Munde. Was ich nicht verstand: Warum hatte sie mit mir in den hintersten Winkel gehen müssen, um mir das zu sagen?

Jemand kam um die Ecke und sah zu uns her. Die Bibliothekarin griff ins Regal und zog ein Buch über Bahnhöfe heraus.

»Ah, da haben wir es ja. Das ist das Buch, das ich gemeint habe.« Sie schlug es hinten auf, und tatsächlich, France hatte es vier- oder fünfmal ausgeliehen. Auf der Karte standen nur noch sehr wenige andere Namen. Als der andere sein Buch bekommen hatte und gegangen war, steckte mir die Bibliothekarin das Bahnhöfe-Buch unter den Arm. »Gehen Sie so damit hinaus. Es braucht keiner zu wissen, daß wir hier hinten miteinander geredet haben.« Sie sah sich wieder um und spähte durch ein Regal in die nächste Gasse, bevor sie weitersprach. »Ich weiß nur, daß es Annas Entscheidung ist. Das wissen wir alle. Aber es ist schon eine harte Geduldsprobe. Seit hier ...« Wieder ließen näherkommende Schritte sie mitten im Satz abbrechen. Diesmal endgültig, denn eine junge Frau mit einem kleinen Mädchen kam auf uns zu und fragte nach einem Buch über Goldfischzucht, das sie nicht gefunden hatte.

Ich nahm mein Buch mit an den Tisch im Zeitschriftenraum und blätterte es durch. Bilder über Bilder von amerikanischen Bahnhöfen.

Der Mensch, der den Begleittext verfaßt hatte, machte ein bißchen zuviel Aufhebens von Dingen wie der ›Großartigkeit‹ des ›Vorkriegs-Meisterwerks‹ in Wainer, Mississippi, mit seinen drei Fahrkartenschaltern statt einem. Ich steckte trotzdem eine ganze Weile die Nase in das Buch, weil France das sicherlich auch getan hatte und weil es sich um ein Thema handelte, das ihn, aus welchem Grund auch immer, interessiert hatte. Ich dachte an die Postkarten von Bahnhöfen in seinem Haus und an das, was Lucente über seine sonntäglichen Bahnfahrten erzählt hatte. Beim dritten Durchblättern las ich beiläufig ›Derek, Pennsylvania‹ und war schon ein paar Seiten weiter, als ich plötzlich die Augen aufriß und in fliegender Hast zurückblätterte, fast so, als könnte die Seite inzwischen verschwunden sein. Aber sie war noch da. Irgend jemand hatte die Ränder der Seite mit ausführlichen Notizen vollgeschrieben. Ich hatte Frances Handschrift nur ein paarmal gesehen, aber das war sie. Die gleichen sorgsam ausgeführten, auf- und absteigenden Buchstaben. Die Notizen hatten mit Derek, Pennsylvania, oder dem dortigen Bahnhof nichts zu tun. Es sah vielmehr so aus, als hätte France, wie das bei Künstlernaturen wohl vorkommt, plötzlich eine Inspiration gehabt und alles aufs erstbeste Blatt Papier gekritzelt.

Es war eine Beschreibung eines Mannes namens Inkler. Ich konnte manche Wörter nicht entziffern, bekam aber immerhin so viel heraus, daß Inkler ein Österreicher war, der beschlossen hatte, zu Fuß um die Welt zu wandern. Um das Geld dafür zusammenzubekommen, ließ er Postkarten drucken, die ihn und den weißen Bullterrier zeigten, den er als Gefährten mitnehmen wollte. Unter dem Bild stand Inklers Name, wo er herkam, was er vorhatte, wie weit es war (60000 Kilometer), daß er vier Jahre veranschlagte und sich durch den Verkauf dieser Karten die nötigen Mittel beschaffen wollte. Würden bitte auch Sie Ihr Scherflein zu dieser guten Sache beitragen?

France hatte notiert, wie Inkler aussah, wie sein Hund hieß und aussah, durch welche Orte sie kommen würden und welche Abenteuer sie unter anderem unterwegs zu bestehen hatten. Der Eintrag war vom 13. Juni 1947 datiert.

Ich schrieb alles in meinen Block ab. Zum erstenmal hatte ich das Gefühl, auf einen vergrabenen Schatz gestoßen zu sein. Ein Inkler kam in keinem von Frances Büchern vor, ich war also einer der wenigen Menschen auf der Welt, die etwas von dieser Schöpfung Frances wußten. Ich war so stolz auf dieses Wissen, daß ich einen Moment lang überlegte, ob ich Saxony etwas davon sagen sollte. Es gehörte mir und Marshall France. Marshall und mir... Aber das Gute in mir behielt die Oberhand, und ich sagte es ihr. Sie war genauso begeistert wie ich, und wir verbrachten einen glücklichen zweiten Tag in der Bibliothek und vertieften uns in alle anderen Bücher, die er, der Bibliothekarin zufolge, ebenfalls gern gelesen hatte. Wir fanden zwar nichts mehr, wußten aber, daß uns schon unser Freund Inkler genug Arbeit machen würde.

Tags darauf saßen wir in der Küche beim Frühstück, und ich dachte laut darüber nach, woher France wohl die Namen seiner Figuren gehabt hatte, denn die hatten mir an seinen Büchern immer besonders gut gefallen.

Saxony vertilgte gerade eine Scheibe Toast, die schier in Orangenmarmelade ertrank. Sie biß noch einmal hinein und mümmelte: »Vom Friedhof.«

»Was sagst du da?« Ich stand auf und goß mir noch eine Tasse von ihrem scheußlichen Kamillentee ein. Meine Mutter hat Kamille immer für Fußbäder genommen. Aber ich hatte nur die Wahl zwischen Kamille und einem dubiosen koffeinfreien Gesundheits-Kaffee, den Saxony auf Mrs. Fletchers Empfehlung gekauft hatte.

Sie rieb die Hände aneinander, daß die Brösel spritzten. »Ja, vom hiesigen Friedhof. Ich bin neulich ein bißchen in der Stadt rumgelaufen, um mich wenigstens mal grob zu orientieren. Am Postamt vorbei noch ein Stückchen weiter steht eine richtig hübsche Kirche, die hat mich an eine dieser alten englischen Kirchen erinnert, wie man sie auf Kalenderbildern oder Ansichtskarten sieht. Du weißt schon – dunkel und ehrwürdig, mit einer Steinmauer drum herum... Weil sie mich interessiert hat, bin ich hingegangen, und da hab ich dann auch den kleinen Friedhof hinter der Kirche gesehen. Als Kind hab ich oft Durchreibungen von Grabsteinen gemacht, und deswegen interessieren mich Grabsteine immer noch.«

Ich setzte mich wieder an den Tisch und zuckte mit den Augenbrauen wie Peter Lorre. »Huii – huii. Huiiiii. Mich auch, meine Liebe, mich auch. Ratten und Spinnen! Spinnen und Ratten!«

»Ach, hör auf, Thomas. Hast du denn nie Durchreibungen von Steinen gemacht? Die sind schön. *Thomas*, hörst du jetzt auf mit dem Unfug? Deine Imitation ist Spitze, zufrieden? Du bist ein erstklassiger Vampir. Willst du es jetzt hören oder nicht?«

»Und ob, meine Liebe, und ob.«

Sie steckte noch zwei Scheiben Vollkornweizenbrot in den Toaster. Wenn ich mir ansah, was sie so verdrückte, fragte ich mich manchmal, ob sie vielleicht in einem früheren Leben Hungers gestorben war.

»Ich bin da herumgewandert, aber weißt du, irgendwas hat nicht gestimmt. Irgendwas war ein bißchen aus dem Lot, nicht so, wie es sein sollte. Dann hatte ich es plötzlich. Alle Namen, die ich auf den Grabsteinen sah, oder fast alle, waren Namen von Leuten, die in *Nacht fährt in Anna* vorkommen.«

»Bist du sicher?«

»Ja doch. Leslie Baker, Dave Miller, Irene Weigel... sie waren alle da.«

»Du verscheißerst mich doch!«

»Nein! Erst wollte ich mir gleich einen Block holen, noch mal hingehen und die Namen alle notieren, aber dann hab ich mir gedacht, du würdest wahrscheinlich mitgehen wollen, und deshalb hab ich gewartet.«

»Saxony, das ist ja phantastisch! Warum hast du mir das nicht gleich erzählt?«

Sie nahm über den Tisch hinweg meine Hand. Je länger wir zusammen waren, um so größer wurde anscheinend ihr Bedürfnis, mich zu berühren und selbst berührt zu werden. Es mußte nicht immer Sex oder Liebe dabei sein, es kam ihr nur auf den Kontakt an. Ein kleiner elektrischer Kontakt für ein, zwei Sekunden, um den anderen wissen zu lassen, daß man da ist. Mir gefiel es auch. Aber Dienst ist Dienst, und unser Dienst an France war eine größere Sache. Ich ließ sie gerade noch ihren letzten Toast herunterschlingen, und schon waren wir auf dem Weg zum Friedhof.

Eine Viertelstunde später standen wir vor St. Joseph's. Als ich klein war, hatte ich viele katholische Freunde, die sich immer bekreuzigten, wenn sie an einer Kirche vorbeikamen. Ich wollte nicht abseits stehen und ließ mir zeigen, wie man das macht, und von da an bekreuzigte ich mich auch, wenn wir zusammen an einer Kirche vorbeigingen. Einmal fuhr ich mit meiner Mutter im Auto. Wir kamen an St. Mary's vorbei, und als der brave kleine Katholik, der ich nicht war, bekreuzigte ich mich vor ihren entsetzten Methodisten-Augen. Mein Analytiker spielte wochenlang verrückt und wollte partout ergründen, aus welchen Tiefen meiner Seele dieser seltsame Drang komme.

Saxony und ich standen also vor der Kirche, und da ging die Tür auf und ein Priester kam heraus. Er trippelte rasch die steile Steintreppe herunter, nickte uns einmal knapp und steif zu und enteilte. Ich drehte mich um und sah ihn noch geübt in einen burgunderroten Oldsmobile Cutlass einsteigen.

Saxony ging auf die Kirche zu, und ich trottete hinter ihr her. Es war ein besonders schöner Tag. Die Luft war kühl, und ein frischer, böiger Wind zauste schon seit einiger Zeit die Bäume, wirbelte überall Sommerstaub auf und jagte die Wolken wie im Zeitraffer über den Himmel. Die Sonne prangte als gestochen scharfes, glänzendes Siegel auf einem kobaltblauen Briefumschlag.

»Kommst du? Keine Bange, die kleinen Männchen unter den Grabsteinen werden dich schon nicht beißen.«

»Ja, Mami.« Ich holte sie ein und nahm ihre Hand.

»Schau.« Sie zeigte mit der Fußspitze auf einen Grabstein.

»Ha! Brian Taylor. Was sagst du dazu? Und da, schau – Anne Megibow. Mann, sie sind alle hier. Was meinst du, Sax, du könntest doch schon mal anfangen, die Namen aufzuschreiben, und ich schau mich derweil ein bißchen um?«

Um die Wahrheit zu sagen, ich war gar nicht glücklich über diese Entdeckung. Romantiker hin, Romantiker her, ich wollte, daß meine Helden bei ihrer Arbeit ausschließlich ihren eigenen Inspirationen folgten. Handlungen, Schauplätze, Figuren, Namen ... es sollte alles ganz ihr Eigenes, aus ihnen selbst gekommen sein, nicht aus einem Friedhof oder einem Telefonbuch oder einer Zeitung. Irgendwie war mir France auf einmal allzu menschlich geworden.

Fanatischen Verehrern meines Vaters gelang es immer wieder einmal, an dem Wächter vor unserem Haus in Kalifornien vorbeizukommen. Die Lieblingsstory meines Vaters war ›die Frau, die an der Tür klingelte‹. Sie klingelte so hartnäckig, daß mein alter Herr dachte, es handle sich um einen Notfall. Er ging sonst nie selbst an die Tür, aber diesmal tat er es. Die Frau, die ein zwanzig mal fünfundzwanzig Zentimeter großes Foto von ihm in der Hand hielt, warf einen einzigen Blick auf ihr Idol und taumelte rückwärts die Stufen hinunter. »Aber Sie sind ja so *klein*!« kreischte sie und wurde schluchzend vom Grundstück geführt.

Saxony hatte recht mit den Grabsteinen: Sie waren auf eine traurige Art faszinierend und schön. Die Inschriften wußten von so viel Leid zu erzählen. Babys, die am 2. August auf die Welt gekommen und am 4. August gestorben waren. Männer und Frauen, deren Kinder allesamt viele Jahre vor ihnen selbst gestorben waren. Es war so leicht, sich ältere Eheleute vorzustellen, die irgendwo in einem heruntergekommenen grauen Haus saßen, auf dem Kaminsims Bilder von all ihren weggestorbenen Söhnen und Töchtern, und kein Wort mehr miteinander sprachen. Womöglich redete die Frau ihren Mann noch mit »Mister« an, trotz der vielen Jahre, die sie mit ihm verheiratet war.

»Thomas?«

Ich rückte gerade ein Einmachglas mit Blumen auf einem der Grabsteine zurecht, als Saxony mich rief. Wahrscheinlich waren es mal orangefarbene Ringelblumen gewesen, aber jetzt sahen sie aus wie müde kleine Kreppapierkugeln.

»Thomas, komm doch mal.«

Sie war auf der anderen, zu ihr hin abfallenden Seite des Friedhofs. Sie kauerte an einem der Gräber und stützte sich mit einer Hand nach hinten ab. Ich erhob mich, und meine Knie knackten wie dürre Holzstöckchen. Keine Kondition.

»Ich weiß nicht, ob du darüber sehr erbaut sein wirst, aber hier ruht dein Freund Inkler.«

»Das darf doch nicht wahr sein!«

»Ist es aber. Gert Inkler. Geboren 1913, gestorben 19... Moment.« Sie rieb mit der Hand über die graurosa Oberfläche des Steins. »Gestorben 1964. Sehr alt ist er nicht geworden.«

»Das kommt davon, wenn man zu Fuß um die Welt geht. Mist. Und ich war mir so sicher, wir hätten eine tolle Entdeckung gemacht. Eine Marshall-France-Figur, die in keinem seiner Bücher vorkommt. Und dann ist es bloß irgendein Typ, der schon längst die Ohren angelegt hat.«

»Du hörst dich an wie Humphrey Bogart, wenn du so redest. ›Irgendein Typ, der schon längst die Ohren angelegt hat.‹«

»Ich wollte ihn nicht nachmachen, Saxony. Verzeih, daß ich so unoriginell bin. Es kann halt nicht jeder ein Genie sein, weißt du.«

»Ach, sei doch still, Thomas. Manchmal brichst du einen Streit vom Zaun, bloß um zu sehen, ob ich dir auf den Leim gehe.«

»Du bringst deine Metaphern durcheinander.«

»Tschuldigung, Herr Oberlehrer.«

Wir zankten ohne rechte Begeisterung weiter, bis sie etwas hinter mir sah und verstummte. Sie verstummte nicht nur, ihr ganzes Gesicht war plötzlich zu wie ein Flugplatz im Schneesturm.

»Ein lauschiges Plätzchen für ein Picknick.«

Ich wußte gleich, wer es war. »Hallo, Anna.«

Diesmal trug sie ein weißes T-Shirt, nagelneue Khakihosen und ihre zerfledderten Tennisschuhe: ein Klasseweib.

»Was macht *ihr* denn hier?«

Woher wußte sie, daß wir hier waren? Zufall? Soviel ich wußte, hatte uns nur der Priester gesehen, und das war erst ein paar Minuten her. Selbst wenn er sie angerufen hatte, wie war sie so schnell hergekommen?

»Wir recherchieren ein bißchen. Thomas hat entdeckt, wo Ihr Vater die Namen der Figuren in *Nacht fährt in Anna* her hatte.«

Mir wurde der Kopf herumgerissen wie Linda Blair im *Exorzisten. Ich* hatte es entdeckt?

»Und, waren Sie überrascht?«

»Überrascht? Och, darüber? Ja. Nein. Äh, ja, ich glaub schon.« Mein einziger Gedanke war: Warum hatte Saxony die Unwahrheit gesagt? Sollte ich in Annas kühlen Augen eine gute Figur machen?

»Wem erweist ihr denn die Ehre? Gert Inkler? Vater hat ihn nie in einem Buch verwendet.«

»Ja, das wissen wir. Der Mann, der um die Welt ging. Hat er es eigentlich wirklich getan?«

Schlagartig fiel das Lächeln von ihrem Gesicht ab. Und wie verkniffen und böse ihre Augen werden konnten, mein lieber Jolly! »Woher wißt ihr denn das?«

»Bahnhöfe in Amerika.«

Meine Antwort brachte den Sonnenschein nicht zurück. Ihr Blick erinnerte mich daran, wie sie neulich im Wald mit Richard Lee umgesprungen war. Es war zwar nicht der flammende Zorn, den David Louis geschildert hatte, aber beinharte, eiskalte Wut.

»Die Leiterin der Stadtbibliothek hat mir ein Buch gegeben, das Ihr Vater sich oft ausgeliehen hat. Das über die amerikanischen Bahnhöfe. Ich hab's durchgeblättert und, handschriftlich auf den Rand einer Seite notiert, eine Beschreibung von Inkler gefunden. Ich hab's zu Hause, falls Sie es sich ansehen möchten.«

»Ihr seid wohl schon feste dabei, die Vorarbeiten zu erledigen? Und wenn ich jetzt die Biographie gar nicht autorisiere?«

Sie sah erst nur mich an, faßte dann jedoch über meine Schulter hinweg Saxony ins Auge.

»Wenn Sie es uns nicht erlauben wollten, warum wären Sie dann die ganze Zeit so nett zu uns gewesen? David Louis hat gesagt, Sie wären ein Scheusal.«

Die gute alte Sax. Taktvoll, feinfühlig, immer das passende Kompliment auf den Lippen. Der geborene Diplomat.

Ich war versucht, mir die Hände über den Kopf zu halten, um mich vor dem Kampf der Gigantinnen zu schützen, doch der blieb zu meiner Verblüffung aus. Statt dessen schniefte Anna bloß, stieß die Hände in die Hosentaschen und nickte wie eine Puppe, deren Kopf auf einer Sprungfeder sitzt. Auf und ab und auf und ab ...

»Sie haben recht, Saxony. Ich muß zugeben, es macht mir manchmal Spaß, jemanden auf die Folter zu spannen. Ich wollte einfach sehen, wie lange es dauern würde, bis ihr meine kleinen Spielchen satt haben und einfach *fragen* würdet, ob ihr es machen dürft.«

»Okay, können wir's machen?« Die Frage hatte eigentlich forsch und selbstbewußt klingen sollen, aber sie quälte sich mir aus der Kehle, als scheute sie das Tageslicht.

»Ja, ich bin einverstanden. Wenn ihr das Buch unbedingt schreiben wollt, dann schreibt es in Gottes Namen. Wenn ihr nicht allzu sauer auf mich seid, helfe ich euch gerne, wo ich kann. Und ich kann euch bestimmt auf die eine oder andere Art helfen.«

Triumph! Triumph! Ich drehte mich zu Saxony um, um zu sehen, wie sie es aufgenommen hatte. Sie lächelte, klaubte ein weißes Steinchen auf und warf es mir ans Knie.

»Na, Shorty?«

»Na was?« Sie hob noch ein Steinchen auf und warf es nach mir.

»Na, ich glaube fast, jetzt können wir loslegen.« Ich streckte den Arm aus und nahm ihre Hand. Sie drückte sie und lächelte. Dann drehte sie sich um und lächelte Anna zu. Frances Tochter stand da in ihrer ganzen anbetungswürdigen Anmut, doch dieser Augenblick gehörte Saxony und mir, und ich wollte sie spüren lassen, wie glücklich ich darüber war, daß er endlich gekommen war und daß sie bei mir war.

8

»Paßt auf, daß ihr nicht die Treppe runterfallt und euch das Genick brecht. Es war eins von Vaters nie eingelösten Lieblingsversprechen, daß er sie eines Tages richten würde.«

Anna hatte eine Taschenlampe, aber sie ging vor Saxony, die ihrerseits vor mir ging. Deshalb war das einzige, was ich von dem schwachen gelben Licht zu sehen bekam, ein dünner, mehrfach geknickter Strahl, der ihnen um die Beine tanzte.

»Warum riechen eigentlich alle Keller gleich?« Ich stützte mich mit der Hand an der Mauer ab, um die Balance nicht zu verlieren. Sie war feucht und bröckelig. Ich dachte an den Geruch in Lees Bude draußen im Wald.

»Nämlich wie?«

»Muffig wie eine Mannschaftskabine, wenn alle geduscht haben.«

»Nein, das hier ist ein sauberer Geruch. Keller riechen geheimnisvoll und verschwiegen.«

»Verschwiegen? Kann etwas *verschwiegen* riechen?«

»Na, auf jeden Fall riecht's hier nicht wie in einer Mannschaftskabine.«

»Moment mal, hier ist der Lichtschalter.«

Ein Klicken, und das gleiche pißgelbe Licht erhellte den großen, rechteckigen Raum.

»Kopf einziehen, Thomas, die Decke ist ziemlich niedrig.«

Ich machte einen Buckel und sah mich um. In einer Ecke stand ein riesiger, olivgrün gestrichener Heizkessel. Die Wände waren rauh verputzt und uneben, der Boden nicht viel mehr als festgestampfte Erde. Sonst war kaum etwas zu sehen außer ein paar Bündeln alter Zeitschriften. *Pageant, Coronet, Ken, Stage, Gentry*. Ich kannte keine einzige davon.

»Was hat Ihr Vater denn hier unten gemacht?«

»Moment noch, ich zeig's euch gleich. Ich geh mal vor.«

Als sie sich in Bewegung setzte, fiel mir zum erstenmal eine offenstehende Tür auf, die anscheinend in einen anderen Raum führte. Ein Schalter wurde angeknipst, und wir gingen hinein.

An der Wand hing eine Schultafel, ungefähr einen Meter hoch und vielleicht zwei Meter breit. An einem Ende war ein Kreidebehälter, der bis oben hin mit nagelneuen weißen Kreiden gefüllt war. Ich fühlte mich gleich wie zu Hause. Ich mußte buchstäblich den irren Drang niederkämpfen, eines der Kreidestücke zu nehmen und einen Satz an die Tafel zu schreiben.

»Hier hat er alle seine Bücher begonnen.« Anna nahm eine Kreide und fing an, etwas mitten auf die Tafel zu kritzeln. Es war eine unbeholfene, nicht sehr ähnliche Zeichnung von Snoopy aus dem Comicstrip *Peanuts*.

»Haben Sie nicht gesagt, er hat oben gearbeitet?«

»Ja, schon, aber erst, wenn er alle seine Figuren hier auf der Tafel skizziert hatte.«

»Das hat er bei jedem Buch gemacht?«

»Ja. Er hat sich tagelang hier vergraben und sein nächstes Universum erschaffen.«

»Und wie? Auf welche Weise?«

»Er sagte, er hätte immer eine Hauptfigur im Kopf. Beim *Land des Lachens* war es die Königin von Öl, Richard Lees Mutter. Er setzte ihren Namen obenan auf die Tafel und schrieb dann die anderen Namen darunter.«

»Namen von existierenden Menschen, oder erfundene?«

»Existierende Menschen. Er sagte, wenn er zuerst an die Menschen dachte, die er kannte, fielen ihm immer sofort die Aspekte ihrer Persönlichkeit ein, die er verwenden wollte.«

Sie schrieb ›Dorothy Lee‹ an die Tafel, und darunter ›Thomas Abbey‹. Von unseren beiden Namen ausgehend, zog sie Pfeile nach rechts. Dann schrieb sie ›Die Königin von Öl‹ neben den ersten Namen, ›Vaters Biograph‹ neben meinen. Ihre Handschrift war ganz anders als die ihres Vaters – sie war krakelig, breitlaufend und unordentlich, eine Schrift, die ich beim Korrigieren eines Aufsatzes rügen würde.

Unter ›Thomas Abbey – Vaters Biograph‹ schrieb sie dann ›Berühmter Vater, Englischlehrer, Intelligent, Unsicher, Hoffnungsvoll, die Kraft?‹

Ich runzelte die Stirn. »Was meinen Sie mit ›die Kraft‹?«

Sie tat die Frage mit einer Handbewegung ab. »Warten Sie. Ich mache es genauso, wie er es gemacht hat. Dinge, bei denen er sich nicht klar war oder bei denen er sich noch nicht schlüssig war, ob er sie verwenden sollte, versah er mit einem Fragezeichen.«

»Und die anderen Sachen da, bin das auch alles ich? Unsicher und hoffnungsvoll...«

»Wenn ich mein Vater wäre, würde ich hinschreiben, was ich über Sie denke und was mir interessant genug für ein Buch erscheinen würde. Es handelt sich dabei nur um meine eigenen Eindrücke. Sie sind mir doch nicht böse, oder?«

»Wer, ich? Nööö. Überhaupt nicht. Nööö. Kein...«

»Schon gut, Thomas, ich hab verstanden.«

»Aber nein...«

»*Thomas*!«

Anna sah Saxony an. Vermutlich glaubte sie mir nicht. »Ist er sauer auf mich?«

»Nein. Ich glaube, er ärgert sich bloß über das ›unsicher‹ und den ›berühmten Vater‹.«

»Ihr dürft auch nicht vergessen, daß ich ich bin und nicht mein Vater. Hätte er vorgehabt, Sie zu verwenden, hätte er vielleicht ganz andere Züge an Ihnen wahrgenommen.«

»Jetzt mal im Ernst, Anna, ich glaube, das wäre ein ganz hübscher Anfang für das Buch. Im Vorwort würde ich einfach Ihren Vater beschreiben, wie er allein diese knarrenden Stufen herabsteigt, das Licht anknipst und da an der Tafel mit der Arbeit an einem seiner Bücher beginnt. Die ersten paar Seiten wären zugleich der Anfang seines und der Anfang meines Buches. Was meinen Sie?«

Sie legte die Kreide weg und wischte Snoopy mit der flachen Hand von der Tafel. »Mir gefällt das nicht.«

»*Ich* finde, es ist eine ausgezeichnete Idee, Thomas.« Ich war mir nicht klar, ob Sax das wirklich meinte, oder ob sie sich mit Anna anlegen wollte.

»Sie sind anderer Meinung, Anna.«

Sie wandte sich von der Tafel ab und schlug die Hände aneinander, um den Kreidestaub loszuwerden. »Sie wissen im Grunde genommen noch gar nichts, Thomas, und denken trotzdem schon über all die billigen kleinen Tricks nach, mit denen Sie –«

»Ich sehe darin keinen billigen Trick, Anna. Ehrlich, ich dachte –«

»Lassen Sie mich ausreden. Wenn ich Sie dieses Buch machen lasse, müssen Sie es sorgfältig und schön machen. Sie können sich nicht vorstellen, wie viele jämmerliche Biographien ich schon gelesen habe, denen es nicht einmal ansatzweise gelingt, die Person, die sie darstellen, wieder zum Leben zu erwecken, geschweige denn, sie interessant und faszinierend erscheinen zu lassen. Sie ahnen nicht, wie wichtig es ist, daß dieses Buch gut wird, Thomas. Ich bin überzeugt, es liegt Ihnen so viel an meinem Vater, daß sie es richtig machen wollen, aber deshalb scheiden Tricks jeder Art von vornherein aus. Tricks und Zusammenfassungen und Absätze, die mit ›Zwanzig Jahre danach ...‹ beginnen. Das kommt alles nicht in Frage. Es muß alles in Ihrem Buch stehen, denn sonst wird er ...«

Ihr Monolog war so irre und eindringlich und laut gewesen, daß ich richtig erschrak, als sie mitten im Satz abbrach.

Ich schluckte. »Anna?«

»Ja?«

Saxony mischte sich ein. »Anna, wollen Sie auch wirklich, daß Thomas dieses Buch schreibt. Sind Sie sich ganz sicher?«

»Ja. Jetzt schon. Ganz sicher.«

Ich holte tief Luft und atmete hörbar aus, in der Hoffnung, das würde die explosive Atmosphäre ein bißchen entschärfen.

Saxony ging an die Tafel, nahm ein Stück Kreide und begann einen Cartoon zu zeichnen, dort wo unsere Namen standen – der von Mrs. Lee und meiner. Ich wußte, daß sie gut zeichnen konnte, von den Skizzen, die sie von ihren Marionetten machte, aber jetzt übertraf sie sich selbst.

Die Königin von Öl – eine sehr gute, rasch hingeworfene Kopie der berühmten Van-Walt-Illustration – und meine Wenigkeit standen am Grabstein von Marshall France. Über uns blickte France von einer Wolke herab und hantierte mit Marionettenschnüren, die überall an uns befestigt waren. Es war zweifellos gekonnt, aber auch beunruhigend, in Anbetracht dessen, was Anna gesagt hatte.

»Ich glaube nicht, daß Sie sich sicher sind, Anna.« Saxonys Zeichnung war fertig, und sie legte die Kreide in den Behälter am Ende der Tafel zurück.

»Ach nein?» sagte Anna leise. Sie beobachtete Saxony genau.

»Nein, ich glaube es nicht. Ich meine, eine Biographie wird immer in hohem Maße auch die persönliche Auffassung widerspiegeln, die der Autor vom Leben der dargestellten Person hat. Sie darf keine bloße Aufzählung sein – ›er tat dies und er tat das‹.«

»Hab ich vielleicht gesagt, daß sie das sein soll?« Annas Stimme verlor ihre Eindringlichkeit und klang plötzlich ... amüsiert.

»Nein, aber Sie haben kaum einen Zweifel daran gelassen, daß Sie alle Fäden in der Hand behalten wollen. Ich habe jetzt schon das bestimmte Gefühl, sie wollen, daß Thomas Ihre Version von Marshall Frances Leben schreibt und nicht die von Thomas Abbey.«

»Also komm, Sax ...«

»Nein, laß mich, Thomas. Du weißt, daß ich recht habe.«

»Hab ich was anderes gesagt?«

»Nein, aber das wolltest du gerade.« Sie leckte sich die Lippen und rieb sich dann den Nasenflügel. Wenn sie richtig wütend wurde, fing ihre Nase immer zu jucken an.

»Das ist aber ziemlich unfreundlich, was Sie da sagen, Saxony, wenn man bedenkt, wer ich bin und wieviel bei der Sache für mich auf dem Spiel steht, meinen Sie nicht? Ja, sicher, *natürlich* bin ich voreingenommen. Ich finde tatsächlich, daß das Buch auf eine ganz bestimmte Art und Weise gemacht werden sollte ...«

»Hab ich's nicht gesagt?« Saxony sah mich an und nickte betrübt.

»So war das nicht gemeint. Drehen Sie mir nicht das Wort im Munde um!«

Sie hatten beide die Arme vor der Brust verschränkt.

»Aber, aber, meine Damen, warum denn so hitzig? Ich bin noch nicht mal auf Seite eins, und ihr liegt euch schon in den Haaren.« Sie würdigten mich keines Blickes, aber sie hörten mir zu. »Anna, Sie wollen, daß alles ins Buch kommt, stimmt's? Das will ich auch. Sax, du willst, daß ich es auf meine Art schreibe. Das will ich auch. Kann mir dann bitte mal jemand sagen, wo denn das angeblich unüberwindliche Problem liegen soll? Hm? Na?«

Während dieser Ansprache dachte ich ständig, daß das eine Szene war, wie mein Vater sie gespielt hätte. Vielleicht ein bißchen zu dick aufgetragen, aber genug, um die beiden zu besänftigen.

»Alles klar? Okay, dann hört mal her, ich hab einen Vorschlag. Meine Redezeit ist noch nicht abgelaufen? Nein? Okay, also: Anna, Sie geben mir alle Informationen, die ich brauche, um das erste Kapitel des Buches auf *meine* Weise zu schreiben. Wie lange ich auch brauche, Sie bekommen es nicht zu sehen – nichts davon –, bevor ich nicht fertig und mit meiner Arbeit zufrieden bin. Wenn es fertig ist, gebe ich es Ihnen, und Sie können damit machen, was sie wollen. Kürzen, umstellen, wegwerfen... doch wer weiß, vielleicht gefällt es Ihnen sogar. Wenn aber nicht, wenn Sie es also kassieren, dann verspreche ich Ihnen, von da an so eng mit Ihnen zusammenzuarbeiten, wie Sie wollen. Ich werde keine Bandaufnahmen von Ihnen machen oder so was, aber es wird von A bis Z eine Zusammenarbeit zwischen uns dreien. Ich bin sicher, das ist absolut unprofessionell und jeder Verleger würde sich die Haare raufen, wenn er davon erfahren würde, aber das ist mir egal. Wenn Sie einverstanden sind, dann machen wir es so.«

»Und was ist, wenn mir das erste Kapitel gefällt, so wie es ist?«

»Dann schreibe ich das ganze Ding auf meine Art und bringe es Ihnen, wenn ich fertig bin.«

Fairer ging es nicht mehr. Wenn sie mein erstes Kapitel schlecht fand, würden wir von Anfang an zusammenarbeiten. Wenn sie das Endprodukt schlecht fand, würde sie das Recht haben, es – schluck – wegzuwerfen und entweder mich oder einen anderen zu beauftragen, noch einmal von vorn anzufangen. An diese Eventualität dachte ich lieber nicht.

»Also gut.« Sie nahm den schwarzen Filz und tilgte mit zwei heftigen Wischern Saxonys Zeichnung.

»Also gut, Thomas, aber ich setze Ihnen einen Termin: einen Monat. Einen Monat können Sie ganz selbständig arbeiten, aber dann muß das erste Kapitel stehen. Wir haben keine Zeit zu verlieren. Heutzutage muß alles schnell gehen.«

Saxony kam mir zuvor: »Okay, aber dann müssen Sie uns auch alles zur Verfügung stellen, was wir brauchen. Also kein Versteckspiel mehr und keine Lügen.«

Anna zog die Augenbrauen hoch. Ich wußte nicht, sollte ich Saxonys Direktheit bewundernswert oder katastrophal finden.

»Wenn Sie chronologisch vorgehen – und das werden Sie doch? –, gebe ich Ihnen alles über ihn bis zu seiner Ankunft in Amerika. Weiter werden Sie im ersten Kapitel nicht kommen.«

9

Das hatten wir. Anna hielt Wort, und wir wurden mit Büchern, Tagebüchern, Briefen und Postkarten aus Frances Haus überschüttet. Zuerst kamen wir kaum mit dem Sortieren nach, von Auswertung ganz zu schweigen.

France hatte offenbar alles aufgehoben, oder jemand anderer hatte für ihn gesammelt und ihm später alles gegeben. Da war zum Beispiel ein brauner Briefumschlag, vollgestopft mit langweiligen Kinderzeichnungen von Pferden und Kühen. Der Meister im Alter von vier Jahren. Oder ein Notizbuch mit vergammelten, zwischen den Seiten gepreßten Wildblumen und Gräsern, die überall herausfielen, sobald man das Buch nur in die Hand nahm. In der ungelenken Handschrift eines Kindes waren die Unkräuter und mumifizierten Maiglöckchen fein säuberlich auf deutsch beschriftet. Ein Schuhkarton war voll mit alten, roten und goldenen Zigarren-Bauchbinden, Streichholzschachteln, abgefahrenen Schiffs- und Eisenbahnfahrkarten. In einem anderen fanden sich noch mehr von den alten Ansichtskarten, die es ihm offenbar angetan hatten. Viele davon zeigten Gebirgslandschaften und Berghütten. Es war phantastisch, wie man sich damals zum Bergsteigen herausgeputzt hatte – die Frauen trugen lange Kleider und Obstsalat-Hüte, die Männer Tweed-Knickerbocker, die sich an den Knien bauschten, und ulkige Tirolerhüte mit langen Federn. Alle schauten sie entweder aus Leibeskräften grinsend oder mit markig-finsterer Miene in die Kamera. Das für heutige Fotos so typische physiognomische Mittelmaß fehlte völlig.

Die Postkarten waren, wie Anna sagte, von Schulfreunden und Angehörigen. In der Schuhschachtel lag ein kleines braunes Schulheft, das sich bei genauerer Betrachtung als Verzeichnis eingegangener Postkarten erwies. Es war zum Lachen, besonders wenn man bedachte, daß es von einem acht-, neunjährigen Jungen angelegt worden war. Von wem, woher, Datum, ja sogar der Ort, an dem er sich befand, als er die Karte bekam.

»Anna, warum hat er eigentlich seinen Namen von Martin Frank in Marshall France geändert?«

»Haben Sie die Adressen auf einigen der alten Postkarten nicht gesehen? ›Marshall France, bei Martin Frank‹? Als er ungefähr acht war, dachte er sich diese Figur namens Marshall France aus. Es war eine Mischung aus d'Artagnan, Old Shatterhand und Lederstrumpf. Er erzählte mir, daß er sich jahrelang nur mit diesem Namen anreden ließ. Jeder, der ihn kannte, mußte ihn Marshall nennen, sonst antwortete er einfach nicht.« Sie lachte in sich hinein. »Er muß schon ein aufsässiger Knirps gewesen sein, was?«

»Ja, sicher, alles gut und schön, aber warum hat er hier in Amerika diesen Namen angenommen?«

»Ehrlich gesagt, Thomas, ich weiß es auch nicht genau. Aber Sie dürfen nicht vergessen, daß er Jude war und auf der Flucht vor den Nazis. Vielleicht hat er gedacht, falls es jemals zu einem Überfall der Nazis auf die Vereinigten Staaten kommen sollte, würde er mit einem nichtjüdischen Namen wie France bessere Aussichten haben, nicht erwischt zu werden.« Sie bückte sich, um einen ihrer Schuhe zuzubinden. Ich verstand kaum, was sie sagte. »Aber was auch der Grund war, *Sie* können sich doch freuen, oder? Er hat sich in eine seiner eigenen Figuren verwandelt, stimmt's? *Sehr symbolträchtig*, Doktor.« Sie tippte sich mit einem Finger an die Schläfe und verabschiedete sich »bis dann«.

Saxony und ich brauchten mindestens eine Woche, um das ganze Material zu sichten. Hinterher sprachen wir lange darüber, und trotz einiger strittiger Punkte waren wir uns einig, daß France ein sonderbarer kleiner Junge gewesen sein mußte.

Wir beratschlagten, wie ich mit dem ersten Kapitel am besten zu Werke ginge. Am College hatte ich einen Lehrer für »kreatives Schreiben« gehabt, der am ersten Tag eine Kinderpuppe mitbrachte. Er hielt sie vor sich hin und sagte, vor die Aufgabe gestellt, die Puppe zu beschreiben, würden die meisten sich auf den normalen Blickwinkel beschränken. Er zog eine unsichtbare Linie von seinem Auge zur Puppe. Ein richtiger Schriftsteller, fuhr er fort, wisse jedoch, daß sich die Puppe auch aus mehreren anderen, interessanteren Blickwinkeln beschreiben lasse – von oben, unten –, und da beginne erst das kreative Schreiben. Ich erzählte das Sax und sagte, ich sei jetzt auch auf der Suche nach einem dieser ausgefallenen Blickwinkel. Sie fand das auch richtig, aber dann gerieten wir uns mächtig in die Haare darüber, welches der richtige ausgefallene Blickwinkel sei. Wenn sie das Buch schreiben müßte, sagte sie, würde sie mit der Beschreibung eines lustigen kleinen Jungen anfangen, der in seinem Zimmer in einer Stadt in den österreichischen Alpen sitzt und sorgfältige Einträge in sein Postkartenbuch vornimmt. Dann würde er hinausgehen und Blumen für sein Blumenbuch pflücken, ein Bild von einer Kuh malen usw. Damit würde sie auf indirekte Weise ausdrücken, daß das Kind vom ersten Lebenstag an künstlerisch begabt, exzentrisch und feinfühlig gewesen sei.

Ich hielt das für eine ganz gute Idee, aber da Anna meine eigene (France steigt in den Keller, um mit dem *Land des Lachens* zu beginnen) madig gemacht hatte, fürchtete ich, sie würde auch

Saxonys Vorschlag als billigen Trick torpedieren. Sax schmollte zwar, fand dann aber auch, es könnte Anna vielleicht ein bißchen zu kreativ sein.

Ich vertrödelte noch ein paar Tage, weil ich müde und konfus und niedergeschlagen war. Saxony hielt sich von mir fern und war viel mit Mrs. Fletcher im Garten. Sie hatte für die alte Frau viel mehr übrig als ich. Wo sie sich über Rechtschaffenheit in guter alter Missouri-Tradition freute, sah ich nur Rückständigkeit und jede Menge Blabla. Wir sprachen nicht über sie, weil wir wußten, es war ein Thema, über das wir nur streiten konnten. Ich will deshalb nur soviel sagen, daß Blabla Fletcher mich auf die Idee für die erste Zeile des Buches brachte.

Ich hatte eines Vormittags die Waffen gestreckt, saß auf der obersten Stufe der Veranda und sah zu, wie die beiden Frauen sich an den Tomaten zu schaffen machten. Es war bewölkt und schwül, und ich hoffte, ein ungeheures Gewitter würde durchkommen und die Welt reinigen.

Freund Nagel kam die Stufen heraufgetappt und setzte sich neben mich; er hechelte und gab dabei keckernde Geräusche von sich. Wir sahen den Tomatenpflückerinnen zu, und ich legte ihm die Hand auf den steinernen Kopf. Bullterrier haben Köpfe aus Stein; sie tun nur so, als wären sie aus Haut und Knochen.

»Mögen Sie Tomaten, Tom?«

»Was?«

»Ob Sie Tomaaaten mögen.« Mrs. Fletscher richtete sich vorsichtig auf, beschattete mit der Hand ihre Augen und sah zu mir und Nagel her.

»Tomaten? Mag ich sogar sehr!«

»Also was Marshall war, der hat sie nicht ausstehen können. Angeblich hat er als Junge von seinem Vater aus immer welche essen müssen, und das hat sie ihm so verleidet, daß er nie wieder eine angerührt hat. Kein Ketchup, keine Tomatensoße, nichts!« Sie ließ eine Handvoll leuchtend roter Prachtexemplare in den großen Korb rollen, den Saxony ihr hinhielt.

Plötzlich wußte ich, daß ich den ersten Satz und eine Idee für das erste Kapitel hatte.

Eine Stunde später kam Saxony ins Schlafzimmer, ließ die Hände über meine Schultern gleiten, beugte sich herab und wollte wissen, was ich machte. Obwohl es absolut überflüssig und theatralisch war, riß ich die erste Seite, die ich geschrieben hatte, aus meinem

Notizbuch und reichte sie ihr, ohne mein Geschreibsel zu unterbrechen.

»›Er mochte keine Tomaten.‹ So soll dein Buch anfangen?«

»Lies weiter.« Ich schrieb weiter.

»›Er mochte keine Tomaten. Er sammelte Ansichtskarten von Bahnhöfen. Er fand die Namen für seine Figuren auf einem Friedhof in Missouri. Er entwarf seine Bücher auf einer Schultafel in einem muffigen Kellerraum seines Hauses. Er hob alles auf, was er als Kind gesammelt hatte, und als er aus Europa nach Amerika kam, ließ er seinen Namen in den einer imaginären Figur ändern, die er sich als Junge ausgedacht hatte. In seiner Freizeit half er als Verkäufer an der Kasse eines Lebensmittelladens aus...‹«

Sie brach ab, und nach einem Moment abgrundtiefen Schweigens hörte ich auf, so zu tun, als schriebe ich.

»Hast du gemerkt, was ich da probiert habe? Ich stopfe alles in eine Kanone und feuere es mit einem einzigen Schuß auf die Leser ab. Sie können sich aus dieser ersten Ladung herauspicken, was sie wollen, und in den folgenden Kapiteln behandle ich dann alles in aller Ausführlichkeit. Das werde ich alles Anna sagen, aber das erste Kapitel soll die Leser am Kragen packen und buchstäblich in Frances Leben hineinziehen. Darum haben wir uns die ganze Zeit herumgedrückt, Sax. Sicher, wir haben gesagt, er sei ein sonderbares Kind gewesen, aber er war auch ein verdammt sonderbarer Erwachsener! Er ist die Verkörperung des exzentrischen Künstlers schlechthin. Sieh dir sein Haus an, diese Kleinstadt, die er so geliebt hat, die Bücher, die er geschrieben hat! Wir haben uns die ganze Zeit an dieser Tatsache vorbeigemogelt, weil wir uns nicht eingestehen wollten, daß unser Mann ein Spinner war. Wenn auch ein herrlicher, genialer Spinner!«

»Was meinst du, wie Anna es aufnehmen wird, daß du so etwas über ihren Vater sagst? Die würde ihn doch am liebsten zum Olymp auffahren lassen.«

»Ja, ich weiß, das müssen wir auch noch berücksichtigen, aber ich glaube, wenn ich es richtig mache, wird sie verstehen, worauf es mir ankommt.«

»Dieses Risiko willst du eingehen?«

»Moment mal, Sax, *du* hast dich doch so dafür eingesetzt, daß es vor allem mein Buch werden muß!«

»Ja, das stimmt.«

»Na also. Und ich will mein Buch so und nicht anders machen. Ich weiß es jetzt, und ich muß es so schreiben.«

»Bis Anna es sieht.«

»Also komm, Sax. Ein *bißchen* moralische Unterstützung hier und da, hm?«

Das Gewitter, das ich herbeigesehnt hatte, ging nieder, und das schlechte Wetter blieb uns erhalten. Die folgende Woche regnete es immer mal wieder. Saxony ging in die Bibliothek und brachte einen ganzen Stapel berühmter Kinderbücher an. Die Bibliothekarin ließ mir über sie ausrichten: »Ich hab's Ihnen ja gesagt.«

Wir hatten beschlossen, möglichst viele Klassiker zu lesen oder noch mal zu lesen, mit dem Gedanken, daß sich vielleicht etwas fände, was sich mit dem Werk des ›Königs‹, wie ich ihn nannte, vergleichen ließe oder irgendwie dazu im Gegensatz stünde.

Der kleine Hobbit, Der König von Narnia, Alice hinter den Spiegeln ... Die halbe Zeit saßen wir lesend draußen auf der Veranda in Mrs. Fletchers feuchten Korbstühlen. Der Regen war sanft und angenehm und färbte alles entweder blau oder glänzend grün.

Unsere Hauswirtin mußte wissen, wie ernst es uns war, denn sie zeigte sich nur selten. Das galt allerdings auch für Anna, die wir überhaupt nicht mehr gesehen hatten, seit sie uns die Kisten mit den France-Reliquien gebracht hatte. Sie hatte mir gesagt, ich solle sie anrufen, falls ich sie brauchte, aber ich tat es nicht.

Abwechselnd las ich, schrieb, sah dem Regen zu und lag mit Saxony im Bett (bei schlechtem Wetter mache es ihr noch mehr Spaß, sagte sie, und so wurde unser Sexleben immer besser) – die Tage waren ausgefüllt und vergingen wie im Flug. Ehe ich mich versah, hatte ich *Puh baut ein Haus, Charlie und die Schokoladenfabrik* und *Der König des Goldenen Flusses* ausgelesen und den ersten Entwurf für mein Kapitel fertiggestellt. Ich hatte nur etwas länger als zwei Wochen gebraucht. Am Abend feierten wir das Ereignis mit Backhuhn, einer Flasche Mateus Rosé und einem Film meines Vaters im Fernsehen, *Zugfahrt durch Deutschland* – einer seiner besseren Filme.

Am nächsten Morgen wachte ich auf und fühlte mich so gut, daß ich aus dem Bett sprang und zwanzig Liegestütze machte. Zum erstenmal seit langem brauchte ich keine Karte, um zu wissen, wie es weiterging. Ein schönes Gefühl.

Nach der Frühgymnastik schlich ich mich an den Schreibtisch und knipste die kleine Tensor-Lampe an, die ich in der Stadt in Wade's Haushaltswarenladen gekauft hatte. Da lagen die Manuskriptseiten! Mein Werk! Ich wußte zwar, ich würde sie noch ein dutzendmal umschreiben müssen, aber das störte mich nicht. Ich machte genau was ich wollte, und wer weiß, vielleicht würde Anna France es sogar gut finden und... Doch darüber wollte ich noch nicht nachdenken. Immer eins nach dem andern.

Ich hörte ein Schnüffeln draußen vor der Tür. Sie ging auf, und Nagel kam herein. Er sprang aufs Bett und legte sich hin. Er kam fast jeden Morgen zu uns auf ein letztes Nickerchen, bevor er endgültig aufstand. Mrs. Fletcher hatte ein hübsches verschlissenes Zweiersofa für ihn draußen auf dem Flur, aber seit wir da waren, suchte er immer öfter unsere Gesellschaft, bei Tag wie bei Nacht. Eines Abends, als wir gerade so richtig in Fahrt waren, kam er aufs Bett gesprungen und rieb seine eiskalte Nase an meinem nackten Bein. Ich stieß mir den Kopf am Bettgestell an, und meine Erektion ging in Wut und Gelächter unter.

Ich drehte den Kopf und sah, daß er schon wieder auf Saxonys Brust hockte. Sie lächelte und versuchte ihn wegzustoßen, aber nichts zu machen. Er wich nicht von der Stelle. Er schloß die Augen. Bitte nicht stören. Ich stand auf und ging zum Bett hinüber.

»Die Schöne und das Ungeheuer, wie?« Ich tätschelte Nagel den Kopf. »Na, meine Schöne?«

»Sehr witzig. Steh nicht so rum. Er erdrückt mich!«

»Vielleicht ist er sexbesessen und liebt dich gerade, auf seine Art?«

»Thomas, tu ihn endlich weg, ja? Heißen Dank.«

Nachdem wir ihn glücklich auf meine Seite des Bettes gewälzt hatten (sein Kopf lag jetzt natürlich auf meinem Kissen), verschränkte Saxony die Hände im Nacken und sah mich an. »Weißt du, was ich mir überlegt habe?«

»Nein, meine kleine Petunie. Was denn?«

»Daß du, wenn du dieses Buch fertig hast, eine Biographie deines Vaters schreiben solltest.«

»Eine Biographie meines Vaters? Wie kommst du denn da drauf?«

»Ich finde einfach, du solltest es tun.« Ihr Blick wanderte von mir zur Decke hinauf.

»Das ist kein Grund.«

Sie sah mich wieder an. »Soll ich's dir wirklich sagen?«

»Ja, natürlich. Du hast noch nie davon gesprochen.«

»Ich weiß, aber ich hab in letzter Zeit viel darüber nachgedacht, wie wichtig er dir ist, ob du es nun merkst oder nicht. Ist dir zum Beispiel bewußt, wie oft du von ihm sprichst?« Sie hob die Hand, um mich am Sprechen zu hindern. »Ich weiß, ich weiß – er hat dich genervt, und meistens war er überhaupt nicht da. Okay. Aber er steckt *in* dir, Thomas. Stärker als bei jeder anderen Eltern-Kind-Beziehung, die ich kenne. Ob es dir paßt oder nicht, er hat sich in deinem Innern ganz schön breitgemacht, und ich glaube, es wär für dich sehr wichtig, dich möglichst bald mal hinzusetzen und einfach über ihn zu schreiben. Es spielt keine Rolle, ob eine regelrechte Biographie draus wird oder ob du nur deine Erinnerungen aufschreibst ...«

Ich saß mit dem Rücken zu ihr auf der Bettkante. »Aber wozu soll das gut sein?«

»Also ich zum Beispiel hab meine Mutter nie richtig verstanden, weißt du. Ich hab dir ja schon von ihr erzählt.«

»Ja, du hast gesagt, sie konnte jedem ein schlechtes Gewissen machen, wegen jeder Lappalie.«

»Genau. Aber dann hat mir mein Vater eines Tages erzählt, daß ihre Mutter Selbstmord begangen hatte. Kannst du dir vorstellen, wie viele Dinge mir von da an auf einmal klar wurden? Wieviel auf einmal verständlich war? Viel besser *leiden* konnte ich sie deswegen zwar immer noch nicht, aber ich sah plötzlich einen anderen Menschen in ihr.«

»Und du meinst, wenn ich mich mit dem Leben meines Vaters befasse, wird mir meine Beziehung zu ihm klarer werden?«

»Kann sein, muß aber nicht.« Sie drehte sich zu mir herum und legte mir die Hand aufs Bein. »Aber ich glaube wirklich, daß es da eine Menge ungeklärtes Zeug gibt, das letzten Endes an deiner Haßliebe zu ihm schuld ist. Wenn du dich wirklich mal damit befaßt, wer er war, könntest du dir dadurch alle möglichen Hindernisse aus dem Weg räumen. Verstehst du?«

»Ja, ich glaub schon. Aber ich weiß nicht, Sax. Ich möchte da im Moment wirklich nicht dran denken. Es ist im Moment einfach viel zuviel anderes zu tun.«

»Weiß ich ja. Ich verlange ja nicht, daß du alles stehen und liegen läßt, Thomas. Versteh mich nicht falsch. Ich meine nur, du solltest mal darüber nachdenken.«

»Ja, mach ich, klar.«

Nagel drückte ihr die Nase an den Hals, und das trieb sie aus dem Bett. Ich war froh, daß das Gespräch beendet war.

Die Sonne schien wieder, und nach dem Frühstück beschlossen wir, in die Stadt zu gehen. Es war noch früh am Tage, und alles funkelte wie Glas vom Tau und von den übriggebliebenen Regentropfen. Inzwischen kannten wir schon ein paar Leute – Ladenbesitzer und andere –, die uns zuwinkten, wenn sie vorbeifuhren. Das war auch schön am Leben in einer Kleinstadt: Es waren nicht so viele da, daß man es sich hätte leisten können, irgendeinen zu ignorieren. Es konnte ja sein, daß man bei einem von ihnen einen Kohlkopf kaufen oder einen bitten mußte, sich am Nachmittag mal das Auto anzusehen.

Als wir die Bibliothek erreichten, kam uns meine Freundin ›Ich hab's Ihnen ja gesagt‹ auf der anderen Straßenseite entgegen. Wahrscheinlich war sie auf dem Weg zu ihrer Bibliothek. »Da sind Sie ja! Der Einsiedler. Warten Sie einen Moment. Ich komme rüber.« Sie sah so vorsichtig nach beiden Seiten, daß man hätte meinen können, sie müßte die San-Diego-Schnellstraße überqueren. Ein Toyota tuckerte vorbei, mit einer Frau am Steuer, die ich schon oft in der Stadt gesehen hatte, aber eigentlich nicht kannte. Aber sie winkte auch.

»Ich hab noch ein paar Bücher für Sie, Mr. Abbey. Wollen Sie sie schon mitnehmen?« Aus irgendeinem Grund machte mich das rosige Rouge auf ihren Wangen sehr traurig.

»Thomas hat den *Wind in den Weiden* noch nicht ausgelesen, Mrs. Ameden. Wenn er durch ist, bringe ich Ihnen den ganzen Schwung zurück und nehme die neuen mit.«

»*Wind in den Weiden* war nie eines meiner Lieblingsbücher. Ein glitschiger kleiner Frosch als Held einer Geschichte, nein danke!«

Ich prustete los. Sie sah mich strafend an und schüttelte ihren blaugrauen Kopf. »Ja stimmt's vielleicht nicht? Frösche, eklige kleine Biester mit Haaren auf den Füßen wie der Hobbit ... Wissen Sie, was Marshall immer sagte? ›Das Schlimmste, was einem Menschen in einem Märchen passieren kann, ist, in ein Tier verwandelt zu werden. Aber das größte Glück für ein Tier im Märchen ist es, in einen Menschen verwandelt zu werden.‹ Genau das finde ich auch. Aber darüber könnte ich stundenlang reden. Was macht denn Ihr Buch?«

Je länger wir uns mit ihr unterhielten, um so stärker wurde mein

Eindruck, daß in dieser Stadt jeder alles über jeden wußte: Die Bibliothekarin wußte, daß ich an dem Probekapitel schrieb, wieviel Material seine Tochter uns ausgehändigt hatte und daß ich einen Monat Zeit hatte. Aber warum? Sicher, die Leute in der Stadt hatten, genau wie Anna, ein gewisses Anrecht auf France, da er so lange unter ihnen gelebt hatte, aber erzählte ihnen Anna deswegen alles, oder gab es noch einen anderen, dunkleren Grund?

Eine Filmszene lief vor meinem inneren Auge ab – Anna, nackt und mit Lederriemen an eine Stange im Hobbyraum im Keller eines Hauses gefesselt, und irgend jemand drosch unerbittlich mit einem Ochsenziemer auf sie ein, bis sie den mit eisernen Mienen herumstehenden Galenern verriet, was sie über Saxony und mich wissen wollten.

»Hast du ihm auch die Ansichtskarten von den Bahnhöfen gegeben?«

»Nein, nein! Au, ja, ja, ich hab ihm alles gegeben!«

Dann (immer noch die gleich Szene) explodiert die Sperrholztür, und ich komme hereingeflogen wie Bruce Lee und lasse zwei Kung-Fu-Ketten herumsausen wie Flugzeugpropeller.

»... das Haus.«

»Thomas!«

Ich erschrak und sah, daß die beiden Frauen auf eine Antwort von mir warteten. Saxony warf Messer aus Schlitzaugen und kniff mich ebenso unauffällig wie brutal in den Arm.

»Entschuldigung. Ich hab nicht zugehört.«

»Er ist eben doch ein richtiger Schriftsteller, nicht wahr? Immer den Kopf in den Wolken ... genau wie Marshall. Wußten Sie, daß Anna ihm zwei Jahre vor seinem Tod die Autoschlüssel weggenommen hat? Er war *so* was von einem Träumer. Ein paarmal ist er mit dem Kombi gegen einen Baum gefahren. Geträumt hat er. Am hellichten Tag geträumt.«

Jeder hatte mindestens zehn Storys über France auf Lager. Marshall am Steuer, Marshall an der Registrierkasse, Marshall und sein krankhafter Widerwille gegen Tomaten. Es war ein Paradies für Biographen, aber ich fragte mich langsam, warum sie sich alle so ausführlich mit ihm beschäftigt hatten und warum es so lebhafte Kontakte unter ihnen gab. Ich mußte immer wieder an Faulkner in Oxford, Mississippi, denken. Nach allem, was ich gelesen hatte, kannte ihn jeder in diesem Ort, und alle waren stolz, daß er ihr Mitbürger war, aber sie machten nicht viel Aufhebens davon – er war bloß ihr berühmter Schriftsteller. Aber wenn man sah, wie die Galener von Marshall France sprachen, hätte man glauben können, er sei entweder so etwas wie eine kleine einheimische Gottheit oder zumindest ihr Lieblingsbruder gewesen.

Wir beschlossen, die Bibliothek auszulassen und statt dessen unseren Gang in die Stadt fortzusetzen, teils, weil ich keine Lust hatte, mir Bücher anzusehen, und teils, weil es ein paar Stellen gab, wo ich schon seit mehreren Tagen nicht mehr gewesen war.

Abbeys Stadtrundgang begann am Busbahnhof mit den abblätternden weißen Parkbänken draußen vor der Tür und den Fahrplänen, die direkt darüber angeschlagen waren, so daß man sich fast einem wildfremden Menschen auf den Schoß setzen mußte, wenn man feststellen wollte, wann der Schnellbus nach St. Louis durchkam. Eine dicke, hübsche Frau saß hinter dem Plexiglasfenster und verkaufte Fahrkarten. Wie viele Filme begannen nicht an solchen verstaubten Bushaltestellen irgendwo am Ende der Welt? Ein Greyhound kommt langsam die Main Street herunter und hält vor Nick und Bonnie's Café oder dem Busbahnhof von Taylor. Über der Windschutzscheibe, dort, wo das Glas grün eingefärbt ist, hängt das Schild mit dem Fahrtziel, Houston oder Los Angeles. Aber unterwegs hält der Bus in Taylor, Kansas (lies Galen, Missouri), und man will wissen, warum. Die Vordertür öffnet sich zischend, und heraus kommt Spencer Tracy oder John Garfield. Er trägt entweder einen ramponierten Koffer in der Hand und sieht aus wie ein Landstreicher, oder er ist aufgeputzt wie ein Pfingstochse – ein Stutzer aus der Großstadt. In beiden Fällen kann man sich beim besten Willen nicht denken, was der Mann in diesem Nest ganz weit draußen verloren hat...

Stammplatz Nummer zwei war ein makabrer Laden, nur ein paar Schritte von der Bushaltestelle. Er war gesteckt voll mit Hunderten gespenstischer Gipsstatuen: Apollo, Venus, Michelangelos *David*, Laurel und Hardy, Charlie Chaplin, Jockeys mit einem Ring zum Anbinden von Pferden in der ausgestreckten Hand. Ganze Reihen von Weihnachtskränzen warteten auf Käufer. Der Mann, dem der Laden gehörte, war ein Italiener, der alle Arbeiten im Hinterzimmer erledigte und sich meist auch nicht blicken ließ, wenn man hereinkam und sich ein bißchen umsah. Seit wir in Galen waren, hatte ich nur zwei oder drei seiner Artikel in einem Haus oder einem Vorgarten gesehen, aber das Geschäft mußte wohl seinen Mann ernähren. Das Bedrückende daran war, daß alles total weiß war. Wenn man den Laden betrat, war es, als schwebte man plötzlich zwischen Wolken, nur daß die Wolken aussahen wie John F. Kennedy und Christus am Kreuz. Saxony fühlte sich in dieser Umgebung ausgesprochen unwohl und ging statt dessen immer in den Drugstore, um zu sehen, ob irgendwelche neuen Taschenbücher hereingekommen waren. Ich hatte mir vorgenommen, dem Mann vor unserer Abfahrt aus Galen auf alle Fälle etwas abzukaufen, einfach weil ich so oft und so lange in seinem Gruselkabinett herumgegangen war. Allerdings hatte ich auch noch nie einen anderen Kunden da drin gesehen.

»Hallo, Mr. Abbey! Ich hatte gehofft, Sie würden sich bald wieder einmal sehen lassen. Ich hab was für Sie, eine Sonderanfertigung. Warten Sie bitte hier.«

Der Besitzer verschwand in seine Werkstatt und kam nach ein paar Sekunden mit einer wunderschönen Statuette der Königin von Öl wieder. Im Gegensatz zu den anderen hatte er diese bemalt, in den Farben der Illustration im Buch.

»Phantastisch. Die ist ja herrlich. Woher wußten Sie –«

»Nein, nein, mir brauchen Sie nicht zu danken. Es ist eine reine Auftragsarbeit. Anna war ungefähr vor einer Woche hier und hat sie für Sie bestellt. Also wenn, dann müßten Sie sich bei ihr bedanken.«

Rasch entschlossen steckte ich die Statuette in die Tasche und nahm mir vor, sie Sax vorerst nicht zu zeigen. Ich war nicht in der Stimmung für eine Grundsatzdebatte. Mir blieben noch ein paar Minuten, bis ich sie im Drugstore abholen mußte, und so rief ich Anna noch schnell von einer Telefonzelle aus an.

»France.« Ihre Stimme klang wie ein Vorschlaghammer auf einem Amboß.

»Hallo, Anna? Hier ist Thomas Abbey. Wie geht's Ihnen?«

»Ach hallo, Thomas. Mir geht's gut. Und was gibt's bei Ihnen Neues? Wie läuft's mit dem Buch?«

»Ganz gut, danke. Ich hab den Entwurf des ersten Kapitels fertig und glaube, er ist ganz gut geworden.«

»Gratuliere! Der tolle Tom! Da sind sie ja dem Zeitplan weit voraus. Gibt es viele Überraschungen?« Für einen Moment wechselte ihr Tonfall von hart auf schüchtern.

»Ja ... ich weiß nicht. Ich glaub' schon. Aber was anderes, ich war gerade bei Marrone, und er hat mir Ihr Geschenk überreicht. Ich bin begeistert. Ein sehr hübscher Einfall. Ich bin sehr gerührt.«

»Und wie denkt Saxony darüber?« Ihre Stimme klang jetzt eher wieder abweisend.

»Na ja, wissen Sie, um ehrlich zu sein, ich hab sie ihr noch gar nicht gezeigt.«

»Das hab ich mir fast schon gedacht. Aber warum sagen Sie ihr nicht einfach, es sei ein Geschenk für euch beide? Eine kleine Aufmerksamkeit dafür, daß Sie das Kapitel fertig haben. Deswegen wär sie Ihnen doch nicht böse, oder?«

»Aber wozu denn das? Sie haben sie doch mir geschenkt, oder?«

»Ja, sicher, aber bitte verstehen Sie das nicht falsch.« Sie brach ab, und der Nachklang ihrer Stimme hing im Leeren und ließ keinerlei Schlüsse zu.

»Ja, aber wenn Sie sie mir persönlich geschenkt haben, kann ich sie doch nicht mit jemandem teilen.« Ich merkte, daß es so klang, als wäre ich beleidigt.

»Aber Sie würden sie doch nicht wirklich teilen. Sie und ich würden doch wissen ...«

Ein Wort gab das andere, und schließlich stritten wir uns doch tatsächlich. Am Schluß war ich, wenn ich ganz ehrlich sein soll, enttäuscht. Vielleicht hatte das Geschenk bei mir alle möglichen Phantasien in Gang gesetzt, Anna und mich betreffend. Daß sie es dann so leichthin abtat, war wie eine kalte Dusche für mich. Aber angeblich mußte sie sowieso mit Pelz zum Tierarzt, und so blieb uns nicht mehr viel Zeit zum Reden. Zum Schluß wiederholte sie noch einmal, sie werde gern helfen, falls wir noch etwas brauchten, und dann war sie weg. Ich legte auf, nahm aber die Hand auch nicht von dem schwarzen Hörer, als er schon auf der Gabel lag. Was war eigentlich los mit mir? Noch an diesem Morgen hatte ich mir gedacht, wie gut sich im Moment alles anließ, und zwei Stunden später knallte ich Telefonhörer hin, weil zwischen mir und Anna France nichts lief.

Ich ging aus der Telefonzelle und trottete zum Drugstore hinüber.

»He, Sax, was ist denn los? Was machst du denn da?«

»Nicht gucken, Thomas!«

Der Mann hinter dem Ladentisch stand vor ihr und strahlte mich an. Er hielt ein Fläschchen Wimperntusche in jeder Hand.

»Seit wann nimmst du Wimperntusche, Sax?«

»Nur keine Aufregung, ich probier sie doch bloß aus.«

Ich hätte ihr gern gesagt, daß mir ihre Augen so gefielen, wie sie waren, aber ich wollte vor dem Drogisten nicht altmodisch erscheinen. Er hatte ein kleines weißes Namensschild an der Jacke: Melvin Parker. Er erinnerte mich an einen dieser Mormonen-Missionare, die von Haus zu Haus gehen und das Evangelium predigen.

Hinter uns knallte etwas. Ich drehte mich und und sah, wie Richard Lee auf einen Sitz eine Literflasche Coke runtergurgelte.

»Hi, Mel. Hi, Abbey. Hallo.« Das letzte galt Saxony. Er sagte es so galant, daß ich fast damit rechnete, er würde auch noch die Finger an seine Baseballmütze legen. Eine Sekunde lang war ich fast ein bißchen eifersüchtig.

»Mel, kommst du mal 'n Moment rüber da?«

Der Drogist trat hinter die Theke, über der »Rezepte« stand, und Lee ging zu ihm hinüber. Mel griff unter den Ladentisch und brachte eine riesige Schachtel Pariser zum Vorschein, Marke »Trojans«, ohne Feuchtfilm. Lee hatte überhaupt nicht gesagt, was er wollte.

Ich will ja nicht elitär erscheinen, aber Trojans, das waren die Pariser, die man mit zwölf oder dreizehn jahrelang im Geldbeutel mit sich herumtrug, weil sie so dick und widerstandsfähig waren. Es ging die Sage, daß sie einfach nicht kaputtzukriegen seien. Sie hielten tatsächlich einiges aus, aber wenn der magische Moment gekommen war und man wirklich einen benutzte, war es, als hätte man sich einen Zeppelin übergestülpt.

Lee beugte sich über die Theke und sagte Parker lange und leise etwas ins Ohr. Ich gab mir Mühe, sie nicht zu beachten, aber die Alternative waren Saxonys Wimpern in dem Spiegel auf der Ladentheke.

»›Wenn ich jetzt bloß die verdammten Schlüssel finden würde, dann könnten wir mit dem Bulldozer hier rausfahren.‹« Es mußte sich um die Pointe eines dreckigen Witzes handeln, denn Lee bäumte sich auf, als hätte ihn eine Wespe in den Hintern gestochen.

Die beiden bogen sich vor Lachen, aber Lee lachte gezwungener und rauher und auch viel länger als Parker.

Die Pariser verschwanden in einer braunen Papiertüte, und ein schmieriger Zwanzigdollarschein wechselte den Besitzer.

Lee klemmte sich die Tüte unter den Arm, steckte sein Wechselgeld ein und kam auf mich zu. Ich habe die schlechte Angewohnheit, Menschen gleich bei der ersten Begegnung zu beurteilen. Leider haue ich ziemlich oft daneben. Außerdem bin ich stur, das heißt, wenn ich jemanden nicht auf Anhieb leiden kann – und sei er auch ein Engel in Menschengestalt –, brauche ich furchtbar lange, um einzusehen, daß ich mich getäuscht habe, und mich ihm gegenüber anders zu verhalten. Richard Lee konnte ich nicht leiden. Er sah aus wie einer, der den ganzen Tag in Unterhosen rumläuft und nur jeden zweiten Donnerstag badet. Er hatte gelbe Klümpchen in beiden Augenwinkeln, und bei so was juckt es mich immer, hinzulangen und es wegzuwischen. Wie bei einem Krümel, den einer im Bart hängen hat.

»Ich hab gehört, Anna läßt Sie das Buch machen. Gratulier Ihnen!«

Ich wurde ein bißchen milder gestimmt, als er mir seine riesige Tatze hinhielt, ging aber gleich wieder auf Abstand, als ich sah, wie er Saxony anstarrte.

»Hätten Sie beide nicht Lust, heute Abend zu mir nach Hause zu kommen? Ich kann Ihnen Bilder von meiner Mutter und noch so Sachen zeigen. Kommen Sie doch zum Abendessen! Ich denk, es wird für uns alle reichen.«

Ich sah Saxony an und hatte die vage Hoffnung, sie würde sich eine Ausrede einfallen lassen. Andererseits wußte ich ja, daß ich früher oder später doch mit diesem Mann reden mußte, weil seine Mutter einfach zu wichtig war.

»Von mir aus gerne. Thomas? Wir haben noch nichts vor, soweit ich weiß.«

»Nein. Ja. Nein, sehr schön. Wirklich nett von Ihnen, Richard. Vielen Dank für die Einladung.«

»Also abgemacht. Ich geh heut nachmittag zum Angeln, und wenn ich Glück hab, gibt's heut abend Welse, frisch von der Leine.«

»Das wär ja Spitze. Frischer Wels.« Ich gab mir Mühe, begeistert zu nicken, und falls mein Gesichtsausdruck mich doch verriet, lag es nur daran, daß ich an die Schnurrhaare der Welse denken mußte.

Er ging, und Saxony entschied sich für Max Factor. Ich trat an die Theke, um zu bezahlen. Während er die Kasse bediente, schüttelte Mel, der Drogist, den Kopf. »Also wenn Sie mich fragen, ich hab ja Welse noch nie gemocht. Die Biester sind doch bloß so fett, weil sie einfach alles fressen. Richtige Aasgeier sind das, wissen Sie. Das macht dann zwei Dollar sieben, Sir.«

Kreuze über Kreuze. Man konnte in dem Raum hinschauen, wo man wollte, überall blutete ein Christus vor sich hin. Fünfzig verschiedene Kruzifixe, und jedes mit einer anderen Variante seiner Qualen. Das ganze Haus roch nach bratenden Fischen und Tomaten. Bis auf die Couch, auf der ich saß. Die roch nach nassem Hund und Zigaretten.

Lees Frau Sharon hatte das unschuldige, sonderbar rosige Gesicht, wie man es oft bei Liliputanerinnen sieht. Sie hörte keinen Augenblick zu lächeln auf, nicht einmal, als sie über ihren Bullterrier Buddy stolperte und hinfiel. Die Töchter, Midge und Ruth Ann, waren das genaue Gegenteil: Sie hingen lustlos herum, als ob sie sogar das Atmen zu sehr anstrengte.

Richard kramte seine Pistolensammlung hervor, dann seine Gewehrsammlung, seine Angelrutensammlung und schließlich seine Indianerkopf-Münze. Sharon brachte das Familienalbum an, aber die meisten Fotos zeigten entweder die Hunde, die sie im Laufe der Jahre gehabt hatten, oder – aus welchem Grund auch immer – einen aus der Familie zu einer Zeit, als er irgendeine Verletzung gehabt hatte. Richard grinste sein eingegipstes Bein an, Midge zeigte strahlend auf ein häßliches blaues Auge, Ruth Ann lag auf dem Rücken, offenbar im Krankenhaus und sichtlich von Schmerzen geplagt.

»Mein Gott, was war denn da passiert?« Ich zeigte auf das Bild von Ruth Ann.

»Wann war das noch? Lassen Sie mich nachdenken. Ruth Ann, weißt du noch, wann ich dieses Foto von dir gemacht hab?«

Ruth Ann kam herübergeschlurft und atmete mir ins Genick, während sie das Bild ansah. »Das war doch, wie ich mir beim Turnen den Bandscheibenknacks geholt hab, Daddy. Erinnerst du dich nicht mehr?«

»Ja, das stimmt, Richard. Das ist das Bild, wo sie diese Bandscheibensache hatte.«

»Genau, jetzt fällt's mir wieder ein. Das Krankenhaus hat mich damals an die dreihundert Dollar gekostet. Sie hatten nur ein Zweibettzimmer, aber ich hab mich nicht lumpen lassen. Stimmt's nicht, Ruth Ann?«

Mochten sie auch reden (und aussehen und sein) wie Leute aus der *Tabakstraße*, es war nicht zu verkennen, daß sie sich gern hatten. Richard legte immer wieder einmal den Arm um eines der Mädchen oder um seine Frau. Das gefiel ihnen; sie schmiegten sich dann jedesmal an ihn und quietschten leise vor Vergnügen. Es war bizarr, sich diese Leutchen vorzustellen, wie sie in ihrem tristen weißen Haus saßen und sich Bilder von Ruth Ann im Streckverband anschauten, aber wie viele Familien gibt es denn, die glücklich sind und sich wohl fühlen, wenn alle beisammen sind?

»Essen ist fertig.«

Als Ehrengast bekam ich den größten Wels, der zum letztenmal hienieden das Maul aufriß. Dazu gab es geschmorte Tomaten und Löwenzahnsalat. Ich konnte noch so viel an dem Fisch herumsäbeln und ihn an den äußersten Rand meines Tellers schieben, ich wurde ihn einfach nicht los. Ich gab mich geschlagen und fand mich damit ab, daß ich wohl oder übel etwas davon essen mußte.

»Haben Sie denn schon viel an Ihrem Buch gearbeitet?«

»Nein, wir fangen ja gerade erst an. Wir werden wahrscheinlich ziemlich viel Zeit dafür brauchen.«

Die Lees sahen einander über den Tisch hinweg an, und eine Pause von einigen Sekunden trat ein.

»Ein Buch schreiben. Das ist was, was ich nie machen werde. In der Schule hab ich früher manchmal gern gelesen.«

»Du liest doch jetzt auch noch, Richard. Was redest du denn da? Du hast doch alle möglichen Sachen abonniert.« Sharon nickte uns zu, wie um zu bestätigen, daß sie die Wahrheit sagte. Sie hatte keinen Moment zu lächeln aufgehört, nicht einmal beim Kauen.

»Na ja, aber Marshall, der konnte schreiben, was? Der hatte mehr Geschichten im kleinen Finger als ...« Er schüttelte den Kopf und nahm eine sabbernde Tomate von seinem Teller. »Wahrscheinlich *muß* man Schriftsteller werden, wenn man so viele verrückte Einfälle und Geschichten auf Lager hat. Man würde einfach platzen, wenn man sie nicht aufschreiben würde. Was meinen Sie, Tom?« Er schob sich die ganze Tomate rein und redete mit vollem Mund weiter. »Es gibt ja auch andere, die voller Geschichten stecken, aber wenn die nicht platzen wollen, brauchen sie sie nur erzählen. Sie reden sich's von der Seele, und gleich fühlen sie sich wieder besser. Wie Bob Fumo, oder, Sharon? Der Bob, der kann einem die ganze Nacht lang die irrsten Geschichten erzählen und dann am nächsten Morgen aufwachen und noch mal hundert erzählen. Aber er erzählt sie bloß, und damit basta. Da haben's Leute wie ihr schon viel schwerer, hab ich nicht recht?«

»Und es dauert viel länger.« Ich lächelte auf meinen Teller hinunter und schob noch ein paar Brocken Fisch mit der Gabel herum.

»Genau, es dauert länger. Was meinen Sie, wie lange werden Sie brauchen, um das jetzt über Marshall fertigzukriegen?«

»Das ist wirklich schwer zu sagen. Ich hab noch nie ein Buch geschrieben, und ich muß noch viel Material aufarbeiten, bevor ich richtig loslegen kann.«

Wieder trat eine Gesprächspause ein. Sharon stand auf und fing an abzuräumen. Saxony wollte helfen, wurde aber durch ein ablehnendes Lächeln gebremst.

»Haben Sie schon gehört? Der Junge von Haydens, der neulich vor dem Haus, wo Sie wohnen, angefahren worden ist, also der ist gestorben.« Richards Gesicht hatte keinen Ausdruck, als er das sagte. Keine Betroffenheit. Kein Mitleid.

Mir dagegen drehte es fast den Magen um, nicht nur, weil es vor meinen Augen passiert war. Schließlich war es ein kleiner Junge gewesen, und er war noch glücklich und zufrieden gewesen, zwei Sekunden bevor er auf die Straße klatschte.

»Wie verkraften es denn seine Eltern?«

Er streckte sich und sah zur Küchentür. »Ach, die tragen's mit Fassung. Was soll man auch machen, passiert ist passiert, oder?«

Wie konnten Menschen nur so sein? Wie konnte man, wenn einem das eigene Kind totgefahren wurde, nicht das Verlangen haben, auf irgendwas einzudreschen oder wenigstens die Faust gegen den Himmel zu schütteln? Sicher, Farmer und solche Leute sind ein anderer Menschenschlag, die haben den Tod andauernd vor Augen, das weiß jeder, aber Menschen sind doch Menschen, verdammt noch mal. Wie kann man um ein totes Kind nicht trauern? Ich hoffte, daß es einfach nur an Lees Wurstigkeit lag.

»Mein Gott, da fällt mir was ein! Anna hat mir *gesagt*, daß er sterben würde. Ist das nicht eigenartig?«

Saxony, die ihren Fisch samt Tomaten und Grünzeug verschlungen hatte, zwirbelte einen Löffel. »Was soll das heißen, sie hat es dir gesagt? Sie konnte doch nicht wissen, daß er sterben würde.«

»Frag mich nicht, Sax. Aber ich weiß genau, daß sie sagte, er würde sterben. Dazu hat es allerdings keinen Svengali gebraucht – es sah schon bös aus, als sie ihn wegbrachten.«

»Denken Sie vielleicht, die Anna ist so 'ne Art Kreskin, Tom? Haben Sie den übrigens mal in der Johnny-Carson-Show gesehen? Diesen Zauberer? Sie glauben nicht, was der da auf der Bühne anstellt...«

Die Küchentür ging auf, und Sharon kam mit einem großen, noch warmen Obstkuchen auf einem schwarzen Blech herein.

Und dann – also, ich erzähle mal, was ich gesehen habe, und jeder kann seine eigenen Schlußfolgerungen ziehen. Aber ich *hab's* gesehen. Nein, Saxony sah nichts, behauptete sie. Sie dachte, ich hätte sie nicht mehr alle, als ich es ihr hinterher erzählte; und als ich eigensinnig darauf beharrte, es gesehen zu haben, wurde sie richtig komisch. Und ich habe es *doch* gesehen.

In *Die Trauer des grünen Hundes* kommt eine Figur namens Krang vor. Krang ist ein verrückter Papierdrachen – sie bildet sich ein, der Wind sei ihr Feind. Sie bettelt jeden Tag darum, daß man sie steigen läßt, damit sie den Krieg auf ihrem ständigen Schlachtfeld, dem Himmel, fortsetzen kann. Der grüne Hund verliebt sich in das auf den Drachen gemalte Gesicht. Er läuft von daheim weg, aus dem Haus, in dem »alles den Seufzern gehörte, was die Menschen ihr eigen nannten«, holt heimlich Krang aus der Rumpelkammer, bindet ihre weiße Schnur an seinem Halsband fest und geht mit ihr auf Wanderschaft.

Als Sharon Lee aus der Küche kam, sah ich zunächst Sharon Lee, nichts anderes. Ich zwinkerte, und als ich wieder hinschaute, sah ich Krang mit einem Obstkuchen auf einem schwarzen Blech aus der Küche kommen. Die Van-Walt-Illustration: die weiten, leeren Augen, die die Freude im vollen, glücklichen Lächeln des Mundes verraten. Die roten Wangen, die roten Lippen, die zirkusgelbe Haut... Im ersten Moment dachte ich, es sei eine besonders gute Maske, die den Lees gehörte. Und ich hatte sie für doof gehalten! Wer so eine Maske besaß, mußte ein kluger Kopf sein. Ein bißchen verschroben vielleicht, aber klug. Ich kam mir vor wie in einem Fellini-Film oder in einem skurrilen Alptraum, aus dem man eigentlich nicht erwachen möchte, obwohl er einem Angst macht.

»Ist ja sagenhaft, Sharon!« Ich sagte es viel zu laut, aber ich war auch wirklich von den Socken. Dann blickte ich nach rechts, um zu sehen, wie Saxony es aufnahm. Sie sah mich stirnrunzelnd an.

»*Was* ist sagenhaft?«

»Sharon! Komm schon, Sax, das ist doch kaum zu fassen!«

Sie sah an mir vorbei und lächelte in Krangs Richtung. »Oh, ja, natürlich«, sagte sie schließlich, flüsterte mir aber gleich darauf zu: »Übertreib's nicht, Thomas, es ist doch bloß ein Kuchen.«

»Ha, ha, sehr gut. ›Kuchen.‹ Sehr witzig!«

»Thomas ...« Ihr Lächeln war vergangen, und ihre Stimme hatte einen warnenden Unterton.

Irgend etwas stimmte nicht. Ich drehte blitzartig den Kopf und sah die gute alte Sharon den Kuchen aufteilen. Keine Krang. Von einer Krang keine Spur. Kein Niemand, nur die lächelnde Sharon Lee mit ihrem berühmten warmen Pfirsichkuchen.

»Tom will sicher ein großes Stück, was, Richard?«

»Mit einem dickeren Zaunpfahl hätt er nicht winken können. Vielleicht gibst du ihm den ganzen Kuchen, Schatz, und ich röste uns einen Teller Puffmais?«

Alles lachte, und Sharon setzte mir ein riesiges Stück vor. Mir blieb der Mund offen. Es *war* Krang, verdammt noch mal. Aufs Haar die gleiche Krang wie auf der Illustration Van Walts. Sicherheitshalber verglich ich es hinterher noch einmal. Nein, nicht einmal, hundertmal.

Aber es war auch keine Maske. Es war Sharon, und dann war es Krang, und dann war es Sharon. Ich war der einzige, der sah, wie es passierte. Der einzige, dem es passierte. Hätte ich schon Tag und Nacht an der Biographie gesessen, wäre es einigermaßen begreiflich gewesen: Biograph A befaßt sich mit dem Leben von Autor B und vertieft sich dermaßen, daß er schon bald überall Bs Figuren sieht. Sicher, die Idee ist schon tausendmal ausgeschlachtet worden und auch halbwegs plausibel, aber ich hatte ja mit dem Buch noch nicht mal richtig angefangen, geschweige denn schon lange daran gearbeitet.

Zwei Tage darauf aß ich bei Anna zu Mittag, als Saxony wieder mal mit Mrs. Fletcher einkaufen war.

Mit einem betrübten Lachen erzählte ich ihr von meiner »Vision«.

»Krang? Nur Krang? Sonst niemand?« Sie reichte mir die Rühreier.

»Nur Krang? Mein Gott, Anna, wenn das so weitergeht, sehe ich demnächst alle seine Figuren auf Nagels Rücken durch den Garten reiten.«

Pelz hatte seinen Namen herausgehört und klopfte zweimal mit dem Schwanz auf den Boden. Sie saß neben Anna und wartete, ob vielleicht das eine oder andere Häppchen für sie abfiele.

Anna aß ein Löffelchen Chutney und lächelte. »Aber Sharon Lee hat doch gar nicht so viel von Krang, oder?«

»Kaum. Das einzige, was sie gemeinsam haben, ist das ausdruckslose Lächeln.«

»Aber ich will Ihnen was sagen, Thomas, das wird Ihnen vielleicht helfen, ihre Verwirrung zu überwinden. Wußten Sie, daß Van Walt mein Vater war?«

»Van Walt war Ihr... Sie meinen, Ihr Vater hat seine Bücher selbst illustriert? Die Zeichnungen sind alle von ihm?«

»Mit dem echten Van Walt war er als Kind befreundet. Er wurde später von den Nazis umgebracht. Vater übernahm seinen Namen, als er anfing, die Zeichnungen für seine Bücher zu machen.«

»Also könnte theoretisch Sharon Lee auf irgendeine verrückte Art das Vorbild für Krang gewesen sein?«

»Ja, das ist denkbar. Sie haben ja selbst gesagt, sie hätten das gleiche Lächeln.« Sie wischte sich mit der Serviette den Mund ab und legte sie neben ihren Teller. »Ich finde, das ist aber eher ein gutes Zeichen, im Hinblick auf Ihre Arbeit. Vater wird allmählich zu Ihrem kleinen Dybbuk, und jetzt wird er Sie ständig heimsuchen, Tag und Nacht, bis Sie sein Buch fertig haben.«

Ich sah sie über das frische weiße Tischtuch hinweg an. Sie ließ die Augenlider flattern, lachte und steckte Pelz unter dem Tisch einen Brocken Rührei zu. Im ersten Moment merkte ich gar nicht, daß ich, während sie mich so ansah, eine irrsinnige Erektion bekommen hatte.

Wäre diese Story ein Film aus den vierziger Jahren, würde die nächste Einstellung einen großen Abreißkalender zeigen. Die Blätter, für jeden Tag eines, würden nacheinander fortflattern – das Verstreichen der Zeit mit filmischen Mitteln dargestellt. Ich schuftete wie ein Wilder, feilte, strich und glättete. An manchen Tagen machte es Spaß, an anderen ödete es mich an. Einmal stand ich mitten in der Nacht auf, völlig erschöpft, nachdem Saxony und ich uns lange geliebt hatten. Ich ging zum Schreibtisch und starrte bloß wie ein Idiot das verdammte Manuskript an, das im Mondlicht dalag. Mindestens eine Minute lang zeigte ich ihm den Finger, bevor ich mich wieder ins Bett legte, ohne daß sich meine Stimmung gebessert hätte. Es mußte einfach unheimlich gut werden – besser, als ich es mir je zugetraut hatte. Insgeheim wußte ich wohl, daß es so etwas wie eine letzte Chance für mich war. Wenn ich nicht alles hineinlegte, was ich hatte, war es viel vernünftiger, mit meinem Kombi wieder nach Connecticut zurückzufahren und bis ans Ende meiner Tage Zehntkläßler den *Scharlachroten Buchstaben* nahezubringen.

Saxony hatte unterdessen trotz Recherchen, Lektüre und unseren ständigen Diskussionen Zeit gefunden, mit der Arbeit an einer neuen Marionette zu beginnen. Ich muß zugeben, ich nahm nicht weiter Notiz davon. Wir gewöhnten uns an, früh aufzustehen, rasch ein leichtes Frühstück zu uns zu nehmen und uns dann bis zum Mittagessen zur Arbeit zurückzuziehen, jeder in seinen Winkel.

Zwei Tage, bevor der Monat um war, tat ich den aller-allerletzten Federstrich. Ich steckte die Kappe auf meinen Montblanc, machte behutsam mein Buch zu und legte den Füllhalter parallel ausgerichtet daneben. Ich legte die Hände auf das Notizbuch und sah aus dem Fenster. Ich fragte mich, ob ich aufspringen und ein paar Schritte tanzen sollte, aber auch dagegen wurde Veto eingelegt. Ich lächelte, und nahm meinen großen, bulligen Montblanc vom Tisch. Er war glänzend schwarz und golden und viel schwerer, als sich das für einen Füller gehörte. Ich hatte damit ein paar Millionen Aufsätze korrigiert, und jetzt hatte er einen Teil meines Buches geschrieben. Guter alter Montblanc. Eines Tages würde er in einem Museum unter Glas liegen, und ein weißer Pfeil würde darauf zeigen: ›Dies ist der Füllfederhalter, mit dem Thomas Abbey seine France-Biographie schrieb.‹ Ich fühlte mich so leicht, als könnte ich mich bei der leisesten Brise von meinem Stuhl in die Luft erheben und im Zimmer herumschweben. Mein Verstand lehnte sich zurück und verschränkte die Hände im Nacken. Er sah zum Himmel auf und fühlte sich richtig gut. Richtig schweinisch gut.

»Du bist also ganz fertig?«

»Ich bin ganz fertig.«

»Ganz und gar und total?«

»Mit allem, Saxolini. Komplett.« Ich zuckte mit den Schultern und hatte immer noch das Gefühl, zwei Pfund zu wiegen.

Sie saß auf einem hohen Chromhocker und bearbeitete mit Schleifpapier etwas, das nach einer plumpen hölzernen Hand aussah. Nagel war unter dem Tisch und beschnüffelte einen großen Knochen, den wir ihm tags zuvor besorgt hatten.

»Wart mal einen Moment.« Sie legte die Hand weg und stand von dem Hocker auf. »Geh mal für einen Augenblick aus der Küche. Ich ruf dich, wenn du wieder reinkommen darfst.«

Nagel und ich gingen auf die Veranda hinaus. Er ließ den Knochen dort fallen, wo ich stehenblieb, und legte sich drauf. Ich sah auf den stillen Garten und die leere Straße hinaus. Ich hatte buchstäblich keine Ahnung, was wir für einen Tag hatten.

»Okay, Thomas, du kannst wieder reinkommen.«

Ohne daß ich einen Ton gesagt hätte, packte Nagel seinen Knochen und ging an die Fliegengittertür. Er drückte die Nase an das Drahtgeflecht und wartete. Als ob er jedes Wort verstanden hätte. Nagel der Wunderhund.

»Ich hab's noch nicht ganz fertig, aber ich wollte es dir unbedingt heute geben.«

Nach einem der Fotos von Marshall France hatte sie eine unglaublich detaillierte Maske des Königs geschnitzt. Sein Gesichtsausdruck, die Augenfarbe, die Haut, der Mund... es war alles bedrückend wirklichkeitsnah. Ich drehte sie immer und immer wieder in den Händen und betrachtete sie aus jedem erdenklichen Blickwinkel. Ich fand sie wunderbar, aber auch reichlich gespenstisch.

Eine Königin von Öl von Anna, einen Marshall France von Saxony, das erste Kapitel fertig, und doch fing gerade erst der Herbst an – meine liebste Jahreszeit.

Anna fand das erste Kapitel ausgezeichnet.

Ich gab es ihr und verbrachte eine Stunde zitternd, zagend und zappelnd im Wohnzimmer, mußte alles berühren, was in Sicht war, und war überzeugt, sie würde alles, was ich geschrieben hatte, schrecklich finden und mir ans Herz legen, doch mit dem nächsten Güterzug die Stadt zu verlassen. Als sie ins Zimmer kam, das Manuskript wie eine alte Zeitung unter dem Arm, wußte ich: Aus der Traum! Aber ich irrte mich! Sie kam zu mir, gab es mir zurück und küßte mich nach Art der Franzosen fest auf beide Wangen.

»Wunderbar!« sagte sie auf deutsch.

»Wirklich?« Ich lächelte, runzelte die Stirn, versuchte wieder zu lächeln, konnte aber nicht.

»Aber sicher doch, Mr. Abbey. Ich wußte zuerst nicht, worauf Sie hinauswollten, als ich zu lesen anfing, aber dann entfaltete sich alles wie einer dieser japanischen Steine, die man ins Wasser wirft und die dann plötzlich wie Mondwinden aufblühen. Verstehen Sie, was ich meine?«

»Ich glaub schon.« Das Schlucken fiel mir schwer.

Sie setzte sich auf die Couch und nahm ein schwarzes Seidenkissen mit einem gelben Drachen darauf in die Hand. »Sie hatten von Anfang an recht. Das Buch muß sich auffächern wie ein Pfauenrad – wusch! Es wäre falsch gewesen, mit Rattenberg anzufangen. ›Er wurde in Rattenberg geboren.‹ Nein, nein, ›Er mochte keine Tomaten.‹ Perfekt! Der perfekte Anfang! Woher wußten Sie das? Er konnte Tomaten nicht ausstehen. Er hätte gebrüllt vor Lachen, *gebrüllt*, wenn er gewußt hätte, daß seine autorisierte Biographie einmal so anfangen würde. Es ist einfach herrlich, Thomas.«

»Wirklich?«

»Sagen Sie nicht in einem fort ›wirklich‹. Natürlich ist es herrlich. Das wissen Sie so gut wie ich. Sie haben ihn getroffen, Thomas. Wenn das übrige Buch genauso gut wird wie das da« – sie wedelte mit dem Manuskript und drückte einen Kuß auf das verdammte Ding – »wird er wieder leben und atmen. Und das wird er Ihnen verdanken. Ich werde Ihnen nie, nie mehr dreinreden.«

Wäre das der Schluß gewesen, dann wäre der Nachspann über eine Einstellung von dem jungen Thomas Abbey gelaufen, der sein Manuskript aus den Händen der attraktiven Anna France entgegennimmt, aus ihrem Haus kommt und die Straße hinuntergeht, Ruhm und Reichtum und der Liebe einer guten Frau entgegen. Eine Produktion der … Ende.

Es kam aber ganz anders. Zwei Tage danach fegte nämlich ein verspäteter Sommer-Tornado durch Galen und richtete ein heilloses Durcheinander an. Zu den wenigen Menschen, die verletzt wurden, gehörte Saxony. Sie zog sich einen komplizierten Knochenbruch am linken Bein zu und mußte ins Krankenhaus.

Die Galener ließ der Wirbelsturm unbeeindruckt, obwohl die Münzwäscherei in Trümmer gelegt worden war, ebenso wie Teile der Grundschule und des neuen Postamts. Ob es nun am Fatalismus dieses Menschenschlags lag oder an etwas anderem, keiner stöhnte und jammerte oder machte viel Aufhebens. Mehrmals hörte ich jemanden sagen, mit so etwas müsse man hier draußen eben rechnen.

Saxony fehlte mir sehr, und zwei Tage trödelte ich nur herum, doch dann verordnete ich mir einen Stundenplan, der ebenso praktisch wie arbeitsfördernd sein würde. Ausschlaggebend dafür war auch, daß ich wußte, Saxony hätte mich angeschrien, wenn sie erfahren hätte, daß ich nicht an dem Buch arbeitete, während sie im Krankenhaus lag.

Ich stand gegen acht Uhr auf, frühstückte und arbeitete bis zwölf oder eins am Buch. Dann machte ich ein paar Sandwiches zurecht und fuhr zum Krankenhaus hinüber, wo ich dann mit Sax geruhsam zu Mittag aß. Das dauerte bis drei oder vier, und dann fuhr ich wieder heim und arbeitete entweder noch ein bißchen, wenn mir danach war, oder machte mich daran, mein Strohwitwer-Abendessen zuzubereiten. Mrs. Fletcher hatte mir zwar angeboten, für mich zu kochen, aber dann hätte ich auch mit ihr essen müssen.

Mit dem zweiten Kapitel ging es sehr langsam voran. Jetzt mußte ich mich in einen halbwegs chronologischen Aufbau hineinfinden. Ich wußte, es wäre am besten, mit seiner Kindheit zu beginnen, aber die Frage war, wo in seiner Kindheit? Sollte ich ganz von vorne anfangen, wie er plärrend in der Wiege lag? Oder sollte ich Saxonys Vorschlag folgen und als erstes schildern, wie er als Schuljunge Ansichtskarten sammelte? Ich schrieb zwei oder drei ausführliche Gliederungen und las sie ihr vor, aber wir waren uns einig, daß keine davon das Gelbe vom Ei war. Daraufhin beschloß ich, meine Taktik zu ändern – ich würde einfach drauflos schreiben, wie ich es beim ersten Kapitel getan hatte, und mal sehen, wie es sich entwickelte. Ich würde die Rattenberger Zeit in den Mittelpunkt stellen, aber sollte die Geschichte auf Abwege geraten, würde ich mich einfach von ihr leiten lassen, wie von einer Wünschelrute. Wenn es zu schlimm wurde, konnte ich das Manuskript immer noch wegwerfen.

Am Abend, zwischen Fernsehsendungen wie *Die Straßen von San Francisco* oder *Drei Engel für Charlie*, dachte ich manchmal auch an das Buch über meinen Vater. Seit Saxony das Thema angeschnitten hatte, war mir bewußt geworden, wie oft ich tatsächlich von ihm sprach und an ihn dachte. Buchstäblich jeden Tag tauchte wieder ein neues Stückchen Ektoplasma von Stephen Abbey auf, sei es eine Anekdote, einer seiner Filme im Fernsehen oder eine Eigenschaft von ihm, an die ich mich erinnerte und die ich dann an mir selbst entdeckte. Würde ich mir den Geist von Stephen Abbey selbst austreiben können, indem ich über ihn schrieb? Und wie würde meine Mutter reagieren? Ich wußte, daß sie ihn noch liebte, lange nachdem er sie durch sein undiskutables Betragen in die Flucht geschlagen hatte. Wenn ich schon über ihn schrieb, würde ich alles erzählen wollen, woran ich mich erinnerte, und nicht nur eines dieser Enthüllungsbücher schreiben, wie sie am laufenden Band von Kindern berühmter Leute fabriziert werden und bei denen es sich meist entweder um scheinheilige Lobhudelei oder von Ghostwritern verfaßte Schmähreden und Haßtiraden übelster Sorte handelte. Ich rief meine Mutter an, um ihr einen fröhlichen 1. September zu wünschen (das war Tradition bei uns), hatte aber nicht den Nerv, das Thema zur Sprache zu bringen.

Eines Abends saß ich am Küchentisch und schrieb ein paar Erinnerungen auf, als es plötzlich klingelte. Ich seufzte und steckte die Kappe auf meinen Füller. Ich hatte vier Seiten von meinem großen gelben Block vollgeschrieben und hatte trotzdem das Gefühl, eben erst angefangen zu haben. Ich starrte verwundert den Block an und schüttelte den Kopf. ›Mein Leben mit Paps‹, von Thomas Abbey. Ich stand auf und ging an die Tür.

»Hi, Thomas, ich wollte Sie zu einem Mitternachts-Picknick abholen.«

Sie war von Kopf bis Fuß in Schwarz gekleidet, wie für ein Kommandounternehmen.

»Hi, Anna. Kommen Sie rein.« Ich hielt ihr die Tür auf, aber sie rührte sich nicht vom Fleck.

»Nein, ich hab alles im Auto, und Sie müssen auf der Stelle mitkommen. Und der Einwand, es sei schon elf, ist von vornherein abgelehnt – zu solchen Picknicks bricht man immer um diese Zeit auf.«

Ich schaute sie an, um festzustellen, ob sie nur Spaß machte. Als ich sah, daß sie es ernst meinte, machte ich alle Lichter aus und holte meine Jacke.

Die Tage waren kühler geworden, und in manchen Nächten war schon die pure Herbstkälte zu spüren. Ich hatte mir in Lazy Larry's Discountladen einen knallroten Plaidmantel gekauft. Saxony fand, ich sähe darin aus wie eine Kreuzung zwischen einem Rotlicht und Fred Feuerstein.

Der Mond war zum Greifen nahe und so recht nach dem Geschmack eines Werwolfs – voll und weiß wie Kies in der Sonne. Auch Sterne zeigten sich, aber der Mond stahl ihnen die Schau. Ich blieb stehen, bevor ich einstieg, und knöpfte mir den Mantel von oben bis unten zu. Mein Atem kondensierte in der stillen Luft zu Wölkchen. Anna stand auf der anderen Seite, die schwarzen Ellbogen aufs Autodach gestützt.

»Ich kann es immer noch nicht fassen, wie klar der Nachthimmel hier draußen ist. Irgendwie müssen die alle Verunreinigungen ausgefiltert haben.«

»Neunundneunzig und vierundvierzig hundertstel Prozent reiner Missouri-Himmel.«

»Genau.«

»Kommen Sie. Es ist kalt hier draußen.«

In dem Kombi roch es nach Äpfeln. Ich drehte mich um und sah zwei große Körbe voll auf dem Rücksitz.

»Darf ich mir einen Apfel nehmen?«

»Ja, aber passen Sie auf, es könnten Würmer drin sein.«

Ich verzichtete doch lieber auf den Apfel. Sie lächelte. In der blauen Dunkelheit des Autos waren ihre Zähne so weiß wie der Mittelstreifen der Straße.

»Was ist denn das, ein ›Mitternachts-Picknick‹?«

»Sie dürfen keine Fragen stellen. Lehnen Sie sich zurück und genießen Sie die Fahrt. Sie werden schon sehen, wenn wir dort sind.«

Ich tat, wie mir geheißen. Ich lehnte den Kopf an die Kopfstütze und sah an meiner Nase entlang auf die vorüberziehende nächtliche Straße hinaus.

»Man muß in der Nacht vorsichtig fahren hier draußen. Es sind immer Kühe oder Hunde oder Waschbären auf der Straße. Ich hab mal ein Opossumweibchen überfahren. Ich bin ausgestiegen und zurückgelaufen, aber es war schon tot. Das schlimmste war, daß all die kleinen Opossumbabys aus ihrem Beutel gekrochen kamen. Sie hatten noch nicht mal die Augen offen.»

»Reizend.«

»Es war grauenhaft. Ich kam mir vor wie eine Mörderin.«

»Ach, was macht übrigens Pelz? Nagel läßt sie grüßen.«

»Sie ist läufig und hat deshalb zwei Wochen Hausarrest.«

Die Straße schlängelte sich auf und ab und um Kurven. Ich war müde, und die heiße Luft, die vom Wagenboden heraufblies, ließ meine Lider schwer werden wie Samtvorhänge.

»Thomas, darf ich Sie was fragen?«

»Sicher. Kann ich die Heizung runterdrehen?«

»Ja, der mittlere Knopf. Auch, wenn es was Persönliches ist?«

Ich drückte auf den falschen mittleren Knopf, und die Lüftung pustete im Schnellgang los. Anna langte hinunter, griff über meine Hand und drückte den richtigen Knopf. Das Pusten erstarb, und erst jetzt hörte man den Motor und die Reifen.

»Wie stehen Sie zu Saxony?«

Die Gelegenheit war günstig – Saxony gut aufgehoben im

Krankenhaus, meine kleine schwarze Revoluzzerin am Steuer neben mir... Ich hätte ihre Frage auf so viele verschiedene Arten beantworten können. Was sollte sie glauben – daß ich ein glücklich unverheirateter Mann war? Daß ich mir mit Sax nur die Zeit vertrieb, bis mir die Richtige über den Weg laufen würde? Daß ich mir wünschte, Anna wäre diese Richtige, selbst wenn das etwas zu weit gegangen wäre?

»Wie ich zu ihr stehe? Sie meinen, ob ich sie liebe?«

Allein zu zweit. Wenn diese Nacht hier draußen etwas zwischen uns beiden passierte, würde kein Mensch etwas erfahren. Saxony würde ich nicht wehtun, ich brauchte ihr nur eine kleine Notlüge zu erzählen. Nein, unmöglich. Es war elf Uhr nachts, Anna war da und ich war da und Saxony war nicht da... Und dann sagte ich schließlich: »Ja, Anna, ich liebe sie.« Was hätte ich sonst tun können? Lügen? Ja, ich weiß, ich hätte lügen können, aber ich tat es nicht. Bin ich nicht eine Seele von Mensch?

»Und, liebt sie Sie auch?« Sie ließ die Hände auf dem Lenkrad und schaute geradeaus.

»Ja, ich glaub schon. Und sie sagt es auch.« Als das heraus war, spürte ich, wie in meinem Innern etwas nachgab, erschlaffte. Ich war auf einmal ruhiger, nicht mehr so nervös. Als ob das Spiel vorbei sei und mein Energiezentrum sich nun für den Rest der Nacht abschalten könnte, weil ich es nicht mehr brauchte.

»Warum fragen Sie, Anna?«

»Weil ich Sie interessant finde. Ist das denn so eine Überraschung?«

»Das kommt darauf an. Wegen meiner Arbeit oder persönlich?«

»Persönlich.« Das war alles. Alles, was sie darauf erwiderte, mit Laureen-Bacall-tiefer Stimme, in der das »Pfeif-einfach-wenn-du-was-brauchst« mitschwang. Ich traute mich nicht, mich zu ihr hinzudrehen. Ich schloß die Augen und spürte, wie mein Herz die obere Hälfte meines Körpers durchpulste. Ich fragte mich, ob ich eines Tages an einem Herzanfall sterben würde. Ich fragte mich, ob ich jetzt gleich einen Herzanfall bekommen würde. Und dabei war ich eben noch am Einschlafen gewesen.

»Hm, und was soll ich dazu sagen?«

»Nichts. Sie brauchen kein Wort zu sagen. Ich habe nur Ihre Frage beantwortet.«

»Oh.« Ich holte tief Luft und versuchte, es mir und meiner meterlangen Latte auf dem Sitz bequem zu machen.

Ich stelle mich immer ziemlich dumm an, wenn ich eine Frau verführen will. Jahrelang glaubte ich, die beste Art seien stundenlange Gespräche von Mensch zu Mensch, wo man ihr dann am Ende unverblümt sagt, daß man mit ihr ins Bett will. Damit hatte ich jedoch nicht immer Erfolg, vor allem nicht am College, wo die meisten Mädchen, die mir gefielen, »Intellektuelle« waren, die den *Ekel* oder Kate Millett mit sich herumtrugen und sich mit einer Renoir-Postkarte einen Platz belegten. Das größte Problem war damals, daß ich jedesmal so viel imagefördernden schwarzen Kaffee oder giftigen Espresso getrunken hatte, daß ich, falls der magische Augenblick doch einmal kam, immer erst noch schnell aufs Klo mußte, um das Zeug alles wieder auszupissen. Ein paar muß ich zu Tränen gelangweilt haben, denn eine sagte mal: »Mann, warum hörst du nicht endlich auf mit dem Gelaber und *nimmst* mich einfach?« Ich ließ mir das damals eine Lehre sein, probierte es aber auch später noch hin und wieder mit dieser Taktik und wurde öfter zurückgestoßen als in die Arme genommen. Die Folge war, daß ich selbst im reifen Alter nie wußte, 1. ob eine Frau mich wollte oder nicht, 2. wenn ja, wie sie von mir ›genommen‹ werden wollte und 3.... Das erübrigt sich, denn ich glaube, das Bild ist einigermaßen vollständig. Zum Glück war es mit Saxony gegenseitig gewesen – und dafür war ich weiß Gott dankbar. Aber Anna? Anna France, die attraktive Tochter meines Helden? Meinte sie wirklich, daß sie mich wollte, oder flirtete sie nur und probierte mal aus, wie weit sie gehen konnte, bis ich wild wurde und sie mich niederknallen mußte?

»Anna?«

»Thomas?«

»Ich weiß nicht, was Sie jetzt von mir erwarten. Ich weiß nicht, ob Sie wirklich sagen, was ich zu hören glaube. Verstehen Sie?«

»Ja, ich denke schon.«

Meine Hand bebte, als ich sie zu ihr hochhob. Es war meine Linke, und ich hatte mich für sie entschieden, weil Anna, falls sie nicht berührt werden wollte, diese Hand wegstoßen und ich sie dann schneller wieder auf meine Seite zurückziehen konnte. Als die Hand schon ziemlich weit war, wußte ich plötzlich nicht mehr weiter. Ihr Knie, ihre Brust, ihr Arm? Aber meine Hand fand von allein den Weg zu ihrem Gesicht. Langsam, immer noch zitternd, berührte ich ihre Wange und spürte, daß sie heiß war. Anna nahm meine Hand, zog sie sich an den Mund und küßte sie. Sie drückte sie einmal fest und führte sie dann behutsam nach unten, so daß sie neben ihrem rechten Knie zu liegen kam. So fuhren wir das letzte Stück bis zu ihrem ›Picknick‹.

Ich komme der Wahrheit wohl am nächsten, wenn ich sage, daß Anna sich mir mit Haut und Haaren hingab. Nicht daß sie irgendwelche perversen Neigungen gehabt hätte, aber als es so weit war, hatte ich augenblicklich das Gefühl, daß sie alles mit sich machen lassen und ihrerseits alles machen würde, worum ich sie bitten mochte. Sie geriet nicht total außer Rand und Band, aber sie war so intensiv *gegenwärtig*, daß ich manchmal das Gefühl hatte, ich sei ganz durch sie hindurchgegangen und müsse erst den ganzen langen Weg wieder zurückgehen, ehe einer von beiden zufrieden, geschweige denn befriedigt sein würde. Als ich sie hinterher fragte, ob das von Anfang an der Zweck des Picknicks gewesen sei, sagte sie ja.

Ich brachte sie in dieser Nacht sogar dazu, ein bißchen von sich selbst zu erzählen; wir waren uns nicht nur körperlich nähergekommen. Als die Sonne aufging (wir lagen neben dem Auto in ihrem Zweier-Schlafsack auf einem hohen Hügel, von dem man auf Wiesen und Kühe hinuntersah), war mir klar, daß sie mehr oder minder den gleichen Schlamassel von wegen berühmter Vater mitgemacht hatte wie ich. Sie sagte zwar immer wieder, ihre Erfahrungen seien nichts gewesen im Vergleich zu meinen, aber ihre Storys von Spielkameraden, High-School, bevorzugter Behandlung usw. weckten in mir so viele Erinnerungen, daß mir vom vielen Nicken schon die Halsmuskeln wehtaten.

Ich erzählte ihr von mir und kam mir dabei kein bißchen sonderbar oder unbehaglich vor.

Wir fuhren zu einem Lokal an der Fernstraße und ließen uns beide ein »Trucker-Frühstück« servieren – Eier und Pancakes, Würstchen, Toast und so viel Kaffee, wie man trinken konnte. Ich war ausgehungert und aß alles auf. Als ich fertig war und zu ihr hinschaute, sah ich, daß auch sie ihren Teller blankgeputzt hatte, so daß die roten und weißen Streifen wieder zu sehen waren. Sie legte mir die Hand aufs Knie und ließ Millie, die Kellnerin, noch einmal Kaffee für uns beide bringen. Am liebsten hätte ich den anderen Gästen erzählt, daß ich mit Anna France hier war und daß wir uns noch vor ein paar Stunden immer wieder geliebt hatten, auf einem Hügel nur zwei Meilen von hier. Ich war erschöpft und glücklich und dachte nicht an Saxony.

Von da an bis zu Saxonys Entlassung aus dem Krankenhaus war ich jeden Abend mindestens ein paar Stunden bei Anna. Entweder kochte sie Abendessen (Gott bewahre), oder ich kam später und wir unterhielten uns oder sahen fern, aber dann landeten wir unweigerlich im Bett. Um eins oder zwei wankte ich dann aus dem Haus und fuhr in meinem eiskalten Wagen nach Hause.

Die erste Zeit war es ein sagenhafter Ego-Trip. Die schöne, charmante Anna France war scharf auf mich. Die attraktive Tochter von Marshall France war scharf auf mich, auf *mich*, nicht auf den Sohn von Stephen Abbey. Das war mir schon mehrmals mit anderen Frauen passiert – kaum wußten sie, wer ich war, war es, als würde ein Hebel in ihnen herumgeworfen: Wenn ich schon den Vater nicht kriegen kann, dann wenigstens den Sohn. Können Sie sich vorstellen, wie das ist, mit jemandem zu bumsen, der nicht einen selbst meint, sondern einen, den man vertritt?

Falls bei Anna noch ein anderer, eher abstrakter Grund mitspielte, war es die Tatsache, daß ich der Biograph ihres Vaters war und ihr, da ihr gefiel, was ich schon geschrieben hatte, viel daran lag, daß ich im gleichen Stil und Tempo weitermachte. Es wäre grausam und zynisch gewesen, aber man hätte sagen können, ich bekam ihren Körper als zusätzlichen Anreiz, gute Arbeit zu leisten.

An all die Komplikationen, die nicht ausbleiben konnten, wollte ich im Moment noch nicht denken. Ich arbeitete am Vormittag – und arbeitete gut –, besuchte am Nachmittag Saxony im Krankenhaus und fuhr abends zu Anna France.

Saxonys Bein mußte noch einmal nach einem Spezialverfahren genagelt werden, wodurch sich ihr Krankenhausaufenthalt verlängerte. Sie war deswegen sehr niedergeschlagen, doch ich tat, was ich konnte, um sie aufzuheitern. Ich brachte ihr alles, was ich geschrieben hatte, und bat sie, es gegenzulesen, Korrekturen anzubringen und Vorschläge zu machen. Ich mußte ihr eine Schachtel große schwarze Dixon-Beginners-Bleistifte kaufen, und sie schrieb ihre Kommentare überall ins Manuskript. Sie hatte sich zu einer hervorragenden Lektorin entwickelt, und in den meisten Fällen waren unsere Gedanken auf der gleichen Wellenlänge. Wenn sie nicht mit dem Bleistift am Werk war, las sie Biographien von allen möglichen Leuten – Andrew Carnegie, Einstein, Delmore Schwartz – und machte sich seitenweise Notizen darüber. Die Schwestern dachten bestimmt, wir könnten einander nicht ausstehen, denn wir stritten uns andauernd. Sie saß aufgestützt im Bett, das große weiße Gipsbein unter der Decke hervorgestreckt, und las mir aus ihrem schwarzweißen Schulheft vor. Ich hatte das gleiche Heft (noch zwei Schätze, die ich bei Lazy Larry's erstanden hatte), und notierte mir auch ab und zu etwas, wenn auch nicht so oft, wie sie es gerne gesehen hätte.

Ich weiß nicht, ob sie sich dort hilflos vorkam oder ob sie spürte, daß ich mich verändert hatte. Was es auch war, sie kam mir, obwohl sie oft kratzbürstig und kurz angebunden war, empfindlicher und zerfahrener vor, als ich es bisher an ihr gekannt hatte. Ich liebte sie deswegen nur um so mehr, aber die Liebe hielt mich nicht davon ab, zu Anna zu gehen.

Noch nie im Leben war ich so high und so voller Tatendrang gewesen. Jeder Tag, jeder einzelne Tag lieferte mir mindestens zwanzig Gründe, warum das Leben lebenswert war. Wenn ich spät in der Nacht ins Bett ging, konnte ich, obwohl todmüde, nur schwer einschlafen, weil ich schon dem nächsten Tag entgegenfieberte. Ich führte mehrere Leben – Schriftsteller, Rechercheur, Annas Geliebter, Saxonys Freund –, und fand jedes davon herrlich. Aber ich wußte auch, daß die Tage dieses vollkommenen Glücks gezählt waren. Und dann würde ich möglicherweise herumspringen, als ob der Boden in Flammen stünde, und versuchen, zu retten, was zu retten ist. Aber sollte mich jemand nach der sagenhaftesten Zeit meines Lebens fragen: Das waren eindeutig diese Herbstwochen in Galen, bevor es Winter wurde, stiller, toter Winter.

Dritter Teil

1

Tralla-lalla-la – beschwingt spazierte ich eines Abends zu Anna hinüber, ein bißchen früher als verabredet. Saxony sollte in zwei Tagen entlassen werden, aber darüber konnte ich mir immer noch den Kopf zerbrechen, wenn es so weit war.

Ich war noch hundert Schritte von Annas Haus entfernt, als die Lampe auf ihrer Veranda an- – und die Haustür aufging. Anna kam mit Richard Lee heraus. Sie lachten, und sie hatte die Hand auf seiner Schulter. Sie war hinter ihm, aber im letzten Moment drehte er sich um und nahm sie in die Arme. Sie küßten sich direkt unter der Lampe. Und hörten gar nicht mehr auf. Richard Lee. Mein Gott – *Richard Lee*! Als sie sich voneinander lösten, legte er ihr beide Hände vorne auf die weiße Bluse, und sie lachte über etwas, was er sagte. Sie hob eine seiner Hände an den Mund und küßte sie. Er wandte sich ab und stieg die Verandastufen hinunter. Pelz lief hinter ihm her bis zu seinem Geländewagen, den er direkt vor dem Haus geparkt hatte.

»Also dann bis morgen, Anna?« schrie er ihr übers Autodach zu.

Lächelnd nickte sie. Er gab dem Auto einen vergnügten Klaps mit der flachen Hand und radierte im Anfahren zwei schwarze Striche auf die Straße.

Als ich ein paar Minuten später »eintraf«, schien sie angenehm überrascht, daß ich früher kam. Außerdem waren ihre Wangen verdammt gerötet. Ich zog sie an der Hand ins Schlafzimmer hinauf und fiel über sie her wie über eine Trainingspuppe. Kaum waren wir fertig, war ich schon wieder zugange, noch wilder als beim erstenmal. Wir redeten nur selten beim Bumsen, aber diesmal fragte ich sie, ob sie auch mit anderen Männern schlafe.

Sie bewegte sich rhythmisch unter mir, und ihre Finger drückten und zwickten mich überall. Sie hatte die Augen geschlossen und lächelte mit offenem Mund, sinnlich und voller Anmut.

»Ja. Ja. Ja.« Sie preßte mir auf den Nacken, daß es schmerzte, und stöhnte mir ins Ohr. Sie machte die Augen nicht auf, aber sie lächelte immer noch. Ich weiß es, weil ich sie beobachtete.

»*Mit wem*?« Ich hatte die Hände auf ihren Brüsten und rieb ihre pflaumenfarbenen Brustwarzen grob mit den Daumen. Ich wußte nicht, wollte ich ihr wehtun oder sie zu Tode stoßen oder weglaufen oder was immer.

»Ja. Ja. Ja.« Sie schaukelte und nickte und sprach, alles zugleich. Die Worte kamen im Rhythmus ihrer Hüftbewegungen.

»*Mit wem?*«

»Richard Lee.« Sie ließ die Augen zu. »Du-und-Richard. Du-und-Richard!«

Warum, verdammt noch mal, mußte es ausgerechnet er sein? Was fand sie bloß an diesem Kotzbrocken mit Baseballmütze? Hatte er die Riesenschachtel Pariser neulich für seine Schäferstündchen mit Anna gekauft? Hundert billige Überzieher für sein Gerammel mit ihr?

Sie sagte nichts mehr dazu, aber ich war sicher, sie hätte mir auch jede andere Frage über sich und ihn beantwortet. Diese Offenheit machte mich noch konfuser. Zum erstenmal blieb ich über Nacht bei ihr.

2

»Wieder daheim! Wie findest du's? Himmlisch?«

Sie ging an so altmodischen hölzernen Krücken. Ihr Gesicht war krankenhausblaß. Sie humpelte zu unserem Bett hinüber, legte die Krücken quer darüber und ließ sich schwer fallen. Die Sprungfedern ächzten und quietschten.

»Kann ich bitte ein Glas Wasser haben? Nagel, hörst du jetzt endlich auf damit?«

Seit sie hereingekommen war, tanzte er unaufhörlich im Zimmer herum. Zuerst hatte ihr seine Wiedersehensfreude geschmeichelt, aber dann wurde sie richtig wütend, als er ihr ständig in die Quere kam. Ich sagte nichts, obwohl ich fand, daß sie ein bißchen zu streng mit ihm war. Er freute sich einfach so, daß sie wieder da war.

»Ich hab dir Tomatensaft gekauft, Sax. Soll ich dir eine Virgin Mary machen? Worcestershiresauce und Pfeffer sind auch da.«

»Ich bin schon unheimlich müde. Mein Gott, so was Blödes. Vor zehn Minuten bin ich aus dem Krankenhaus gekommen, und jetzt bin ich schon am Zusammenbrechen.«

Ich setzte mich neben sie aufs Bett und legte meine Hand dorthin, wo ihr Knie sich in harten Gips verwandelt hatte. »Aber das ist doch ganz normal, wenn man lange bettlägerig war. Dein Körper hat sich eben an die waagrechte Lage gewöhnt. Das hat gar nichts zu bedeuten. Hast du vielleicht gedacht, du könntest rauskommen und gleich beim Boston-Marathon mitlaufen?«

»Sprich dich ruhig aus, Thomas, tu dir keinen Zwang an. Weil, ich weiß ja nicht, wie das ist, wenn man im Krankenhaus liegt, gell? Ich hab zwar verdammt noch mal mein halbes Leben in einem zugebracht, aber ich hab ja keine Ahnung.«

»Immer mit der Ruhe, Sax, du kriegst mir noch einen Herzinfarkt.«

Bei der ersten Gelegenheit floh ich aus dem Zimmer, Nagel hinter mir her. So gereizt war sie nie mehr gewesen seit dem Tag, an dem ich sie kennengelernt und ihr angeboten hatte, ihr das France-Buch abzukaufen.

Die Küche ertrank in Sonnenlicht. Draußen herrschte bittere Kälte, aber in unserer Wohnung war es mollig warm, und die Sonne machte die Zimmer lebendig und gemütlich.

Ich nahm ein Glas aus dem Schrank und hielt es gegen das Licht; Saxony hielt, was ihre Teller und ihr Besteck anging, fanatisch auf Reinlichkeit. Das Glas bestand die Prüfung durch Mr. Abbey, und ich ging zum Kühlschrank, um die Dose Tomatensaft herauszunehmen – ihr Lieblingsgetränk in allen Lebenslagen.

Tock-tock-tock aus dem anderen Zimmer, und dann stand sie unter der Tür, schwer auf ihre Krücken gestützt.

»Thomas?«

»Ja, mein Schatz?« Ich spießte mit einem Dorn ein Loch in den Deckel und drehte die Dose, um auf der gegenüberliegenden Seite ein zweites Loch anzubringen.

»Es war schrecklich im Krankenhaus. Tut mir leid, daß ich so blöd bin, aber ich bin einfach so froh, wieder hier bei dir und Nagel zu sein, und alles kommt ganz verkehrt heraus. Ich weiß, ich bin zickig, und es tut mir leid.«

Ich legte den Öffner weg und schaute sie an. Sie stand in ihrem tannengrünen Kleid da, und die Tür umgab sie als großer weißer Rahmen. Ihr Gesicht wirkte müde und doch auch wachsam, als müßte sie vor etwas auf der Hut sein. Ein Bild blitzte in mir auf: Anna, nackt, und Richard Lee auf ihr.

»Sax, möchtest du, daß wir miteinander schlafen? Ich meine, würdest du dich dann besser fühlen? Entspannter? Vielleicht ist das die beste Art, das Eis zu brechen. Wir sagen einfach nichts mehr und gehen auf der Stelle ins Bett. Schwitzen es alles aus.«

»Wird es denn überhaupt gehen, mit dem klobigen Ding da an meinem Bein? Wird es nicht zu schwer sein? Darüber hab ich mir da drin auch andauernd den Kopf zerbrochen.« Sie sah auf den Boden und schüttelte den Kopf. »Man hat da so verdammt viel Zeit, auf dumme Gedanken zu kommen, und macht sich alle möglichen unnötigen Sorgen. Ich hab mir eingebildet, wir könnten auf Monate hinaus unsre kleinen Spielchen nicht mehr treiben mit meinem Gipsbein.«

Ich nahm einen Löffel in die Hand und hielt ihn wie eine Zigarre. Ich zog die Augenbrauen hoch wie Groucho Marx. »Mein kleiner Löwenzahn, das einzig Schwere wird sein, mich von Ihnen fernzuhalten, wenn der Tango begonnen hat.« Ich zog wieder die Augenbrauen hoch und tippte die Asche von meiner Zigarre. Ich hatte keine Lust, mit ihr zu schlafen. »Sagen Sie das Geheimwort, und das Vögelchen kommt geflogen und zahlt Ihnen fünfzig Dollar!«

Ich trat zu ihr, ging in die Knie und wuchtete sie mir auf die Schulter. Sie war warm und schwer und weich und roch nach frisch gewaschener Wäsche. Ich stieß einen Tarzanjodler aus und schleppte sie leicht torkelnd ins Schlafzimmer.

Wie es dann war? Durchaus passabel. Tadellos. Gut. Nein, im Ernst, es war schön. Richtig schön. Und es hatte nicht mal was mit dem Gips zu tun.

3

Auf einmal waren die Galener alle nett zu mir. Warum, darüber konnte ich nur Vermutungen anstellen. War es, weil sich herumgesprochen hatte, daß Anna das erste Kapitel gut fand, oder weil sie wußten, daß ich Annas Liebhaber war (oder besser gesagt einer ihrer Liebhaber)? Wie auch immer, ich war ziemlich sicher, daß Mrs. Fletcher wußte, was gespielt wurde, denn sie machte es mir oft leicht, aus dem Haus zu gehen und Anna zu besuchen, seit Saxony wieder da war.

Die beiden Frauen steckten viel zusammen. Oft beobachtete ich, wie sie mit der Vertraulichkeit von Mutter und Tochter lachten oder einander berührten. Saxony gab ihr Unterricht im Holzschnitzen, und Goosey unterwies sie in der Zubereitung ländlicher »Hausmannskost«. Ich war hin- und hergerissen zwischen Eifersucht und Erleichterung. Ich hatte noch nie einem älteren Menschen wirklich nahegestanden, nicht einmal meiner Mutter, die zwar lieb, aber zu neurotisch und besitzergreifend war, als daß man es längere Zeit mit ihr ausgehalten hätte. Sax und Goosey dagegen kicherten und backten und schnitzten zusammen und kamen mir meistens vor wie zwei kleine Mädchen, die in einem Winkel des Hauses geheimnistuerisch eines dieser albernen Kleinmädchenspiele spielen. Ich kenne diese Spiele, weil ich meine Schwester und ihre Freundinnen immer heimlich beobachtet habe, wenn sie wieder einmal etwas ausheckten. Sie waren dabei immer so glücklich und zufrieden, daß ich nach einer Weile laut trampelnd vom Schlüsselloch oder Türspalt weglief und aus Leibeskräften schrie, ich hätte *alles* gesehen und würde es sagen. Nicht daß sie jemals etwas Verbotenes getan hätten.

Unterdessen öffnete mir Anna, drüben auf der anderen Seite der Stadt, das Archiv ihres Vaters, und ich saß oft ganze Nachmittage oben an seinem Schreibtisch und brütete über seinen frühen Aufzeichnungen, Notizen, Skizzen usw.

Nach und nach tauchten aus einem Nebel von Worten die klaren Umrisse des Menschen France auf. Was wir anfangs an Fakten über ihn in Erfahrung gebracht hatten, wurde hohl und unwichtig. Wo er geboren war, was er im Jahre 1927 gemacht hatte, wohin die Familie Frank in Urlaub gefahren war... Ich notierte alles gewissenhaft, sah jedoch in diesen Einzelheiten zunehmend bloß seine Kleider, und ich wollte ja tiefer, ich wollte ihm an die Haut. Ich wollte ihn gut genug kennenlernen, um mir vorstellen zu können, wie und was er mit zwölf oder fünfundzwanzig oder vierzig gedacht hatte. Ob ich er sein wollte? Manchmal. Ich fragte mich, ob das nicht auf alle Biographen zutraf. Wie konnte man ganz und gar ins Leben eines anderen Menschen eintauchen und sich nicht wenigstens insgeheim wünschen, selbst dieser Mensch zu sein?

Was mich an Marshall France so anzog? Seine visionäre Kraft. Seine Fähigkeit, immer wieder eine Welt zu erschaffen, die einen sanft verzauberte, einem Angst machte, Staunen oder Argwohn in einem erregte, einen dazu brachte, daß man sich die Augen zuhielt oder vor Vergnügen in die Hände klatschte. Nicht nur eine solche Welt, sondern viele. Als ich das alles eines Tages Anna sagte, fragte sie mich, was denn dann aber der Unterschied zwischen den Büchern ihres Vaters und einem guten Film sei, der doch im wesentlichen genau das gleiche bewirke. In gewisser Hinsicht hatte sie recht, aber für mich lag der Unterschied darin, daß ich noch nie einen Film gesehen hatte, der meiner ganzen Gefühls- und Gedankenwelt so genau entsprochen hätte wie irgendeins von Frances Büchern. Er hätte mein Analytiker, mein bester Freund, mein Beichtvater sein können. Er wußte, was mich zum Lachen brachte, was mir Angst einjagte, und verstand es, eine Geschichte genau auf die richtige Art enden zu lassen. Er war ein Koch, der genau wußte, welche Gewürze mir behagten. Wenn man sich klarmachte, daß draußen in der Welt Hunderttausende Frances Bücher auf die gleiche Weise erlebten, konnte man nur fassungslos staunen, was dieser Mann vollbracht hatte.

Manchmal war Saxony nicht zu Hause, wenn ich am Nachmittag heimkam. Ich fragte sie nie, wo sie gewesen sei, nahm aber an, daß sie mit Mrs. Fletcher zusammen war. Das Haus war dann kalt und dunkel, und nur das trübste oktobergraue Licht lag matt auf dem Fußboden und den Möbeln nahe den Fenstern. Eine triste, winterliche Atmosphäre, die mir aufs Gemüt drückte. Um das damit einhergehende Gefühl der Leere zu bekämpfen, rannte ich dann wie wild herum und knipste sämtliche Lampen an. Ich nahm es ihr übel, daß sie nicht da war, tadelte mich aber trotzdem wegen meiner Heuchelei. Vor allem dann, wenn ich nur den halben Nachmittag gearbeitet und die übrige Zeit mit Anna im Bett gelegen hatte.

Über Mangel an Sex konnte ich mich nicht beklagen. Ich hätte nicht zu sagen gewußt, ob ich Anna für Richard Lee strafen oder ihr beweisen wollte, daß ich besser war. Ihn selbst sah ich nur noch als eine Art Schatten, dessen Hände aus der Dunkelheit auftauchten. Aber was sie diesem Schatten dafür gab, indem sie seine Zärtlichkeiten körperlich erwiderte, indem sie stöhnte und sich an ihn schmiegte, ihn begehrte, das fuchste mich jedesmal, wenn ich an sie dachte.

An einem dieser tristen, leeren Nachmittage kam ich hinter Nagels Geheimnis. Anna und ich hatten gebumst, daß die Wände wackelten. Es war ungeheuer intensiv, und mein Orgasmus war irrsinnig, aber ich hatte an dem Tag noch nichts Rechtes gearbeitet und fühlte mich hinterher schlapp und deprimiert. Ich freute mich auf den Abend mit Saxony. Wir wollten uns im Fernsehen einen Ronald-Colman-Klassiker ansehen, auf den wir uns beide schon die ganze Woche gefreut hatten. Als Überraschung für sie hatte ich auf dem Heimweg alle Zutaten für Eiscreme mit heißer Schokoladensoße gekauft.

Als ich die Stufen hinaufging, sah ich, daß in unserem Teil des Hauses alle Lichter aus waren. Ich verzog das Gesicht und ruckte die schwere Einkaufstüte etwas höher an mir hinauf. Auf der Heimfahrt hatte ich mir eine alberne kleine Szene ausgedacht. Ich würde ihr sagen, sie solle alles stehen und liegen lassen, weil ›Der große Thomas‹ gekommen sei. »Schätze aus dem geheimnisvollen Orient, Madame.« Und dann wollte ich eins nach dem anderen aus der Tüte zaubern. Zuerst die gehackten Walnüsse. Dann ›Weihrauch und Myrrhe aus den Höhlen von Sansibar‹ und die Maraschino-Kirschen. Dann noch ein doofer Spruch – »et voilà la crème de la crème« oder so was – und die Schokoladensoße würde auf dem Küchentisch stehen. Ich war sogar in zwei Geschäften gewesen, um auch wirklich ihre Lieblingssorte zu kriegen.

Aber es war alles umsonst, denn sie war nicht da. Ich machte die Haustür auf und zog sie leise hinter mir zu. Im Haus roch es nach der trockenen Hitze der Heizkörper und einem feuchten Holzmief, der im Winter von den Dielen hochstieg. Ich hatte schon die Hand am Lichtschalter, überlegte es mir aber anders, weil ich im Schlafzimmer jemanden reden oder murmeln hörte. Aha! Saxony hielt ein Nickerchen.

Ich schlich auf Zehenspitzen in meinen Turnschuhen aus der Küche zur Schlafzimmertür und hörte wieder leises Gemurmel. Es kam mir irgendwie gar nicht bekannt vor. Für Saxony fast zu hoch und zu abgehackt. Ich öffnete die Tür so langsam wie möglich, damit sie ja nicht knarrte. Die Rollos waren alle ganz heruntergelassen. Auf dem Bett erkannte ich nur eine ätherisch weiße, allzu vertraute Gestalt, die mir den Rücken kehrte. Nagel. Ein richtiger Schatz, aber in diesem Augenblick wahrhaftig kein Ersatz für Saxony.

Er hatte die Beine steif von sich gestreckt. Er zuckte ein paarmal und schnappte ins Leere. Ich dachte, er hätte nur mal wieder einen seiner Alpträume. Dann sprach er.

»Das Fell. Es ist. Durchs Fell atmen.«

Eine eiskalte Nadel schoß mir den Nacken hoch. Dieser Scheißköter konnte sprechen. Der Scheißköter konnte *sprechen*! Ich war wie gelähmt. Ich wollte noch mehr hören, ich wollte Reißaus nehmen.

Blitzschnell überflog ich das ganze Zimmer. Wir waren allein. Ich war allein.

Auf dem Nachttisch lag Willie Morris' Buch über James Jones, vor dem Schrank stand mein zweites Paar schwarze Turnschuhe, auf dem Bett lag der Hund.

»Thomas. Ja, Thomas.«

Ich schrie auf. Ich sprang zwar nicht an die Decke, als er meinen Namen sagte, aber zugleich mit meinem Schrei lief mir ein Krampf das Rückgrat hinunter.

Ein weißes Durcheinander auf dem Bett, zweimaliges scharfes Bellen, und dann stand er auf dem Bett und schaute mich schwanzwedelnd an. Er sah aus wie der liebe alte dumme Nagel.

»Ich hab's gehört!« Obwohl ich die Hosen voll hatte, kam ich mir vor wie ein Idiot, als ich ihn so anredete. Er wedelte weiter mit seinem weißen Peitschenschwanz. Das Wedeln wurde für einen Sekundenbruchteil langsamer, als ich das sagte, erreichte aber gleich wieder die übliche Frequenz – wie ein Scheibenwischer auf Hochtouren.

»Mach bloß keinen Scheiß, Nagel, ich sag's dir – ich hab's genau gehört!« Was war bloß in mich gefahren?

Er spielte gekonnt das gescholtene Hündchen: Er zog den Schwanz ein und legte die Ohren an.

»Verdammt noch mal, Hund. Ich hab alles gehört. Also hör auf mit dem Quatsch, ja? Ich hab genau gehört, was du gesagt hast: ›Durchs Fell atmen.‹«

Ich wollte noch etwas sagen, doch da tat er etwas Merkwürdiges. Er schloß die Augen und setzte sich nach einer Weile auf die Hinterbeine wie ein Frosch, mit allen Anzeichen der Resignation.

»Na, komm schon! Was ist? Sag noch was, los! Ich laß mich doch von dir nicht verarschen!« Ich wußte nicht mehr, was ich redete. Er machte die Augen auf und sah mir ins Gesicht.

»Sie sind da«, sagte er. »Sie werden jeden Moment reinkommen.« Die Stimme war klar und verständlich, klang aber wie eine Zwergenstimme – hoch und ein bißchen gequetscht. Aber er hatte recht. Autotüren knallten, und ich hörte undeutlich Stimmen von draußen. Ich sah ihn an. Er blinzelte.

»Aber wer *bist* du?«

Er sagte nichts mehr. Die Haustür klickte, und Sekunden später war das Haus voll von hellbraunen Einkaufstüten und kalten Wangen und Nagels Gebell.

Ich wollte mit jemandem darüber reden, aber immer, wenn ich mir ein Herz gefaßt hatte und es Saxony sagen wollte, fiel mir

James Thurbers Story von dem Einhorn im Garten ein. Ein mickriges Männchen entdeckt im Garten ein Einhorn. Er erzählt es seinem Monstrum von Frau. Sie lacht ihn aus, wie sie ihn immer auslacht, wenn er was sagt. Das Einhorn kommt immer wieder zu Besuch, doch es besucht nur ihn. Aber jedesmal erzählt er dem alten Dragoner von seinem netten neuen Freund. Schließlich reißt ihr die Geduld, und sie ruft die freundlichen Jungs mit den weißen Kitteln und den Schmetterlingsnetzen. Die Geschichte geht noch weiter, und am Schluß ist es die Frau, die eingeliefert wird, aber ich kam immer nur bis dahin, wo er ihr einmal zu oft von dem Einhorn erzählt und sie zum Telefon geht und die Nummer der Klapsmühle heraussucht.

Wenn schon nicht Saxony, dann konnte ich es Anna erst recht nicht sagen. Ich hatte mir genug Ärger damit eingehandelt, daß ich ihr erzählt hatte, wie ich Krang auf Sharon Lees Gesicht gesehen hatte. Ein Wort über »Nagel, den sprechenden Hund«, und meine Karriere als France-Biograph hätte ein jähes Ende genommen.

Aber von da an mied er mich. Er kam nicht mehr morgens aufs Bett, trabte nicht mehr hinter mir her durchs Haus. Ich beobachtete ihn mit Argusaugen, sooft wir im gleichen Zimmer waren, aber in seinem verschlossenen, geistesabwesenden Gesicht sah man nichts als Hundeaugen und kaugummirosa Lefzen, wenn er fraß oder sich leckte. Er war durch und durch Hund.

Delphine konnten doch auch sprechen, oder? Und hatte man nicht sogar schon ein paar Worte der Affensprache entdeckt? Und die Frau da in Afrika, wie hieß sie noch, Goodall? Was also war so ungewöhnlich an einem sprechenden Hund? Solche und ähnlich intelligente Rationalisierungen flatterten mir flügellahm im Kopf herum. Ich war Zeuge eines der großen Weltwunder gewesen, und trotzdem fragte ich mich, ob »es« nicht bei allen so anfing. Frauen mit Drachengesichtern, sprechende Hunde... Alles, was an mir nicht ganz normal war, all diese kleinen Seltsamkeiten erhoben sich, machten eine Verbeugung und sausten wie aufgezogen in mir herum: daß ich ein bißchen zu sehr an meiner Maskensammlung hing, daß ich viel zu oft über meinen Vater redete, ein klarer Beweis, daß ich in letzter Zeit zu stark auf ihn fixiert war... Solche Sachen.

Achtundvierzig Stunden später war Nagel tot. Mrs. Fletcher hatte ihm wie jeden Abend vor dem Schlafengehen sein Fressen gegeben und ihn zum letztenmal rausgelassen. In Galen hielt sich niemand an die Hundeverordnung, und frei herumlaufenden Hunden konnte man zu jeder Tageszeit begegnen.

An dem Abend hatte sich dichter Winternebel über alles gelegt, und nur wenige, stark gedämpfte Geräusche drangen von der Straße herein. Saxony bastelte in der Küche an ihrer Marionette, und ich tippte ein paar Notizen für das dritte Kapitel ab, als es an der Tür klingelte. Ich rief, daß ich aufmachen würde, und drückte noch eine letzte Taste, bevor ich vom Stuhl aufstand.

Ein hübsches junges Mädchen, das ich noch nie gesehen hatte, stand unter der Lampe auf der Veranda. Sie machte einen sehr frohen, glücklichen Eindruck.

»Hi, Mr. Abbey. Ist Mrs. Fletcher da?«

»Mrs. Fletcher? Ich denk schon.« Die Tür oben an der Treppe war zu. Ich stieg ganz hinauf und klopfte an. Mrs. Fletcher erschien in Bademantel und Pantoffeln.

»Hi, Tom. Was gibt's denn? Im Fernsehen läuft gerade *Kojak*.«

»Unten ist ein Mädchen, das Sie sprechen möchte.«

»Jetzt, mitten in der Nacht?«

»Ja. Sie wartet vor der Haustür.«

»Draußen, bei dem Wetter? Geben Sie mir Ihren Arm, daß ich mir nicht die Beine breche.«

Als wir unten ankamen, stand das Mädchen noch an derselben Stelle.

»Carolyn Court! Wo kommen Sie denn so spät noch her?« Sie suchte in den Taschen ihres Bademantels und brachte ein ramponiertes rosa Brillenetui zum Vorschein. Sie setzte sich die gebrechliche Brille auf, einen Bügel hinter jedes Ohr, und tat einen Schritt vorwärts. »Hm?«

Carolyn Court lächelte, streckte die Hand aus und berührte die alte Frau am Ellbogen. Sie sah zwischen uns beiden hin und her. Einen Moment dachte ich, sie sei ein Jesus-Freak, eine ›Freundin Gottes‹ oder so was und zu so später Stunde noch auf Achse, die Heiden zu bekehren. »Mrs. Fletcher, Sie werden es nicht glauben, aber Nagel ist eben im Nebel überfahren worden! Er ist tot!«

Ich schloß die Augen und rieb mir das Kinn. Ich spürte, wie mir der Nebel in die Nase stieg, und mußte fast husten. Ich hatte immer noch die Augen zu, als die alte Frau antwortete. Ihre Stimme war schrill und aufgeregt.

»Was ist heute für ein Tag? Stimmt es, Carolyn? Ich weiß es nicht mehr so genau.«

Ich vernahm ein nervöses Kichern und machte die Augen auf. Carolyn strahlte übers ganze Gesicht und nickte. »Es stimmt genau, Goosey! Heute ist der 24. Oktober!«

Ich sah Mrs. Fletcher an. Sie lächelte ebenfalls, genauso hemmungslos wie Carolyn. Sie hielt sich die Hand vor den Mund, aber irgendwie kam ihr Lächeln unter der Hand hervor und breitete sich übers ganze Gesicht aus.

»Und wer war's, Carolyn?«

»Sam Dorris! Genau wie vorgesehen!«

»Gott sei Dank!«

»Ja. Und außerdem hat sich Timmy Benjamin beim *Footballspielen* mit seinen Brüdern den kleinen Finger gebrochen!«

»Den kleinen? Er hat sich den kleinen Finger gebrochen?« Mrs. Fletcher packte Carolyn am Ärmel.

»Ja, ja, den kleinen Finger an der linken Hand.«

Die beiden waren außer sich. Sie umarmten und küßten sich, als ob der Krieg zu Ende wäre. Mrs. Fletcher sah mich an, und die Tränen standen ihr in den Augen. Ich verstand überhaupt nichts mehr.

»Dann sind Sie *doch* unser Mann, Tom! Jetzt wird alles wieder gut.« Sie strahlte. Ihr Hund war gerade überfahren worden, und sie strahlte.

»Darf ich Ihnen einen Kuß geben, Mr. Abbey? Natürlich nur, wenn es Ihnen nichts ausmacht.«

Carolyn gab mir einen heißen Schmatz auf die Backe und zwitscherte ab, zurück in die Erbsensuppe.

Mrs. Fletcher sah mich noch einmal hocherfreut an. »Seit Sie mit diesem Buch angefangen haben, ist hier alles wieder in Ordnung. Anna hat schon gewußt, was in Ihnen steckt, mein Junge.« Sie nahm meine Hand und drückte sie mit beiden Händen.

»Aber denken Sie denn nicht an Nagel, Mrs. Fletcher? Er ist eben überfahren worden. Er ist tot.«

»Ich weiß. Wir sehen uns morgen früh, Tom.« Sie winkte noch einmal, als sie oben an der Treppe angekommen war, und dann schloß sie die Tür, die ihre Welt von der unseren trennte.

Ich ging in unsere Wohnung zurück und machte lautlos die Tür hinter mir zu. Nagel war tot. Der Hund, der mit mir gesprochen hatte, war tot. Das war schlimm genug (oder auch gut, je nachdem), aber dann die unbändige Freude auf den Gesichtern beider Frauen, als Carolyn die Neuigkeit verkündete...

Ich verstand nichts, aber dann fiel mir eine Stelle aus dem *Land des Lachens* ein, wo die Königin von Öl zu einem ihrer Kinder sagt:

> Die Fragen sind die Gefahr.
> Laß sie in Ruh, und sie schlafen.
> Stell sie, weck sie, und mehr als du ahnst
> wird aus ihnen entstehen.

»Thomas? Bist du da? Was war denn?«

Ich sah das gelbe Licht aus der Küche und hörte aus Saxonys Kofferradio den neuen Rocksong quäksen, den sie damals andauernd spielten. Sie nannte ihn den »chinesischen Foltersong«.

Als ich hereinkam, blickte sie von ihrer Schnitzerei auf und zuckte die Achseln. »Was war denn da draußen los?«

4

»Du, Anna?«

Sie strich sich die Haare aus den Augen und legte sich einen nackten Arm unter den Kopf. »Ja?«

»Hast du von Mrs. Fletchers Hund gehört?« Ich sah auf ihre Brüste. Die kleinen Nippel waren immer noch hart und dunkel in dem kalten Schlafzimmer.

»Ja, ich weiß, er ist gestern abend überfahren worden. Traurig, nicht?« Ihre Stimme klang nicht sehr traurig. Ich wußte nicht, ob ich ihr ins Gesicht sehen sollte, als ich die nächste Frage stellte. Das Schlafzimmer war dunkel und voller Schatten. Es roch nach Liebe und nach alten Holzmöbeln in der Winterkälte. Zum erstenmal fiel mir der Geruch auf, und zugleich merkte ich, daß ich ihn nicht mochte.

»Ich war dabei, wie sie's erfahren hat.« Die ersten beiden Finger meiner rechten Hand fingen an, auf den Teil der Decke zu trommeln, den wir um die Hüften hatten.

»Hm?«

»Ich hab gesagt, ich war dabei, als sie's erfahren hat. Weißt du, was sie getan hat?«

Sie drehte mir langsam das Gesicht zu. »Na, was hat sie denn getan, Thomas?«

»Sie hat gelächelt. Sie hat sich gefreut. Man hätte meinen können, es war die beste Nachricht, die sie seit Jahren bekommen hat.«

»Sie ist eine wunderliche Alte, Thomas.«

»Ich weiß schon, das sagst du immer. Und Carolyn Court, ist die auch alt und wunderlich?«

»Wieso Carolyn Court? Woher kennst du *die* denn?« Sie schien verärgert.

»Sie ist gekommen und hat es Mrs. Fletcher gesagt. Und sie hat *auch* gelächelt. Und als sie ging, hat sie mich abgeküßt.« Ich nahm eine Handvoll Decke und drückte zu.

»Diese *verdammten* Weiber!« Sie setzte sich auf und langte auf ihrer Seite auf den Boden nach ihrem Sweatshirt und ihren Jeans. Ich wußte nicht, ob ich aufstehen oder liegenbleiben sollte. Man kam Anna besser nicht in die Quere, wenn sie wütend war.

Sie war im Nu angezogen. Als sie fertig war, stellte sie sich ans Bett, die Hände in die Hüften gestemmt, und sah mich stirnrunzelnd an. Einen Moment lang dachte ich, sie würde mir eine runterhauen.

»Pelz!« Sie starrte mich unverwandt an, während sie mit einer ganz fremden Stimme nach dem Hund bellte. »Pelz, komm rauf hier!« Wir sahen einander an, während wir auf Pelz warteten. Ich hörte Krallen auf den Holzstufen klicken, dann das Tappen der Pfoten auf dem Teppich im Flur. Anna ging zur Tür und machte auf. Pelz kam hereingetrottet, warf mir einen gelangweilten Blick zu, ließ sich auf Annas Fuß nieder und schmiegte sich an sie.

»Pelz, sag Thomas, wer du bist.«

Der Hund sah sie mit dem üblichen steinernen, leeren Gesicht an.

»Mach schon, sag's ihm! Ist schon gut – es ist Zeit. Wir müssen es ihm sagen.«

Der Hund winselte und senkte den Kopf. Er streckte eine Pfote aus, als wollte er mir die Hand geben.

»Sag's ihm!«

»Wil-Wilma Inkler.«

Ich war schon halb aus dem Bett. Die Stimme war die gleiche wie die von Nagel. Eine Zwergenstimme, nur war diese noch makabrer oder perverser, weil sie eindeutig weiblich war. Irgendwo mußte da drin eine Frau sein. Zwerg oder Bullterrier, es war eine Frauenstimme, laut und klar.

»Sag ihm, wer Nagel wirklich war.«

Der Hund schloß die Augen und seufzte wie in großem Schmerz. »Gert Inkler. Er war mein Mann.«

»Da soll doch einer...! Der Typ aus dem Bahnhöfe-Buch! Der Kerl, der um die Welt gewandert ist!«

Ich sprach mit einem Hund! »Ich glaub, ich hab sie nicht mehr alle. Jetzt rede ich schon mit einem Hund!«

»Ich bin kein Hund! Ich bin nur jetzt einer, aber das wird sich noch heute ändern! Heute ist es für mich vorbei! Vorbei! Ein für allemal vorbei!« Pelz war indigniert. Ihr Gesicht war immer noch ausdruckslos, aber sie sprach mit höherer, festerer Stimme. Fragen Sie nicht, was mir durch den Kopf ging, ich könnte es nicht erklären. Ich sitze nackt auf Anna Frances Bett und unterhalte mich mit einer Bullterrier-Hündin, die mir erzählt, daß sie morgen kein Bullterrier mehr sein wird.

»Wilma, geh ein bißchen raus und laß uns allein. Ich ruf dich in ein paar Minuten wieder.«

Ich sah ihr nach. Mir war, als würde in meinem Kopf ein straffes Garnknäuel allmählich abgewickelt. Ich dachte, mir würde beim Aufstehen schwindlig werden, aber das war nicht der Fall.

»Verstehst du schon, Thomas?«

Entmutigt setzte ich mich wieder aufs Bett. Bis jetzt hatte ich nur meine weißen Unterhosen an.

»*Was* soll ich verstehen, Anna? Daß ihr hier sprechende Hunde habt? Nein. Daß du im voraus gewußt hast, daß der kleine Junge sterben würde? Nein. Daß die Leute hier Feste feiern, wenn ein Hund totgefahren wird? Ein sprechender Hund übrigens. Nein. Hast du sonst noch Fragen? Die Antwort lautet in jedem Fall: Nein.«

»Wie hast du das mit Nagel rausgekriegt?«

»Er hat mit mir gesprochen, kurz bevor er sterben mußte – ich hab ihn überrascht, als er ein Nickerchen gemacht hat. Er hat im Schlaf gesprochen.«

»Hast du Angst?«

»Ja. Wo sind meine Hosen?«

»Du siehst aber gar nicht so aus.«

»Wenn ich mich jetzt nicht ständig bewege, kriege ich einen spastischen Anfall. *Scheiße, wo sind denn die Hosen?*« Ich sprang auf und rannte wie besessen im Zimmer herum. Ich hatte eine Heidenangst, war erschöpft vom Bumsen und zugleich unheimlich neugierig.

Sie packte mich am Bein und zog mich zu sich. »Möchtest du, daß ich dir alles erkläre?«

»*Was* denn erklären, Anna? Laß mich bitte los. Was gibt's denn hier zu erklären?«

»Galen. Mein Vater. Einfach alles.«

»Willst du damit sagen, daß nichts von dem, was du mir bis jetzt gesagt hast, wahr ist? Ist ja reizend. Mist, wo ist denn das blöde Hemd?«

»Bitte hör auf, Thomas. Was du bis jetzt erfahren hast, ist die Wahrheit, aber nur ein Teil davon. Bitte renn nicht andauernd auf und ab. Ich möchte dir alles sagen. Es ist wichtig.«

Ich sah einen Zipfel meines Hemdes unter einem Kopfkissen hervorschauen, aber Anna sprach so bestimmt und eindringlich, daß ich darauf verzichtete, es hervorzuziehen. Neben dem Bett stand ein alter Lehnstuhl, und ich setzte mich hinein. Ich wollte nicht, daß sie mich berührte, während sie sagte, was sie zu sagen hatte. Ich sah auf meine bloßen Füße hinunter und spürte den kalten Dielenboden unter den Fersen. Ich wollte Anna nicht ansehen. Vielleicht hätte ich es auch gar nicht gekonnt.

Draußen hupte ein Auto. Vielleicht kam der gute alte Richard Lee, um uns Gesellschaft zu leisten. Ich fragte mich, was Saxony wohl gerade tat.

Anna tappte zu dem Kommodenschrank hinüber, der mich jedesmal, wenn ich ihn ansah, an eine Eiserne Jungfrau erinnerte. Sie öffnete eine der Türen und bückte sich hinein. Ich sah erst richtig zu ihr hin, als ich sicher war, daß sie mich nicht mehr sehen konnte. Sie wühlte in Kleidern und Schuhen herum. Eine Sandale kam geflogen, ein schwerer Holzkleiderbügel gleich hinterher. Nach einer Weile brachte sie eine graue Stahlkassette von der Größe einer Reiseschreibmaschine zum Vorschein. Sie öffnete sie und nahm ein blaues Buch mit Spiralbindung heraus. Sie stellte die Kassette auf den Boden und blätterte die ersten Seiten des Buches durch.

»Ja, hier ist es.« Sie warf noch einen Blick darauf und reichte es mir dann. »Die Seiten sind durchnumeriert. Fang auf Seite vierzig zu lesen an.«

Ich tat es, und da war sie wieder – die skurrile, hohe, rechtsgeneigte Handschrift in verblaßter brauner Tinte. Die Seiten waren nicht datiert. Ein einziger ununterbrochener Strom. Keine Zeichnungen, keine Kritzeleien. Nur Beschreibungen von Galen, Missouri. Galen von Osten, Galen von Westen, von allen Seiten. Jeder Laden, jede Straße, die Namen der Einwohner, womit sie sich ihr Geld verdienten, mit wem sie verwandt waren, die Namen ihrer Kinder. Viele von ihnen kannte ich.

Eine einzelne Beschreibung ging manchmal über zehn bis zwölf Seiten. Der Schwung der Augenbraue eines Mannes, die Farbe des Flaums, der die Oberlippe einer Frau beschattete.

Ich blätterte das Buch durch und sah, daß es von der ersten bis zur letzten Seite so war. France hatte ein Inventar einer ganzen Stadt erstellt, soweit so etwas überhaupt möglich war. Argwöhnisch schlug ich die letzte Seite auf. Ganz unten stand »Buch Zwei«. Ich schaute auf. Anna stand mit dem Rücken zu mir am Fenster und sah hinaus.

»Wie viele solche Bücher gibt es?«

»Dreiundvierzig.«

»Alle genau wie dieses? Mit Listen und so?«

»Ja, die Erste Serie enthält nur Listen und Details.«

»Was soll das heißen, ›Erste Serie‹?«

»Er hat es selber so genannt, ›Galen, Erste Serie‹. Er wußte, daß er nur daran denken konnte, jemals mit der Zweiten Serie zu beginnen, wenn er zunächst eine Art Galen-Enzyklopädie schrieb. Die Stadt mit ihrem gesamten lebenden und toten Inventar, so wie er es wahrnahm. Er hat über zwei Jahre dafür gebraucht.«

Ich legte das Notizbuch in meinen Schoß. Im Zimmer war es noch kälter geworden, also holte ich jetzt doch mein Hemd unter dem Kopfkissen hervor und zog es an.

»Aber was steht denn dann in der Zweiten Serie?«

Sie sprach weiter, als hätte sie nicht gehört, was ich gesagt hatte. »Er hat mit der Arbeit an *Nacht fährt in Anna* aufgehört, um sich nur noch dem da widmen zu können. David Louis wollte ihn ganze Kapitel umschreiben lassen, aber das Buch bedeutete ihm da schon nichts mehr. Das einzig Wichtige, was dabei herausgekommen war, war die Entdeckung der Katzen.«

»Moment mal, Anna. Ich glaube, ich hab was nicht mitgekriegt. Wieso Katzen? Was spielen die für eine Rolle bei der ganzen Geschichte?« Ich nahm das Buch wieder in die Hand und spielte mit der silbernen Drahtspirale.

»Hast du *Nacht fährt in Anna* gelesen? Die Fassung, die wir hier in Galen haben?«

»Ja, sie ist länger.«

»Dreiundachtzig Seiten. Erinnerst du dich, was auf den letzten Seiten unserer Fassung passiert?«

Ich mußte beschämt verneinen.

»Die alte Frau, Mrs. Little, stirbt. Aber vorher sagt sie ihren drei Katzen, sie sollen nach ihrem Tod zu ihrem besten Freund gehen und bei ihm bleiben.«

Jetzt fiel es mir langsam wieder ein. »Genau. Und als sie dann stirbt, verlassen die Katzen ihr Haus und laufen durch die Stadt zum Haus ihres Freundes. Sie haben alles verstanden.«

Regen prasselte aufs Dach. Draußen ging eine Straßenlampe an, und die Regentropfen schraffierten ihren Lichtkegel.

»Vater hat diese Szene an dem Tag geschrieben, an dem Dorothy Lee gestorben ist.« Sie brach ab und sah mich an. »In dem Buch hat er Dorothys Nachnamen in Mrs. *Little* geändert. Dorothy Little.« Sie brach wieder ab. Ich wartete, aber nur der Regen ließ sich in der Stille vernehmen.

»Er hat diese Szene an ihrem Todestag geschrieben! Mein Gott, das ist ja ein sagenhafter Zufall.«

»Nein, Thomas. Vater hat sie totgeschrieben.«

Meine Hände waren eiskalt. Der Regen fiel schräger durch das Licht der Straßenlampe.

»Er hat ihren Tod beschrieben, und nach einer Stunde sind Dorothys Katzen zu uns gekommen, um es uns mitzuteilen, genau wie er es geschrieben hatte. So ist er dahintergekommen. Ich hab sie gehört und die Tür aufgemacht. Sie haben auf der untersten Stufe der Veranda gestanden, und das Flurlicht hat sich in ihren Augen gespiegelt, so daß sie geleuchtet haben wie geschmolzenes Gold. Ich wußte, Vater konnte Katzen nicht ausstehen, und wollte sie verscheuchen, aber sie haben sich nicht von der Stelle gerührt. Dann fingen sie jämmerlich an zu schreien, und Vater ist aus seinem Arbeitszimmer heruntergekommen, um nachzusehen, was das für ein Lärm war. Er hat die Katzen gesehen und sofort alles begriffen. Er hat sich auf eine der Stufen gesetzt und geweint, weil er wußte, er hatte Dorothy getötet. Er saß da, und die Katzen kletterten ihm auf den Schoß.«

Ich saß auf der Stuhlkante und rieb mir die Arme. Draußen war starker Wind aufgekommen, er peitschte die Bäume und den Regen. Dann legte er sich genauso plötzlich wieder. Ich wollte nicht begreifen, aber ich begriff. Marshall France hatte entdeckt, daß er nur etwas zu schreiben brauchte, und es geschah: es existierte: es entstand. Einfach so.

Ich wartete nicht ab, daß sie weitersprach. »Aber das ist doch lächerlich, Anna! Ich bitte dich! Das ist doch hirnverbrannter Blödsinn!«

Sie setzte sich aufs Fensterbrett und schob die Hände unter ihr Sweatshirt, um sie zu wärmen. Ein anheimelndes Bild zuckte völlig unpassend in meiner Vorstellung auf: ihre nackten Brüste. Sie fing an, die Knie aneinanderzuschlagen. Sie hörte auch nicht auf, als sie weitersprach.

»Vater wußte, daß sich in ihm etwas verändert hatte, nachdem das *Land des Lachens* fertig geworden war. Wie meine Mutter mir erzählt hatte, war er hart an der Grenze eines Nervenzusammenbruchs, weil er sich so verausgabt hatte. Er hat nach diesem Buch fast zwei Jahre nichts mehr geschrieben. Dann ist sie gestorben, und das hat ihn fast zum Wahnsinn getrieben. Das Buch wurde ein solcher Riesenerfolg, daß er ohne weiteres eine Berühmtheit hätte werden können, aber das wollte er nicht. Er hat lieber im Supermarkt ausgeholfen, der damals noch einem anderen gehörte, und machte seine kleinen Ausflüge nach St. Louis und an den Lake of the Ozarks.«

Ich hätte ihr am liebsten gesagt, sie solle mit dem Scheiß aufhören und lieber meine Fragen beantworten, aber ich merkte, daß sie das ohnehin tun würde, früher oder später.

»Ich war damals am College. Ich wollte Konzertpianistin werden. Ich weiß nicht, ob ich gut genug war, aber den Willen und die Begeisterung hab ich jedenfalls gehabt. Das war gleich nach Mutters Tod, und manchmal hatte ich ein schlechtes Gewissen, weil er doch ganz allein hier in Galen war, aber immer wenn ich das Thema angeschnitten hab, hat er bloß gelacht und gesagt, ich soll nicht albern sein.«

Sie stieß sich vom Fensterbrett ab, drehte sich um und sah in die regnerische Nacht hinaus. Ich konnte nur mit Mühe verhindern, daß mir die Zähne klapperten. Als sie weitererzählte, klang ihre Stimme ein bißchen anders, weil sie jetzt zur Fensterscheibe sprach.

»Ich war damals mit einem Jungen namens Peter Mexico befreundet. Ein lustiger Name, nicht? Er war auch Pianist, aber richtig gut, das wußten wir alle. Wir konnten uns alle nicht erklären, warum er immer noch im Amerika war – er hätte längst

in Paris bei Boulanger oder in Wien bei Weber studieren müssen. Wir waren von der ersten Minute an unzertrennlich. Wir kannten uns erst eine Woche, als wir praktisch zusammenzogen. Dabei darf man nicht vergessen, daß das Anfang der sechziger Jahre war, und damals war so was noch nicht üblich.

Wir waren total aufeinander abgefahren. Wir träumten davon, irgendwo in einem Atelier zu wohnen, mit großen Dachfenstern und zwei Bösendorfer-Flügeln im Wohnzimmer.« Sie wandte sich vom Fenster ab und kam zu meinem Stuhl herüber. Sie setzte sich auf die hölzerne Armlehne und legte mir die Hand auf die Schulter. Sie sprach ins Dunkel.

»Wir hatten ein entsetzlich kleines Appartement, und auch das konnten wir uns kaum leisten. Wir hatten zwar jeder ein Zimmer im Wohnheim, aber das war unser geheimes Refugium. Dort konnten wir nach dem Unterricht hingehen oder am Abend, immer, wenn wir nicht üben mußten. Übers Wochenende meldeten wir uns immer ab, und dann nichts wie rüber in unser kleines Reich. Die Wohnung war absolut kahl. Wir hatten uns aus alten Militärbeständen zwei Feldbetten gekauft und die Beine zusammengebunden, so daß eine Art Doppelbett daraus wurde.

Eines Morgens wache ich auf, und Peter ist tot.«

Haben Sie die Stimme einer Ansagerin auf einem Flughafen oder einem Bahnhof im Ohr? Diese absolute Monotonie? »Achtung auf Gleis sieben. Der Zug fährt ab.« Genau das war Annas Tonfall.

»Die Polizei ist gekommen und hat ihre albernen Tests gemacht, und am Schluß hieß es, er sei an einem Herzanfall gestorben.

Gleich nach der Beerdigung holte Vater mich ab, und ich fuhr mit ihm nach Hause und blieb hier bei ihm. Ich hatte zu nichts mehr Lust. Mir war alles egal. Ich saß in meinem Zimmer und las dicke Wälzer – den *Prozeß* und das *Herz der Finsternis*, Raskolnikow...« Sie lachte und drückte meine Schulter. »Ich war damals schrecklich existentialistisch. Den *Fremden* hab ich bestimmt zehnmal gelesen. Armer Vater. Er hat sich noch gar nicht richtig von seinem Zusammenbruch erholt, und da komme ich in *diesem* Zustand nach Hause.

Aber er war einfach rührend. Vater war in solchen Situationen immer rührend.«

»Was hat er getan?«

»Frag lieber, was er *nicht* getan hat. Er hat gekocht und sauber gemacht, hat mir zugehört, wenn ich zum soundsovieltenmal jammerte und heulte, wie grausam und ungerecht es doch auf der Welt zuginge. Er hat mir sogar Geld gegeben, damit ich mich von Kopf bis Fuß schwarz einkleiden konnte. Kennst du Edward Gorey?«

»*Eine Harfe ohne Saiten*?«

»Ja, der. Also ich war wie eine von Goreys dunklen Frauen, die in der Abenddämmerung einsam und allein auf einem Feld stehen und in die Ferne schauen. Ich war ein schwieriger Fall, glaub mir.

Nichts, aber auch gar nichts konnte mir darüber hinweghelfen, und so begann Vater mit *Nacht fährt in Anna*, aus schierer Verzweiflung. Es sollte eine totale Abkehr von allem sein, was er bis dahin gemacht hatte. Ich war die Hauptfigur, aber es sollte eine Mischung aus Wahrheit und Phantasie werden. Wie er mir sagte, hatte er mir, als ich klein war, immer Geschichten erzählt, wenn ich heulend aus einem Alptraum erwacht war. Er dachte, wenn er jetzt eine Geschichte für mich schrieb, würde das vielleicht die gleiche Wirkung haben. Er war ein wunderbarer Mensch.

David Louis, dieser Affe, hat ihm in den Ohren gelegen, er sollte endlich mal wieder was Neues fertigmachen. Als er hörte, daß Vater mit diesem Buch begonnen hatte, schrieb er ihm einen Brief: Er wollte nach Galen kommen und lesen, was Vater schon fertig hatte.

Der Zufall wollte es, daß er zwei Tage nach Dorothy Lees Tod hier aufgekreuzt ist. Kannst du dir vorstellen, wie das für uns war, ihn in diesen Tagen hier im Haus zu haben?«

»Anna, das ist ja alles einfach unglaublich. Du behauptest praktisch, dein Vater war der liebe Gott! Oder Dr. Frankenstein!«

»Glaubst du mir?«

»Ach komm, was soll ich denn darauf sagen, hm?«

»Ich weiß es nicht, Thomas. Ich weiß nicht, was ich sagen würde, wenn ich an deiner Stelle wäre. Eine phantastische Geschichte ist das, oder?«

»Mhm, ja. Doch. So könnte man's ausdrücken.«

»Willst du noch mehr Beweise? Wart einen Moment. Pelz! Pelz, komm rein.«

5

Als ich an diesem Abend Frances Haus verließ, war ich überzeugt. Ich hatte Bücher, Aufzeichnungen, Tagebucheintragungen gesehen. Pelz kam sogar herein und erzählte von ihrem »früheren Leben« als der Mensch Wilma Inkler.

Können Sie sich das vorstellen? Sie sitzen in einem Stuhl, und zu Ihren Füßen sitzt ein Hund und sieht Ihnen in die Augen. Und dann fängt er an, aus seinem Hundeleben zu erzählen, mit hoher, kratziger Stimme, die sich anhört wie etwas aus Munchkinland. Und Sie sitzen da und nicken mit dem Kopf, als wäre das Ihr täglich Brot.

Dr. Doolittle in Galen. Dr. Doolittle im Wolkenkuckucksheim. Es war genau der gleiche verdammte Quatsch.

Ich habe an der Schule mal ein Jahr lang kreatives Schreiben unterrichtet. Die Knaben waren ganz wild darauf, brutale, grausige Geschichten mit Enthauptungen, Vergewaltigungen und Überdosen Rauschgift zu schreiben. Am Schluß fiel den »Autoren« dann aber keine andere Möglichkeit ein, sich aus dem von ihnen selbst angerührten blutigen Morast zu befreien, als zu schreiben: »Keith drehte sich im Bett auf die andere Seite und berührte Dianas seidiges Blondhaar. Gott sei Dank war alles nur ein böser Traum gewesen.«

Sprechende Hunde, ein moderner Prometheus, der anstelle von Lehm einen orangefarbenen Füller verwendete, und eine Tochter, die so sexy war, daß er einem schon stand, wenn man ihr nur beim Zähneputzen zusah, die mit einem schlief, aber auch Bekloppte mit Baseballmütze nicht verschmähte, und in deren Bett mal einer unter ungeklärten Umständen an Herzversagen gestorben war. »Thomas drehte sich im Bett auf die andere Seite und berührte den Bullterrier. ›Du hast nur schlecht geträumt, Liebster‹, sagte der Hund.«

Aber was sollte ich tun? Mit den Recherchen für das Buch weitermachen? Weiter daran schreiben? Ich hatte mit dem Auto erst die Hälfte des Heimwegs zurückgelegt, als ich dachte, ich müßte auf der Stelle verrückt werden.

»Scheiße, was soll ich jetzt bloß machen?« Ich schlug mit der flachen Hand auf das noch kalte schwarze Lenkrad und bog in eine Tankstelle ein, vor der eine Telefonzelle stand.

»Anna?«

»Thomas? Hi.«

Ich fragte mich, ob Richard bei ihr war. Das hätte jetzt noch gepaßt. »Anna, was soll ich denn jetzt tun? Jetzt, wo ich alles weiß. Was soll ich tun, sag's mir!«

»Na, das Buch schreiben natürlich!«

»Aber warum? Es soll doch keiner was davon erfahren, oder? Schau, selbst wenn mein Buch so gut werden sollte, daß ich einen Verleger finde, die flippen doch alle aus, wenn sie das lesen. Aus deinem Galen wird dann... was weiß ich... so was wie ein Mekka für Freaks und Spinner jeder Art. Dein Vater wird zur Witzfigur, weil kein Mensch auch nur ein Wort davon glauben wird. Vielleicht abgesehen von ein paar Typen, die zum Abschaum der Menschheit gehören.«

»Thomas?« Ihre Stimme kam von einem anderen Stern in die Telefonzelle geschwebt. Die Glasscheiben um mich herum beschlugen sich durch meine Körperwärme, und die beleuchtete Pepsi-Cola-Uhr in der Tankstelle war um zehn nach vier stehengeblieben.

»Ja?«

»Thomas, es gibt noch viel mehr, was ich dir darüber erzählen muß.«

Ich legte die Hand an die Schläfe. »*Noch* mehr? Das ist doch nicht möglich.«

»Doch. Das Wichtigste. Das sage ich dir morgen. Du bist sehr spät dran, also fahr jetzt heim, und morgen reden wir weiter darüber. Ich wünsch dir eine gute Nacht, mein Freund. Ach, Thomas? Es wird alles gut. Das Schlimmste weißt du schon. Alles, was jetzt noch kommt, ist bloß ein Postskriptum. Wir sehen uns morgen vormittag.«

Der Nebel kroch an den Scheiben hoch. Ein Auto voller junger Leute fuhr in dem Moment vorbei, als ich einhängte. Einer hielt eine Flasche aus dem Fenster und winkte mir damit zu. Ein Band schaumiger Flüssigkeit flatterte heraus und hing in der Luft wie ein gefrorener Wimpel, ehe es herabfiel und auf dem Boden zerstob.

»Thomas, ich weiß, was zwischen dir und Anna ist.«

Ich hatte den Mund voll mit Kürbis, der mit braunem Zucker bestreut und im Rohr gebacken worden war. Saxonys Kochkünste. Ich kaute umständlich, bis mir einfiel, daß man Kürbis ja eigentlich nicht richtig kaut – man zerdrückt ihn im Mund und schluckt ihn herunter. Ich legte die Gabel so lautlos wie möglich auf den Rand des gelben Tellers.

Sax nahm ein Brötchen aus dem Brotkorb und riß es in zwei Hälften. Sie nahm das Messer und bestrich die eine Hälfte sorgfältig mit Butter. Das Schweigen hielt an. Man hätte am liebsten die Augen zugekniffen und sich die Finger tief in die Ohren gesteckt. Es mußte kommen. Etwas Lautes, der große Knall. Sie nahm die andere Hälfte des Brötchens und wischte damit ihren Teller ab, die Ruhe selbst.

»Hast du gedacht, ich weiß es nicht?«

Mir pochte das Herz.

»Nein. Ich weiß nicht, Saxony. Ich glaube, ich eigne mich nicht zum Geheimagenten.«

»Ich auch nicht, aber weißt du, ich glaube, ich hab fast vom ersten Moment an gewußt, daß da was war. Wirklich. Glaubst du mir das? Ich sag das nicht bloß so.«

»Nein, ich weiß schon. Ich glaub dir. Meine Mutter hat's auch immer gemerkt, wenn mein Vater... fremdgegangen ist. Wenn man jemanden gut kennt, fällt es einem wahrscheinlich auf, wenn er sich anders verhält als sonst.«

»Genau.« Sie trank einen kleinen Schluck 7-Up. Ich konnte sie zum erstenmal wieder ansehen, seit sie die Bombe hochgejagt hatte. Ihr Gesicht war leicht gerötet, aber das lag vielleicht nur daran, daß es so warm im Zimmer war. Und ich muß ein selten blödes Gesicht gemacht haben.

»Liebst du sie?« Sie behielt das Glas in der Hand. Sie hielt es sich an die Wange, und ich sah, wie an der Seite die Bläschen hochsprudelten.

»Wenn ich das wüßte, Sax. Im Moment ist alles so verworren. Versteh mich nicht falsch, ich will mich damit nicht entschuldigen. Aber manchmal komme ich mir vor, als wäre ich eben erst geboren worden und trotzdem schon in den Wechseljahren.«

Sie stellte das Glas hin und stieß es von sich. »Hast du dich deswegen mit ihr eingelassen?«

»Nein, ich hab mich mit ihr eingelassen, weil ich sie haben wollte. Ich gebe niemandem die Schuld außer mir selbst.«

»Nett von dir.« Ihre Stimme klang jetzt doch ein bißchen giftig, und ich war verdammt froh darüber. Bis jetzt war sie so grauenhaft ruhig und sachlich gewesen. Ich hatte den letzten Streit meiner Eltern mit angehört, bevor Mutter ihn verließ und mit mir nach

Connecticut zog. Da war es auch so ruhig und kühl zugegangen ... Man hätte meinen können, sie diskutierten über die Entwicklung an der Börse.

»Was soll ich tun, Sax? Soll ich gehen?«

Sie blinzelte und fingerte am Tischtuch herum. »Du kannst tun und lassen, was du willst, Thomas. Du bist dein eigener Herr.«

»Nein, bitte. Ich möchte wissen, was *du* willst.«

»Was ich will? Wieso fragst du mich das jetzt noch? Ich hab dich gewollt, Thomas. Ich will dich immer noch. Aber spielt das noch eine Rolle, so wie die Dinge liegen?«

»Willst du, daß ich hier bei dir bleibe?« Ich knüllte meine Serviette zusammen und sah sie in meiner Faust an. Saxony legte großen Wert auf echte Leinenservietten bei jeder Mahlzeit. Sie wusch und bügelte sie eigenhändig einmal in der Woche. Sie hatte zwei grüne, zwei taubenblaue und zwei ziegelrote gekauft und wechselte sie regelmäßig. Ich kam mir vor wie der letzte Dreck.

Ich schaute auf. Sie sah mich unverwandt an. Ihre Augen schwammen. Eine Träne quoll über den Rand und rollte die rosige Wange hinunter. Sie hielt sich die Serviette ans Gesicht und sah mich wieder an. Ich konnte ihr nicht in die Augen sehen.

»Ich hab kein Recht, irgendwas von dir zu verlangen, Thomas.« Sie atmete tief, stoßweise. Sie begann einen Satz, brach ab und probierte es nicht noch einmal. Sie blickte in ihren Schoß und schüttelte den Kopf. Sie hob die Serviette an die Augen und sagte: »Ach, *Scheiße*!«

Ich machte die Faust auf, nahm meine Serviette und versuchte, sie genauso zusammenzulegen, wie sie vorher gefaltet gewesen war.

6

Eine Frau machte mir auf. Sie lächelte, ergriff meine Hand und drückte sie kräftig.

»Äh, hi, äh, wer sind Sie denn?«

»Sie wissen nicht, wer ich bin, gell?« Sie lächelte ein bißchen komisch. Ich fragte mich, wo Anna steckte.

»Nein, tut mir leid, ich weiß es nicht.« Ich versuchte vergeblich, ein gewinnendes Lächeln aufzusetzen.

»Wuff, wuff. Wau, wau.« Sie packte mich an den Schultern und zog mich an sich.

»*Pelz?*«

»Na endlich! Ja, ich bin's, Pelz! Ich hab mich nur ein bißchen verändert, oder?«

»Mein Gott. Sie meinen, Sie sind wirklich...«

»Ja, Thomas, ich hab Ihnen ja gesagt, daß es vorbei ist. Ich bin aus dem andern Leben zurück und wieder ich selbst. Ich. Ich. Ich.« Sie klopfte sich an die volle Brust. Sie strahlte und strahlte.

»Ich weiß nicht... Das heißt, äh, herzlichen Glückwunsch natürlich. Ich freu mich wirklich für Sie. Es ist nur, äh...«

»Ich weiß, ich weiß. Kommen Sie rein. Anna ist im Wohnzimmer. Es war ihre Idee, daß ich Ihnen aufmachen sollte, als Überraschung.«

Ich schluckte und mußte mich räuspern. Meine Stimme quietschte wie ein abgebrochenes Kreidestück auf einer Tafel. »Das ist... das ist, äh, eine gelungene Überraschung.«

Anna saß auf der Couch und trank Kaffee aus einer hohen Porzellantasse. Sie bot mir auch welchen an, und als ich nickte, sah sie Pelz an, oder besser gesagt Wilma, die beschwingt aus dem Zimmer ging, um mir auch eine Tasse zu holen.

»Bist du immer noch durcheinander wegen gestern?«

»Saxony weiß über uns Bescheid, Anna.« Ich setzte mich ihr gegenüber in einen Sessel.

Sie nahm wieder die Tasse und hob sie mit beiden Händen an den Mund. Sie guckte mich über den Rand hinweg an. »Und, wie hat sie reagiert?«

»Ich weiß auch nicht. Wie zu erwarten. Halb prima, halb mies. Nach einer Weile hat sie zu weinen angefangen, aber es war keine große Heulerei. Ich glaub, sie ist ziemlich hart im Nehmen.«

»Und wie fühlst du dich?« Sie schlürfte ihren Kaffee, ließ mich aber nicht aus den Augen. Ihr Atem trieb dünne Dampfwölkchen aus der Tasse rasch über den Rand.

»Wie ich mich fühle? Beschissen. Was hast du gedacht?«

»Du bist nicht mit ihr verheiratet.«

Ich schnitt eine Grimasse und trommelte mit den Fingern auf die Armlehne. »Ja, schon – ich bin nicht mit ihr verheiratet, ich schulde ihr nichts, jeder von uns ist sein eigener Herr... Das alles hab ich mir auch schon tausendmal gesagt, aber ich fühl mich trotzdem beschissen.«

Sie zuckte die Achseln und leckte am Tassenrand. »Na gut. Ich wollte nur...«

»Also, jetzt mach dir mal deswegen keine Gedanken, Anna, ja? Das ist meine Sache, und ich muß allein damit fertigwerden.«

»Es ist auch meine, Thomas.«

»Ja, gut, zugegeben, es geht uns alle drei an. Aber jetzt lassen wir das bitte mal auf sich beruhen und warten ab, wie sich die Dinge entwickeln, ja? Weißt du, ich hab mich die ganze Nacht mit Saxony gestritten und will jetzt einfach nichts mehr davon hören. Okay?«

»Okay.«

Wir schwiegen beide, bis der Kaffee kam. Dann fiel mir ein, daß ja die Frau, die ihn mir brachte, angeblich bis zum Abend zuvor ein Hund gewesen war. Während sie mir die Tasse reichte, schnupperte ich unauffällig, ob sie nach Hund roch.

Anna sagte etwas, was ich nicht verstand. Ich hörte zu schnuppern auf und sah sie an. »Was sagst du?«

Sie sah die andere Frau an. »Läßt du uns bitte eine Zeitlang allein, Wilma?«

»Natürlich, Anna. Ich muß sowieso den Auflauf für heute abend herrichten. Ich kann dir gar nicht sagen, was für einen Spaß es mir macht, wieder zu kochen. Ich hätte nie gedacht, daß ich das einmal sagen würde!« Sie ging hinaus, aber das Klicken der hohen Absätze erinnerte mich an Hundekrallen auf einem Dielenboden.

»Ist das wirklich wahr, Anna? Mit Wilma?«

»Ja. Vor Jahren war Vater mal schrecklich wütend auf die beiden, weil sie so grob zu ihren Kindern waren. Kindsmißhandlung jeder Art war ihm ein Greuel. Als er erfuhr, daß sie ihren Sohn schlugen, hat er sie in Hunde verwandelt. Schau nicht so skeptisch, Thomas. Er hatte sie selber erschaffen – also konnte er doch mit ihnen tun, was er wollte, oder?«

»Und da hat er sie kurzerhand in Bullterrier verwandelt?«

»Ja, und sie mußten Hunde bleiben bis zu Gert Inklers Tod. Dann sollte Wilma in eine Frau zurückverwandelt werden. Als Menschenpaar wollte Vater sie nie mehr um sich haben. Wenn sie als Hunde zusammenblieben, hat ihn das nicht gestört. Er konnte Hunde nicht ausstehen.« Sie kicherte und streckte wohlig die Arme seitlich von sich weg.

»Dann sind also alle Tiere in Galen eigentlich Menschen?«

»Viele von ihnen. Aber Nagel und Pelz waren die einzigen, die sprechen konnten. Vater hat das absichtlich so eingerichtet. Du darfst nicht vergessen, daß Hunde ja herumlaufen können, wo

Menschen nicht hinkommen, und daß sie tun dürfen, was Menschen nicht erlaubt ist. Das ist einer der Gründe, warum Nagel bei Goosey Fletcher war, als ihr gekommen seid. Normalerweise waren sie alle beide hier bei mir. Ihr habt es nicht ahnen können, aber Nagel hat euch die ganze Zeit ausspioniert.«

Ich mußte daran denken, wie oft er am Morgen in unser Zimmer gekommen war oder die ganze Nacht auf unserem Bett geschlafen, zugesehen hatte, wie wir uns liebten...

»Alle Bullterrier in der Stadt sind Menschen. Vater hat sie von allen Hunden noch am erträglichsten gefunden, weil sie so komisch aussehen. Er hat gemeint, wenn man sie schon um sich haben muß, sollen sie wenigstens interessant anzuschauen sein.«

Ich legte die Hand an meine Stirn. Ich wunderte mich, daß sie sich so kühl anfühlte. Es gab vieles, was ich hätte sagen wollen, aber ich wußte im Moment nicht, wie ich es sagen sollte. Ich trank ein bißchen Kaffee, und danach war meine Stimme wieder halbwegs zu gebrauchen.

»Na gut, aber wenn er sie nicht mochte, warum hat er sie dann nicht einfach ausradiert? Er brauchte doch bloß einen Tintenradiergummi zu nehmen und sie auszulöschen. Mein Gott, ich weiß ja schon nicht mehr, was ich rede. Und was hast du dir eigentlich dabei gedacht, mich von dem Hund bespitzeln zu lassen?« Ich wuchtete mich mühsam aus dem Sessel hoch und ging, ohne zu ihr hinzusehen, ans Fenster.

Ein kleines Mädchen in einem gelben Regenmantel fuhr auf einem wackligen, klapprigen Fahrrad vorbei. Was die wohl früher mal gewesen sein mochte – ein Kanarienvogel? Ein Vergaser? Oder schon immer einfach ein Kind?

»Thomas?«

Das Fahrrad verschwand um die Ecke. Ich hatte keine Lust, mit ihr zu reden. Am liebsten hätte ich ein Nickerchen auf dem Meeresgrund gehalten.

»Thomas, hörst du mir zu? Weißt du, warum ich dich in das alles einweihe? Warum ich dich die Biographie schreiben lasse? Warum ich dir so viel über meinen Vater erzähle?«

Ich drehte mich um und sah sie an. Das Telefon klingelte und ließ seinen schrillen Vorhang zwischen uns fallen. Sie ging nicht ran. Wir warteten, daß es aufhören möchte – fünf-, sechs-, siebenmal klingelte es, dann schwieg es endlich. Ich fragte mich, ob es Saxony gewesen war.

»Da drüben auf dem Schreibtisch liegt ein schwarzes Buch. Nimm es und schlag Seite 342 auf.«

Es war ein ganz anderes Buch als das, das sie mir am Abend zuvor gezeigt hatte. Es war riesig. Es muß an die fünfunddreißig Zentimeter lang gewesen sein und hatte fünf- bis sechshundert Seiten. Ich blätterte es von ganz hinten her durch und sah, daß alle Seiten mit Frances Krakelschrift bedeckt waren. Die Seiten sprangen unter meinem linken Daumen von 363 auf 302, so daß ich zurückblättern mußte.

Die Farbe der Tinte wechselte im ganzen Buch immer wieder; Seite 342 war in einem aggressiven Grün geschrieben: »Das große Problem hier ist, daß alles, was ich in Galen geschaffen habe, möglicherweise nur ein Produkt meiner Einbildungskraft ist. Wenn ich sterbe, könnte es dann sein, daß sie alle mit mir sterben müssen, weil sie meiner Phantasie entsprungen sind? Ein faszinierender und entsetzlicher Gedanke. Ich muß diese Eventualität berücksichtigen und geeignete Vorkehrungen treffen. Welch ungeheuerliche Verschwendung wäre das!«

Ich legte den Zeigefinger in das Buch, klappte es zu und sah Anna an. »Er hatte Angst, Galen würde nach seinem Tod vom Erdboden verschwinden?«

»Nein, nicht die Stadt selbst – nur die Menschen und Tiere, die von ihm waren. Die Stadt hat er ja nicht erschaffen, nur die Einwohner.«

»Aber da hat er sich ja wohl geirrt, hm? Ich meine, sie sind ja noch alle da, oder?« Weit weg draußen hörte man einen Zug pfeifen.

»Ja, aber nicht ganz. Vor seinem Tod war Vater mit seiner Geschichte der Stadt bis zum Jahr dreitausend...«

»*Dreitausend*?«

»Ja, er war bis zum Jahr dreitausendvierzehn gekommen. Er hat bis zuletzt daran gearbeitet. Er ist völlig überraschend gestorben. Er hat sich eines Tages zum Mittagsschlaf hingelegt und ist nicht mehr aufgestanden. Es war grauenhaft. Alle hier hatten Angst, sie würden sich in dem Moment, in dem er starb, in Luft auflösen. Als es dann passiert war und alles beim alten blieb, waren wir natürlich überglücklich.«

»Anna, kennst du die Geschichte ›Die kreisförmigen Ruinen‹ von Borges?«

»Nein.«

»Da will ein Mann in seinen Träumen einen Menschen erschaffen, aber nicht bloß so einen Traummenschen, sondern einen richtigen Menschen, einen aus Fleisch und Blut.«

»Und, tut er es?« Sie fuhr mit der Hand über das Rückenpolster der Couch.

»Ja.«

Es gibt einen Punkt, an dem auch ein Schwamm kein Wasser mehr aufnehmen kann, sondern einfach gesättigt ist. Zu viele Reize, zu viele Dinge, die alle gleichzeitig passierten und alle unglaublich waren, ließen mein Gehirn in fünf Dimensionen Schach spielen.

Sie klopfte mit der Hand auf das Polster neben sich. »Komm schon, Thomas, komm her und setz dich neben mich.«

»Ich hab keine Lust, ich will jetzt nicht.«

»Thomas, ich möchte, daß du alles erfährst. Ich will versuchen, ganz offen mit dir zu sein. Ich möchte, daß du die Wahrheit über mich, Galen, Vater, einfach alles hier, erfährst.

Und weißt du warum?« Sie drehte sich vollständig herum, so daß sie mich jetzt über die Rückenlehne des Sofas ansah. Ihre verdammten Brüste lagen auf diesem weichen Sims. »Bis vor zwei Jahren ist alles so gelaufen, wie Vater es geschrieben hat. Wenn jemand am Freitag, dem neunten Januar, einen Jungen zur Welt bringen sollte, geschah es. Alles kam genauso, wie er es in seinen *Galener Journalen* niedergeschrieben hatte. Es war Utopia –«

»Ach, wirklich? Utopia? Und der Tod, das Sterben? Haben die Leute hier nicht auch ein bißchen Angst vor dem Sterben?«

Sie schloß die Augen und schüttelte den Kopf. Der dumme Schüler stellte schon wieder eine dumme Frage. »Nein, überhaupt nicht, weil der Tod gleichbedeutend mit dem Nichts ist.«

»Also wirklich, Anna. Jetzt komm mir nicht mit religiösem Tiefsinn, ja. Beantworte nur meine Frage.«

»Nein, Thomas, du verstehst mich falsch. Du darfst nicht vergessen, wenn einer von *ihnen* stirbt, ist das nicht das gleiche, wie wenn ein normaler Mensch stirbt. Wenn wir das Zeitliche segnen, kann es uns passieren, daß wir in den Himmel oder in die Hölle kommen. Für die Galener hat Vater kein Leben nach dem Tod vorgesehen, deshalb brauchen sie sich keine Gedanken darüber zu machen, was nachher kommt. Sie verschwinden einfach. Pfft!« Sie warf die Hände empor, als entließe sie einen Schwarm Glühwürmchen.

»Der Traum jedes Nihilisten, hm?«

»Ja, und weil sie wissen, daß es für sie kein Danach gibt, haben sie auch keine Angst. Niemand wird sie richten oder sie in einen Höllenpfuhl werfen. Sie leben und sie sterben. Die Folge ist, daß die meisten von ihnen einfach versuchen, ihr Leben lang möglichst glücklich zu sein.«

»Aber lehnt sich denn nie einer auf? Wollen nicht wenigstens ein paar von ihnen länger leben?«

»Doch, natürlich. Aber das ist unmöglich. Damit müssen sie sich abfinden.«

»Und keiner beklagt sich? Keiner läuft weg?«

»Jeder, der sich hier abseilen will, stirbt.«

»Moment mal. Soll –«

Sie lachte und ließ die Hand zu mir her aufflattern. »Nein, nein, so meine ich es nicht. Das gehörte zu Vaters Sicherheitssystem. Solange die Leute hier leben, haben sie nichts zu befürchten. Wenn sie aber fortgehen und länger als eine Woche wegbleiben, sterben sie an einem Herzanfall oder an Gehirnblutung, akuter Hepatitis...« Die Hand flatterte wieder auf und sank, schwerelos, auf die Couch zurück. »Es ist sinnlos, darüber zu reden; es geht ja niemand fort, weil es nicht geschrieben steht –«

»Geschrieben! Geschrieben! Also gut, wo ist denn nun sein sagenhaftes omnipotentes Orakel?«

»Du wirst es nachher sehen, aber ich möchte dir erst seine Geschichte erzählen, damit du alles besser verstehst, wenn du es dann siehst.«

»Daß ich nicht lache! Ich versteh ja jetzt schon nichts mehr!«

Annas Geschichte war phantastisch und kompliziert, und sie schweifte beim Erzählen immer wieder ab. Ich setzte mich schließlich doch neben sie auf die Couch, aber erst, nachdem ich eine volle Stunde unbequem auf dem heißen Heizkörper am Fenster gehockt hatte.

Marshall France begann, *Nacht fährt in Anna* zu schreiben, um seiner Tochter über ihre depressive Phase hinwegzuhelfen. Eine der Hauptfiguren des Buches war seine gute Freundin Dorothy Lee, deren Namen er allerdings in Dorothy Little änderte. Nachdem er sie aus Versehen »getötet« hatte und die Katzen ihm die Nachricht überbracht hatten, wurde ihm klar, wozu er fähig war. Er brach die Arbeit an *Nacht fährt in Anna* ab und nahm die *Galener Journale* in Angriff. Monatelang recherchierte er, schrieb und schrieb um. Da er ein Perfektionist war, machte er manchmal zwanzig Entwürfe zu einem Buch, bevor er das Gefühl hatte, daß er auf dem richtigen Weg war, und so kann man sich leicht vorstellen, wie lange diesmal seine »Vorarbeiten« dauerten.

Die erste Person, die er nach Dorothy Lees Tod erschuf, war ein Mann namens Karl Tremmel. Ein harmloser Klempner aus Pine Island im Staat New York, der mit Frau und zwei kleinen Töchtern und einem silbernen Airstream-Wohnwagen nach Galen kam. Es hatte seit Jahren keinen Klempner mehr in Galen gegeben.

Dann kam ein Friseur namens Sillman, ein Leichenbestatter namens Lucente (ich wollte über den Witz für Eingeweihte lächeln, es gelang mir aber nicht) ... und der Aufmarsch der Marshall-France-Figuren hatte begonnen.

Sie führten alle ein ruhiges, ereignisloses Leben, bis auf einen Postangestellten namens Bernard Stackhouse, der sich eines Abends betrank und sich aus Versehen mit einem Gewehr eine Kugel in den Kopf jagte.

Et cetera, et cetera. Eine kleine Fabrik vor der Stadt, in der fünfhundert Leute beschäftigt waren, ging eines Nachts unerklärlicherweise in Flammen auf, und nachdem die Feuerversicherung gezahlt hatte, beschlossen die Eigentümer, den Betrieb an einen neuen Ort zu verlegen, hundert Meilen näher bei St. Louis.

»Die einzigen, die nach ein paar Jahren noch hier waren, waren Vater und ich, Richard und ›Vaters Leute‹.«

»Wieso durfte Richard bleiben?«

»Wir brauchten wenigstens zwei normale Menschen, für den Fall, daß in irgendeiner Notsituation einmal einer von uns die Stadt für eine Weile verlassen müßte. Die anderen müssen ja sterben, wenn sie länger als eine Woche wegbleiben.«

»Und wie hat er es geschafft, daß die übrigen ›normalen‹ Menschen gegangen sind? Diejenigen, die nicht in der Fabrik gearbeitet haben?«

»Vater hat so geschrieben, daß ein paar von ihnen – ein paar von den normalen Galenern – von sich aus woanders hinzogen. Einer war überzeugt, daß es in seinem Haus spukte, bei einem anderen explodierte der Erdgasbehälter, als er im Urlaub war, und er beschloß, nach Illinois zu ziehen... Soll ich weitermachen?«

»Und keiner von denen hat Verdacht geschöpft?«

»Nein, natürlich nicht. Vater hat es so geschrieben, daß alles völlig normal und natürlich aussah. Es sollte niemand kommen und Fragen stellen.«

»Hat er jemals...?« Mein Angst-Gähnen überkam mich. »Hat er jemals, äh, Gewalt angewendet?«

»Nein. Bei dem Fabrikbrand ist niemand verletzt worden. Aber es kommt darauf an, wie du ›Gewalt‹ definierst. Er hat natürlich den Brand ausbrechen lassen, und er hat bewirkt, daß bei dem einen der Gasbehälter explodiert ist. Aber er hat nie jemanden verletzt. Er hat es nicht nötig gehabt, Thomas. Er konnte alles, was er wollte, herbei*schreiben*.«

France setzte sein Schöpfungswerk fort, wußte aber nicht, wie lange es vorhalten würde. Deshalb hatte mir Anna diesen Eintrag zu lesen gegeben. Schließlich erkannte er, daß er nur eins tun konnte: so viel wie möglich über jedes einzelne seiner Geschöpfe niederschreiben und das Ganze so weit wie möglich in die Zukunft verlängern. Für den Fall seines Ablebens konnte er nur das Beste hoffen.

»Wahrscheinlich geht das aus seinen Büchern hervor, Anna, aber in welchem Ausmaß legte er denn den Lebenslauf der Leute fest? Ich meine, steht da zum Beispiel drin: »Um zehn nach sieben wacht Joe Smith auf und gähnt drei Sekunden lang. Dann steht er auf –«

Sie schüttelte den Kopf. »Nein, nein. Er hat festgestellt, daß er es ihnen weitgehend selbst überlassen konnte, wie sie ihr Leben gestalteten. Später legte er nur die wichtigen Dinge in ihrem Leben fest, die großen Ereignisse – wen sie heiraten, wie viele Kinder sie haben, wann und wie sie sterben würden... Er ließ ihnen also gewissermaßen ihren –«

»Jetzt sag bloß nicht, ihren freien Willen!«

»Nein, nein, schon gut. Aber innerhalb gewisser Grenzen konnten und können sie sich ja tatsächlich frei entscheiden. Nimm mal zum Beispiel Gert und Wilma Inkler: Er ließ sie gewähren, sie konnte mit ihrem Sohn machen, was sie wollten. Erst als es ihm zuviel geworden ist, hat er sie in Hunde verwandelt.«

»Unser Gott ist ein eifersüchtiger Gott, hm?«

»Das darfst du nicht sagen, Thomas.« Zwei böse Funken glommen in ihren Augen auf.

»Was darf ich nicht sagen? Daß er mit ihnen gespielt hat? Bitte werd nicht gleich sauer, Anna, aber wenn das alles wahr ist, dann war dein Vater der...« Ich suchte nach geeigneten Worten für diese Ungeheuerlichkeiten, fand aber keine. »Ich weiß auch nicht – dann war er der erstaunlichste, unbegreiflichste Mensch, der je gelebt hat. Und damit meine ich nicht den Künstler Marshall France. Dieser Mann soll also imstande gewesen sein, mit ein paar Federstrichen einen wirklichen, *lebenden* Menschen zu erschaffen?« Ich merkte, daß ich mehr mit mir selbst sprach als mit Anna, aber das war mir gleich. »Nein, das ist unmöglich.« Ganz plötzlich kam es über mich, dick und schwer und klebrig-zäh. War ich denn von allen guten Geistern verlassen, daß ich diesen Bockmist glaubte? Andererseits, Nagel hatte tatsächlich mit mir gesprochen. Und Pelz ebenfalls. Und das bißchen, was ich in Frances Notizbüchern gelesen hatte, stimmte mit dem überein, was geschehen war. Und Anna hatte gewußt, daß der kleine Junge sterben würde, nachdem er angefahren worden war...

»Warum wollten alle unbedingt wissen, ob der kleine Hayden gelacht hatte, Anna? Wie reimt sich das denn alles zusammen?«

»Weil ihm vorbestimmt war, daß er an diesem Tag ums Leben kommen würde. Er sollte glücklich und zufrieden sein und lachen, bis zu dem Moment, wo das Auto ihn anfahren würde. Das Problem war, daß der falsche Mann am Steuer des Autos saß. Deswegen waren Joe Jordan und alle anderen so verstört. Er hat nicht gelacht, und er wurde vom falschen Mann angefahren.«

Solange alles nach Frances Plänen verlief, hatten Anna und die Galener kaum Kontakt mit der Außenwelt. Ab und zu fuhr einmal einer in eine Nachbarstadt zum Einkaufen oder ins Kino, und die Galener Geschäfte wurden regelmäßig per Lastwagen aus St. Louis und Kansas City beliefert, aber das war praktisch schon alles. Um den Schein zu wahren, hatte man das Immobilienbüro in der Stadt beibehalten, doch wurden dort nur Objekte in anderen Orten angeboten. Alles, was sich nicht in Privatbesitz befand, gehörte der Stadt Galen, und es stand nie etwas zum Verkauf. Und auch zu vermieten war nichts.

»Und Mrs. Fletcher? Was ist mit der?«

»Du und Saxony, ihr seid die ersten Leute von außerhalb, die seit Vaters Tod in Galen wohnen.«

»*Deswegen* hat es ihr also am ersten Tag, als wir bei ihr eingezogen sind, nichts ausgemacht, daß wir nicht verheiratet waren! Sie hat uns mindestens zehnmal versichert, daß sie so was nicht stört. Du hast das alles im voraus arrangiert, Anna, oder? Es war alles bis ins Detail geplant!«

Sie nickte. »Als ich von David Louis erfahren habe, daß ihr kommen würdet, hab ich sofort Goosey Fletcher angerufen und ihr gesagt, daß sie ins Obergeschoß des großen Hauses ziehen muß. Und dann hab ich ihr Nagel rübergeschickt.«

»Und ich hab gedacht, sie macht es wegen dem Geld.«

»Goosey ist eine sehr gute Schauspielerin.«

»War sie wirklich mal in einer Heilanstalt?«

»Nein.«

»Bloß nein. Sonst nichts?«

»Überleg doch mal, Thomas, wie kann sie denn in einer Irrenanstalt gewesen sein, wo sie doch einer von Vaters Menschen ist? Aber diese Zusammenhänge werden dir alle noch klarwerden, wenn du erst mal die Journale liest.«

Ich hatte recht, als ich sagte, der Biograph aus Princeton sei zur falschen Zeit am falschen Ort gewesen. Wegen seines kleinen Geheimnisses war Galen damals schon eine geschlossene Gesellschaft, und alle hatten sich verschworen, den Typ aus Princeton auflaufen zu lassen. Wie Anna erzählte, blieb er ein paar Wochen und dampfte dann wutschäumend nach Kalifornien ab, wo er angeblich die Biographie von R. Crumb schreiben wollte.

Aber dann passierte es. In den letzten zwei Jahren ging immer wieder mal etwas schief in Galen. Ein Mann, der eigentlich neunzig werden und dann im Schlaf sterben sollte, kam durch einen Stromschlag von einem Hochspannungskabel um, das gerissen war und auf ihn herabfiel, als er gerade vorbeikam. Er war siebenundvierzig. Ein Kind, das eigentlich gern Mais essen sollte, konnte ihn nicht einmal sehen, ohne sich zu erbrechen. Eine Frau, die in einen Bullterrier verwandelt worden war, warf plötzlich neun Junge. Das hatte es noch bei keiner Hündin gegeben – und hätte es auch nicht geben dürfen.

Ich steckte die Hände unter die Achseln, um sie zu wärmen. Ich gähnte zum x-tenmal. »Und, woran hat's gelegen?«

Anna hielt die leere Kaffeetasse in der Hand und ließ einen Fingernagel dagegen klicken. »Vaters Kräfte haben nachgelassen. Sie haben allmählich ihre Wirkung verloren. In einem seiner Journale hat er diese Möglichkeit erwähnt. Du kannst es selber lesen, aber ich kann dir das Wesentliche auch jetzt schon sagen. Er schreibt da, nach seinem Tod könne zweierlei passieren. Die eine Möglichkeit sei, daß alles, was er geschaffen hätte, auf einen Schlag mit ihm verschwinden würde.«

»Die Stelle hab ich gelesen.« Ich hatte immer noch das Journal in der Hand und hielt es hoch.

»Ja. Die zweite Möglichkeit sei, daß nach seinem Tod alles den gewohnten Gang gehen würde, weil er ihnen allen so viel...« Sie kniff den Mund zusammen und zögerte einen Moment. »Weil er ihnen einen so starken *Lebensgeist* mitgegeben hätte, daß sie auch nach seinem Tod noch einwandfrei funktionieren würden.«

»Und so war es ja auch, oder. Sie *haben* ja weiter funktioniert.«

»Schon, Thomas, aber nur bis vor zwei Jahren. Bis dahin war alles tadellos gelaufen. Aber dann ist eine Panne nach der anderen passiert – ein paar davon hab ich schon erwähnt. Aber Vater hatte auch diese Möglichkeit vorausgesehen. Er hat darüber etwas in das Buch geschrieben, das du in der Hand hast.«

»Erzähl's mir bitte, Anna. Ich bin einfach nicht in der Stimmung, was zu lesen.«

»Na gut.« Sie sah die Tasse an, als hätte sie vergessen, daß sie sie in Händen hielt. Sie stellte sie auf den Couchtisch und stieß sie ungehalten weg. »Weil er imstande gewesen war, die Menschen von Galen zu erschaffen, war er überzeugt, daß es nach seinem Tod auch irgend jemandem irgendwo gelingen müßte, ihn neu zu erschaffen.«

»*Was?*« Eiskalte kleine Eidechsen liefen mir über den Rücken.

»Ja, er hat geglaubt, daß sein Biograph« – sie unterbrach sich und sah mit hochgezogenen Augenbrauen mich an, *seinen Biographen* –, »wenn sein Biograph gut genug wäre, müßte er imstande sein, Vater wieder zum Leben zu erwecken; er müßte nur, auf die richtige Art und Weise, Vaters Lebensgeschichte schreiben.«

»Um Gottes willen, Anna, willst du damit sagen, daß *ich* dieser eine bin? Da verwechselst du Weizen mit Heu! Äh, ich mein, Weizen mit *Spreu*! Dein Vater war... war... was weiß ich, der liebe Gott. Und wer bin ich?«

»Willst du wissen, warum ich dich so weit hab kommen lassen?«

»Ich weiß nicht, ob ich es wissen will. Aber gut, meinetwegen, warum?«

»Weil du die eine Voraussetzung mitbringst, die Vater als die allerwichtigste bezeichnet hat: Du bist besessen von ihm. Du redest andauernd nur davon, wie wichtig dir seine Bücher sind. Dein Werk ist dir fast so wichtig wie uns allen hier.«

»Ich bitte dich, Anna, was soll das? Das kann man doch nicht vergleichen!«

»Halt, Thomas.« Sie hielt die Hand hoch wie ein Verkehrspolizist. »Du weißt es noch nicht, aber seit du das erste Kapitel geschrieben hast, ist in Galen wieder alles im Lot. Alles, was in den Journalen steht, tritt wieder ein, genau wie früher. Alles – Nagels Tod war nur das letzte.«

Ich sah sie an und machte den Mund auf, aber es gab nichts zu sagen. Man hatte mir gerade das ungeheuerlichste Kompliment meines Lebens gemacht. Ich steckte fest, mitten zwischen galleschwarzer Angst und unbändigem, lebensbejahendem Überschwang. Um Himmels willen, wenn sie nun recht hatte, was dann?

7

Wir arbeiteten weiter, nur wollte Saxony jetzt nichts mehr mit der Biographie zu tun haben. Sie schnitzte drei Marionetten, und wenn sie nicht damit beschäftigt war, las sie in Eddisons *Der Wurm Ouroboros*.

Ich ging immer noch zu Anna, aber nur tagsüber und höchstens bis halb sechs. Dann nahm ich meinen kleinen braunen Aktenkoffer und zockelte nach Hause.

Schwer zu schaffen machte mir vor allem die Frage, ob ich Saxony die Wahrheit über France und Galen sagen sollte oder nicht. Manchmal war es mir unerträglich, es noch länger für mich zu behalten, es ihr vorzuenthalten. Aber schließlich war schon mancher für weniger idiotische Ansichten als meine in die Irrenanstalt gekommen, und so dachte ich mir, daß es doch das beste sei, erst noch einmal abzuwarten, wie sich die Dinge entwickelten, bevor ich die Katze aus dem Sack ließ.

Ein Schneesturm tobte durch die Stadt und hinterließ auf allem einen dicken weißen Anstrich. Eines Nachmittags machte ich einen Spaziergang und sah drei Katzen, die auf einem offenen Feld herumtollten. Sie hatten so viel Spaß, daß ich stehenblieb und ihnen zuschaute. Sie jagten einander noch eine Zeitlang mit großen Sprüngen, bis eine von ihnen mich sah und wie angewurzelt stehenblieb. Sie schauten alle drei zu mir her, und ich hob unwillkürlich die Hand und winkte. Ganz leise, vom Schnee fast verschluckt, drang ihr Miauen zu mir herüber. Erst nach ein paar Sekunden dämmerte mir, daß das ihre Art war, guten Tag zu sagen.

In der Stadt standen mir jetzt alle Türen offen. Was die Leute mir erzählten, hätte mich vor ein paar Monaten noch in die Flucht geschlagen, aber jetzt nickte ich immer nur oder schüttelte den Kopf und nahm noch eins von Debbys (oder Gretchens oder Mary Anns) Rosinenplätzchen.

Was sie mir zu sagen hatten, ging unweigerlich in eine von zwei Richtungen: vorwurfsvoll oder drängend. Entweder ich sollte zusehen, daß ich jetzt endlich das verdammte Buch fertigbekäme, weil sonst ein Haufen Leute in Schwierigkeiten kämen, oder Gott sei Dank sei ich noch rechtzeitig gekommen, und ob es noch lange dauern würde, bis ich fertig sei? Je nach Tag und Person kam ich mir entweder wie der Messias vor oder wie der Techniker von der Störungsstelle. Der Gedanke, ob mein fertiges Buch Marshall France ins Leben zurückbefördern würde, kreiste unaufhörlich in meinem Kopf wie eine Murmel in einem Wäschetrockner. Manchmal konnte ich nur noch lachen, weil alles so verrückt und absurd war. Dann wieder liefen mir meine Angst-Eidechsen über die Haut, und ich versuchte, das alles von mir wegzuschieben.

»Sag mal, Larry, wie fühlt man sich denn so, wenn man... äh, erschaffen wird?«

Larry furzte und sah mich lächelnd an. »Erschaffen? Was soll'n das heißen, erschaffen? Also paß mal auf, du bist aus deinem alten Herrn rausgeschossen gekommen, stimmt's?« Ich nickte und zuckte die Achseln. »Siehste, und ich bin irgendwo anders rausgeschossen gekommen. Noch'n Bier?«

Catherine streichelte ihr graues Kaninchen so vorsichtig, als wäre es aus Glas. »Erschaffen? Hm. Das ist ein komisches Wort. Erschaffen.« Sie ließ es sich über die Zunge rollen und lächelte auf das Kaninchen hinab. »Da hab ich wirklich noch nicht drüber nachgedacht, Thomas. Ich hab immer so viele andre Sachen im Kopf, weißt du.«

Falls ich Antworten aus dem Allerheiligsten erwartete, bekam ich sie nicht. Galen war eine Stadt mitten in Missouri, deren Bevölkerung überwiegend der unteren Mittelklasse angehörte; es waren hart arbeitende Menschen, die am Mittwochabend kegeln gingen, einfältige Fernsehserien herrlich fanden, Schinken-Sandwiches aßen und auf eine neue Landmaschine oder ein Wochenendhäuschen draußen am Lake Tekawitha sparten.

Die interessanteste Anekdote, die ich hörte, betraf einen Mann, der seinem Bruder aus Versehen mit einem Polizeirevolver ins

Gesicht geschossen hatte. Er drückte ab, der Revolver ging los, ein Knall, Rauch ... aber dem Bruder passierte nichts. Rein gar nichts.

Aber die Leute redeten und redeten. Nun da ich »einer von ihnen« war, erzählten sie mir alles mögliche – von ihrem Hexenschuß, ihrem Liebesleben, Rezepte für die Zubereitung von Welsen. Für meine Recherchen war kaum etwas dabei, aber sie erzählten einander schon so lange immer dieselben Sachen, daß es eine hübsche Abwechslung für sie war, endlich mal mit einem zu reden, der das nicht alles schon mehrfach gehört hatte.

»Weißt du, was mir nicht paßt an den Zuständen jetzt, Abbey? Daß man sich auf nix mehr verlassen kann, früher, da hab ich auf die Straße gehen können und mir keine Sorgen zu machen brauchen, daß mir so ein Scheißflugzeug auf'n Kopf fällt. Verstehst du, was ich mein? Wenn man's weiß, weiß man's. Man braucht sich keine Sorgen zu machen, daß einem was zustößt. Nimm doch bloß dieses arme Schwein, den Joe Jordan. Haut sich bloß mal schnell in sein Auto, weil er 'ne Schachtel Zigaretten braucht, und bums hat er'n Kind überfahren. Nee, danke, ich will *vorher* wissen, wann mir mein Stündlein schlägt. Weil – dann brauch ich mir keine Sorgen zu machen, bis es soweit is.«

»Aber was machst du dann? Wenn dir dein Stündlein schlägt.«

»Mach mir in die Hosen!« Der Alte schüttete sich aus vor Lachen über seinen eigenen Witz.

Je mehr Leute ich fragte, um so deutlicher zeichnete sich ab, daß die überwältigende Mehrheit es »à la France« lieber hatte und entsetzt darüber war, auf einmal wieder den plumpen, grausamen Händen des Schicksals ausgeliefert zu sein.

Es gab auch ein paar, die nicht wissen wollten, was ihnen wann zustoßen würde. Das war ihr gutes Recht. Nach der Regelung, die man vor Jahren getroffen hatte, fiel jeweils dem ältesten Mitglied der Familie die Aufgabe zu, eine vollständige Abschrift der vergangenen und künftigen Geschichte seiner Familie anzufertigen, die er von France bekommen hatte. Jeder über achtzehn, der wissen wollte, was ihm vorherbestimmt war, konnte zum »Ältesten« gehen und ihm jede beliebige Frage stellen.

Ein Mann, der im Supermarkt arbeitete, sah mich an, als wäre ich nicht ganz bei Trost, als ich ihn fragte, ob er nicht lieber länger leben wollte als die einundfünfzig Jahre, die France ihm zugemessen hatte.

»Wieso denn das? Ich kann doch alles, was ich tun will, jetzt schon tun. Gibt es denn was, was ein Mann in fünfzig Jahren nicht erreichen könnte?«

»Aber da ist man doch so... so eingesperrt. Ich weiß nicht, ich würde da Klaustrophobie bekommen.«

Er zog mit arthritischer Hand einen schwarzen Kamm aus einer Tasche seines Overalls und fuhr sich damit durch sein ebenso schwarzes Haar.

»Nein, wissen Sie, Tom, ich sehe das so. Ich bin jetzt neununddreißig, ja? Ich weiß mit Sicherheit, daß mir noch zwölf Jahre bleiben. Ich mach mir nie Sorgen darüber, was mit mir mal sein wird, über das Sterben und so. Aber Sie schon, oder? Manchmal wachen Sie wahrscheinlich am Morgen auf und sagen ›Heute könnte der Tag sein, an dem ich *sterbe*‹ oder ›Und wenn ich heute zum Krüppel geschlagen werde?‹ Irgend so was, Sie verstehen? Ich hab ein bißchen arthritische Hände und ich werde mit einundfünfzig an Krebs sterben. Also, wer ist jetzt besser dran, Sie oder ich? Sind Sie mal ehrlich.«

»Darf ich Sie noch was fragen?«

»Klar, schießen Sie los.«

»Angenommen, ich bin ein Galener und ich weiß, ich soll morgen sterben – Sie sollen mich mit Ihrem Lieferwagen überfahren. Was ist, wenn ich heimgehe und morgen den ganzen Tag nicht aus dem Haus gehe? Was ist, wenn ich mich den ganzen Tag einschließe und es Ihnen unmöglich mache, mich zu überfahren?«

»Dann sterben Sie in Ihrem Schrank genau zu der Zeit, zu der Sie von mir überfahren werden sollten.«

In dem Film *Café de la Paix*, in dem Vater mitspielt, ist eine Szene, die mir immer gefallen hat und die mir immer wieder in den Sinn kam, als ich meine Runden in Galen machte.

Richard Eliot, alias »Shakespeare«, kein Geringerer als der erfolgreichste englische Geheimagent im von den Nazis besetzten Frankreich, ist enttarnt worden. Er sorgt dafür, daß seine Frau sich mit der Metro in Sicherheit bringen kann, und geht dann ins Café de la Paix und wartet darauf, daß die Boches ihn abholen kommen. Er bestellt einen Café crème, holt ein kleines Buch aus der Tasche und fängt zu lesen an. Seelenruhig. Der Kaffee kommt, aber der Kellner stellt ihn hastig hin und macht sich aus dem Staub, weil er schon weiß, was passieren wird. Die Straße liegt verlassen da, und ein paar dürre Blätter bewegen sich fast unmerklich auf dem

Trottoir unter dem Tisch. Der Regisseur des Films war ein Genie, denn er läßt drei Minuten lang überhaupt nichts passieren. Als endlich der schwarze Mercedes mit quietschenden Reifen vorfährt, rauft man sich schon die Haare und ist richtig *erleichtert*, daß sie endlich da sind. Türen knallen, und die Kamera verfolgt ein Paar auf Hochglanz gewichste Offiziersstiefel über die Straße.

»Herr Eliot?« Der deutsche Offizier ist einer dieser »edlen Schurken« (ich glaube, Curd Jürgens hat ihn gespielt); er war gerissen genug, um Shakespeare auf die Spur zu kommen, hat dabei aber den Mann achten gelernt, den er nun gleich festnehmen wird.

Vater schaut von seinem Buch auf und lächelt. »Hallo, Fuchs.«

Der andere Nazi will ihn abführen, aber Fuchs hält ihn am Arm fest und beordert ihn zum Wagen zurück.

Vater zahlt die Zeche, und die beiden Männer gehen langsam über die Straße.

»Wenn es geklappt hätte, Eliot, was hätten Sie dann nach Ihrer Rückkehr zu Hause gemacht?«

»Gemacht?« Vater lacht und sieht lange zum Himmel auf. »Ich weiß es nicht, Fuchs. Manchmal hat mir diese Möglichkeit mehr Angst gemacht als die, erwischt zu werden. Ist das nicht komisch? Vielleicht habe ich insgeheim die ganze Zeit gehofft, das hier sollte passieren, damit ich mir nie mehr Sorgen um die Zukunft zu machen brauchte. Haben Sie denn mal darüber nachgedacht, was Sie tun werden, wenn Deutschland den Krieg verliert?«

Wie viele Gespräche unter vier Augen hatte ich schon geführt, wo ich dann um drei Uhr früh einem schläfrigen Zimmergenossen oder einer Freundin verzweifelt zu erklären versuchte, was es mit dem Leben so auf sich habe? Dabei verhedderte ich mich regelmäßig derart in all den widersprüchlichen Antworten und Möglichkeiten, daß ich am Schluß entweder einschlief oder mit dem Mädchen ins Bett ging oder total deprimiert war, weil mir klar wurde, daß ich nichts, aber auch gar nichts wußte.

Die Galener hatten diese Sorgen nicht. Sie praktizierten die reinste Form des Calvinismus, nur daß sie sich nicht darum zu kümmern brauchten, was nach ihrem Tod mit ihnen sein würde. Sie konnten nichts daran ändern, wer sie waren oder was ihnen passieren würde, aber zu wissen, daß sie in ihrem Abschlußexamen mit Sicherheit eine passable Note bekommen würden, war für sie das einzig Wichtige, soweit es ihr Leben von Tag zu Tag betraf.

Saxony bekam endlich den Gips herunter, und obwohl sie noch eine Zeitlang herumhumpelte, weil das Bein dünn und schwach geworden war, besserte sich ihre Stimmung gewaltig.

Die Blätter waren alle von den Bäumen abgesprungen und klebten jetzt auf den Straßen. Die Tage waren kurz und entweder naß oder grau oder beides. Galen ging unter Dach. Die Basketballmannschaft spielte jeden Freitagabend, und die Turnhalle war immer gesteckt voll. Das Kino, die Geschäfte – alles, was sich nicht im Freien abspielte, war wieder gefragt. Man roch die schweren Wintergerichte, die in den Häusern gekocht wurden, die feuchte Wolle von Mänteln, die staubige Schwüle von Handschuhen und Socken und Zipfelmützen, die zum Trocknen auf der Heizung lagen.

Ich dachte an all die anderen kleinen Galens überall, die jetzt für den Winter rüsteten. Schneeketten fürs Auto, Öl für die Heizung, neue Schlitten, Vogelfutter fürs Vogelhaus im Garten, Winterfenster, Streusalz für die Auffahrt... All diese kleinen Galens trafen die gleichen Vorbereitungen, nur irgendwo da draußen stieg ein Mann in sein Auto, um zum nächsten Laden zu fahren. Er wußte nicht, daß er auf dem Weg dorthin ins Schleudern kommen und sich überschlagen und sterben würde. Seine Frau würde sich stundenlang keine Sorgen machen. Dann würde vielleicht einer seiner Freunde das Wrack entdecken, und aus dem Auspuffrohr würde immer noch eine graue Abgaswolke austreten und den schmutzigen Schnee darunter schmelzen lassen.

Oder ein alter Mann in Maine würde seine Wolljacke und seine grünen Cordhosen anziehen und nicht wissen, daß er in zwei Stunden einen Herzanfall haben würde, gerade in dem Moment, in dem er die Leine am Halsband seines Dackels befestigen würde.

Mrs. Fletcher hatte rausgekriegt, wann ich Geburtstag habe, und mir einen riesigen, ungenießbaren Karottenkuchen gebakken. Ich bekam auch eine Menge Geschenke. In jedem Haus, in das ich kam, hatten sie entweder einen Kuchen oder ein Geschenk für mich. Ich bekam einen ausgestopften Dachs, zehn selbstgebastelte Angelköder und eine Erstausgabe von *None Dare Call It Treason*. Als ich von meinen Interviews heimkam, stand Saxony an der Tür und schüttelte lächelnd den Kopf, bevor ich auch nur meine neuesten Schätze zeigen und ihr alles erzählen konnte.

»Du bist ein richtiger Star, was?« Sie hielt sich das Stereoskop von Barney und Thelma an die Augen.

»He, he, nun mal langsam, Sax, das Ding ist einen Haufen Geld wert. Wirklich nett von den Leuten, mir so was zu schenken.«

»Sei doch nicht gleich so empfindlich, Thomas. Ich hab doch nur sagen wollen, daß es schön sein muß, wenn man überall so gern gesehen ist.«

Ich wußte nicht, ob das ernst oder scherzhaft gemeint war, aber wenn ich ihr hätte antworten müssen, dann hätte ich zugestimmt – es *war* schön. Sicher, ich wußte, was bei den meisten Galenern dahintersteckte – so naiv war ich nun auch wieder nicht –, aber ich erfuhr immerhin, wie das ist, geachtet, geliebt und verehrt zu werden: es war verdammt angenehm. Es war eine kleine Kostprobe davon, was sowohl mein Vater als auch Marshall France jahrzehntelang gehabt hatten.

France hatte auf dem Frachter *Arthur Bellingham* die Überfahrt von Liverpool nach New York gemacht. An Bord freundete er sich mit einem jüdischen Ehepaar an und hatte eine Liebelei mit dessen neunzehnjähriger Tochter. Er ging dann in New York eine Zeitlang mit dem Mädchen, aber es wurde nichts Ernstes daraus. Er bekam die Arbeit bei Lucente und nahm ein Zimmer in einer Absteige eine Straße vom Beerdigungsinstitut entfernt.

»Anna, wieso hast du mich angelogen, als ich dich gefragt hab, wie lange dein Vater bei Lucente gearbeitet hat?«

Sie aß im Speisezimmer eine Schüssel Rice Krispies, und ich hörte das leise Knistern in der Schüssel.

»Ich will deswegen kein großes Trara machen – ich würde nur gern wissen, warum du gelogen hast.«

Sie kaute, schluckte herunter und tupfte sich mit einer Papierserviette den Mund ab.

»Ich wollte erst sehen, wie gut du als Schriftsteller bist, bevor ich dich richtig loslegen lassen würde. Das ist doch verständlich, oder? Deshalb hab ich dir alles Material bis zu seiner Einwanderung in die Vereinigten Staaten gegeben. Ich hab mir gedacht: Wenn er gut ist, wird man das schon am ersten Kapitel sehen. Ist er schlecht, schicke ich ihn einfach wieder weg, und er hat eigentlich nichts erfahren.« Sie tauchte den Löffel in die Schüssel und sah wieder in die Zeitschrift, in der sie gelesen hatte.

»Anna? Noch eine Frage: Wieso sprichst du nie von deiner Mutter?«

»Meine Mutter war ein sehr hübsches, ruhiges Mädchen aus dem Mittleren Westen, und auf ihren Wunsch bin ich zu den Wölflingen und dann, als ich größer war, zu den Pfadfinderinnen gegangen. Sie war eine phantastische Köchin und machte Vater auf jede erdenkliche Weise das Leben angenehm. Ich glaub, er hat sie geliebt und war glücklich mit ihr, weil sie das genaue Gegenteil von ihm war – sie war ein durch und durch praktischer, nüchterner Mensch. Sie bewunderte Menschen mit lebhafter Phantasie oder künstlerischer Veranlagung, aber ich glaube, sie war insgeheim froh darüber, daß sie nicht zu diesen Menschen gehörte. Einmal hat sie mir unter vier Augen anvertraut, Vaters Bücher wären ihrer Meinung nach doof. Ist das nicht herrlich? Doof!«

Frances Onkel, Otto Frank, hatte es als Drucker nie zu etwas gebracht. Er war von Hermann, Missouri, nach Galen gezogen, weil ihm der Ort gefiel und weil dort eine Druckerei günstig zu kaufen war. Er druckte Hochzeitskarten, Prospekte und Plakate für Volksfeste und landwirtschaftliche Versteigerungen. Einmal hatte er den hochfliegenden Plan gefaßt, ein Regionalblatt herauszugeben (deswegen hatte er einem Bruder in Österreich geschrieben, er solle ihm einen seiner Jungen herüberschicken), aber er hatte nicht das nötige Geld gehabt und auch keinen gefunden, der bereit gewesen wäre, seinen Traum zu finanzieren.

Martin (der sich zum Kummer seines Onkels inzwischen Marshall France nannte) kam nach Galen, und der Onkel stellte ihn als Druckerlehrling ein. Die Arbeit gefiel France anscheinend, denn er blieb dabei, bis Otto 1945 starb, in dem Jahr, als *Ein Sternenteich* erschien.

Das Buch hatte nur mäßigen Erfolg, aber der Verleger fand es immerhin so gut, daß er France einen Vorschuß von tausend Dollar für sein nächstes Werk anbot. Das war dann *Pfirsichschatten*, und der Erfolg blieb auch diesmal aus. Immerhin schrieb ein Kritiker namens Charles White im *Atlantic Monthly* einen langen Artikel über France. Er verglich den Autor mit Lewis Carroll und Lord Dunsany, und das war einer der Grundsteine für Frances späteren Erfolg. Anna hatte noch fast alle Briefe, die er nach Galen bekommen hatte, und auch die Durchschläge seiner Antwortbriefe; France hatte erst Monate nach Erscheinen von dem Artikel erfahren. Er schrieb dem Kritiker und dankte ihm. Sie korrespondierten jahrelang, bis White starb.

Zwei Jahre nach *Pfirsichschatten* erschien *Die Trauer des grünen*

Hundes und kam fast augenblicklich auf die Bestsellerlisten. White schrieb France einen lustigen Brief. Er fing so an: »Lieber, verehrter Mr. France! Ich habe noch nie einen berühmten Autor gekannt. Sind Sie jetzt einer? Wenn ja, könnten Sie mir hundert Dollar pumpen? Wenn nein...« Plötzlich waren Neuauflagen der ersten beiden Bücher auf dem Markt, man bat France, eine Anthologie beliebter Kindergeschichten herauszugeben, Walt Disney wollte aus *Pfirsichschatten* einen Film machen... Marshall France war prominent.

Aber er teilte Disney in einem freundlichen Brief mit, er könne sich seinen Film an den Hut stecken. Auch dem Verleger der Kindergeschichten-Anthologie schrieb er ab. Er sagte fast zu allem nein, und nach einer Weile antwortete er nicht einmal mehr; er ließ eine Karte drucken, auf der stand, Marshall France dankt Ihnen, muß jedoch zu seinem Bedauern... Wie ein vorgedrucktes Ablehnungsschreiben einer Zeitschrift. Anna schenkte mir eine solche Karte eingerahmt zum Geburtstag, mit einem eigenhändig gezeichneten Bullterrier darauf.

Im Lauf der Jahre gingen buchstäblich Hunderte von Angeboten und Anfragen ein. Einer wollte Gummipuppen nach den Figuren im *Land des Lachens* herstellen, andere Grüner-Hund-Bleistifte oder ein Radio, das aussehen sollte wie das Wolkenradio in *Pfirsichschatten*. Wie Anna mir sagte und wie ich hinterher selbst sah, stellten viele dieser Firmen ihre Produkte trotzdem her, obwohl France abgewinkt hatte. Sie meinte, er habe sich Hunderttausende entgehen lassen, weil er sich weigerte, irgendwelche Prozesse zu führen. David Louis hatte Anwälte bei der Hand, die sich mit Vergnügen auf diese Hersteller gestürzt hätten, aber France sagte jedesmal nein. Er wollte keinen Ärger, er wollte nicht gestört werden, er wollte nicht in die Schlagzeilen, er wollte Galen nicht verlassen. Sogar Louis behelligte ihn schließlich nicht mehr deswegen, rächte sich jedoch, indem er ihm jahrelang Exemplare dieser plagiierten Puppen, Taschenlampen und sonstigen Albernheiten zuschickte, nur um ihm zu zeigen, wieviel Geld er sich entgehen lasse. Einen ganzen Nachmittag lang kramten wir im Keller und zogen die Dinger aus muffigen, zusammensackenden Pappkartons, die seit Jahren in Ecken herumstanden.

»Wenn David Louis das gewußt hätte, er wäre aus der Haut gefahren.« Anna nahm ein Malbuch mit dem *Grünen Hund* aus einem Karton. »Auf diese Weise bin ich nämlich billig zu Spielzeug gekommen, als ich klein war.« Sie schlug das Buch auf und zeigte es mir. Es war ein Bild von Krang und dem grünen Hund, die miteinander eine windige Straße entlanggingen; Krangs Schnur war mit einer Schleife am Halsband des Hundes befestigt. Das Bild war halb ausgemalt, der Hund blau, Krang ganz in Gold und die Straße in roten Wellenlinien.

»Was hätte denn dein Vater dazu gesagt, daß du den Hund blau angemalt hast?«

»Von wegen, das war seine eigene Schuld! Ich weiß es noch ganz genau. Ich habe ihn gefragt, ob der grüne Hund irgendwann einmal eine andere Farbe gehabt hätte. Er hat gesagt, der Hund wäre blau gewesen, bevor das Buch geschrieben wurde, aber das sei ein großes Geheimnis und ich dürfte es keinem weitersagen.« Sie ließ die Hand liebevoll über den blauen Körper gleiten, als wollte sie entweder den Hund oder das Andenken an ihren Vater streicheln.

Ich sah sie an und versuchte mir vorzustellen, was aus uns beiden werden würde. Sie war sechsunddreißig (ich hatte mir eines Tages endlich ein Herz gefaßt und sie gefragt, und sie hatte es mir gesagt, ohne mit der Wimper zu zucken), und ich war einunddreißig, obwohl mir das völlig egal war. Wenn ich sie haben wollte, würde ich den Rest meiner Tage in Galen verbringen müssen. Aber wäre das so schlimm gewesen? Ich hätte Bücher schreiben können – vielleicht als nächstes das über Vater –, an der Galener High-School Englisch unterrichten, ab und zu eine Reise machen. Wir würden zwar immer wieder hierher zurückkehren müssen, aber das schreckte mich nicht. Im Haus meines Helden wohnen, mit seiner Tochter schlafen – und etwas darstellen unter den Galenern, denn wer weiß, vielleicht würde ich doch noch ihr Retter.

»Ist dir klar, daß Saxony bald von hier weg muß, Thomas?«

Ich tauchte aus meinem Gedankennebel auf und hustete. Der Keller war feucht und kalt, und ich hatte den warmen Pullover im Schlafzimmer oben gelassen.

»Wie? Was redest du da?«

»Ich sagte, sie muß bald weg von hier. Jetzt, wo du alles über uns hier in Galen weißt, wirst du dableiben und das Buch schreiben, aber sie hat nichts mehr damit zu tun. Sie muß weg.«

Sie sprach ganz ruhig und unbeteiligt. Und nebenbei blätterte sie das Malbuch durch.

»Aber warum denn, Anna?« winselte ich. Hatte ich das nötig?

Ich nahm das Winseln sofort zurück und ersetzte es durch barsche, rechtschaffene Entrüstung. »Was soll das heißen?« Ich schmiß die Puppe, die ich in der Hand hielt, in den Karton zurück.

»Ich hab's dir doch schon mal gesagt, Thomas: Hier lebt niemand außer Vaters Menschen. Du kannst jetzt bleiben, aber nicht Saxony. Sie hat hier nichts mehr verloren.«

Ich schlug mir bühnenreif an die Stirn und versuchte, das Ganze ins Lächerliche zu ziehen. »Also komm, Anna, du hörst dich schon an wie Bette Davis in *Wiegenlied für eine Leiche*. ›Tut mir leid, Gilbert, aber Jeanette muß jetzt weg.‹« Ich lachte und schnitt eine Grimasse wie ein Irrer. Anna lächelte freundlich zurück.

»Jetzt mal ohne Flachs, Anna! Was soll das Gerede? Du machst dich doch bloß über mich lustig, oder? Hm? Warum muß sie weg? Was spielt das für eine Rolle, ob sie hier ist oder nicht? Ich hab ihr nichts gesagt. Das weißt du.«

Sie legte das Malbuch in den Karton und stand auf. Sie klappte ihn zu und verschloß ihn mit braunem Packband, das sie mitgenommen hatte. Sie wollte den Karton mit dem Fuß wieder in die Ecke schieben, aber ich packte sie am Handgelenk, so daß sie mich ansehen mußte.

»*Warum?*«

»Du weißt, warum, Thomas. Also laß die unnötige Fragerei.« Jetzt bekam ich die gleiche Wut zu spüren wie damals im Wald Richard Lee.

Zehn Minuten später setzte sie dem ganzen die Krone auf, indem sie mir sagte, ich müsse gehen, weil sie mit Richard verabredet sei.

Ich war an diesem Abend kaum zu Hause, als Saxony und ich einen furchtbaren Streit anfingen. Es ging um irgendeine idiotische Besorgung, die ich vergessen hatte. Aber die blinde Wut, die uns beide packte, stammte natürlich von dem, was wir die ganze Zeit alles unterdrückt hatten. Nach ein paar Minuten war sie krebsrot im Gesicht, und ich merkte, daß ich abwechselnd die Hände rang und die Fäuste ballte wie ein aufgebrachter Ehemann in einem Boulevardstück.

»Wie oft soll ich es denn noch sagen, Thomas, wenn's dir hier so schlecht geht, warum haust du dann nicht endlich ab?«

»Nun mal langsam, Saxony, ja? Kein Mensch hat gesagt –«

»Doch, du hast es gesagt. Wenn da drüben alles so toll ist, dann geh doch! Meinst du vielleicht, es macht mir Spaß, wie du andauernd zwischen ihr und mir hin- und herschleichst?«

Ich wollte sie niederstarren, aber im Moment hatte ich nicht den Mumm, ihr längere Zeit ins Auge zu sehen. Ich sah weg und dann wieder hin. Sie kochte immer noch.

»Was soll ich tun, Sax, sag's mir bitte.«

»Hör endlich auf, mir diese Frage zu stellen! Du bist doch kein kleines Kind mehr. Du willst, daß ich sie dir beantworte, und ich lehn das ab. Du willst, daß ich dich entweder wegschicke oder dir befehle, sie zu verlassen und zu mir zurückzukommen. Aber das tu ich nicht, Thomas. Du bist schließlich schuld an dem Schlamassel. Du hast es so gewollt, und jetzt sieh auch zu, wie du damit fertig wirst. Ich liebe dich, das weißt du sehr gut. Aber ich mach das nicht mehr lange mit. Also laß dir gefälligst was einfallen, und zwar bald.« Bei den letzten Worten flüsterte sie fast nur noch, und ich mußte mich vorbeugen, um sie zu verstehen. Aber auf einmal schrie sie wieder, und ich prallte erschrocken zurück. »Wie kann ein Mensch bloß so blöd sein! *Erwürgen* könnt ich dich! Wie kannst du nur so blöd sein, Thomas? Ist dir nicht klar, was wir uns für ein schönes Leben machen könnten? Wenn du das Buch fertig hast, könnten wir hingehen, wo wir wollten, und hunderterlei Sachen machen, die uns gefallen. Siehst du denn nicht, was Anna mit dir macht? Sie zieht dich runter vor den widerlichen kleinen Altar, den sie ihrem Vater errichtet hat –«

»Moment mal, und was ist mit deinem Interesse an Fr–«

»Ja, ja, ich weiß schon. Aber ich hab genug von Marshall France, Thomas. Ich will mein Herz nicht mehr an ein Buch oder eine Marionette hängen, sondern an dich, Thomas. Die ganzen anderen Sachen, die können wir ja nebenbei weitermachen, aber die übrige Zeit ist für uns. Wart mal. Einen Moment!« Sie stand von ihrem Stuhl auf und hinkte in die Küche. Nach zwei Sekunden kam sie mit ein paar Marionetten in der Hand wieder. »Hier, siehst du die? Weißt du, warum ich die geschnitzt hab? Um mich von dem ganzen andern Kram abzulenken. Das stimmt. Das ist die Wahrheit. Ich komme mir so lächerlich vor, wenn ich den ganzen Nachmittag dasitze und an dem Holz herumschnitze und mir Mühe gebe, möglichst nicht daran zu denken, wo du gerade bist und was du machst. Unsere Fahrt hierher mit dem Auto, das war das erstemal in meinem Leben, daß ich nicht jeden einzelnen Tag gearbeitet hab. Und es war himmlisch! Das andere hat für mich nicht gezählt. Es hat so viel gegeben, was wir zusammen machen konnten. Ich weiß, wie wichtig dir dieses Buch ist, Thomas. Ich weiß, wie wichtig es ist, daß du es zu Ende schreibst...«

»Ich weiß nicht, worauf du hinaus willst, Sax.«

»Also gut. Okay. Schau, erinnerst du dich noch an den Tag, als wir hier angekommen sind? Das Grillfest auf dem Stadtplatz?«

Ich biß mir auf die Oberlippe und nickte.

»Weißt du auch noch, daß ich Goosey gleich in den ersten paar Minuten unserer Unterhaltung von dem Buch erzählt hab?«

»Und ob ich das noch weiß! Ich hätte dich umbringen können. Warum hast du das gemacht, wo wir doch alles so genau besprochen hatten?«

Sie legte die Marionetten auf die Couch und fuhr sich mit beiden Händen durchs Haar. Die Geste machte mir bewußt, wie viel länger es geworden war. Ich hatte ihr nie gesagt, wie hübsch das aussah. »Hast du schon mal was von weiblicher Intuition gehört? Verzieh nicht gleich wieder das Gesicht, Thomas, es stimmt nämlich. Es gibt da was, man spürt es fast immer. Ein sechster Sinn oder so was. Denk dran, ich hab dir neulich gesagt, daß ich es gemerkt hab, als du und Anna angefangen habt, miteinander zu schlafen. Du kannst es glauben oder nicht, jedenfalls war ich hier fast vom ersten Moment an sicher, daß mit uns etwas schiefgehen würde, wenn du mit diesem Buch anfangen würdest. Deshalb hab ich es von Anfang an darauf angelegt, daß die uns noch am selben Tag fortjagen würden. Es tut mir leid, aber ich hab's getan. Ich hab mir gedacht, wenn ich denen sagen würde, was wir vorhatten, würden sie uns überhaupt nicht an Anna France 'ranlassen.«

»Sabotage.«

»Du sagst es. Ich hab versucht, die ganze Sache zu sabotieren. Ich wollte es gar nicht dazu kommen lassen, nachdem wir uns in den wenigen Tagen so viel nähergekommen waren. Ich wußte, daß alles kaputtgehen würde, wenn du erst einmal anfangen würdest. Und ich hab recht gehabt, oder nicht?« Sie nahm ihre Puppen und ging aus dem Zimmer. An diesem Abend redeten wir nicht mehr miteinander.

Zwei Tage darauf traf ich Mrs. Fletcher vor dem Supermarkt. In ihrem Einkaufswagen hatte sie einen Fünfzig-Pfund-Sack Kartoffeln und ungefähr zehn Flaschen Pflaumensaft.

»Na, sieht man Sie auch mal wieder? Sie machen sich in letzter Zeit so rar. Viel Arbeit?«

»Hi, Mrs. Fletcher. Ja, ziemlich viel.«

»Anna hat mir erzählt, Sie kommen mit dem Buch jetzt gut voran.«

»Ja, es läuft.« Ich hatte tausenderlei Dinge im Kopf und keine Lust, mit ihr zu palavern.

»Sie müssen Saxony möglichst bald hier wegschaffen, Tom. Das wissen Sie doch?«

Ein Hund bellte, und ein Auto wurde angelassen. Die kalte Luft begann nach Abgasen zu riechen.

Mir ballte sich in der Brust ein Brocken Ärger und Verzweiflung zusammen. »Was spielt denn das für eine Rolle, verdammt noch mal, ob sie wegfährt oder hierbleibt? Ich hab jetzt wirklich langsam *genug* davon, daß mir hier andauernd Vorschriften gemacht werden. Wen stört denn das, wenn Saxony hierbleibt?«

Sie hörte zu lächeln auf. »Hat Anna es Ihnen nicht gesagt?« Sie legte mir die Hand auf die Schulter. »Hat sie Ihnen wirklich überhaupt nichts gesagt?«

Ihr Tonfall machte mir Angst. »Nein, nichts. Was meinen Sie denn? Reden Sie schon, worauf wollen Sie hinaus?« Autos und Menschen bewegten sich um uns herum wie Fische in einem Aquarium.

»Haben Sie nicht gesehen...? Nein, natürlich nicht. Es ist so, Tom, wissen Sie, wenn ich Ihnen wirklich alles sage, riskier ich Kopf und Kragen. Im Ernst. Es ist wirklich so gefährlich. Aber ich will Ihnen wenigstens...« Sie tat so, als müßte sie ein paar Sachen in ihrem Wagen zurechtrücken. »Ich sag Ihnen bloß *so*viel – wenn Sie Ihre Saxony nicht auf dem schnellsten Weg hier wegbringen, wird sie krank. Sie wird so krank, daß sie stirbt. Das steht in den Journalen. Auf diese Weise hat Marshall Galen gegen alle Einflüsse von außen abgeschirmt.«

»Und ich? Wieso werde ich nicht auch krank? Ich komme doch auch von draußen.«

»Sie sind der Biograph. Ihnen kann nichts passieren. So hat es Marshall geschrieben. Da ist nichts dran zu ändern.«

»Die Journale, die Journale, was soll das denn, Mrs. Fletcher? Es läuft doch schon längst nicht mehr so, wie es da drinsteht. Es ist doch längst alles aus dem Geleise hier.«

»Eben nicht, Tom. Seit Sie zu schreiben angefangen haben, geht alles wieder seinen gewohnten Gang, das ist es ja.« Sie rieb sich mit dem Handrücken die Nase. »Sie müssen sie hier wegbringen, Tom.

Hören Sie auf mich. Auch wenn die Journale nicht mehr wirken und sie nicht krank wird, dürfen Sie nicht vergessen, daß Anna sie nicht mehr hier haben will. Das müßte eigentlich Ihre größte Sorge sein. Anna ist eine starke Frau, Tom. Die läßt nicht mit sich spaßen.« Sie hastete davon, und ich hörte das scheppernde Geratter des über den Parkplatz davonrollenden Einkaufswagens.

»Hast du eine Minute Zeit?«

Sie war dabei, Sellerie auf dem kleinen Holzblock zu hacken, den ich ihr gekauft hatte.

»Du siehst richtig krank aus, Thomas. Fehlt dir was?«

»Nein, mir geht's gut, Sax, alles in Ordnung. Du, ich wollte dir sagen, daß ich dir nichts mehr vormachen will. Ich will dir offen und ehrlich sagen, was ich denke, und dann kannst du dich entscheiden, okay?«

Sie legte das Messer weg und ging zur Spüle, um sich die Hände zu waschen. Sie kam an den Tisch zurück und begann schon unterwegs, sich die Hände mit einem gelben Geschirrtuch abzutrocknen, das ich noch nie gesehen hatte.

»Na schön. Ich höre.«

»Sax, du bist für mich unheimlich wichtig. Als einzige unter allen, mit denen ich je zusammen war, siehst du die Welt fast genauso wie ich. Das hab ich noch nie erlebt.«

»Und was ist mit Anna? Sieht die nicht mit deinen Augen?«

»Nein, Anna ist ganz anders. Und meine Beziehung zu ihr ist ganz anders. Ich glaube, ich weiß ziemlich genau, wie das wäre, wenn du und ich zusammenbleiben würden.«

Sie trocknete sich langsam und sorgfältig die Hände ab. »Und, meinst du, es würde dir gefallen?«

»Das weiß ich eben nicht, Sax. Ich glaub schon, aber ich weiß es noch nicht. Genau weiß ich im Moment nur eins: daß ich dieses Buch fertigmachen will. Es ist erstaunlich, daß mir zur gleichen Zeit im Leben zwei Dinge begegnet sind, die mir so wichtig sind. Ich wollte, es wäre nicht so gekommen, aber es ist nun mal so. Ich kann jetzt nur versuchen, das Beste draus zu machen, obwohl ich wahrscheinlich alles verpatzen werde.

Auf jeden Fall hab ich mir folgendes gedacht, falls dir das recht ist. Wenn ich es genau überlege, wäre es mir am liebsten, du würdest mich eine Weile alleinlassen. Bis ich mit dem Entwurf fertig bin und die Geschichte mit Anna hinter mich gebracht habe.«

Sie grinste und ließ das Handtuch auf den Tisch fallen. »Und wenn du das mit Anna *nicht* ›hinter dich bringst‹, was dann? Hm? Was dann, Thomas?«

»Du hast ja recht, Sax. Ich weiß ehrlich nicht, was dann ist. Ich weiß nur, daß es so nicht weitergeht. Keiner von uns findet es gut, so wie es jetzt ist, und die ganzen Kränkungen und Sorgen und Unklarheiten machen uns fertig. Ich weiß ja, daß alles meine Schuld ist. Ich weiß es, aber es *muß* einfach sein, weil sonst...« Ich nahm das Handtuch und wickelte es mir um die Faust. Es war noch feucht.

»Weil sonst was? *Was* muß sein – daß du dein Buch schreibst oder daß du mit Anna schläfst?«

»Ja, gut, beides. Beides muß sein, wenn –«

Sie stand auf. Sie nahm einen kleinen Würfel Sellerie und steckte ihn in den Mund. »Du willst mich loswerden, damit du deinen Entwurf fertigmachen kannst und eventuell deine Geschichte mit Anna hinter dich bringst. Das meinst du doch, oder? Okay. Dann gehe ich, Thomas. Ich fahre nach St. Louis und warte dort drei Monate. Du wirst mir ein bißchen Geld geben müssen, weil ich keins mehr hab. Aber wenn die drei Monate um sind, verschwinde ich aus St. Louis. Mit dir oder ohne dich, das ist mir dann gleich, ich verschwinde jedenfalls.« Sie ging zur Tür. »So viel bin ich dir schuldig, Thomas, aber du hast alles total versaut. Ich bin bloß froh, daß du dich endlich mal zu einem Entschluß durchgerungen hast.«

Am Tag ihrer Abreise schneite es. Ich wachte gegen sieben auf und sah verschlafen aus dem Fenster. Die Sonne war noch nicht aufgegangen, hüllte aber immerhin schon alles in blaugraues Licht. Als mir wieder einfiel, was für ein Tag es war, wußte ich nicht, ob ich mich darüber freuen oder ärgern sollte, daß wir womöglich eingeschneit waren und Saxony dann nicht würde fahren können. Ich wankte zum Fenster und schaute nach, wie hoch er schon auf der Veranda lag. Es schneite immer noch, aber die Flocken waren groß und fielen langsam und senkrecht, und ich hatte irgendwann mal gehört, das sei ein Zeichen dafür, daß es bald aufhören würde zu schneien. Das Haus behielt das Geheimnis noch für sich – die Fußböden fühlten sich unter meinen bloßen Füßen warm an, und obwohl ich nur eine Schlafanzugjacke und Unterhosen anhatte, war mir nicht kalt.

Schnee. Mein Vater hatte ihn gehaßt. Er hatte einmal einen Film in der Schweiz im Winter gemacht und den Schock nie ganz überwunden. Er war gern in warmen, tropischen Gegenden. Der Swimmingpool in unserem Garten mußte für ihn immer kochend heiß sein. Sicher war es sein sehnlichster Wunsch, einmal im Amazonas-Dschungel an Hitzschlag zu sterben.

Saxony hatte diesmal nur einen Koffer gepackt; ihre anderen Sachen – die Notizen, die Marionetten und ihre Bücher – wollte sie bei mir in Galen lassen. Sie sagte mir nicht, was sie in St. Louis machen wollte, aber ich war beunruhigt, weil sie keine von ihren Puppen und auch kein Werkzeug eingepackt hatte. Der Koffer stand am Fenster auf dem Fußboden. Ich ging hin und schob ihn mit dem Fuß ein paar Zentimeter. Was würde in drei Monaten sein? Wo würde ich dann sein? Was würde mit dem Buch sein? Und mit allem und jedem. Nein, nicht mit allem – die Galener würden immer noch in Galen sein, und Anna ebenso.

Saxony schlief noch, als ich leise meine Sachen vom Stuhl nahm, auf Zehenspitzen ins Bad ging und mich anzog. Ich wollte ihr zum Abschied ein richtig schönes Frühstück machen und hatte aus diesem Anlaß eine riesige Florida-Grapefruit besorgt.

Würstchen, Rühreier mit Sauerrahm, frisches Vollkorn-Weizenbrot – und die Grapefruit. Ich holte die Sachen aus dem Kühlschrank und baute sie wie Soldaten auf der Resopalplatte auf. Saxonys Frühstück. Bis Mittag würde sie wahrscheinlich schon auf und davon sein. Keine Haare mehr im Waschbecken, keine Auseinandersetzungen mehr wegen Anna, nie mehr Rocky und Bullwinkle nachmittags um vier im Fernsehen. Mein Gott, was für Gedanken! Ich stürzte mich auf die Arbeit wie ein verrückt gewordener Koch, weil ich schon anfing, sie zu vermissen, und dabei war sie noch nicht mal aufgestanden. Als sie in die Küche kam, war sie genauso angezogen wie an dem Tag, an dem wir uns kennengelernt hatten. Zu allem Übel brannten mir auch noch drei Würstchen an.

Sie fragte, ob ich nicht den Busbahnhof anrufen und fragen wolle, ob der Bus nach St. Louis trotz des Schnees kommen würde. Ich ging an den Apparat im Flur. Durch das Fensterchen in der Haustür sah ich in den Schnee hinaus. Es hatte aufgehört.

»Es hat zu schneien aufgehört!«

»Das sehe ich auch. Du kannst dich freuen.«

Ich zog eine Grimasse und wippte mit der Schuhspitze.

»Busbahnhof Galen.« Der Mann am anderen Ende der Leitung hörte sich an wie ein alter Indianer.

»Ja, guten Morgen, äh, können Sie mir sagen, ob der Neunuhrzwanzig-Bus nach St. Louis heute trotzdem fährt?«

»Wieso denn nicht?«

»Ja, ich hab gedacht, wegen dem Schnee und so.«

»Der hat Ketten. Dieser Bus fährt bei jedem Wetter, Sportsfreund. Manchmal hat er Verspätung, aber fahren tut er immer.«

Saxony kam auf den Flur heraus, mit einer halben Grapefruit in der einen und einem Löffel in der anderen Hand. Ich hielt die Hand über die Sprechmuschel und sagte ihr, der Bus würde fahren. Sie ging an die Haustür und sah hinaus.

Ich legte auf und war unschlüssig, ob ich in die Küche zurück oder zu ihr hin gehen und sie fragen sollte, was sie denn nun vorhatte. Der Feigling in mir behielt die Oberhand, und ich ging in die Küche zurück.

Meine Rühreier waren noch warm; ich goß mir ein bißchen saure Sahne auf den Tellerrand und fing rasch zu essen an.

»Sax, willst du nicht aufessen? Das wird eine lange Fahrt bis St. Louis.«

Sie gab keine Antwort, und ich hielt es für das beste, sie in Ruhe zu lassen. Ich aß weiter und stellte mir vor, wie sie an der Haustür ihre Grapefruit aß und in den Schnee hinausschaute.

Ich trank meine zweite Tasse Kaffee aus und wurde nun doch ein bißchen nervös ihretwegen. Sie hatte von den Sachen auf ihrem Teller nichts angerührt, und auch die Teetasse war noch bis oben hin voll.

»Sax?«

Ich warf meine Serviette auf den Tisch und stand auf. Sie war nicht auf dem Flur, und auch Mantel und Koffer waren weg. Die ausgehöhlte Grapefruitschale und den kleinen Löffel hatte sie neben der Tür auf die Heizung gelegt. Ich nahm meinen Mantel vom Haken und ging zur Tür. Das Telefon klingelte. Ich fluchte und schnappte mir den Hörer.

»Ja? Was?«

»Thomas?« Es war Anna.

»Tut mir leid, Anna, aber ich kann jetzt nicht mit dir sprechen, okay? Saxony ist gerade weg, und ich muß sie noch einholen, bevor der Bus geht.«

»Was? Mach dich nicht lächerlich, Thomas. Wenn sie einfach

gegangen ist, will sie offensichtlich nicht, daß du sie begleitest. Laß sie in Ruhe. Sie will sich nicht von dir verabschieden. Das ist doch verständlich.«

Ich wurde wütend. Ich hatte die Nase voll von ihren Weisheiten, und ich wollte Saxony vor der Abfahrt noch verschiedenes sagen. Ich sagte Anna, ich würde sie später zurückrufen, und legte auf.

Die Kälte zog mir alle Wärme aus dem Körper, bevor ich auch nur die Veranda hinuntergestiegen war, und am Gartentor klapperten mir schon die Zähne. Ein Auto fuhr langsam mit rasselnden Ketten vorbei, und Schnee spritzte aus den Radkästen. Ich wußte, daß der Bus erst in einer Stunde fuhr, und verfiel in Trab. Ich hatte schwere, isolierte Arbeitsstiefel an, die einen, wie mir der Verkäufer versichert hatte, bei Temperaturen bis unter minus dreißig Grad vor Frostbeulen schützten. Aber sie waren so schwer, daß ich nur in Zeitlupe joggen konnte. Weil ich auch keine Handschuhe anhatte, lief ich außerdem mit den Händen in den Taschen. Meine Wollmütze hatte ich ebenfalls zu Hause gelassen, so daß mir allmählich die Ohren und sogar die Wangen wehtaten.

Als ich sie endlich sah, ging ich wieder normal. Ich wußte nicht, was ich ihr sagen wollte, aber ich mußte noch einmal mit ihr sprechen.

Sie mußte mich kommen gehört haben, denn sie drehte sich um und stellte sich mir in den Weg, als ich sie gerade eingeholt hatte. »Das hättest du lieber nicht machen sollen, Thomas.«

Ich war außer Atem, und die Augen tränten mir von der Kälte. »Aber warum hast du dich denn einfach aus dem Haus geschlichen, Sax? Wieso hast du nicht auf mich gewartet?«

»Darf ich ausnahmsweise mal was allein entscheiden? Oder muß ich dich auch dafür noch um Erlaubnis fragen?«

»Ach, komm, Sax...«

Der Ärger verschwand aus ihren Augen, und sie machte sie für mehrere Sekunden zu. Sie fing zu reden an, noch bevor sie sie wieder aufmachte. »Das ist alles schon schwer genug für mich, Thomas. Bitte, mach's mir nicht noch schwerer. Geh wieder heim und mach deine Arbeit. Ich komm schon zurecht. Ich hab mein Buch dabei und kann mich in den Warteraum setzen, bis der Bus kommt. Okay? Ich ruf dich Ende der Woche mal an. Okay?«

Sie lächelte mir rasch zu und bückte sich nach ihrem Koffer. Ich machte nicht einmal den Versuch, die Hände aus den Taschen zu nehmen. Sie machte ein paar knirschende Schritte und riß dann den Koffer einmal hoch, um den Griff besser in die Hand zu bekommen.

Aber sie rief Ende der Woche nicht an. Ich blieb extra von Mittwochabend an zu Hause, aber sie rief nicht an. Ich wußte nicht, ob das gut oder schlecht war, Bosheit oder Vergeßlichkeit. Da sie eigentlich kein Mensch war, der so etwas öfter mal vergißt, wurde ich nervös. Ich sah sie schon müde die Treppen eines düsteren Gebäudes hinaufsteigen, wo in einem Parterrefenster ein vergilbtes Schild »Zimmer zu vermieten« hing. Sie klopfte an die Tür, und der wahnsinnige Sexualverbrecher oder Massenmörder begrüßte sie und lud sie zu einer Tasse Tee ein.

Oder, noch schlimmer, sie wohnte in einem protzigen Neubau, dessen Besitzer einsfünfundachtzig groß, aschblond und irrsinnig sexy war. Es war eine unmögliche Situation. Wenn ich die Nacht in unserer Wohnung verbrachte, kam mir das Bett so groß und so kalt vor wie der Ozean. Blieb ich über Nacht bei Anna, mußte ich die ganze Zeit an Saxony denken. Ich wußte natürlich, daß mein Verlangen nach ihr nicht so groß gewesen wäre und wir uns bloß wieder gestritten hätten, wenn sie da gewesen wäre, aber sie war nicht da, und sie fehlte mir. Sie fehlte mir sehr.

Sie rief Dienstag abend an. Sie wirkte aufgekratzt und hatte viel zu erzählen. Sie hatte sich an einen alten Freund vom College erinnert, der in St. Louis gewohnt hatte. Wie sich herausgestellt hatte, wohnte er immer noch da. Sie hatte sogar eine Halbtagsarbeit in einem Kindergarten bekommen. Sie war schon zweimal im Kino gewesen und hatte sich den neuen Film von Robert Altmann angesehen. Ihr Freund hieß Geoff Wiggins.

Ich gab mir Mühe, nicht gleich beleidigt zu wirken. Dümmlich lächelte ich den Hörer an, als ob Saxony mich sehen könnte. Ich fragte sie, wer dieser Geoff sei. Ein Architektur-Professor an der Universität Washington. Ob sie ... äh ... bei ihm wohne, bis sie ein Zimmer gefunden hätte? Nein, nein, das sei ja das Tolle – sie brauchte sich gar nicht nach einer Bleibe umzusehen, weil Geoff ihr angeboten hätte, bei ihm zu wohnen ...

Ich ließ mir Adresse und Telefonnummer von diesem Geoff geben und versuchte dann, das Gespräch so ruhig wie möglich zu Ende zu bringen, aber ich wußte genau, daß ich mich wie eine Mischung aus einer Computerstimme und Woody Woodpecker anhörte. Als ich aufgelegt hatte, fühlte ich mich hundeelend.

Ich bekam einen Brief von einem meiner Schüler. Ich erschrak schon, als ich den Absender las, aber der Inhalt des Briefes gab mir den Rest.

Lieber Mr. Abbey,
wie geht es Ihnen? Ich kann mir denken, Sie sind ganz schön froh, daß Sie dieses Jahr nicht hier an der Schule sind. Ich weiß noch nicht, was das für ein Gefühl ist, aber im Juni weiß ich es, denn dann mache ich meinen Abschluß, ob Sie es glauben oder nicht. Ich hab' mich frühzeitig für Hobart entschieden, und deshalb mache ich mir jetzt ein schönes Leben. Ich gehe oft ins andere Haus rüber zum Fernsehen, und ich habe ein paar von den Büchern gelesen, die Sie uns voriges Jahr aufgeschrieben haben und von denen Sie gesagt haben, sie würden uns gefallen.

Am besten hat mir bis jetzt »Die jungen Löwen« (von Irwin Shaw) gefallen, aber auch »Die Verwandlung« (Franz Kafka) und »Schau heimwärts, Engel« (Thomas Wolfe) waren sehr schön. Ich glaube, mit den Büchern kann ich Ihnen am besten erklären, warum ich diesen Brief schreibe. Ich bin jetzt fast sechs Jahre hier (und Sie werden mir sicher glauben, wenn ich sage, daß es sechs lange Jahre waren!) und habe jeden Lehrer (oder fast jeden) irgendwann einmal gehabt. Jedenfalls habe ich neulich mal darüber nachgedacht, und da ist mir klargeworden, daß Sie der beste waren. Ich war zwar keiner von den »A«-Schülern in Ihrer Klasse, und ich weiß auch, daß ich bei Ihnen immer viel Unsinn mit Romero getrieben habe, aber ob Sie es glauben oder nicht, ich habe in dem Englischkurs letztes Jahr mehr gelernt als in jedem anderen Kurs. Die Diskussionen, die wir hatten, waren immer interessant, und ich weiß noch, daß ich öfter mal was gelesen habe, was Sie uns aufgegeben hatten, und daß es mir eigentlich nicht so gefallen hat, aber wenn Sie es dann im Unterricht besprochen haben, hat es mir entweder doch gefallen, oder ich habe wenigstens verstanden, was der Autor ausdrücken wollte. Sie haben immer von uns verlangt, daß wir in unseren Aufsätzen Beispiele bringen sollen, und deshalb möchte ich hier als Beispiel anführen, wie wir »Walden« gelesen haben und die meisten von uns es – nehmen Sie es mir nicht übel – für schlecht hielten. Aber nachdem Sie es durchgenommen hatten, verstand ich, was Thoreau damit ausdrücken wollte, obwohl mir das Buch dann immer noch nicht gefiel.

Ich habe dieses Jahr Stevenson in Englisch (wir stecken gerade mitten im »König Lear«), und da Sie nicht hier sind, darf ich wohl sagen, daß er, verglichen mit Ihnen, ein ziemlich schwaches Bild abgibt. Sein Unterricht ist zum Einschlafen, und wenn ich nicht schlafe, kritzle ich immer mein Heft voll. Ich gebe zu, daß ich auch bei Ihnen gekritzelt habe, aber ich möchte Ihnen sagen, daß ich immer zugehört habe, und obwohl ich bei Ihnen nie besser war als ›C‹, war es der beste Unterricht, den wir je hatten. Mit Abstand.

Ich hoffe, daß bei Ihnen da draußen alles in Ordnung ist. Vielleicht sind Sie zur Abschlußfeier wieder da, dann können Sie lachen, wenn ich auf die Bühne gehe und mein Zeugnis in Empfang nehme. Haha!

Mit freundlichen Grüßen
Tom Rankin

Tom Rankin war einer von den ausgesprochen unansehnlichen, unappetitlichen Jungen. Mager und gebückt, fettiges langes Haar, zerknitterte Sachen, dicke, verschmierte Brillengläser. Ich hatte immer gewußt, daß er nicht auf dem Kopf gefallen war, nur absolut unmotiviert. Einer von den Schülern, die ein Buch am Abend vor einer Arbeit überfliegen und dann immer noch ein C oder C– herausschinden können.

Ich hatte wieder mal eine Traumvision von ›Abbeys Zukunft‹: Die Biographie fertigschreiben und dann mit Saxony wieder in den Osten gehen. Halbtags an irgendeiner Schule unterrichten (vielleicht sogar an der alten, jetzt nach Rankins Brief!) und in der übrigen Zeit schreiben. Ein altes Haus mit Erkern, einem Türschild aus Messing und so viel Platz, daß jeder sein eigenes Arbeitszimmer bekommen würde. Ich weiß nicht, ob es an Geoff Wiggins lag, aber seit dem Anruf dachte ich verdammt oft an Saxony.

8

»Mrs. Fletcher, ist schon mal jemand aus Galen weggezogen? Irgendeiner von Marshalls Leuten?«

Sie hatte mich eines Abends auf eine Tasse organischen Kakao, was immer das sein mochte, in ihre Wohnung hinauf eingeladen. Das Zeug schmeckte ganz passabel.

»Weggezogen? Wie weit sind Sie schon in den Journalen gekommen?«

»Bis Januar neunzehnhundertvierundsechzig.«

»Neunzehnhundertvierundsechzig? Ja, also, da war dieses Mädchen, Susy Dagenais, auf die werden Sie im nächsten Jahrgang stoßen. Wenn Sie möchten, kann ich es Ihnen aber trotzdem erzählen.«

»Ja, bitte.«

»Susy Dagenais war ein richtiger Hitzkopf. Eine von denen, nach denen Sie mich vorhin gefragt haben – die lieber nicht wissen wollten, was für ein Schicksal ihnen bestimmt war. Solange sie hier gelebt hat, hat sie es schrecklich gefunden, eine von uns zu sein. Sie hat immer gesagt, sie kommt sich vor wie eine Mißgeburt im Zirkus, und wir würden schon sehen, eines Tages würde sie weggehen, weil sie nicht glauben konnte, daß sie wirklich so auf die Welt gekommen war. Sie kennen das sicher, Tom, nicht wahr? Sobald die Kinder ein bißchen verständig sind, sagen ihnen die Eltern, wer sie sind. Aber sonst erzählen sie ihnen nichts, bevor sie nicht achtzehn sind. Aber manches muß man nun mal früh erklären, damit sie nicht irgendeine Dummheit machen und zum Beispiel von daheim weglaufen.«

»Ja, das ist mir alles klar, aber was war denn diese Susy so für ein Mensch?«

»Ach, ein tolles Mädchen war das – hübsch und blitzgescheit. Wir haben sie alle gemocht, aber wir konnten sie nicht aufhalten. Sie hat einen Koffer gepackt und den Bus nach New York genommen, und weg war sie. Das arme Ding – sie war ganze zwei Tage in New York, da ist sie gestorben.«

»Aber damals hat doch Marshall noch gelebt. Wieso hat er sie nicht zurückgehalten? Das hätte er doch gekonnt, wenn er nur gewollt hätte.«

»Tom, Tom, Sie denken nicht mit. Ja, sicher, Marshall war damals noch am Leben, und er hätte sie auch aufhalten können.«

»Aber er hat's nicht getan!«

»Nein. Denken Sie doch mal nach, Tom. Was meinen Sie, warum hat er's nicht getan?«

»Ich kann mir höchstens denken, er wollte den anderen beweisen, daß mit ihm nicht zu spaßen war. Er hat an ihr ein schreckliches Exempel statuiert.«

»Richtig. Sie haben den Nagel auf den Kopf getroffen. Aber ›schrecklich‹ würde ich nicht sagen.«

»Natürlich ist es schrecklich! Erst hat er ihr diesen schwachen Charakter geschrieben, so daß sie von Anfang an nicht wissen wollte, was ihr beschieden war, und dann hat er geschrieben, daß sie Galen verlassen und innerhalb einer Woche sterben würde. Und das soll nicht schrecklich sein?«

»Seit damals hat niemand mehr versucht, aus Galen wegzugehen, Tom. Und sie war glücklich – sie hat gedacht, sie wär entkommen. Sie *ist* entkommen.«

»Aber er hatte das doch alles geschrieben! Sie hat doch keine Wahl gehabt!«

»Bevor sie gestorben ist, hat sie getan, was sie tun wollte, Tom!«

Phil Moon und Larry Stone arbeiteten zusammen im Galener Postamt. Sie waren schon Freunde, lange bevor sie die Chandler-Schwestern heirateten, aber dadurch kamen sie sich noch näher.

Bowling war ihre große Leidenschaft. Beide besaßen sie teure Brunswick-Kugeln und dazu passende Taschen, und wenn sie noch ein bißchen besser gewesen wären, hätten sie vielleicht sogar Profis werden können. So aber fuhren sie jeden Mittwoch- und Freitagabend zu Scappy's Bowling in der Nachbarstadt Frederick. Sie wechselten sich mit den Autos ab und teilten sich die Benzinkosten. Ab und zu fuhren ihre Frauen mit, aber da diese wußten, wieviel Spaß die beiden Jungs an ihren Männerabenden hatten, zogen sie am Mittwoch und Freitag oft allein los, gingen ins Kino oder zum Essen und hinterher einkaufen im Ladenzentrum von Frederick.

Es gab zwei Strecken nach Frederick. Man konnte die Schnellstraße nehmen, dann war es die nächste Ausfahrt, oder die Landstraße über Garah's Mill, die mehr oder weniger parallel zur Schnellstraße verläuft und zum Verkehrskreisel Frederick führt, von dem aus man in alle Richtungen weiterkommt. Sie fuhren meistens die Landstraße, weil sie es einmal gestoppt hatten und diese Strecke von Haus zu Haus vier Minuten kürzer war, obwohl man sein Auto auf der Schnellstraße ein paar Meilen ausfahren konnte.

Ich wußte das alles, weil ich einmal zum Bowling mitgefahren war und die vier auf der Fahrt über ihre verschiedenen Unternehmungen an den Mittwoch- und Freitagabenden geredet hatten.

An dem Abend, als der Unfall passierte, fuhren sie über die Schnellstraße. Larry nahm in seinem lavendelblauen 442er die Ausfahrt ein bißchen zu schnell, kam auf einer langgestreckten Eisplatte ins Schleudern und fuhr das Stoppschild am Ende der

Abfahrt um. Ein Sattelschlepper von Stix, Baer and Fuller rammte sie seitlich und schleifte das Auto fast sechzig Meter weit mit.

Larry kam wie durch ein Wunder mit dem Leben davon, obwohl ihm der Laster fast die ganze linke Körperhälfte eingedrückt hatte. Seine Frau, die hinter ihm saß, brach sich beide Beine und die rechte Hand. Phil hatte eine schwere Gehirnerschütterung, seine Frau einen Schlüsselbeinbruch.

Nichts davon hätte passieren dürfen, wenn es nach den Journalen gegangen wäre.

Ich erfuhr es von Anna, die mich aus dem Bezirkskrankenhaus anrief. Sie erzählte mir ohne Umschweife, was passiert war. Ihre Stimme war dünn und beängstigend. Ich mißverstand den Grund völlig, bis sie mich erinnerte.

»Ich weiß nicht, was das zu bedeuten hat, Thomas.« Im Hintergrund waren Geklapper und Stimmen zu hören, und irgend jemand wurde ausgerufen.

»Was *was* zu bedeuten hat?«

»Das ist das erstemal, daß wieder etwas schiefgegangen ist, seit du mit der Biographie angefangen hast. Ich versteh überhaupt nichts mehr.«

»Zu *bedeuten* hat das überhaupt nichts, Anna. Du hast dir einfach schon zu große Hoffnungen gemacht. Wie soll denn auch alles in Ordnung kommen, *bevor* das Buch fertig ist?« Ich sagte das richtig überzeugt und zuversichtlich. Als ob es jetzt alles nur noch ein Kinderspiel wäre: Ich würde einfach das Buch fertig schreiben, und simsalabim würde France wieder da sein, auferstanden von den Toten.

Ein Dr. Bradshaw wurde ausgerufen, während ich auf ihre Antwort wartete.

»Anna? Ist da noch jemand bei dir?«

»Ja, Richard.« Sie legte auf.

Ich stürzte mich in die Arbeit wie ein Besessener. Zwei, drei, vier Seiten am Vormittag, Recherchen am Nachmittag, am Abend dann noch zwei bis vier Seiten.

Ich war nie über den ersten Schock der »Entdeckung« des Geheimnisses von Galen hinweggekommen, aber da ich jede Minute dort verbrachte, mußte ich mich einfach damit abfinden. Ich war die Motte, und die Stadt war die Flamme, und dieser verdammte Ort fesselte mich derart, daß ich die meiste Zeit nicht wußte, was ich anderes hätte tun sollen als weiterzuschreiben.

Ich saß sozusagen an der Quelle der bedeutendsten künstlerischen Schöpfung in der Geschichte der Menschheit. Auf meine eigene bescheidene Art beschrieb ich das Leben des Mannes, der dieses Wunder vollbracht hatte. Ob meine Chronik ihn wieder zum Leben erwecken würde ... Nein, nein, das stimmt nicht. Ich hätte beinahe gesagt, es sei mir gleichgültig gewesen, ob diese Chronik ihn wieder zum Leben erwecken würde, aber das wäre natürlich erstunken und erlogen. Er hatte gesagt, es sei möglich, und dann hatte seine Tochter mich dazu ausersehen, es zu verwirklichen. Das war ein Grund, warum ich Saxony weggeschickt hatte. Der andere Grund war natürlich Anna, aber nach dem Autounfall schliefen wir kaum noch miteinander. Ich nahm an, daß Freund Richard es ihr immer noch besorgte, aber nicht einmal das regte mich sonderlich auf, denn ich brauchte meine ganze Kraft – meine *ganze* Kraft – für die Arbeit. Ich hätte allerdings gerne gewußt, warum sie mit ihm schlief, aber ich hatte da jetzt einen heimlichen Verdacht. Angenommen, ihm war das Leben in Galen fad geworden. Anna und Richard waren die einzigen »Normalen« in der Stadt, also wie konnte sie ihn halten? Ganz einfach: Indem sie mit ihm ins Bett ging. Einer wie er hätte normalerweise auch in seinen kühnsten Träumen nicht hoffen können, jemals eine Frau wie Anna France zu kriegen. Also, solange sie ihm einheizte, sein Interesse wachhielt, konnte sie sicher sein, daß er in Galen blieb. Ich fragte mich, ob seine Frau wußte, was zwischen den beiden war.

Ich ging kaum aus dem Haus. Mrs. Fletcher kochte mir jetzt, und Anna schaute ab und zu vorbei, um zu sehen, wie ich vorankam. Saxony rief ein paarmal an, aber unsere Gespräche waren kurz, trocken und schal. Ich fragte sie nicht nach Geoff Wiggins, und sie fragte nicht nach Anna. Ich war schon zu müde, um noch Spaß an Spielchen zu haben, aber mir war klar, daß ich ihr besser nicht sagte, was für ein mönchisches Leben ich jetzt führte. Trotzdem ging ihr unser Gerede einmal so auf den Wecker, daß sie mich einen Miesepeter nannte und auflegte.

Joanne Collins brachte einen strammen Jungen zur Welt, der nach den Journalen eigentlich ein strammes Mädchen hätte werden sollen.

Anna kreuzte auf und verlangte, ich solle ihr das Manuskript zeigen. Zu meiner eigenen Überraschung blieb ich fest und gab es nicht heraus. Sie ging wieder, war aber alles andere als glücklich.

Saxony rief mich an und fragte, ob mir klar sei, daß sie schon einen vollen Monat weg sei.

Ich antwortete Tom Rankin und versicherte ihm, ich würde alles daransetzen, bis zur Abschlußfeier im Juni zurück zu sein.

Meine Mutter schrieb mir, und weil ich mich seit September nicht mehr bei ihr gemeldet hatte, rief ich sie an und erzählte ihr, was ich in letzter Zeit für ein herrliches Leben hätte.

Joanne Collins ging eines Morgens ins Kinderzimmer und fand anstelle ihres Babys einen drei Wochen alten Bullterrier fest schlafend in der Wiege.

Eines Tages hatte ich die Arbeit satt und beschloß, in die Grüne Taverne einen trinken zu gehen. Es war neun Uhr abends, und in der Stadt war es totenstill. Auf den Straßen lag schon Matsch, aber auf den Gehsteigen war der Schnee noch weiß und knirschte unter den Schuhen. Ein lautloser, unangenehmer Wind bohrte sich durch die Dunkelheit. Ab und zu einmal legte er sich und wartete, bis man aus seinem Schneckenhaus hervorkam, um dann hohnlachend über einen herzufallen. Die Telegraphendrähte waren vereist, aber heftigere Windstöße brachten sie zum Schaukeln, und dann fiel das Eis in langen, geraden Stücken auf die Straße. Als ich vor der Kneipe ankam, wußte ich, daß ich entweder hätte zu Hause bleiben oder das verdammte Auto nehmen sollen. So ekelhaft kalt war es.

Das Lokal hatte eine schwere Eichentür, die man nur aufkriegte, wenn man sich mit der Schulter dagegen stemmte. Ein Schwall von Wärme, Zigarettenmief und George Jones' Stimme aus dem Musikautomaten. Die Barhündin Fanny – ein echter Hund, soviel ich wußte – kam mir schwanzwedelnd entgegen. Die offizielle Begrüßung. Ich zog einen Handschuh aus und tätschelte ihr den Kopf. Er war warm und naß.

Weil es draußen so dunkel war, gewöhnte ich mich schnell an das schummerige Licht in der Kneipe.

Die meisten, die da waren, kannte ich: Jan Phend, John Esperian, Neil Bull, Vince Flynn, David Marty.

»Wie geht's, Tom?«

Ich drehte mich herum und blinzelte ins Dunkel. Richard Lee stand von einem Tisch auf und kam herüber.

»Was nehmen Sie, Tom?«

Ich mußte schniefen, weil mir die Nase lief. »Ein Bier und einen Schuß, würde ich sagen.«

»Ein Bier und einen Schuß. Könnt ich auch vertragen. Johnny, zweimal Bier mit Schuß.«

Richard lächelte und kam näher. Er haute mir auf den Arm und ließ die Hand liegen. »Kommen Sie rüber und setzen Sie sich zu mir an den Tisch, Tom. Ich kann diese scheiß Barhocker nicht leiden.«

Ich zog den Mantel aus und hängte ihn auf einen hölzernen Zapfen neben der Tür. Jetzt nahm ich auch andere Gerüche wahr: Parfüm, Kartoffelchips, nasses Leder.

»Na, Sportsfreund, was treiben Sie denn so drüben bei Goosey? Ah, jetzt gibt's was gegen den Durst. Danke, Johnny.«

Ich trank einen Schluck Bier und nippte an dem Whisky. Eins schmeckte bitterer als das andere, und der Whisky brannte im Magen. Aber gar nicht schlecht, wenn man so lange in der Kälte draußen war.

»Also eins weiß ich ja bestimmt, Kumpel. Seit Phil Moon seinen Unfall hatte, möcht ich wetten, daß Anna nicht mehr so ganz zufrieden mit Ihnen ist, stimmt's?«

»Da könnten Sie recht haben.« Ich trank noch einen Schluck Whisky.

»Hab ich's mir doch gedacht. Haben Sie das mit dem Collins-Baby gehört?«

»Ja. Ist es immer noch ... ein Hund?«

Lee lächelte und trank sein Bier aus. »Ich denk schon. Jedenfalls hab ich nichts andres gehört. In letzter Zeit ändert sich ja hier alles so schnell, daß man nie weiß.« Er trank von seinem Whisky und hörte zu lächeln auf. »Ich sag Ihnen eins, mein Freund, ich scheiß mir fast in die Hosen vor Angst.«

Ich rückte näher an den Tisch heran und versuchte, so leise wie möglich zu sprechen. »Aber wieso denn Sie, Richard? Bei den anderen ist mir das klar – daß sie unruhig werden, mein ich –, aber Sie sind doch normal.« Bei dem letzten Wort beugte ich mich zu ihm hinüber und flüsterte nur noch.

»Da scheiß ich drauf! Klar, *ich* bin normal, aber meine Frau doch nicht, und die Mädel auch nicht. Wissen Sie, was neulich mit meiner Sharon passiert ist? Ich dreh mich letzte Woche mal in der Früh im Bett um, und da liegt diese scheiß Krang neben mir, ob Sie's glauben oder nicht.«

Ich sagte nichts, aber ich glaubte ihm. Ich hatte es selbst erlebt, an dem Abend, als wir bei ihnen zum Essen waren.

»Nicht, daß Sie glauben, ich erzähl Ihnen einen Scheiß, Tom. Auf einmal rennen überall Marshall seine ganzen Figuren hier rum. Nicht nur, daß nichts mehr so läuft, wie es in den Journalen steht, jetzt verwandelt sich auch noch alle Augenblicke einer. Nehmen Sie doch bloß das Balg von Collins. Grade war's noch ein Baby, und im nächsten Moment ist es ein gottverfluchter *Hund*!« Er schnappte sich meinen Whisky und kippte ihn mit einem einzigen blitzschnellen Dreh des Handgelenks. »Was will man denn da noch machen, hm? Ich kann ja schon nicht mehr den Rücken drehen, ohne Angst haben zu müssen, daß meine Frau oder eins von den Mädeln sich in was ganz anderes verwandelt. Und was ist, wenn eine von ihnen sich nicht mehr zurückverwandelt?«

»Und wie reagieren sie darauf?«

»Na wie schon, verdammt noch mal? Sie machen sich in die Hosen vor Angst.«

»Wie vielen Leuten ist das denn schon passiert?«

Er schüttelte den Kopf und stellte das Whiskyglas verkehrt herum auf den Tisch. »Ich weiß es nicht. Bis jetzt sind es noch nicht viele, aber jeder hat Angst, daß er der nächste ist. Was ich Sie fragen wollte: Wann werden Sie mit diesem gottverdammten Buch fertig?«

Die Musik spielte immer noch, aber alle Gespräche um uns herum waren verstummt.

Ich unterdrückte ein Gähnen und hatte nur den einen Wunsch, nicht länger in der Kneipe bleiben zu müssen. »Ein großer Teil ist schon fertig. Aber es bleibt noch viel zu tun. So sieht's aus. Es hat keinen Zweck, sich was vorzumachen.«

»Du hast seine Frage nicht beantwortet, Abbey.«

»Was soll ich denn sagen? Was wollt ihr von mir hören? Daß es in zehn Minuten fertig ist? Nein, es wird nicht in zehn Minuten fertig sein. Ihr wollt doch alle, daß das gut und richtig wird, und außerdem soll es von heut auf morgen fertig sein. Da stimmt doch was nicht, das ist doch irgendwo ein Widerspruch.«

»Scheiß auf deinen Widerspruch, du Arschloch.«

»Na meinetwegen, dann scheißt halt drauf. Aber ihr habt gut reden, weil – ihr braucht es ja nicht schreiben. Wenn es am Ende nichts taugt, dann tut sich hier gar nichts. Deswegen war France ja so ein großer Schriftsteller, kapiert ihr das nicht? Deswegen *gibt* es

MENE
MENE

euch überhaupt bloß. Er konnte schreiben wie kein anderer auf der Welt. Warum wollt ihr das denn nicht kapieren, verdammt noch mal? Dieses Buch muß genauso gut... was sag ich, es muß *besser* werden als alles, was *er* geschrieben hat. Seine Bücher ... die Journale, einfach alles, alles, was er geschrieben hat. Es muß besser werden. Es *muß*.«

Eine andere Stimme erhob sich aus dem breiigen Dunkel an der Bar. »Scheiß auf dein Gequatsche, Abbey. Entweder du machst jetzt das Buch fertig, oder wir kriegen dich genauso am Arsch wie diesen andern Biographen.«

Die Tür ging auf, und ein ungeheuer dickes Paar kam herein. Beide strahlten. Ich hatte sie beide noch nie gesehen und nahm an, daß sie von außerhalb waren. Normale. Der Mann schlug sich mit seinem Hut ans Bein. »Ich hab keine Ahnung, wie das Kaff heißt, Dolly, aber wenn wir hier was zu trinken kriegen, ist es Freundesland. Na, wie geht's, Kumpel? Kälter als das Herz des Hundefängers draußen, was?«

Sie setzten sich vor mir auf Barhocker, und ich war so froh über ihr Kommen, daß ich sie hätte abküssen können. Ich stand auf, um zu gehen. Richard hatte ein leeres Whiskyglas in der Hand und drehte es langsam zwischen den Fingerspitzen. Er sah zu, wie ich aufstand, sagte aber nichts mehr. Ich holte meinen Mantel. Ich warf einen Blick zur Bar hin und sah, daß die beiden Dicken sich angeregt mit dem Barkeeper unterhielten.

Als ich hinaustrat, fraß mich der Wind bei lebendigem Leib, aber jetzt fand ich es herrlich. Ein Ford-Kombi fuhr gerade auf den Parkplatz. Der Spinnenpriester aus dem *Land des Lachens* stieg aus und schlug den Kragen seines roten Plaidmantels hoch. Er winkte mir lahm. »Wie geht's, Tom? Was macht das Buch?«

Er war mit wenigen Schritten an der Tür und ging hinein, immer noch der Spinnenpriester.

Ich blieb stehen, weil ich sehen wollte, was passieren würde. Wäre das dicke Paar nicht da drin gewesen, wäre alles in Ordnung gewesen, aber die beiden *waren* drin, und wer hätte denen die absonderliche Erscheinung erklären sollen?

Die Tür flog auf, und drei Mann kamen herausgestürmt, in der Mitte der Spinnenpriester, den die beiden anderen an den Armen gepackt hielten. Die Tür schlug zu, und man hörte nur noch die schlurfenden Schritte im Schneematsch. Sie waren schon fast an dem Kombi, als Mel Dugan mich sah und einen Moment innehielt.

»Sieh zu, daß du das verdammte Buch fertigkriegst, Abbey, sonst schneid ich dir die Eier ab, du Drecksack!«

Ich sah in der Programmzeitschrift nach, was noch für Filme im Fernsehen kamen. *Café de la Paix* sollte um halb zwölf anfangen. Es war fünf vor halb, also holte ich mir eine Cola aus dem Kühlschrank und ein bißchen von dem Käse mit grünem Pfeffer, den ich im Supermarkt gekauft hatte.

Der Fernseher war ein altes Schwarzweißgerät mit Holzverkleidung und eignete sich auch vorzüglich als Fußwärmer an kalten Abenden. Ich zog meinen Schaukelstuhl heran, baute Cola und Käse auf dem Fernsehtischchen auf und legte meine bestrumpften Füße seitlich auf das Gerät. Pompös setzte die Musik ein, ein Mischmasch aus der Marseillaise, »Rule Britannia« und der alten amerikanischen Nationalhymne »My Country, 'Tis of Thee«. Man darf nicht vergessen, daß der Film im Jahre 1942 gedreht wurde.

Eine Einstellung vom Eiffelturm. Ein langsamer Schwenk die Champs-Elysées entlang. Alles mit Hakenkreuzfahnen vollgehängt. Schnitt auf ein kleines *Tabac*, wo ein kleiner Dicker mit einer Baskenmütze einem jungen Burschen eine Zeitung, einem alten Mann Zigaretten verkauft und dann ein Bündel Zeitschriften unter dem Ladentisch hervorholt und es in eine Hand legt, die es nimmt, aber nicht dafür bezahlt. Naheinstellung vom Gesicht des Dicken bei der Übergabe der Zeitschriften. Grenzenlose Verehrung. *Er* sagt »Merci«, als der Ton eingeblendet wird. Die Kamera steigt langsam – die Hand, der Arm, das Gesicht. *Sein* Gesicht. Er zwinkert und verläßt den Laden, die Zeitschriften unter dem Arm – für die Morgenlektüre im Café an der Ecke.

Ich hatte eine Scheibe Käse in der Hand und wollte sie gerade essen, als ich zu weinen anfing.

Er geht langsam die Straße entlang – dieser Mensch hat keine Eile. Panzer rattern an ihm vorbei. Motorräder mit Beiwagen, in denen bedeutend wirkende Männer in deutschen Uniformen sitzen.

Ich stand auf und stellte den Ton ab. Ich wollte ihn nur sehen. Ich wollte mich nicht mit dem Film, dem Plot oder der Action befassen. Ich wollte meinen Vater sehen. Ich hatte das Licht im Zimmer ausgemacht. Nur der Widerschein der Mattscheibe glomm auf dem Fußboden.

»Paps?« Ich wußte, es war verrückt, aber ich sprach auf einmal mit der Mattscheibe, mit ihm. »Oh, Paps, was soll ich bloß machen?« Er ging in eine Bäckerei an einer Straßenecke und zeigte auf drei Stücke in der Vitrine, die er haben wollte.

»Paps, verdammt noch mal, was soll ich *machen*?« Ich machte die Augen ganz fest zu. Die Tränen zeichneten mir feuchte Linien ins Gesicht, die ich spürte, als ich es in den Händen vergrub. »Mein *Gott*.« Ich drückte mir die Handballen in die Augen und sah zu, wie die vollkommenen bunten Muster explodierten. Als es anfing wehzutun, nahm ich die Hände weg und sah ihn durch die Reste der vergehenden Farben. Er war jetzt im Rückgebäude der Bäckerei und kletterte durch eine Falltür und eine Leiter hinunter. Unmittelbar bevor sein Kopf verschwand, blieb er stehen und nahm den Hut ab. Der Ton war abgeschaltet, aber ich wußte, was er sagte. »Paß auf meinen Hut auf, Robert. Ich hab ihn gerade zum Geburtstag bekommen, und sie kratzt mir die Augen aus, wenn ich ihn schmutzig mache!«

»Du Scheißkerl! Du Scheißkerl, Vater! Du hast es immer so gut! Deine verdammten neuen Hüte, und alle mögen dich. Dir gelingt es sogar, auf die richtige Art zu sterben. Du Scheißkerl! Du Scheißkerl!« Ich schaltete den Fernseher aus und saß im Dunkeln und sah zu, wie die Mattscheibe grau, braun, schwarz wurde.

Ich schlug die Augen auf und war hellwach. Ich sah auf meine grün glimmende Uhr, es war halb vier Uhr morgens. Wenn ich so plötzlich aufwache, kann ich lange nicht mehr einschlafen. Ich legte die Arme hinter den Kopf und sah in die Dunkelheit über mir. Die einzigen Geräusche waren das hektische Ticken meiner Uhr und das Heulen des Windes draußen. Dann war da noch etwas anderes. Draußen. Draußen im Wind, in der blauschwarzen Nacht. Ich drehte den Kopf zum Fenster. Und da war es, Gesicht und Pfoten an die Scheibe gedrückt, plattgedrückt. Sein Körper leuchtete wie eine nicht angezündete weiße Kerze.

In dem Moment, in dem ich Mrs. Fletcher wegfahren hörte, zog ich meinen Koffer aus dem Wandschrank und fing an, Pullover, Hemden und Hosen von den Bügeln zu reißen. Ein Koffer genügte. Was brauchte ich schon? Einer von Saxonys Röcken fiel mir auf den Kopf. Ich riß ihn herunter und warf ihn auf den Boden. Bleib ruhig, sagte ich mir, nur keine Panik, du hast mindestens eine

Stunde, eher kommt sie nicht zurück. Du kannst in einer Viertelstunde deine Sachen packen und abhauen, wenn du nicht durchdrehst. Ich zwang mich, eine Pause zu machen und regelmäßig zu atmen. Es hörte sich an wie bei einer läufigen Hündin.

Was nimmt man mit, wenn man flieht? Wenn man weiß, daß alle Alpträume, die man je gehabt hat, einem ganz dicht auf die Pelle gerückt sind? Sachen. Man wirft einen Haufen Sachen in einen Koffer und knallt ihn zu und versucht nicht einmal, vernünftig zu denken, denn das kostet Zeit, und Zeit hat man keine.

Das Telefon klingelte. Ich wollte erst nicht rangehen, aber alle wußten, daß ich zu Hause war, Anna wußte, daß ich da war, und ich wollte keinerlei Verdacht erregen, bis zu dem Moment, in dem ich in mein Auto springen würde. Ich ging beim fünften Klingeln ran. Auch das war schon schlecht, denn man wußte inzwischen, daß ich immer nach dem ersten oder zweiten Klingeln abhob.

Ich räusperte mich ein paarmal, bevor ich mich meldete. »Hallo?«

»Ach, Thomas, du bist *doch* da. Ich bin's, Saxony. Ich bin am Busbahnhof. Ich bin hier. In Galen.«

»Oh, Mann!«

»Vielen Dank, sehr freundlich! Es tut mir leid, falls –«

»Halt den Mund, Sax, halt den Mund. Paß auf – ich bin in zehn Minuten dort. *Wart* auf mich. Stell dich draußen hin und warte auf mich. Geh nicht weg.«

»Was ist denn mit dir? Was –«

»Tu, was ich sage, hörst du. Bleib, wo du bist.«

Sie mußte die Angst in meiner Stimme gehört haben, denn sie sagte bloß, »Ja, gut. Ich steh draußen«, und hängte ein.

Ich wickelte meinen Koffer ganz in eine grüne Decke und trug ihn auf beiden Armen hinaus. Falls mich jemand beobachtete, sollte er denken, daß es nur ein Paket oder Sachen für die Reinigung seien. Ich zwang mich zu einem Lächeln und versuchte, halbwegs normal zum Auto zu gehen. Ich rutschte auf einer Eisplatte aus und wäre fast hingefallen. Als ich die Balance wiedergefunden hatte, war ich überzeugt, daß mich Hunderte von Augenpaaren von allen Seiten beobachteten. Ich sah stur vor mich hin.

»Abbey ist gerade rausgekommen.«

»Was macht er denn?«

»Er trägt ein Paket oder so was auf den Armen.«

»Ein Koffer ist es nicht, oder?«

»Glaub ich nicht. Es sieht aus wie... Nein, ich weiß auch nicht, was es ist. Vielleicht siehst du's dir selber mal an.«

»Oder vielleicht sollten wir Anna anrufen.«

Als ich endlich die Schlüssel gefunden hatte und an der Autotür fummelte, war ich darauf gefaßt, jeden Moment einen Schrei und Fußgetrappel zu hören. Ich kriegte die Tür auf, beugte mich ach so zwanglos hinein und legte den in die Decke gewickelten Koffer auf den Rücksitz.

Zündschlüssel rein, brumm. Ich mußte zwei Minuten warten und ihn warmlaufen lassen, denn das machte ich immer so am Morgen. Also kein Le-Mans-Start, so sehr es mich auch juckte. Nur keinen Verdacht erregen. Meine Augen irrten von der Windschutzscheibe in den Rückspiegel ab – ich rechnete damit, Annas weiß-goldenen Dodge oder Mrs. Fletchers schwarzen Rambler auftauchen zu sehen.

Die Räder drehten durch, als ich auf die Straße hinausfuhr, doch dann griffen die Reifen, und ich kam vorwärts. Das war der erste von einem Dutzend Herzanfällen, die ich auf der Fahrt zum Busbahnhof erlitt. Einmal meinte ich, den Dodge zu sehen. Gleich darauf kam ich mitten auf der Straße ins Schleudern. Und dann fuhr ein Güterzug mit 768 Waggons im Schneckentempo vorbei.

Während ich an der Schranke stand, warf irgend so ein Rotzbengel einen Schneeball nach meinem Auto. Er knallte an ein Seitenfenster, und ich zerrte mir einen Halsmuskel, als ich hektisch den Kopf herumwarf, um zu sehen, wer mir da ans Leder wollte. Ich sah aber nur noch einen mickrigen kleinen Jungen davonrennen.

Der letzte Waggon des Güterzugs kroch vorbei, und die Schranken gingen hoch. Bis zum Busbahnhof waren es noch zwei Querstraßen. Ich hatte vor, Saxony abzuholen, sofort auf den Zubringer zur Schnellstraße zu fahren und frühestens nach zwei Stunden den Fuß vom Gas zu nehmen.

Sie unterhielt sich mit Mrs. Fletcher. Die beiden standen vor dem blauen Busbahnhof. Aus den Mündern entließen sie kalte Rauchzeichen.

»Na, was sagt man dazu, Tom? Ich komme gerade zurück vom Einkaufen, und da sehe ich sie hier draußen in der Kälte stehen. Sie ist mit dem ersten Bus gekommen.«

Saxony versuchte zu lächeln, gab es aber auf.

»Aber ich will euch nicht aufhalten. Ich fahr heim. Wir sehen uns später.« Sie berührte Saxony am Arm, warf mir einen vernichtenden Blick zu und verschwand um die Ecke.

»Komm schnell.« Ich nahm ihren Koffer und wollte wieder über die Straße. Ich hörte sie hinter mir. Sie hustete. Es war ein ersticktes, nasses, quälendes Husten, das gar nicht mehr aufhören wollte. Sie brachte nur mit Mühe ein »Warte!« heraus. Ich drehte mich um und sah, daß sie zusammengekrümmt dastand, die eine Hand auf der Magengegend, die andere vor dem Mund.

»Geht's wieder?«

Sie hustete weiter und schüttelte gleichzeitig den Kopf..

Ich legte den Arm um sie und zog sie an mich. Sie keuchte und röchelte und lehnte sich mit ihrem ganzen Gewicht auf mich. Ich führte sie um das Auto herum und machte ihr die Tür auf. Sie setzte sich hinein und ließ den Kopf an die Kopfstütze zurückfallen. Der Hustenanfall war vorbei, aber von der Anstrengung standen ihr die Tränen in den Augen.

»Ich bin richtig krank, Thomas. Ich bin krank, seit ich von dir weggegangen bin. Aber in der letzten Zeit ist es viel schlimmer geworden.« Sie drehte den Kopf, ohne ihn von der Kopfstütze zu nehmen, und sah mich an. »Kamille, hm?« Ihre Augen verengten sich, und sie fing wieder zu husten an.

»Nichts. Man kann nichts machen.«

»Anna, um Gottes willen, jetzt sei doch nicht so! Du kannst doch nicht so gefühllos sein!«

Ich hatte Saxony heimgebracht und ins Bett gepackt. Zum Glück war sie gleich eingeschlafen. Dann war ich sofort zu Anna gefahren.

»Ich bin da völlig machtlos, Thomas. Es steht in den Journalen. Es steht so geschrieben. Es ist entschieden.«

»Aber alles andere, was in den Journalen steht, ist doch auch durcheinander. Warum kannst du denn das nicht auch durcheinander bringen? Sie ist doch weggefahren, stimmt's nicht? Sie hat getan, was du wolltest.«

»Sie hätte nicht zurückkommen dürfen.« Ihre Stimme klang sehr kalt.

»Sie hat überhaupt nichts gewußt, Anna. Ich habe ihr kein Sterbenswörtchen gesagt. Sie ängstigt sich zu Tode. Um Himmels willen, Anna, hab doch wenigstens einmal im Leben ein bißchen Mitgefühl!«

»Thomas, in den Journalen steht, wenn überflüssige Menschen sich lange hier aufhalten, werden sie krank und sterben schließlich. Wenn sie aus Galen weggehen, geht es ihnen wieder besser. Saxony ist doch nicht krank gewesen, wie sie weggefahren ist, oder? Das hast du selbst gesagt. Also sind die Journale jetzt sowieso durcheinander. Sie ist weggefahren und krank geworden. Es hätte aber umgekehrt sein müssen. Ich kann da überhaupt nichts mehr beeinflussen.« Sie breitete die Hände aus, und zum erstenmal sah sie so aus, als täte es ihr wenigstens ein bißchen leid.

Früher als jeder andere wußte ich, daß es entweder Saxonys Anwesenheit oder ihr Korrekturlesen oder unsere *gemeinsame* Anwesenheit war, die in Galen alles normalisierte.

Als sie sich ausgeruht hatte, las sie alles, was ich in der Zwischenzeit geschrieben hatte – und ließ kaum ein gutes Haar daran. Das da sei schlicht falsch. Warum ich da nicht von dem spreche statt von jenem. Dies sei völlig belanglos, jenes ausgesprochen albern... Nur etwa ein Drittel ließ sie gelten.

Vier Tage nachdem ich mit Saxonys Vorschlägen vor Augen mit der Umarbeitung begonnen hatte, ging Mrs. Collins in die Küche, um den Bullterrier zu füttern, und fand ein kleines Mädchen schlafend in der mit neuem Zeitungspapier ausgelegten Kiste am Herd liegen.

Sharon Lee, die überhaupt nicht mehr aus dem Haus gegangen war (wie auch etliche andere Galener, unter ihnen der Spinnenpriester), ging wieder in die Stadt zum Einkaufen und strahlte, als hätte sie in der Lotterie gewonnen.

Und Saxonys Husten legte sich. Ich sagte ihr, daß Anna und ich nicht mehr miteinander schliefen, aber im übrigen ließ ich sie weiter im unklaren.

Als ich begriffen hatte, wie wichtig ihre Anwesenheit für den Erfolg des Buches war, brachte ich einen ganzen Vormittag damit zu, Anna auseinanderzusetzen, was ich jetzt als Wahrheit erkannt hatte. Sie hörte mir zu, meinte aber, sie müsse sich erst ein eigenes Urteil bilden. Nach der Sache mit Mrs. Collins' Baby stimmte sie mir zu. Wir würden Saxony nichts sagen, aber sie durfte bleiben.

In Galen ereignete sich nichts Unvorhergesehenes mehr.

9

Ich hörte sie in den weichen Schlappen, die ich ihr bei Lazy Larry's gekauft hatte, ins Zimmer kommen.

Da sie mich sonst nie bei der Arbeit störte, legte ich den Füller weg und drehte mich zu ihr um. Sie sah jetzt wieder viel besser aus. Ihre Wangen hatten ein bißchen Farbe bekommen, und sie hatte wieder Appetit. Sie hielt sogar ein Schokoladenplätzchen in der Hand, von dem sie schon ein Stück abgebissen hatte. Meine Wenigkeit hatte sie am Vormittag gebacken.

»Wie weit bist du denn jetzt?«

»Immer noch nicht weiter. Ich schreib nur was noch mal ins reine. France steigt gerade in den Zug, mit dem er nach Galen fahren wird. Warum?«

Sie warf das Plätzchen in den Papierkorb und sah mich an. Ich sah mein Plätzchen im Papierkorb an.

»Ich muß dir ein paar Sachen sagen, Thomas. Es handelt sich um zwei der Gründe, warum ich zurückgekommen bin. Aber als ich ankam, war ich mir nicht im klaren, ob ich mit dir darüber reden sollte oder nicht. Außerdem war ich krank... Aber ich muß es dir einfach sagen.« Sie kam zu mir und setzte sich mir auf den Schoß. Das hatte sie noch nie getan. »Sagt dir der Name Sidney Swire etwas?«

»Sidney wer? Klingt nach einem englischen Schauspieler.«

»Sidney Swire war der Mann aus Princeton, der nach Galen kam, weil er eine Biographie von France schreiben wollte.«

»Tatsächlich? Wie bist du denn da dahinter gekommen?«

Saxony war ein absolutes As im Recherchieren. Zu dieser Überzeugung war ich schon Monate zuvor gekommen, aber trotzdem war ich immer aufs neue überrascht gewesen, wenn sie wieder einmal einen scheinbar völlig unauffindbaren Edelstein ausgegraben hatte.

»Das war einer der Gründe, warum ich nach St. Louis gegangen bin. Wie ich es herausgefunden habe, ist unwichtig.«

»Wiggins?« Ich lehnte mich auf dem Stuhl so weit zurück wie nur möglich.

»Also Thomas, bitte. Das ist wichtig! Sidney Swire wollte zwei Wochen in Galen bleiben. Als er wieder fuhr, wollte er nach Kalifornien, wo er einen Bruder hatte, in Santa Clara.« Sie feuchtete sich die Lippen an und räusperte sich. »Aber da ist er nie angekommen. Er ist in Rolla, Missouri, aus dem Bus gestiegen und vom Antlitz der Erde verschwunden. Kein Mensch hat ihn seitdem gesehen, auch sein Bruder nicht.«

»Was soll das heißen?« Die Eidechse lief mir das halbe Rückgrat hinauf und wartete ab, was Saxony sagte, bevor sie sich wieder in Bewegung setzte.

»Er ist verschwunden. Spurlos. Einfach weg.«

»Ja und, sein Bruder? Was hat der unternommen?« Ich schob sie von mir herunter und stand kurz auf.

»Die Familie hat die Polizei eingeschaltet, und als die nichts fand, hat ein Detektivbüro ein halbes Jahr nach ihm gesucht. Ohne jeden Erfolg, Thomas.«

»Das ist ja wirklich sonderbar.« Ich sah sie an, sie lächelte nicht.

»Und dann wollte ich dir noch was sagen, was ich in St. Louis erfahren hab. Bitte werd nicht gleich bös. Hat dir Anna irgendwann mal von einem Mann namens Peter Mexico erzählt?«

Ich beugte mich auf meinem Stuhl vor. »Ja, er war am College ihr Geliebter. Er ist an Herzversagen gestorben.«

»Nein, Thomas, es war kein Herzanfall. Anna und Peter Mexico waren in einer Londoner U-Bahnstation, und er ist vor einen einfahrenden Zug gestürzt.«

»Was?«

»Ja. Es gab eine Untersuchung, und einiges konnte nicht geklärt werden. Außer den beiden war nur noch ein Betrunkener auf dem ganzen Bahnsteig.«

»Du, Anna? Was ist eigentlich aus Sidney Swire geworden?«

»Sidney Swire?« Sie lächelte mich an und blinzelte zweimal rasch nacheinander. Sehr raffiniert und kokett. »Der ist wieder abgefahren und danach nie wieder aufgetaucht. Gott sei Dank.«

»Was soll das heißen?« Ich versuchte, mir meine Angst nicht anmerken zu lassen und nur neugierig zu wirken.

»Er ist verschwunden. Pfft. Er ist mit dem Bus nach Rolla gefahren und verschwunden. Wir hatten tagelang die Polizei hier, die haben sich überall umgesehen und alle möglichen Fragen gestellt. Gott sei Dank hat er nicht hier gewohnt, als er verschwunden ist. Dann hätten wir noch viel größere Scherereien bekommen.«

»Hast du dir keine Gedanken gemacht?«

»Nein, überhaupt nicht. Er war ein eingebildeter Affe. Wir waren froh, daß wir ihn los waren.«

»Das ist aber ziemlich brutal, wenn man denkt, daß er inzwischen wahrscheinlich tot ist.«

»Na und? Soll ich ihm vielleicht nachtrauern? Wie komm ich dazu? Ein Blick, und ich hab sofort gewußt, daß er nie imstande gewesen wäre, Vaters Buch zu schreiben.«

Ich hatte mir eine Überraschung für sie ausgedacht: Ich hatte ihr eine Kopie von allem gegeben, was ich schon vorzeigen konnte. Die Rohfassung des ersten Abschnitts der Biographie war fertig, und ich hielt es für eine gute Idee, Anna zu zeigen, wie weit Saxony und ich schon gekommen waren. Sozusagen als Zusatzversicherung dafür, daß Sax bleiben durfte.

Es war an dem Manuskript noch so viel zu tun, daß ich noch gar nicht darüber nachgedacht hatte, was mit uns sein würde, wenn es erst einmal fertig war. Ich wußte, daß es eine Menge gefährlicher Möglichkeiten gab, aber das war alles noch weit weg, in einer nebelhaften Zukunft, die mir zugleich verlockend und bedrohlich erschien.

Ich wußte natürlich, daß die Biographie nie veröffentlicht werden konnte, falls sie ihren Zweck erfüllte. Neuerliches Interesse an Marshall France wecken, so daß Neugierige in Scharen nach Galen strömen und in dem Ort herumschnüffeln würden, in dem der große Mann gelebt hatte? Nein, das Buch hatte nur einen einzigen Bestimmungszweck. Das wußten wir alle. Bis auf Saxony.

Aber was würde geschehen, wenn dieser Zweck nicht erreicht wurde? Was hatte Anna mit uns vor für den Fall, daß wir scheitern würden? Uns zwingen, für immer in Galen zu bleiben? Uns verschwinden lassen wie Sidney Swire? Uns um die Ecke bringen? (Wie genau ich mich jetzt daran erinnerte, was der Typ neulich abends in der Kneipe darüber gesagt hatte, wie sie mit dem anderen Biographen umgesprungen waren!) Das alles hatte ich keineswegs verdrängt, aber es war noch weit, weit weg. Monate. Immer eins nach dem andern. Saxony war wieder auf dem Damm, und das Buch floß aus mir heraus wie die Niagarafälle; es gab keine Krangs mehr in der Stadt und auch keine Ungeheuer, die bei mir zum Fenster hereinschauten...

Anna reichte mir ein Stück Kuchen. Genauer gesagt österreichischen Guglhupf, das einzige, was sie wirklich gut hinkriegte.

»Thomas, wie lange wirst du brauchen, um die Szene von Vaters Ankunft in Galen zu schreiben?«

»Wie lange? Ich hab sie fast fertig. Ich hab sie eigentlich schon mal geschrieben, aber Saxony hat gefunden, sie müßte ausführlicher und dramatischer sein. Sie hat gemeint, meine erste Fassung hätte nicht genug Gewicht.«

»Gut, aber wie lange dauert's noch?«

Ich knabberte an meinem Stück Guglhupf. »Ich weiß nicht. Was haben wir heute? Dienstag? Bis Freitag, würde ich sagen.«

»Könntest du...?« Sie lächelte und sah verschämt auf den Boden, als wollte sie mich um einen unzumutbaren Gefallen bitten.

»Ja, was?« Es kam nicht oft vor, daß man Anna einmal verlegen und schüchtern erlebte.

»Meinst du, du könntest es noch vor halb sechs Uhr abends fertigmachen?«

»Sicher. Warum?«

»Aberglaube. Weißt du, er ist damals auch mit dem Zug um halb sechs angekommen und ... Ach, ich weiß auch nicht.« Sie zuckte die Achseln und lächelte. »Aberglaube.«

»Nein, nein, ich versteh dich sehr gut, Anna. Vor allem in dieser Umgebung hier!«

»Na wunderbar. Also, ich wollte dir eigentlich nichts davon sagen, aber ich will zur Feier von Vaters Ankunft ein kleines Fest für euch beide geben.«

»Damit wartest du besser noch ein halbes Jahr und drückst so lange die Daumen.«

»Nein, ich mein's doch nur symbolisch. Als ich gesehen hab, wie weit du schon bist, ist mir die Idee gekommen, an dem Tag, an dem du seine Ankunft in Galen beschreibst, eine Party für euch zu geben. Es sollte eigentlich eine Überraschung werden, aber ihr könnt ja trotzdem überrascht tun, wenn auf einmal alle vor eurem Haus zusammenströmen.«

»Willst du denn die ganze Stadt einladen?«

Ich machte nur Spaß, aber ihre Miene hellte sich auf, und sie packte mich an beiden Armen und zog mich neben sich auf die Couch. »Also schön. Ich seh schon, ich muß dir alles erzählen, wo ich dich nun schon mal in meinen Plan eingeweiht habe. Ich stell's mir so vor, Thomas: Du schreibst den Abschnitt über seine Ankunft, okay? Am gleichen Tag gehen wir alle, also alle Galener, um halb sechs zum Bahnhof und tun so, als würde er mit dem Zug ankommen.«

»Aber Personenzüge halten doch nicht mehr in Galen, oder doch?«

»Nein, nein, ich sag ja, wir tun nur so! Das wird sicher ein Mordsspaß, meinst du nicht? Wie eine Wintersonnwendfeier! Fünf bis zehn Minuten später ziehen wir dann in geschlossener Formation vor euer Haus, und dann gibt es ein großes Festessen.«

»Bei uns?«

»Ja! Du und Saxony, ihr seid diejenigen, die ihn zurückbringen werden, und deshalb bringen wir euch Opfergaben dar. Opfer für die Götter der Schreibmaschine!« Sie zog mich an sich und küßte mich auf die Wange. Mir wurde bewußt, wie lange wir schon nicht mehr miteinander geschlafen hatten. »Stellst du dir das nicht auch herrlich vor? Es wird wie ein Fackelzug in alten Zeiten sein. Ihr beide, du und Saxony, bleibt im Haus, und dann hört ihr auf einmal eine riesige Menschenmenge die Straße entlangkommen. Ihr schaut beide aus dem Fenster und seht diese Hunderte von Menschen, die Fackeln und alle möglichen Fressalien tragen, und sie kommen an eure Tür. Ist das nicht phantastisch?«

»Hört sich an wie eine Ku-Klux-Klan-Versammlung.«

»Ach, Thomas, mußt du immer so grauenhaft zynisch sein?«

»Tut mir leid, du hast ja recht. Aber können wir nicht auch mit zum Bahnhof gehen? Ich meine, wo wir doch die sind, die ihn zurückbringen sollen und so?«

Sie biß sich auf die Lippe und sah auf den Boden. Ich wußte, sie würde nein sagen. »Soll ich dir die Wahrheit sagen? Wir haben das alles schon besprochen, und alle fänden es besser, wenn wir dabei unter uns sein könnten. Ist das schlimm? Bist du beleidigt?«

Das war ich allerdings, aber ich konnte ihren Standpunkt verstehen. Mochten wir auch noch so eine wichtige Rolle bei Frances Rückkehr spielen, wir würden nie so richtig dazugehören in Galen. Nie.

»Nein, ist schon in Ordnung, Anna. Ich versteh euch vollkommen. Wir bleiben zu Hause und warten auf euren Pilgerzug.« Ich lächelte ihr zu und kniff sie in die Wange. »Und ich verspreche dir, daß ich vor Freitag halb sechs fertig bin.«

Saxony gefiel alles an der »Heimkehr des Phantoms«, wie sie es nannte, bis auf den einen Umstand, daß Anna dabei sein würde. Sie wollte Anna nicht sehen. Auch nicht in einem großen Haufen Menschen. Bis jetzt waren die beiden einander mit Erfolg aus dem Weg gegangen, aber nur deshalb, weil Saxony so lange ans Haus gefesselt gewesen war.

Ich konnte sie schließlich damit besänftigen, daß ich ihr sagte, Anna werde zwar auch da sein, aber bei den vielen Leuten dürfte es ihr, Saxony, nicht schwerfallen, eine Begegnung zu vermeiden.

Einen ganzen Nachmittag lang sah ich mir den Galener Bahnhof von innen und außen genauestens an. Er war schon 1907 gebaut worden, doch die Zeit war gnädig mit ihm verfahren. Ich ging auf den Bahnsteig hinaus und sah in beiden Richtungen die Gleise entlang. Nichts. Nicht einmal ein Güterwagen auf einem Abstellgleis. Ein paar Schneereste lagen noch herum, dürftig und dreckig.

Aber Marschall France war hier angekommen. Das war einer der Gründe, warum er von Bahnhöfen so fasziniert gewesen war. Ankünfte und Abfahrten. Anfänge und Ausgänge und Aufenthalte. Das ist aus seinen Journalen, nicht von mir.

Als ich so dastand und die mattsilbernen Stränge entlangschaute, überlegte ich, wie ich es anstellen würde, die Biographie so abzuändern, daß er am Ende seines Lebens nicht an einem Herzanfall sterben würde, sondern... Einen Herzanfall haben, aber ihn überleben? Irgendwohin fahren und später nach Galen zurückkehren? Ich wußte es nicht. Das lag alles noch in so weiter Ferne. Kopfschüttelnd ging ich zum Auto zurück.

Die restlichen Tage der Woche war in Galen alles auf den Beinen. Die Läden waren überfüllt, jeder, dem man auf der Straße begegnete, rannte, als müßte er von einer wichtigen Verrichtung zur nächsten, sogar die freiwillige Feuerwehr holte ihre Autos heraus und brachte sie für den Umzug auf Hochglanz. Es lag etwas wie Vorweihnachtsfreude in der Luft, und es machte mir Spaß, einfach herumzulaufen und das alles in mich aufzunehmen und zu wissen, daß ich selbst der Anlaß dafür war. Ich.

»Hi, Tom! Alles bereit für Freitag? Da machen wir ordentlich einen drauf!«

»Tommy, schreib du nur dein Kapitel fertig und überlaß alles andere uns!«

Ich wurde in der Grünen Taverne freigehalten, und fühlte mich alles in allem wie der Hahn im Korbe.

Ab und zu tat einer mal etwas Merkwürdiges, wenn er mich kommen sah, beispielsweise zu seinem Auto rennen und den Kofferraumdeckel zuknallen, aber dann dachte ich mir, daß sie besondere Leckerbissen oder kleine Geschenke für uns vorbereiteten und daß eben alles eine Überraschung werden sollte.

Ich hatte die Szene am Freitagvormittag um zehn fertig. Sie war elfeinhalb Seiten lang. Ich brachte sie Saxony und verzog mich in eine Ecke, bis sie sie durchgelesen hatte. Sie schaute auf und nickte mir fachmännisch zu.

»So ist es genau richtig, Thomas. Jetzt gefällt's mir wirklich.«

Ich rief Anna an und sagte es ihr. Sie schien erfreut und sagte mir, ich hätte genau den richtigen Moment abgepaßt, denn sie sei gerade mit einem halben Zentner Mehl heimgekommen, würde jetzt nur noch alle anrufen und sich dann gleich daran machen, ihre Guglhupfe zu backen. Sie erinnerte mich noch einmal, Saxony solle sich auf keinen Fall an den Herd stellen – das würde alles von ihnen erledigt.

Vor dem Mittagessen ging ich ein bißchen spazieren, doch der Ort war wie ausgestorben. Die Vorfreude auf das große Ereignis lag in der Luft – man konnte sie spüren –, aber die Straßen waren so menschenleer wie in einer Geisterstadt, bis auf das eine oder andere Auto, das gelegentlich in geheimer Mission vorbeiflitzte. Ich gab auf und ging heim.

Den ganzen Nachmittag roch es aus Mrs. Fletchers Wohnung köstlich nach irgendeinem Fleischgericht. Obwohl ich sonst Parties und überhaupt jede Art lärmender Geselligkeit hasse wie die Pest, sah ich dem bevorstehenden Fest mit Spannung entgegen.

Gegen vier hörte Saxony mit der Arbeit an ihrem neuesten Marionettenkopf auf – einem Bullterrier, ausgerechnet –, ging ins Bad und tauchte in Schaumbad und Shampoo unter.

Ich versuchte, in Bettelheims *Kinder brauchen Märchen* zu lesen, aber es hatte keinen Zweck. Ich fragte mich, ob Saxony mit Geoff Wiggins geschlafen hatte. Dann versuchte ich herauszubekommen, was da in der oberen Küche am Brutzeln war.

Um Viertel vor fünf ging Mrs. Fletcher aus dem Haus, ohne sich zu verabschieden oder uns zu sagen, daß wir auf ihren Braten aufpassen sollten. Ich sah ihr nach, und kaum war sie außer Sicht, da wußte ich, daß ich mir nichts sehnlicher wünschte, als um halb sechs auf dem Bahnhof zu sein und mit anzusehen, was die ganze Meute dort machen würde. Es war mein gutes Recht, sagte ich mir, auch hinzugehen. Sie hätten sowieso die verdammte Pflicht und Schuldigkeit gehabt, uns einzuladen!

Ich stand auf und ging an die Badezimmertür. Ich zögerte ein paar Sekunden und ging dann hinein. Drinnen war es grau und dampfig, und ich fing sofort zu schwitzen an.

»Sax?«

»Ja?« Sie steckte den Kopf zwischen den Duschvorhängen hervor und sah mich mit zusammengekniffenen Augen an. Sie hatte einen Turban aus weißem Schaum.

»Sax, ich schleich mich trotzdem zum Bahnhof und schau mal, was die da machen. Ich muß einfach sehen, was sich da abspielt.«

»Nein, Thomas, bitte tu das nicht. Wenn dich einer sieht, gibt es richtigen Stunk und –«

»Nein, nein, ich paß schon auf, daß mich keiner sieht. Ich schleich mich um Viertel nach fünf rüber und bin auf alle Fälle rechtzeitig zurück. Versteh doch, Sax, ich *muß* da einfach hin.«

Sie winkte mich mit gekrümmten Zeigefinger zu sich. »Ich hab dich lieb, Thomas. Ich hab die ganze Zeit an dich denken müssen, als ich weg war. Bitte paß auf, daß dich niemand sieht. Die zerreißen dich in der Luft!« Sie legte mir die Hände um den Nacken, so daß mir Wasser den Rücken herunterrann, zog mich an sich und gab mir einen nassen Kuß.

Es war schon seit einer halben Stunde ganz dunkel, als ich aus dem Haus ging und mich auf Zehenspitzen die Stufen hinunterschlich wie einer von Ali Babas Räubern. Die Nachtluft schlug mir entgegen – wahrscheinlich würde es wieder schneien. Es war nicht mehr so kalt. Alles war totenstill, und der Himmel hatte das Milchschokoladenbraun, das er immer annimmt, kurz bevor die ersten Flocken fallen.

10

Ich habe über drei Jahre gebraucht, um dahinterzukommen, warum ich damals nicht einfach Saxony ins Auto gepackt habe und mit ihr Hals über Kopf aus Galen abgehauen bin, während die noch alle auf dem Bahnhof waren und sich auf die »Ankunft« vorbereiteten.

Er fragte mich das eines Tages, als wir in Grindelwald waren und von einer sonnigen Terrasse mitten im Ort zum Eiger hinaufschauten. Ich sah ihn an, aber die Morgensonne stand genau über seiner Schulter, also schaute ich lieber wieder den Berg an.

»Das hätte ich tun müssen, weiß Gott. Und es wär so verdammt einfach gewesen! Aber du mußt dir mal vor Augen halten, wie ich mich gefühlt habe: Nie, nie hätte ich mir träumen lassen, daß ich auch nur ein Fünkchen künstlerische Begabung in mir hätte. Und auf einmal war ich fast so was ... so was wie ... Was weiß ich, so eine Art *Prometheus*. Den Göttern das Feuer stehlen! Durch meine Kunst, oder besser gesagt durch *unsere* Kunst sollte ein Mensch von den Toten auferstehen. Und die Frau, die mir dabei helfen würde, war meine Freundin! Der Mensch, mit dem ich mein Leben lang zusammenbleiben wollte. Außerdem haben noch alle möglichen anderen Dinge mitgespielt. Das ist ja immer so in solchen Situationen. Ich war bei den Galenern wieder gut angeschrieben, und das war natürlich der totale Ego-Trip. Sogar Anna hat getan, was ich ihr gesagt habe... Und kaum war Saxony wieder da, ist in der Stadt alles wieder normal gelaufen. Ich bin mir unangreifbar vorgekommen. Solange wir beide zusammen waren, konnte uns nichts passieren. Verstehst du? Wir waren die neuen Marshall Frances, sozusagen. Wir haben die Macht gehabt. Die ganze beschissene Stadt haben wir in der Hand gehabt.«

»Und du bist nie auf den Gedanken gekommen ...« Er blickte auf seine Kaffeetasse, um mich nicht in Verlegenheit zu bringen.

»Nein, nie. Nicht einmal für einen Augenblick.« Ich nahm meinen Löffel und stellte ihn in das Espresso-Täßchen.

In allen Häusern waren die Fenster beleuchtet, es war richtig anheimelnd, nur daß eben kein Mensch zu sehen war. Sie waren alle auf dem Bahnhof, waren alle froh, einmal für ein Weilchen alle zusammen draußen zu sein und sich den Augenblick auszumalen, in dem Marshall France wirklich zurückkommen und wieder Herr über ihr Leben sein würde, diesmal für immer.

Der Geruch von Kiefern und Autoabgasen begleitete mich auf dem ganzen Weg bis zum Bahnübergang, den ich schon viele hundertmal überquert hatte. Ich sah auf die Uhr. Es war 5 Uhr 21. Ich würde fünf bis acht Minuten brauchen, um auf der Straße parallel zur Bahnstrecke bis zum Bahnhof zu gehen. Das war knapp, aber es war auch aufregend, und ich spürte schon, wie mir das Herz in der Brust zu klopfen begann.

Ich bog nach rechts ab, ging auf der Hammond Street in westlicher Richtung und verfiel immer mal kurz in einen raschen Trab. Auf den Gehsteigen lag noch ein bißchen Schnee, und ich spürte ihn unter den Sohlen – wie wenn man auf spitzen Steinen geht.

Ich keuchte, und meine Arme flogen im Gegentakt vor und zurück und trieben mich vorwärts. Was würden die dort unten machen? Was würden sie genau um halb sechs für Gesichter machen? Was würde ...? Und dann hörte ich ihn in der Ferne. Ich blieb stehen, und die Augen tränten mir. Ich vernahm zwei kurze Pfiffe und dann einen langen. Einen langen Pfiff, der anschwoll und lange nachhallte wie der schaurige Ruf eines Tieres in der Nacht. Ich sprang vom Bürgersteig und lief auf der Fahrbahn weiter. Die Lokomotive pfiff erneut, und ich merkte, daß er schon näher war, fast schon da, daß der Zug fast schon im Bahnhof von Galen war. *Aber Personenzüge hielten doch nicht mehr in Galen* ... Am Ende der Straße war ein kleiner Wendekreis, aber ich sprang über die niedrige Mauer und rannte weiter. Jetzt erst sah ich den Bahnhof. Er war so hell erleuchtet, daß man meinen konnte, sie seien dabei, einen Film zu drehen. Wo waren die Lampen alle hergekommen? Auf dem Bahnsteig drängten sich Hunderte von Menschen. Ich war immer noch so weit weg, daß ich keinen erkennen konnte, aber der Lärm war schon deutlich zu hören, alle redeten laut durcheinander. Dann schrie jemand: »Da! Da!«, und schlagartig verstummten die Stimmen. Aus dem Dunkel auf der mir abgewandten Seite des Bahnhofs, von Osten her, von New York und dem Atlantik und Österreich, tauchte ein blasses gelbes Licht auf, und als ich die letzten Schritte machte, sah ich die Lokomotive in den Bahnhof einfahren. Ich stand da und zitterte am ganzen Leib. Die Lokomotive war so alt und schwarz und spie Funken und Rauch aus ihrem Schornstein. Schwerfällig rollte sie durch den Bahnhof und wieder hinaus und reihte die silbernen Waggons säuberlich an der Bahnsteigkante auf.

Sie blieb stehen. Alles war still, bis auf das Zischen und Stampfen der Lokomotive.

Ich sah gerade noch, wie ein Schaffner ausstieg und die Menge zu einem bestimmten Waggon strömte.

Dann wurde alles von einer unvorstellbaren Hitzewelle erfaßt. Ich sah sie regelrecht kommen, und als sie mich erfaßte, fühlte sie sich an wie ein kräftiger warmer Windstoß im Sommer. Nicht stärker. Angenehm. Ich weiß noch, daß ich es richtig schön fand.

Die Menschen drängten sich noch enger an den Zug. Man hörte wieder den Lärm, den sie machten.

Und dann kam von hinten die Explosion. Das donnernde Krachen zerriß den Himmel, und ich drehte mich unwillkürlich um. Eine ölig-gelbe Feuerwolke blühte auf und fiel wieder in sich zusammen, bis sie noch knapp über die Hausdächer und Baumwipfel reichte. Einzelne Flammen züngelten daraus auf und flatterten davon.

Ich drehte mich wieder zum Bahnhof um und sah, daß die Leute etwas auf dem Bahnsteig umringten. Keiner hatte auch nur den Kopf nach der Explosion gedreht. Der Zug pfiff zweimal und setzte sich ruckend in Bewegung.

Ich rannte die Hammond Street wieder zurück, rannte nach Hause. Ich hörte den Zug pfeifen, sah vor mir die Flammen am Himmel.

Der Zug wurde schneller und war schon dicht hinter mir, als ich den Übergang erreichte und wieder nach links in unsere Straße einbog. Ich sah die Flammen und wußte jetzt, welches Haus es war. Gerne wäre ich einen Moment stehengeblieben und hätte versucht zu begreifen, was da geschah. Das Recht von jedem, dessen Haus niederbrennt, dessen Frau erschossen, dessen Kind überfahren wird. Das Recht der schon Verdammten, zu sehen, wie ihre Zukunft sein wird. Aber ich blieb nicht stehen. Ich hörte den Zug hinter mir vorbeifahren und rannte weiter. Das Haus brannte wie eine Wunderkerze.

»ANNA! ANNA! DU RAFFINIERTES LUDER! DU RAFFINIERTES, GEMEINES LUUUDER!«

Es war ja auch wirklich fein ausgedacht, oder? Sie ließ uns einen ersten Entwurf schreiben, der schon so gut war, daß man ihn nicht zu redigieren oder umzuschreiben brauchte. Bis zu dem Moment, da Marshall France in Galen ankommt. Dann nur noch zum Bahnhof gehen und feststellen, ob es funktioniert, ob er um halb sechs kommt ... ob *er* um halb sechs kommt. Wenn nicht, hat man nichts verloren. Kommt er aber, braucht man sich nur noch die Schreiber vom Hals zu schaffen, die Beweise zu vernichten. Die sind jetzt überflüssig. Vater ist ja wieder da.

Ich sah von der gegenüberliegenden Straßenseite zu, wie das Haus brannte. Näher kam ich nicht heran. Überall lagen, zum Teil noch brennend, Sachen aus dem Haus herum: ein Kissen, ein Stuhl mit den Beinen nach oben, Bücher. Und nicht weit vom Gartentor lag ein Teil eines menschlichen Körpers. Er war mit den zerfetzten Überresten des knallroten Plaidmantels bekleidet, den ich mir bei Lazy Larry's gekauft hatte.

Ich wußte nicht, wie viel Zeit mir blieb, aber es kam auf jede Sekunde an. Mein Auto stand ein paar Meter weiter. Das Feuer war gewaltig. Ich saß im Auto, und das gelbe Licht flackerte über

das Armaturenbrett. Ich weiß noch, wie ich dachte, daß ich ein Stück ohne Licht fahren konnte, weil es ja so hell war. Ich legte den Gang ein und fuhr langsam los. Es gab eine weitere Explosion, als ich noch in unserer Straße war. Die Ölheizung? Noch ein Stab Dynamit? Ich blickte in den Rückspiegel und sah Sachen hoch über das Haus in die Luft fliegen, hoch und in Zeitlupe.

Epilog

Neulich sah ich einen Bullterrier. Es war nicht der erste, den ich seit damals gesehen habe, aber es war das erstemal, daß ich nicht entweder zusammenfuhr oder gleich davonrannte. Er war weiß mit schwarzen Flecken. Ich saß an einem kleinen gußeisernen Tisch vor einem Café. Ich hatte Pastis getrunken und ein paar Sachen in mein Tagebuch geschrieben.

Wir hatten eine Autopanne – ein Pleuel war gebrochen –, aber zum Glück war in dem Ort eine Citröen-Werkstatt, ein Einmannbetrieb; der Typ trug eine blaue Baskenmütze und rauchte eine dieser gelben Gitanes. Zwei, drei Tage Rast schadeten ohnehin nicht. Auf der Fahrt von Straßburg hatte es gewittert, und ich war fast die ganze Strecke gefahren. Aber als wir in die Bretagne kamen, klarte es auf, und die Sonne rollte den Empfangsteppich aus.

Der Hund hieß Bobo und gehörte dem Besitzer des Cafés. Nachdem ich ihn mir eine Zeitlang angesehen hatte, wandte ich mich wieder meinem Tagebuch zu. Seit Galen habe ich ziemlich regelmäßig aufgeschrieben, was ich so alles erlebt habe.

Ich kaufte das Buch in Burke, Michigan. Der erste Eintrag ging über viele Seiten. Halb unzusammenhängendes, wirres Zeug, mehr oder weniger paranoid. »Jetzt kommen sie mich holen!« So in dem Stil. Natürlich bin ich diesen Wahn immer noch nicht losgeworden, aber in drei Jahren gewöhnt man sich an alles, sogar an so was. Ich weiß nicht, wie lange sie gebraucht haben, um festzustellen, daß ich bei der Explosion nicht ums Leben gekommen war, aber von Anfang an war ich überzeugt, daß sie sich, wenn sie es erst einmal mit Sicherheit wußten, sofort an meine Fersen heften würden.

Also rannte ich, was das Zeug hielt, besorgte mir in Detroit einen Paß und fuhr dann sofort über den Fluß nach Kanada. Eine Zeitlang arbeitete ich in einem Taschenbuchladen in Toronto, und dann schrieb ich meiner Bank in Amerika und ließ mir mein ganzes Geld nach Toronto überweisen. Als es da war, gab ich meinen Job auf und nahm die nächste Maschine nach Frankfurt. Meine Reiseroute seither? Frankfurt, München (rechtzeitig zum Oktoberfest), Salzburg, Mailand, Stresa, Zermatt, Grindelwald, Zürich, Straßburg, Dinard...

Meine Mutter hat noch immer keine Ahnung, was eigentlich los ist, aber gutmütig, wie sie ist, stellt sie keine Fragen. Als sie aus heiterem Himmel ein Telegramm von mir bekam, in dem ich sie bat, mir alles biographische Material über meinen Vater zu schicken, das sie finden könne, lag zwei Wochen später ein sauber verschnürtes Schnellpaket für mich in dem lustigen kleinen Postamt von Altensteig. Lauter Bücher und Artikel und vergilbte Pressenotizen über ihn, die sie die ganzen Jahre über gesammelt haben muß.

Ich begann mit dem Buch in Deutschland und schrieb konsequent weiter, in verschiedenen kleinen Gebirgsorten, wo es kaum Touristen gab. Nur beim Schreiben konnte ich Saxony vorübergehend vergessen. Ich habe viel geweint, ich habe mich dafür verflucht, daß ich sie nicht gerettet habe, und sie fehlt mir mehr als alles andere. Ich glaube sogar, ich vermisse sie jetzt stärker, als ich sie je geliebt habe. Es tut mir leid, falls dieser Satz seltsam klingt, aber besser kann ich es nicht ausdrücken.

Ich begann das Buch auch deshalb, weil ich etwas Ordentliches zum Arbeiten brauchte, während ich mir überlegte, was ich künftig tun sollte. Nur eines wußte ich sicher: Eines Tages würde ich mich in Holland oder Griechenland umdrehen und in ein allzu bekanntes Galener Gesicht blicken, das mich bösartig angrinsen würde. Aber wie lange würden sie mich verfolgen? Immer? Oder nur so lange, bis sie sicher sein konnten, daß ich ihnen Saxonys Tod nicht heimzahlen würde? Ich begann mit der Biographie meines Vaters, um mich von meinen akuten Ängsten abzulenken, weil Saxony gesagt hatte, daß es mir guttun würde, und weil ich es wollte.

Es waren in dem Jahr kaum längere Einträge in meinem Tagebuch. Nur kurze Äußerungen der Erregung oder der Depression, die ich niederschrieb, wenn ich mich mal für kurze Zeit losreißen konnte von der Biographie des Filmstars Stephen Abbey.

Ich war gerade da angekommen, wo er aus North Carolina nach New York kam, um sein Glück am Broadway zu versuchen, als ich eines Tages auf die Post ging und auf dem Tisch hinter dem Schalterbeamten zufällig ein Paket sah, das an einen gewissen Richard Lee im Gasthaus Steinbauer adressiert war. Gott segne die kleinen europäischen Postämter. Im Nu lagen Koffer und Notizen in meinem nagelneuen Deux Chevaux, und ich raste die Bergstraße hinunter, was die Ente hergab.

Ich blieb fast drei Monate in Stresa, weil es wunderschön und menschenleer war und weil Leutnant Henry und seine Catherine sich dort ausgeruht hatten, bevor sie über den Lago Maggiore in die Schweiz gerudert waren.

Es war so dumm von ihnen, mir Lee auf den Hals zu hetzen, aber vielleicht haben sie sich auch etwas dabei gedacht. Vielleicht wollten sie nun, da *er* wieder da ist, Galen restlos säubern – keine wirklichen Menschen mehr, keine Normalen mehr in Marshall France Town. Dann würde Anna wenigstens nicht mehr mit Lee bumsen müssen. Und wer weiß, vielleicht wird sogar Anna die nächste sein? Ihr Vater konnte sie ja neu erschaffen, besser denn je – Anna France, neuestes Modell. Die würde dann nie altern, nie krank werden. Vielleicht haben sie deshalb Richard nach mir geschickt – falls ihm etwas zustieß, würde der Meister einfach einen neuen machen.

Aber das spielt jetzt alles keine Rolle mehr. Wir haben in Zermatt auf ihn gewartet und ihn mitten in der Nacht auf einer kleinen Seitenstraße getötet.

»He, Richard!«

»Tom, Tom Abbey! Na so was!«

Er hatte ein langes gewelltes Messer, das er dicht an den Körper hielt. Er lächelte und sah sich um, während er auf mich zukam, für den Fall, daß irgendein Freund von mir in der Nähe sei.

Als er nur noch knapp zwei Meter weg war, trat Paps aus der Finsternis hinter mir hervor und fragte leichthin: »Soll ich dir so lange den Hut halten, Junge?«

Ich brüllte vor Lachen und schoß Richard mitten ins traurige, entsetzte Gesicht.

Phantastische Bibliothek
in den suhrkamp taschenbüchern

»Phantastische Bibliothek« – das ist Verzauberung der Phantasie, keine Betäubung der Sinne, sondern Öffnen der Augen als Blick über den nächsten Horizont ins Hypothetisch-Virtuelle. Der Zukünftige verbindet sich mit dem Zeitlosen, rationales Kalkül steht neben poetischer Vision, denkbare Wirklichkeit und analytischer Blick in menschliche Abgründe neben Wunsch- und Alptraum. Anregend und unterhaltsam ist es immer.«

Abe, Kōbō: Die Entdeckung des R 62. Vier Erzählungen. Aus dem Japanischen von Michael Noetzel. PhB 333. st 2559
– Die vierte Zwischeneiszeit. Roman. Aus dem Japanischen von Siegfried Schaarschmidt. PhB 331. st 2530
Autobiographie einer Leiche. Russische phantastische Erzählungen. Herausgegeben von Dagmar Kassek. PhB 341. st 2672
Blackwood, Algernon: Besuch von Drüben. Gruselgeschichten. Deutsch von Friedrich Polakovics. PhB 331. st 2701
– Das leere Haus. Geschichten. Aus dem Englischen von Friedrich Polakovics. PhB 339. st 2664
– Der Tanz in den Tod. Unheimliche Geschichten. Ausgewählt von Kalju Kirde. Aus dem Englischen von Friedrich Polakovics. PhB 355. st 2792
Boye, Karin: Kallocain. Utopischer Roman. Aus dem Schwedischen von Hermine Clemens. PhB 303. st 2260
Carroll, Jonathan: Das Land des Lachens. Roman. Aus dem Amerikanischen von Rudolf Hermstein. Mit Illustrationen von Hans-Jörg Brehm. PhB 284. st 1954
Eliade, Mircea: Der besessene Bibliothekar. Roman. Aus dem Rumänischen von Richard Reschika. PhB 357. st 2828
Franke, Herbert W.: Einsteins Erben. Drei Romane. PhB 336. st 2587
Genzmer, Herbert: Das Amulett. Roman. PhB 338. st 2641
Hammerschmitt, Marcus: Der Glasmensch. Und andere Science-fiction-Geschichten. PhB 324. st 2473
– Wind. Zwei Romane. PhB 353. st 2778
Hodgson, William Hope: Stimme in der Nacht. Unheimliche Seegeschichten. PhB 340. st 2709
Irwin, Robert: Der arabische Nachtmahr oder die Geschichte der 1002. Nacht. Roman. Übersetzt und vorgestellt von Annemarie Schimmel. PhB 304. st 2266
Kazic, Mihajlo: Die unterbrochene Reise. Roman. Aus dem Serbischen von Goranka Vogl. PhB 334. st 2566
Kiss, Ady Henry: Atlantic City. PhB 358. st 2838
– Baker's Barn. Roman. PhB 337. st 2633

252/1/7.97

Phantastische Bibliothek in den suhrkamp taschenbüchern

Kiss, Ady Henry: Manhattan II. Roman. PhB 319. st 2416

Künstliche Menschen. Dichtungen und Dokumente über Golems, Homunculi, lebende Statuen und Androiden. Herausgegeben von Klaus Völker. PhB 308. st 2293

Lem, Stanisław: Also sprach GOLEM. Aus dem Polnischen von Friedrich Griese. PhB 175. st 1266

- Altruizin und andere kybernetische Beglückungen. Der Kyberiade zweiter Teil. Mit Zeichnungen von Daniel Mróz. Aus dem Polnischen von Jens Reuter. Die Übersetzung wurde vom Autor autorisiert. PhB 163. st 1215
- Die Astronauten. Aus dem Polnischen von Rudolf Pabel. PhB 16. st 441
- Frieden auf Erden. Science-fiction-Roman. Aus dem Polnischen von Hubert Schumann. PhB 220. st 1574
- Imaginäre Größe. Aus dem Polnischen von Caesar Rymarowicz und Jens Reuter. PhB 335. st 2580
- Irrläufer. Erzählungen. Aus dem Polnischen von Hanna Rottensteiner. PhB 285. st 1890
- Die Jagd. Neue Geschichten des Piloten Pirx. Aus dem Polnischen von Roswitha Buschmann, Kurt Kelm, Barbara Sparing. PhB 18. st 302
- Das Katastrophenprinzip. Die kreative Zerstörung im Weltall. Aus Lems Bibliothek des 21. Jahrhunderts. Aus dem Polnischen von Friedrich Griese. PhB 125. st 999
- Lokaltermin. Science-fiction-Roman. Aus dem Polnischen von Hubert Schumann. PhB 200. st 1455
- Mehr phantastische Erzählungen des Stanisław Lem. Herausgegeben von Franz Rottensteiner. PhB 232. st 1636
- Memoiren, gefunden in der Badewanne. Mit einer Einleitung des Autors. Aus dem Polnischen von Walter Tiel. Autorisierte Übersetzung. PhB 25. st 508
- Der Mensch vom Mars. Science-fiction-Roman. Aus dem Polnischen von Hanna Rottensteiner. PhB 291. st 2145
- Eine Minute der Menschheit. Eine Momentaufnahme. Aus Lems Bibliothek des 21. Jahrhunderts. Aus dem Polnischen von Edda Werfel. PhB 110. st 955
- Mondnacht. Hör- und Fernsehspiele. Aus dem Polnischen übersetzt von Klaus Staemmler, Charlotte Eckert, Jutta Janke und I. Zimmermann-Göllheim. PhB 57. st 729
- Nacht und Schimmel. Erzählungen. Aus dem Polnischen von I. Zimmermann-Göllheim. PhB 1. st 356

252/2/7.97

Phantastische Bibliothek in den suhrkamp taschenbüchern

Lem, Stanisław: Die phantastischen Erzählungen. Herausgegeben von Werner Berthel. PhB 210. st 1525
– Die Ratte im Labyrinth. Ausgewählt von Franz Rottensteiner. PhB 73. st 806
– Robotermärchen. Herausgegeben von Franz Rottensteiner. Aus dem Polnischen von I. Zimmermann-Göllheim und Caesar Rymarowicz. PhB 85. st 856
– Der Schnupfen. Kriminalroman. Autorisierte Übersetzung aus dem Polnischen von Klaus Staemmler. PhB 33. st 570
– Sterntagebücher. Mit Zeichnungen des Autors. Aus dem Polnischen von Caesar Rymarowicz. PhB 20. st 459
– Die Stimme des Herrn. Roman. Aus dem Polnischen von Roswitha Buschmann. PhB 311. st 2494
– Terminus und andere Geschichten des Piloten Pirx. Aus dem Polnischen übersetzt von Caesar Rymarowicz. PhB 61. st 740
– Der Unbesiegbare. Roman. Aus dem Polnischen von Roswitha Dietrich. PhB 322. st 2459
– Die Untersuchung. Kriminalroman. Aus dem Polnischen von Jens Reuter und Hans Juergen Mayer. PhB 14. st 435
– Vom Nutzen des Drachen. Erzählungen. Aus dem Polnischen von Hubert Schumann und Hanna Rottensteiner. PhB 297. st 2199
– Wie die Welt noch einmal davonkam. Der Kyberiade erster Teil. Mit Zeichnungen von Daniel Mróz. Aus dem Polnischen von Jens Reuter, Caesar Rymarowicz, Karl Dedecius und Klaus Staemmler. PhB 158. st 1181

Lovecraft, Howard Phillips: Azathoth. Erzählungen und Schriften. Ausgewählt von Kalju Kirde. Aus dem Amerikanischen von Franz Rottensteiner. PhB 349. st 2759
– Cthulhu. Geistergeschichten. Deutsch von H.C. Artmann. Vorwort von Giorgio Manganelli. Übersetzung des Vorworts von Gerald Bissinger. PhB 19. st 29
– Cthulhus Ruf. The Best of H. P. Lovecraft. Aus dem Amerikanischen von H. C. Artmann, Rudolf Hermstein u. a. PhB 332. st 2552
– Das Ding auf der Schwelle. Unheimliche Geschichten. Mit einem Nachwort von Kalju Kirde. Deutsch von Rudolf Hermstein. PhB 2. st 357
– Das Grauen im Museum und andere Erzählungen. Ausgewählt von Kalju Kirde. Aus dem Amerikanischen von Rudolf Hermstein. PhB 136. st 1067
– In der Gruft. Makabre Erzählungen. Aus dem Amerikanischen von Michael Walter. PhB 347. st 2757

252/3/7.97

Phantastische Bibliothek in den suhrkamp taschenbüchern

Lovecraft, Howard Phillips: Die Katzen von Ulthar. Erzählungen. Aus dem Amerikanischen von Michael Walter. PhB 345. st 2755

– Die Literatur der Angst. Zur Geschichte der phantastischen Literatur. PhB 320. st 2422

– Lovecraft-Lesebuch. Herausgegeben von Franz Rottensteiner. Mit einem Essay von Barton Levi St. Armand. PhB 184. st 1306

– Der Schatten aus der Zeit. Erzählung. Aus dem Amerikanischen von Rudolf Hermstein. PhB 352. st 2762

– Stadt ohne Namen. Horrorgeschichten. Mit einem Nachwort von Dirk W. Mosig. Aus dem Amerikanischen von Charlotte Gräfin von Klinckowstroem. PhB 346. st 2756

– Die Traumsuche nach dem unbekannten Kadath. Eine Erzählung. Aus dem Amerikanischen von Michael Walter. PhB 348. st 2758

Lovecraft, Howard Phillips / August Derleth: Die dunkle Brüderschaft. Unheimliche Geschichten. Aus dem Amerikanischen von Franz Rottensteiner. PhB 173. st 1256

– Das Tor des Verderbens. Aus dem Amerikanischen von Michael Koseler. PhB 307. st 2287

Der Einsiedler von Providence. H. P. Lovecrafts ungewöhnliches Leben. Herausgegeben von Franz Rottensteiner. PhB 290. st 1626

Morselli, Guido: Licht am Ende des Tunnels. Roman. Aus dem Italienischen von Arianna Giachi. PhB 298. st 2207

Neuwirth, Barbara: Dunkler Fluß des Lebens. Erzählungen. PhB 318. st 2399

Pakleppa, Fabienne: Die Himmelsjäger. Roman. PhB 299. st 2214

Phantastisches aus Österreich. Herausgegeben von Franz Rottensteiner. PhB 325. st 2479

Pieyre de Mandiargues, André: Schwelende Glut. Erzählungen. Aus dem Französischen von Ernst Sander. PhB 323. st 2466

Poe, Edgar Allan: Grube und Pendel. Schaurige Erzählungen. Aus dem Englischen von Erika Gröger und Heide Steiner. PhB 356. st 2818

Quiroga, Horacio: Weißer Herzstillstand. Erzählungen. Aus dem Spanischen von Astrid Schmidt-Böhringer. PhB 317. st 2393

Riedler, Heinz: Brot und Spiel. Roman. PhB 327. st 2502

Soyka, Otto: Die Traumpeitsche. Ein phantastischer Roman. PhB 326. st 2486

Strugatzki, Arkadi / Boris Strugatzki: Die bewohnte Insel. Roman. Aus dem Russischen von Erika Pietraß. PhB 282. st 1946

– Die dritte Zivilisation. Roman. Aus dem Russischen von Aljonna Möckel. PhB 294. st 2163

252/4/7.97

Phantastische Bibliothek in den suhrkamp taschenbüchern

252/5/7.97

Biographien
in den suhrkamp taschenbüchern

Amrain, Susanne: So geheim und vertraut. Virginia Woolf und Vita Sackville-West. Erstausgabe. st 2292

Ball, Hugo: Hermann Hesse. Sein Leben und sein Werk. st 385

Bell, Quentin: Virginia Woolf. Eine Biographie. Aus dem Englischen von Arnold Fernberg. st 753

Bertaux, Pierre: Friedrich Hölderlin. st 686

Bjørnstad, Ketil: Ballade in g-Moll. Edvard Grieg und Nina Hagerup. Roman. Aus dem Norwegischen von Lothar Schneider. st 2814

Bjørnvig, Thorkild: Meine Freundschaft mit Tania Blixen. Aus dem Dänischen von Gabriele Gerecke. st 2714 und st 2815

Boveri, Margret: Verzweigungen. Eine Autobiographie. Herausgegeben und mit einem Nachwort versehen von Uwe Johnson. st 2576

Brinnin, John Malcolm: Die dritte Rose. Gertrude Stein und ihre Welt. Mit einem Vorwort von John Ashbery. Aus dem Amerikanischen von Maria Wolff. st 1820

Carossa, Hans: Ungleiche Welten. Ein Lebensbericht. st 521

Chalfen, Israel: Paul Celan. Eine Biographie seiner Jugend. Mit Fotografien. st 913

Cousse, Raymond / Jean-Luc Bitton: Emmanuel Bove. Eine Biographie. Mit einem Vorwort von Peter Handke und verstreuten Texten von Emmanuel Bove. Aus dem Französischen von Thomas Laux. st 2824

Einblicke und Ausbrüche. Lebensskizzen berühmter Frauen. Herausgegeben von Susanne Gretter. st 2347

Elias, Norbert: Mozart. Zur Soziologie eines Genies. Herausgegeben von Michael Schröter. st 2198

Ellmann, Richard: James Joyce. Revidierte und ergänzte Ausgabe. st 2577

– Vier Dubliner - Wilde, Yeats, Joyce und Beckett. Aus dem Englischen von Wolfgang Held. Mit Abbildungen. st 2684

Eribon, Didier: Michel Foucault. Eine Biographie. Aus dem Französischen von Hans-Horst Henschen. st 2226

Feyerabend, Paul: Zeitverschwendung. Übersetzt von Joachim Jung. st 2722

Fischer, Jens Malte: Große Stimmen. Von Enrico Caruso bis Jessye Norman. st 2484

Fölsing, Albrecht: Albert Einstein. Eine Biographie. Mit zahlreichen Abbildungen. st 2490

Freedman, Ralph: Hermann Hesse. Eine Biographie von Ralph Freedman. Aus dem Amerikanischen von Ursula Michels-Wenz. st 1827

260/1/7.97

Biographien
in den suhrkamp taschenbüchern

Gandhi, Mahatma: Mein Leben. Herausgegeben von C. F. Andrews mit einem Nachwort von Curt Ullerich. Aus dem Englischen übertragen von Hans Reisiger. st 953

Gespräche mit Marx und Engels. Herausgegeben von Hans Magnus Enzensberger. st 716

Gibson, Ian: Federico García Lorca. Eine Biographie. Aus dem Englischen von Bernhard Straub. Mit zahlreichen Abbildungen. st 2286

Haslinger, Adolf: Peter Handke. Jugend eines Schriftstellers. Mit zahlreichen Abbildungen. st 2470

Hensel, Georg: Glück gehabt. Szenen aus einem Leben. st 2495

Hesse, Hermann: Kindheit und Jugend vor Neunzehnhundert. Hermann Hesse in Briefen und Lebenszeugnissen. 1. Band: 1877-1895. Ausgewählt und herausgegeben von Ninon Hesse. st 1002

– Kindheit und Jugend vor Neunzehnhundert. Hermann Hesse in Briefen und Lebenszeugnissen. 2. Band: 1895-1900. Herausgegeben von Ninon Hesse. Fortgesetzt und erweitert von Gerhard Kirchhoff. st 1150

Hermann Hesse in Augenzeugenberichten. Herausgegeben von Volker Michels. st 1865

Hildesheimer, Wolfgang: Marbot. Eine Biographie. st 1009 und st 2617

– Mozart. st 598

Hörner, Unda: Die realen Frauen der Surrealisten. Simone Breton, Gala Éluard, Elsa Triolet. st 2816

Kleine, Gisela: Gabriele Münter und Wassily Kandinsky. Biographie eines Paares. Mit farbigen Abbildungen. st 2807

– Zwischen Welt und Zaubergarten. Ninon und Hermann Hesse: Leben im Dialog. st 1384

Lützeler, Paul Michael: Hermann Broch. Eine Biographie. st 1578

Tomalin, Claire: Katherine Mansfield. Eine Lebensgeschichte. Aus dem Englischen von Eike Schönfeld. st 2336

Mayer, Hans: Ein Deutscher auf Widerruf. Erinnerungen. Band I. st 1500

– Ein Deutscher auf Widerruf. Erinnerungen. Band II. st 1501

Muschg, Adolf: Gottfried Keller. st 617

Paz, Octavio: Sor Juana Inés de la Cruz oder Die Fallstricke des Glaubens. Aus dem Spanischen von Maria Bamberg. Versübertragungen von Fritz Vogelgsang. Mit zahlreichen Abbildungen. st 2294

Sauvat, Catherine: Vergessene Weiten. Eine Biographie zu Robert Walser. Aus dem Französischen von Helmut Kossodo. st 2465

Schmidt, Werner: Leben an Grenzen. Autobiographischer Bericht eines Mediziners aus dunkler Zeit. st 2162

260/2/7.97

Biographien
in den suhrkamp taschenbüchern

Souhami, Diana: Gertrude Stein und Alice B. Toklas. Zwei Leben - eine Biographie. st 2813

Stein, Gertrude: Jedermanns Autobiographie. Aus dem Amerikanischen von Marie-Anne Stiebel. st 2598

– Paris Frankreich. Persönliche Erinnerungen. Aus dem Amerikanischen von Marie-Anne Stiebel. st 2594

Theodorakis, Mikis: Die Wege des Erzengels. Autobiographie (1925-1949). Herausgegeben und aus dem Griechischen übersetzt von Asteris Kutulas. Mit Abbildungen. st 2797

Unseld, Siegfried: Begegnungen mit Hermann Hesse. st 218

WahnsinnsFrauen I. Erster Band. Herausgegeben von Sibylle Duda und Luise F. Pusch. Erstausgabe. st 1876

WahnsinnsFrauen II. Zweiter Band. Herausgegeben von Sibylle Duda und Luise F. Pusch. st 2493

WahnsinnsFrauen III. Dritter Band. Herausgegeben von Sibylle Duda und Luise F. Pusch. st 2834

Weimer, Wolfram: Kapitäne des Kapitals. Zwanzig Unternehmerporträts großer deutscher Gründerfiguren. Mit zahlreichen Abbildungen. st 2464

Wilkomirski, Binjamin: Bruchstücke. Aus einer Kindheit 1939 - 1948. st 2801

Zeemann, Dorothea: Einübung in Katastrophen. Leben zwischen 1913 und 1945. st 2637

260/3/7.97

Philosophie
in den suhrkamp taschenbüchern

Adorno, Theodor W.: Erziehung zur Mündigkeit. Vorträge und Gespräche mit Hellmut Becker 1959-1969. Herausgegeben von Gerd Kadelbach. st 11

Alain: Die Pflicht, glücklich zu sein. Aus dem Französischen übertragen und mit einem Nachwort versehen von Albrecht Fabri. st 859

Cioran, E. M.: Gevierteilt. Aus dem Französischen von Bernd Mattheus. st 1838

Dürckheim, Karlfried Graf: Erlebnis und Wandlung. Grundfragen der Selbstfindung. st 1945

Feyerabend, Paul: Zeitverschwendung. Übersetzt von Joachim Jung. st 2722

Foucault, Michel: Überwachen und Strafen. Die Geburt des Gefängnisses. Aus dem Französischen von Walter Seitter. st 2271

Geschichte der Philosophie. Eine Einführung in die europäische Philosophiegeschichte mit Blick auf die Geschichte der Wissenschaft und die politische Philosophie. Zwei Bände. Von Gunnar Skribekk und Nild Gilje. Übersetzt von Lothar Schneider. st 2168

Horstmann, Ulrich: Das Untier. Konturen einer Philosophie der Menschenflucht. st 1172

Jonas, Hans: Dem bösen Ende näher. Gespräche über das Verhältnis der Menschen zur Natur. Erstausgabe. st 2197

– Der Gottesbegriff nach Auschwitz. Eine jüdische Stimme. st 1516

– Macht oder Ohnmacht der Subjektivität. Das Leib-Seele-Problem im Vorfeld des Prinzips Verantwortung. st 1513

– Materie, Geist und Schöpfung. Kosmologischer Befund und kosmogonische Vermutung. st 1580

– Philosophische Untersuchungen und metaphysische Vermutungen. st 2279

– Das Prinzip Leben. Ansätze zu einer philosophischen Biologie. Neuausgabe. st 2698

– Das Prinzip Verantwortung. Versuch einer Ethik für die technologische Zivilisation. st 1085

– Technik, Medizin und Ethik. Zur Praxis des Prinzips Verantwortung. st 1514

Koestler, Arthur: Die Wurzeln des Zufalls. Einzig berechtigte Übertragung aus dem Englischen von Irmgard Schoppmeier, unter Mitwirkung von Hans-Joachim Grünzig. st 181

Lem, Stanisław: Das Katastrophenprinzip. Die kreative Zerstörung im Weltall. Aus Lems Bibliothek des 21. Jahrhunderts. Aus dem Polnischen von Friedrich Griese. PhB 125. st 999

257/1/7.97

Philosophie
in den suhrkamp taschenbüchern

Lenk, Hans: Kritik der kleinen Vernunft. Einführung in die jokologische Philosophie. st 1771

Needleman, Jacob: Geld und der Sinn des Lebens. Aus dem Englischen von Charlotte Franke. st 2472

Russell, Bertrand: Eroberung des Glücks. Neue Wege zu einer besseren Lebensgestaltung. Autorisierte Übersetzung von Magda Kahn. st 389

Searle, John R.: Die Wiederentdeckung des Geistes. Aus dem Amerikanischen von Harvey P. Gavagai. st 2550

Shibayama, Zenkei: ZEN - Eine Blume spricht ohne Worte. Eine Einführung durch Gleichnis und Bild. Mit einem Vorwort von Daisetz T. Suzuki. Aus dem Englischen von Ursula von Mangoldt. st 2471

Sloterdijk, Peter: Im selben Boot. Versuch über die Hyperpolitik. st 2447

– Der Zauberbaum. Die Entstehung der Psychoanalyse im Jahr 1785. Ein epischer Versuch zur Philosophie der Psychologie. st 1445

257/2/7.97